中 国 当 代 作 家 论

谢有顺 主编

昌耀论

中国当代作家论

谢有顺 主编

张光昕／著

昌耀论

作家出版社

张光昕

■ 1983年生于吉林省蛟河市，2013年获中央民族大学文学博士学位，现任教于首都师范大学文学院。主要从事中国现当代诗歌的研究和批评，有学术专著《西北偏北之诗》、诗论集《刺青简史》、随笔集《补饮之书》。担任《新诗评论》（北京）编委、《飞地》丛刊（深圳）编辑，主编2013至2015年诗歌年度选本《诗歌选粹》、《在彼此身上创造悬崖——北京青年诗会诗选》（2017）等。

主编说明

自从到大学工作以后，就不时会有出版社约我写文学史。很多文学教授，都把写一部好的文学史当作毕生志业。我至今没有写，以后是否会写，也难说。不久前就有一份高等教育出版社的文学史合同在我案头，我犹豫了几天，最终还是没有签。曾有写文学史的学者说，他们对具体作家作品的研究，是以一个时代的文学批评成果为基础的，如果不参考这些成果，文学史就没办法写。

何以如此？因为很多学问做得好的学者，未必有艺术感觉，未必懂得鉴赏小说和诗歌。学问和审美不是一回事。举大家熟悉的胡适来说，他写了不少权威的考证《红楼梦》的文章，但对《红楼梦》的文学价值几乎没有感觉。胡适甚至认为，《红楼梦》的文学价值不如《儒林外史》，也不如《海上花列传》。胡适对知识的兴趣远大于他对审美的兴趣。

《文学理论》的作者韦勒克也认为，文学研究接近科学，更多是概念上的认识。但我觉得，审美的体验、"一个灵魂唤醒另一个灵魂"的精神创造同等重要。巴塔耶说，文学写作"意味着把人的思想、语言、幻想、情欲、探险、追求快乐、探索奥秘等等，推到极限"，这种灵魂的赤裸呈现，若没有审美理解，没有深层次的精神对话，你根本无法真正把握它。

可现在很多文学研究，其实缺少对作家的整体性把握。仅评一个作家的一部作品，或者是某一个阶段的作品，都不足以看出这个作家的重要特点。比如，很多人都做贾平凹小说的评论，但是很少涉及他的散文，这对于一个作家的理解就是不完整的。贾平凹的散文和他的小说一样重要。不久前阿来出了一本诗集，如果研究阿来的人不读他的诗，可能就不能有效理解他小说里面一些特殊的表达方式。于坚也是一个典型的例子。很多人只关注他的诗，其实他的散文、文论也独树一帜。许多批评家会写诗，他写批评文章的方式就会与人不同，因为他是一个诗人，诗歌与评论必然相互影响。

如果没有整体性理解一个作家的能力，就不可能把文学研究真正做好。

基于这一点，我觉得应该重识作家论的意义。无论是文学史书写，还是批评与创作之间的对话，重新强调作家论的意义都是有必要的。事实上，作家论始终是中国现代文学的一个宝贵传统，在1920—1930年代，作家论就已经卓有成就了。比如茅盾写的作家论，影响广泛。沈从文写的作家论，主要收在《沫沫集》里面，也非常好，甚至被认为是一种实验。中国现代文学研究界的许多著名学者都以作家论写作闻名。当代文学史上很多影响巨大的批评文章，也是作家论。只是，近年来在重知识过于重审美、重史论过于重个论的风习影响下，有越来越忽略作家论意义的趋势。

一个好作家就是一个广阔的世界，甚至他本身就构成一部简易的文学小史。当代文学作为一种正在发生的语言事实，要想真正理解它，必须建基于坚实的个案研究之上；离开了这个逻辑起点，任何的定论都是可疑的。

认真、细致的个案研究极富价值。

为此，作家出版社邀请我主编了这套规模宏大的作家论丛书。经过多次专家讨论，并广泛征求意见，选取了五十位左右最具代表性的作家作为研究对象，又分别邀约了五十位左右对这些作家素有研究的批评家作为丛书作者，分辑陆续推出。这些作者普遍年轻、锐利，常有新见，他们是以个案研究的方式介入当代文学现场，以作家论的形式为当代文学写史、立传。

我相信，以作家为主体的文学研究永远是有生命力的。

谢有顺

2018 年 4 月 3 日，广州

目录

导言 没有拜物教的物神

——昌耀诗歌的潜命题分析

> 词围绕着物自由地徘徊，就像灵魂围绕着一具被抛弃
> 的、却未被遗忘的躯体。
>
> ——曼德尔施塔姆

土星，噩梦，语境

"我的星座是土星——一颗演化得最为缓慢的星球，绕道而行，拖延迟滞……"[①]在拒斥了一切现代心理学术语之后，本雅明（Walter Benjamin）将这个古老的星相学标签轻轻贴在了自己的额头上。这位热衷于迷路的倒霉文人，终其一生周转蹀躞于严峻的现实沼泽，他从很早起就嗅出了自己身上的这种"土星气质"，并把它晦暗的光环同样施与了他笔下的波德莱尔、普鲁斯特、卡夫卡，甚至歌德。在本雅明看来，土星是距离日常生活最高和最远的行星，是一切深邃思辨的创始者。从外部把灵魂招至内在世界，使其上升到更高的位置，最后赋予其终极的知识和预言的天才。[②]

[①] 转引自［美］苏珊·桑塔格：《〈单向街〉英文本导言》，《本雅明：作品与画像》，孙冰编，文汇出版社，1999年版，第236页。

[②] 参阅［德］瓦尔特·本雅明：《德国悲剧的起源》，陈永国译，文化艺术出版社，2001年版，第119页。

本雅明勾勒出了一组诞生在土星标志下的思想者群像，在易于使人罹患过敏症的时代季风面前，他们则表现得"冷漠、犹疑、迟缓"，分享着无可救药的忧郁和倾其一生的孤独。他们的作品喜爱固执己见、我行我素，听命于内心钟摆的神秘宣谕，然后郑重其事地讲述那些来自乌有乡的消息；他们活着时大都籍籍无名，顶着小角色的姓氏，成为并不富裕的古董和书籍收藏家；他们的传记读者在主人公死去若干年后捶胸顿足，喟叹运命，恨不得跳进书里去拯救传主们的失败；也同样在若干年之后，这些具有"土星气质"的写作者们，纷纷成为了后进时代的神话，绝世孤独的代价偏偏迎来身后喧嚣沸腾的市井烟花。犹如风尘一身的奥德修斯庄严地踏上返乡之旅，我们看到，在这些命随土星的人们的头顶上方，那颗率领众多小天体、步态蹒跚的硕大行星，在沿着冗长轨道经历旷日持久的宇宙漫游之后，正向着它的起点，向着它似曾相识却换了容颜的故里，如王者般款款归来。

"当人生的中途，我迷失在一个黑暗的森林之中。要说明那个森林的荒野，严肃和广漠，是多么的困难呀！我一想到他，心里就一阵害怕，不亚于死的光临⋯⋯我怎样会走进那个森林之中，我自己也不清楚，只知道我在昏昏欲睡的当儿，我就失掉了正道⋯⋯"[1]伟大的但丁（Dante Alighieri）从一场伟大的迷途噩梦中开始了他的冥府之旅。在维吉尔的带领下，他开辟了一条举步维艰的征程——漫长、迟滞、缓慢——穿越了人类的一切罪恶和苦难。作为人类灵魂王国的探险家，但丁在每一个上演惩罚和救赎的可能地带留下脚印，拿出足够的时间和极大的虔诚，用他脚下的亿万尘埃组成一道空前浩渺的土星式轨迹。或许那些具有"土星气质"的人们，注定要像《神曲》里的但丁那样，在"人生的中途"走进一场噩梦，并且终生与这场噩梦殊死鏖战，使尽浑身解数甄别着虚幻

---

① ［意］但丁：《神曲》，王维克译，《但丁精选集》，吕同六编选，北京燕山出版社，2004年版，第81页。

噩梦与现实人生的界线：

> 每于不意中陡见陋室窗帷一角
>
> 无端升起蓝烟一缕，像神秘的手臂
>
> 予我灾变在即似的巨大骇异，毛骨悚然。
>
> 而当定睛注目：窗依然是窗，帷依然是帷。
>
> 天下太平无事。
>
> （昌耀《噩的结构》）[①]

在这支由西方人文视野汇聚而成的庞大"土星家族"之外，中国诗人昌耀以酷爱描摹噩梦的结构而著称于世，以他诗句中埋藏的生命体验表达着"同是天涯沦落人"的相惜之情。尽管他自信"宇宙之辉煌恒有与我共振的频率"（昌耀《巨灵》），但这个偏居西域的名字没能与中国当代押上韵。在昌耀那些沙砾般的文字中，无论是公认的佳作还是古怪的篇章，即便是最为雄浑、热烈、昂扬的诗句岩层之下，孤独、隔绝、幽愤的**土星**式心绪都会像一脉脉流动的地下矿泉，在被太阳炙烤得近乎龟裂的岩缝罅隙间汩汩渗出，为每一个受难的词语施洗，带领它们飞向苍穹。在距离噩梦的"蓝烟"不远处，昌耀艰难地书写出他苍凉而悲壮的生命体验。他渴望跟随着古老的诗神，在土星光影间逡巡幻游：

> 哪有那么多梦呢？梦呓与谵语几乎不可分……我在梦里是一只绿色的豆荚。是在朝鲜元山附近一处农家菜园，我突然倒仆。也许倒仆了一年，天仍未亮，高射炮的弹火还在天边编织着火树。我的脸庞枕垫在潮湿的泥土。我知道我耳边的血流仍在更远的地方切开潮湿的土地。但我只

[①] 本书引用的昌耀作品均出自《昌耀诗文总集》，青海人民出版社，2000 年版。特此说明。

3

关注于从农家内室传来的纺车呜呜声。太绵、太悠远了，纺着我看不见的线。我一点也动弹不了。只觉着看不见的线是那么绵绵地将我牵动，将我纺织。（昌耀《内心激情：光与影子的剪辑》）

多年以后，昌耀用这样奇诡的方式回忆起，作为志愿军一员的他在朝鲜战场上倒下的那个瞬间。这是他在朝鲜做的最后一个梦，因为炮弹击中了他的头部，这极有可能也是他生命中最后一个梦。神智迷蒙间，一条看不见的线在悄悄地纺着，这个年轻的志愿军战士变成了梦里的一只绿色豆荚，永远长在他倒下的那个农家菜园里。年少的昌耀在那条藤蔓上究竟发现了什么呢？他看到了家的形象？听到了母亲的纺线声？抑或是感受到死神的召唤？这个王家祠堂的逆子（昌耀原名王昌耀），一个用生命写作的诗人，两者之间该画出一道怎样的弧线呢？昌耀说，一切都太绵，太悠远了。但他终于活了下来。

"密西西比河此刻风雨"（昌耀《斯人》）。几乎与昌耀的朝鲜豆荚梦发生在同一时间，地球那壁的德语诗人保罗·策兰（Paul Celan）写道："数数杏仁，／数数这些曾经苦涩的并使你一直醒着的杏仁，／把我也数进去：／／我曾寻找你的眼睛，当你睁开它，无人看你时，／我纺过那些秘密的线。／上面有你曾设想的露珠，／它们滑落进罐子／守护着，被那些无人领会的言词。"（保罗·策兰《数数杏仁》）①就这样，来自不同国度的两个诗人共同完成了一首关乎生命的献诗。昌耀倒仆时分听到的那段悠远绵长的纺线声，冥冥之中或许正源自他乡的保罗·策兰，而策兰要寻找的仿佛正是昌耀黑色的眼睛。在纳粹的铁蹄下，这位饱经离乱的犹太诗人，没能来得及与被抓进集中营的母亲做最后的告别，成为了他后半生长久的隐

---

① ［德］保罗·策兰：《保罗·策兰诗文选》，王家新、芮虎译，河北教育出版社，2002年版，第29页。

痛。① 他越是不安，就越爱数那苦涩的杏仁，似乎就越想用诗歌纺"那些秘密的线"，就越能理解天真的昌耀在十三岁时瞒着家人随军远行的壮举②。因为对于湖南老家的母亲来说，少年诗人的壮举同样意味着没有告别的永诀。于是，在对人间情愫的忧伤缅怀中，不论是策兰的"杏仁"，还是昌耀的"豆荚"，不论是策兰的"把我也数进去"，还是昌耀的"将我牵动，将我纺织"，都成为"太绵，太悠远"的呼唤，成为他们口中"无人领会的言词"。因为在这里，无论词的箭镞多么锋利，它并没有击中物的靶心。失效的词患有一种溃散的忧郁症，在虚空的语言空间里孤魂一般地游荡。这也成为昌耀写作的**噩梦**。因此，当回忆闸门缓缓拉开时，在昌耀和策兰的作品中，他们都心甘情愿地将抒情主人公降格到物的层次，降格为微小的宾语。在人世的悲欢离合面前，或许只有微小之物才能聆听到天地间最内在的声音，体察到这个物质世界最本质的律动，才能敏锐地抓取生活中最宝贵的时空片段，使其进入茫茫宇宙中可供铭记的永恒序列：

　　曾几何时，一位年轻的母亲对着夹挤在市廛人群向前

---

① 保罗·策兰即由此写出了他最著名的诗作《死亡赋格》。

② 关于这段经历，昌耀做过如下的回忆："1950 年 4 月，38 军 114 师政治部在当地吸收青年学生入伍，我又瞒着父母去报考，被录取，遂成为该师文工队的一员，后来就有了我此生最为不忍的一幕——与母亲的'话别'。每触及此都要心痛。那是开赴辽东边防的前几日，母亲终于打听到我住在一处临街店铺的小阁楼，她由人领着从一只小木梯爬上楼时我已不好跑脱，于是耍赖皮似的躺在床铺装睡。母亲已有两个多月没见到我了，坐在我身边唤我的名字，然而我却愣是紧闭起眼睛装着'醒不来'。母亲执一把蒲扇为我扇风，说道：'这孩子，看热出满头大汗。'她坐了一会儿，心疼我受窘的那副模样就下楼去了。战友们告诉我：'没事儿了，快睁开眼，你妈走了。'当我奔到窗口寻找母亲，她已走到街上，我只来得及见到她的背影。她穿一件绲边短袖灰布衫，打一把阳伞正往边街我家的方向走去。她将她的一把蒲扇留在了我的床头。那年我十三周岁。我没有意识到这就是我与母亲的永别。"参阅《昌耀的诗·后记》，人民文学出版社，1998 年版，第419—420 页。

蹒跚学走的儿子大声喝斥："小伙子，靠边儿走！"那时，我体验到了母亲眼里的自豪及其超越时间的祝祈：钟声啊，前进！（昌耀《钟声啊，前进！》）

对于过早就在市廛人群里向前蹒跚行走的昌耀来说，尽管每一次对母亲的回忆文字都充满了节制，却依旧令他本人和他的读者产生伴"随着每次阅读时肉体的感动"（博尔赫斯语）。就像每个人的生活都会被分成"在母亲身边的日子"和"离开母亲的日子"一样，母亲成为一位掌控儿子现世生存的命运女神，成为一枚标记在生活与语言之间的转渡符号。据此，意义空间里的文本也可划分为事境和语境两大类。由真实生活的事境组建的第一现场，是我们梦想回归的伊甸园，这种原始冲动让那些后置性的追忆和还原努力面临着极大的考验。虽然**语境**的森林总是遍布着吊诡和含混，但将事境的幼兽放养在语境的森林里，是每一个渴望追忆的写作者必然的作业。唯有如此，追忆方才成为可能。诚如萨特（Jean-Paul Sartre）所警惕的那样，语词只是掠过事物表面的阵风，它只是吹拂了事物，并没有改变事物。作为一个严格的写作者，昌耀也像策兰那样，在警惕着语言的乏力和矫情，防止它们成为"无人领会的言词"，防止它们沦为写作的噩梦。这也在暗中提醒了诗人，要牢记那个事物的靶心，它将成为诗人写作的梦想。

毋庸置疑的是，"离开母亲的日子"毕竟要陪伴我们走完生命里更长的路，介入我们更细微的生活体验，让我们更刻骨铭心地认识到语言之于生活的意义。于是，在"人生的中途"，作为浓郁"土星气质"的携带者，昌耀如同一只懵懂的幼兽，必将跌进一座命运中与生俱来的噩梦森林，就像他同时走进一座充满敬畏和热爱的语境森林一样。诗歌，必将成为昌耀承载人世情感的一件最高尚的语言衣钵，成为他对消逝之物最富意味的一种招魂术。

诗歌是清白无邪的事业，所以诗人无限热衷于这项语言游戏；

诗歌也是最危险的财富，所以诗人因道说真理而不幸罹祸。[①]语言与命运，诗歌与诗人，符号与世界，总是紧密地缠绕在一起，如切如磋，如琢如磨。昌耀在他的诗歌中讲述了他在精神世界的泅渡和历险，呈现了他的快慰和伤痛。作为在日常生活中遍体鳞伤的受伤主体，昌耀也必将依靠诗歌，对个体生存中表现出的匮乏与残损做出象征性的修复和疗救。我们同时可以看到，词怎样在山重水复间朝向物艰难地跋涉，诗的梦想如何借助语言穿越生活；我们还将看到，昌耀在强烈生命体验关照下的诗歌写作，如何透露了人类世界关于生存和语言的失败与伟大。

复写，转换，自救

本导言旨在为昌耀的整个创作体系提供一份基础性的研究纲要，意在打捞、清理和分析目前昌耀研究界尚未展开的若干沉潜命题。相对于那些经历了岁月历练和沉淀后的文字来说，考察昌耀作为一个个体在时代中的生活经验，显然对这项研究是必不可少的，也是直观而有趣的。诗人柏桦说："诗人比诗更复杂、更有魅力、也更重要。诗人的一生是他的诗篇最丰富、最可靠、最有意思的注脚，这个注脚当然要比诗更能让人怀有浓烈的兴味。"[②]这种认定对于昌耀诚然是有效的。昌耀出生于湖南桃源王家坪村（今红岩塂村）的一个大户人家。因为从小怕鬼，当他考入湘西军政干校后，因为不敢起夜而常常尿床，不得不被校方勒令退学；[③]但他并不肯善罢甘休，又瞒着父母报考了中国人民解放军第 38 军 114 师

---

① 参阅［德］海德格尔：《荷尔德林和诗的本质》，《荷尔德林诗的阐释》，孙周兴译，商务印书馆，2000 年版，第 37—41 页。

② 柏桦：《左边——毛泽东时代的抒情诗人》，江苏文艺出版社，2009 年版，第 94 页。

③ 参阅昌耀：《昌耀的诗·后记》，前揭，第 419 页。

文工队，开始了日夜与军鼓、二胡和曼陀铃为伴的戎马生涯，不日即随军开赴朝鲜战场；负伤回国后，他进入河北荣军学校，因为从保定城里买来的一张名为《将青春献给祖国》的藏地风情宣传画而备受鼓舞，在毕业后毅然决定投身大西北建设，从此入赘青海；①1957 年的昌耀年纪尚轻，热爱创作，对政治生活和社会活动不太积极，并且刚好有人揭发他写了"歪诗"，②青海省文联理所应当地把从上头分配下来的右派指标划归给他，让他到农村接受贫下中农再教育；下放到牧区后，他在尊严问题上屡次顶撞村支书，并听从房东的建议，装病不出工，在"家"里摆弄乐器，终于招来一辆荷枪实弹的吉普车将他带走，成为真正意义上的囚徒；③这一走就是二十余年，当历史烟云散去后，他依然顶着剧烈的高原反应登上了太阳城参加诗会；与他的土伯特妻子离婚后，他横下一条心把住房留给她和子女，自己搬到摄影家协会的办公室独居，沦为"大街看守"；感情无所归依的诗人苦恋着远方的梦中情人 SY，一日突发奇想，在信中煞有介事地向后者索求"长长的七根或九根青丝"；直到生病入院，因无法忍受病房吵闹不宁，他执意要求医院在走廊为他增设一张病床；直到万念俱空，他拖着沉重的病体艰难挪向病房

---

① 参阅昌耀：《艰难之思》，《昌耀诗文总集》，前揭，第 403—405 页。

② 即《林中试笛》（二首），在反右期间被当作"毒草"发表在 1957 年第 8 期的《青海湖》月刊上。该诗的《编者按》称："这两首诗，反映出作者的恶毒性阴暗情绪，编辑部的绝大多数同志，认为它是毒草。鉴于在反右斗争中，毒草亦可起肥田作用，因而把它发表出来，以便展开争鸣。"参阅昌耀：《昌耀的诗·后记》，前揭，第 418 页。

③ 昌耀在 1962 年撰写的对自己右派问题复议的《甄别材料》中称："我不愿参与社会活动，不愿过问旁人的事。我将生活划分为哪一种对我的创作是有利的，哪一种是无益的。比如：我觉得逛庙会，去草原对我的创作就有好处，能启发我写作的灵感，而开会，柴米油盐酱醋茶之类的生活琐事似乎只对创作小说的积累素材有好处……我对政治与艺术的理解是幼稚的。这也表现了我的不成熟。"参阅燎原：《昌耀评传》，人民文学出版社，2008 年版，第 75—76 页；另可参阅章治萍：《雨酣之夜话昌耀》，《中国诗人》（季刊）2007 年第 1 期。

的阳台并一跃而下……①就这样，昌耀被抛进了长达一生的噩梦之夜中。在这个暗无天日的世界里，却也布满了星星点点自由选择的萤火虫。昌耀一直在行使着他的自由意志，在生活的交叉路口处为自己做着决绝的裁定。而在他一生中间的众多选择和裁定中，只有诗歌成全了他的生命体验。昌耀选择了诗歌，诗歌也选择了昌耀。当我们在他的诗中发现了一个诗人艰涩的行脚时，昌耀会告诉我们：他"是风雨雷电合乎逻辑的选择……是岁月有意孕成的琴键"（昌耀《慈航》）。

在昌耀大部分作品中，不论抒情主体采取第一人称还是第三人称，一副饱经忧患的诗人形象隐约可辨：从《凶年逸稿》中"有一个时期／我坐在黄瓜藤蔓的枝影里抄录采自民间的歌词"，到《良宵》中"放逐的诗人"渴望"柔情蜜意的夜"；从《夜谭》中"我搭乘的长途车一路奔逐"在申诉之路上，到《慈航》中"摘掉荆冠／他从荒原踏来，重新领有自己的运命"；从《山旅》中"北国天骄的赘婿"，到《湖畔》里"库库淖尔湖忠实的养子"；从《雪。土伯特女人和她的男人及三个孩子之歌》中他和家人们"同声合唱着一首古歌"，到《致修篁》中的"我亦劳乏，感受峻刻，别有隐痛"……在严酷的现实生活面前，昌耀依赖写作行使文字最基本的权利，为个人经验提供了一种镜面式的**复写**。诗人将现世遭际物化为万贯家财，再租借语词的舟楫把它们运载到时间彼岸的码头。对于诗人来说，那里将是一个安全地带，也是一个安栖之所。

耿占春试图把昌耀的诗歌读成一部个人精神传记，挖掘这一话语整体的社会符号学意义："他的诗篇中的经验内涵承受着沉重的历史负荷与集体记忆，而他的诗歌想象力、他的修辞学幻象和象征主义，既是与这样的历史负荷相一致的对应物，又是修正与转换这种历史负荷的方法，他的诗歌因此而被理解为比记录单纯的个人困

---

① 以上材料均可参阅燎原：《昌耀评传》，前揭，第339—344页；第387—389页；第380页；第467—468；第486—487页。

境更为深入的一种转换困境的方法。因此我们最终能够把作为自传的昌耀诗歌，翻转为反自传的创造过程的记录。"[1] 在这类具有自传色彩的作品中，昌耀在炮制文本时所带来的快感，源于他流放时期的受虐经验，以诗歌中弥漫的准宗教氛围为背景，实现了"生之痛"与"文之悦"的象征交换。而当作为流放者的昌耀再度回归正常生活秩序后，世界却以另外一副面孔呈现在他面前，但受虐体验仍然牢牢盘踞在他的个人生活中，土星式命运在暗暗地支配着他。昌耀的诗歌在整体上直观表达了他的命运，写就一部"命运之书"，因此在昌耀的绝大多数作品中，抒情主体就约等于，或干脆等于诗人自己了。昌耀完全依赖自己的生命体验进行写作。在这种类似"数杏仁"的苦涩行动中，诗人情愿把他自己也数进杏仁队伍里去，将抒情主体的构成质料一点点转运调离，兑换为它的语言等价物，以书写的形式编织进符号的能指系统内部。对于昌耀，这几乎可以视作一种写作的本能反应，一种对时间的本质冲动，它们有时也仅仅体现为一次微不足道的生理冲动：

> 我抱起脚掌横陈膝头，然后用一把刮削器刨除那层苔藓般包垫在脚底及其周围的老趼……然后我收集起掉落在地板的皮屑去室外抛向草丛。心里想着，觅食的母鸡会很快啄净其中大部分，余下的细碎皮屑也将成为微小生物或草根的养料。其实在长年累月中我身体的每一部分早已潜移默化地一点一滴变作他物了，而他物又已成为他物的他物。（昌耀《苹果树》）

昌耀清楚地认识到事物的运动转化规律，脚底的老趼应当足以成为时间在诗人肉身上堆积的物化形式吧：它作为诗人身体的一部

---

[1]　耿占春：《作为自传的昌耀诗歌——抒情作品的社会学分析》，《文学评论》2005 年第 3 期。

分，被刮削搓碎，脱离了身体，再进入母鸡们的身体。这种转渡方式日夜不停地偷窃着自我，像蚂蚁搬家那样，一点一滴完成了生命原子从甲到乙的迁移："我儿时的红骨髓已为黄骨髓所替代，皮肤已变为多皱，时间早已将那个原来的我悄悄更换，并继续着这种恶作剧。"（昌耀《艰难之思》）诗人由此意识到，自己的生命，甚或每个人的生命，都无时无刻不发生着这样悲喜交加的**转换**。但这同时又令他困惑不已，加深了他高更（Paul Gauguin）式的追问："我们从何处来？我们是谁？我们往何处去？"这恐怕是人类自诞生以来最难于回答的疑问了。作为一个用生命写作的诗人，昌耀已经开始着眼于这类问题，并在他的诗歌中进行着艰涩的探索，他总结道："艺术创造的魅力其精义所在莫不是人世生活的诗化的抽象？抽象的基础愈是丰厚，抽象物的蕴积也愈丰厚，因而也愈具可为转换的能量，其魔力有如点石成金的'灵丹一粒'。"（昌耀《诗的礼赞》）昌耀屏息凝神扮演着一个炼金术士的角色，不仅镜面式地复写出个体的现实遭际，而且渴望将这些大量世俗经验锻造为诗化的抽象。在此过程中，诗人把现实困境重装为乌托邦力量，将消极感受改旗易帜为达观抒情。语言参与了这场神奇的哗变，它在此充当一把刮削器，把苦难的老趼剜掉，露出红嫩圆润的光泽，从而将身体造就为一件庄严的艺术品，用以抵御时间的删汰。此处，我们看到了一个美学化的理想身体的出场，它是一个焕发着艺术光芒的身体形象。它与时间对称，因此跻身诗人由衷讴歌的永恒序列。由此，昌耀的诗歌也完成了点石成金的转换使命。这种带有转换倾向的诗学努力，从很早起就出现在昌耀的作品中：

> 这是一个被称作绝少孕妇的年代。
> 我们的绿色希望以语言形式盛在餐盘
> 任人下箸。我们习惯了精神会餐。

> （昌耀《凶年逸稿》）

诗人描述了一场在孕妇稀少的年代里（即所谓的"三年困难时期"）的精神圣餐。肉体饥饿与精神盛宴在此实现了等价交换，语言包裹下的希望意念出现在了一个超现实主义的餐盘中，凡态的肉体概念就此隐匿于精神餐盘之外。稀缺的孕妇与绿色的希望相互嘲讽，孱弱的肉体与膨胀的精神在暗中厮磨。一个濒临绝后的民族谈论希望是虚妄的，语言变作一种匮乏空间里的填充物，这或许正标志着一种诗意的奇异诞生。曼德尔施塔姆（O.E.Mandelstam）直截了当地说："一个英雄时代已在词的生命中开始。词是肉和面包。词与面包和肉有着同样的命运：受难。人民在挨饿。国家更是在饥饿中度日。但仍有一样东西更为饥饿：时间。时间要吞食国家……没有什么再比当代国家更饥饿的东西了，而一个处于饥饿状态中的国家比一个处于饥饿状态中的人还要可怕。"[①] 因为语言亟待传唤出时间的对等物，昌耀在这里就以诗意的方式把词兑换成了肉体和面包，把它们投喂给饥饿的时间，企望以此解救国家和人民。这样，在昌耀的作品中，一个既隐而不显、又无处不在的肉体概念本身，也在进行着一次价值钙化，即从受难的、羸弱的、畸形的**犹太式身体**，变为强壮的、有力的、健美的**希腊式身体**。[②] 借助语言的魔力，在噩梦森林里逐渐萎蔫的肉身概念，得以在语境森林里复活、丰满，重燃"绿色希望"的艺术火光，让一个饥饿的民族由此铭记下苦难的集体生命体验，并开拓出一片繁衍与发展的可能意义空间。

　　这是昌耀在极具中国特色的饥馑年代里创作的诗歌，是伫立在饥荒威胁下的一个当代诗人的内心独白，它或许在最浅白的层次上诠释了海德格尔（Martin Heidegger）所谓的贫困时代的内涵。在昨

---

① ［俄］曼德尔施塔姆：《词与文化》，《曼德尔施塔姆随笔选》，黄灿然等译，花城出版社，2010年版，第39页。

② 参阅 Gerald L.Bruns, *On the Anarchy of Poetry and Philosophy : A Guide for the Unruly*, Fordham University Press, New York, 2006, pp49.

日之神已然逃遁，明日之神尚未到来的双重匮乏之中，作为贫困时代的诗人，他们必须依靠吟唱去摸索那些远逝的诸神的踪迹，尤其要对诗的本质予以特别的诗化（dichten），而作为后世之人的我们，必须要学会聆听这些诗人的道说。① 海德格尔说："这个时代是贫困的时代，因此，这个时代的诗人是极其富有的——诗人是如此富有，以至于他往往倦于对曾在者之思想和对到来者之期候，只想沉睡于这种表面的空虚中。"② 在这个意义上，生活在物质匮乏年代的昌耀有理由成为一个语言贵族，一个精神世界的债权人，一个美学批发商。他的诗歌便成为当年精神会餐上倾力烹制的尤物，成为他一生贫穷生活里飨宴灵魂的佳肴，成为中国民族精神餐桌上一道烩集道德内核与审美情怀于一炉的酸甜什锦。

在肯定价值真实的前提下，人们力图重新聚合起世界与个体分崩离析的状态。刘小枫在这种努力中辨析出两条突围线索：一条乃救赎之路，为西方传统精神所肯定；一条乃审美之路，是神性缺位的中国传统精神的一贯表达，二者自诞生起就存在着紧张的精神冲突。③ 诗的言说正彰显着这一冲突。如果海德格尔所谓的贫困时代，直指在残云漫卷的诸神遁去之后祖露出的审美朗空，那么昌耀和他的诗歌先辈们头顶这片天空，已经书写了上千年的阴霾与蔚蓝。我们抬头仰望之际，仿佛可以瞥见诗圣杜甫在吟咏"安得广厦千万间，大庇天下寒士俱欢颜，风雨不动安如山"（杜甫《茅屋为秋风所破歌》）时的婆娑身影。昌耀就出生在这架古老的抒情诗传统摇篮里，他天然服膺着诸如杜甫这般的美学上级发出的诗学指令，而他此生的精神私产，也正是那些镂刻于自身之上的、中国二十世纪的波诡云谲。

———————————

① 参阅［德］海德格尔：《诗人何为》，《林中路》（修订本），孙周兴译，上海世纪出版社集团，2008年版，第245页。

② ［德］海德格尔：《荷尔德林和诗的本质》，《荷尔德林诗的阐释》，前揭，第53页。

③ 参阅刘小枫：《拯救与逍遥》（修订本二版），华东师范大学出版社，2007年版，第35—39页。

在这个神性救赎哑然失效的世纪，西方世界的人类精神面临着前所未有的贫困，现代人的写作遭遇了全面的危机。诚如荷尔德林（Friedrich Hlderlin）所云，哪里有危险，哪里也生出拯救。只有危险出现的地方，拯救的出场才是必要的。每种危险自身都同时包含了一个令自己转危为安的拯救可能。而对于这场由语言挑起的危险，也只能依赖语言（诗艺）的手段加以拯救。[①]人类渴望救援的双手最终抓住了这根审美的稻草，审美过程由此蒙上了些许救赎色彩，两者中间仿佛掠过一丝重合的幻影。而当作为审美之邦的中国，在面对它二十世纪的历史和精神现实时，当像昌耀这批经历了几重生死考量的当代诗人，艰难地唱出审美之歌时，我们难道就不会嗅出他们作品中的救赎气息吗？难道审美和救赎的精神冲突就不会激活中国诗学体系中的救赎机制吗？阿多诺（Theodor Adorno）感叹过，奥斯维辛之后的诗歌写作是野蛮的，在当代中国，这句过激之辞或许正告诉我们，这个民族需要什么样的诗人。哪一类诗人应当值得我们关注。他们也许正乘着黑夜攀援在民族精神的屋脊，以审美的方式施展救赎之事功，不论是对于民族还是个体，实质上也在进行着一场波澜不惊的**审美自救**：

> 偶像成排倒下，而以空位的悲哀
> 投予荷戟的壮士，
> 壮士壮士壮士
> 踩牢自己锈迹斑斑的影子，
> 碎玻璃已自斜面哗响在速逝的幽蓝。
>
> （昌耀《燔祭》）

在昌耀的这种自救式写作中，超验神性摇撼远去，自然生命

---

①　参阅张枣：《朝向语言风景的危险旅行——中国当代诗歌的元诗结构和写者姿态》，《上海文学》2001 年 1 月号。

大踏步走上台前，接过救赎的权柄。虚无的钟声依稀回荡，泣诉着"空位的悲哀"。现实一派萧然，孤独的壮士形影相吊，保持战斗者的姿态，反复默诵着救世者的姓名。破碎的偶像无异于一面重创后的镜子，无法再现天国之神的完美形象，只能怀着救赎的渴望，在一阵急骤刺耳的脆响中，沿梦想的斜坡加速滑向审美一极，划出一抹幽蓝的冷光。噩梦般的"蓝烟"再次无端升起，"噩的结构正是如此先验地存在，／以狰狞之美隐喻人性对自身时时的拯救，／而成为时时可被欣赏的是非善恶。"（昌耀《噩的结构》）幽蓝是自救的颜色，而自救是速逝的幽蓝：

> 好了，教训已经够多、够惨，但我好长岁月依旧难得狡猾，譬如为出版事就一再轻信、盲从、盲听，贻误时机，直到几天前才警觉然，才重又记起鲍狄埃的诗句"从来就没有什么救世主"，诗人们只有自己起来救自己！（昌耀《诗人们只有自己起来救自己》）

这是昌耀发布在 1993 年《诗刊》第 10 期上的一则别致的征订广告。因诗集出版一事几度流产，"难得狡猾"的诗人决计自费印制"编号本"以刺激消费。而在诗艺上异常"狡猾"的昌耀，终于从他的诗歌中传唤出了这种自救意识，让它浮出现实的地平线。诗歌的外部事务在最后关头选择了诗歌的内部原则予以应对，从鲍狄埃耳熟能详的诗句来看，长期崇尚无产阶级美学的昌耀迎来了他意识上的一次迟钝的"警觉"。然而，这种"狡猾"和"警觉"直到最后关头也没能力挽狂澜，即使一本名为《命运之书》的诗集于一年后出版问世，但自序里的一句"荒诞不经"，似乎全线击退了诗人正向现实破土而出的自救精神。就像俄耳甫斯在走出冥府的途中忍不住回过头向欧律狄刻深情的一望，后者即在瞬间灰飞烟灭。可悲？可笑？一次失败的救援？"历史啊总也意味着一部不无谐戏的英雄剧？"（昌耀《哈拉库图》）自救之光哗然速逝，倏地退入诗行，退回语言的幔帐，退至本然自足的审美场域，诗人也随之回到了价值等级体系为他派定的位置上。昌耀堂·吉诃德式的冲刺和失败，划出了审美的边界和自救的上限，也厘定了诗人在这个世界上的话语姿态和动作范围。

"语言的怪圈正是印证了命运之怪圈。"（昌耀《僧人》）《命运之书》的作者在他其后出版的一本诗集封面上的"作者简介"里，却赫然写下了那些横遭搁浅、无缘问世的诗集名称。[①] 这是一处深谋远虑的"笔误"，是一次具有精神分析色彩的"玩笑"。它一语道破天机，这个世界的真实意图，就悄然蜷缩在那尴尬的一角，等待着被时间召唤。"狡猾"的昌耀如愿地完成了一次纸上的自救，语言替诗人拯救起未竟的梦想。俱往矣，在某种程度上，一个诗人的一生暗示给我们人与世界的关系："充满劳绩，然而人诗意地／栖居在这片大地上"（荷尔德林语）。昌耀与他身处的世界堪称一种**诗意**的关系吧，尽管这种诗意浸透了孤独、苦涩和荒诞的气息，但就像诗人必然地选择了诗歌作为他的生活方式，他也定然选择一种可供理解生活的诗歌样式，把握一种梦想的机缘。萨特说，人类对他自身做出的自由选择，与所谓的命运绝对等同。[②] 那么昌耀用诗歌写就的命运之书，同时也等同于一部选择之书，一部梦想之书。昌耀渴望用他的自由意志写就一帧梦想的诗学。在他的作品中，笔墨的终点，即是梦想的起点。

---

① 1998 年，人民文学出版社出版了昌耀的诗集《昌耀的诗》，不知是审校疏忽，还是作者故意为之，该书封面印写的"作者简介"中称："昌耀……已出版诗集《昌耀抒情诗集》《情感历程》《壐的结构》等。"而实际上后两部诗集皆因故未能出版问世。其后见诸书面的关于昌耀作品的介绍也频频出现这一讹误。

② 参阅［法］萨特：《波德莱尔》，施康强译，北京燕山出版社，2006 年版，第 149 页。

惰性，情结，梦想

在一次访谈中，昌耀对自己的诗风有过这样的描述："我的诗是键盘乐器的低音区，是大提琴，是圆号，是萨克斯管，是老牛哞哞的啼唤……，我喜欢浑厚拓展的音质、音域，因为我作为生活造就的材料——社会角色——只可能具备这种音质、音域。"[1]昌耀用低音区来定义自己诗歌的声学品质，这是他的社会角色赋予给他的朴实风格，也是他的内在秉性使然。昌耀曾坦诚地说："我欣赏那种汗味的、粗糙的、不事雕琢的、博大的、平民方式的文学个性……我所理解的诗是着眼于人类生存处境的深沉思考。是向善的呼唤或其潜在意蕴。是对和谐的永恒追求与重铸。是作为人的使命感。是永远蕴含有悲剧色彩的美……我厌倦纤巧。"（昌耀《艰难之思》）雄浑的低音区奏响了沉潜在人性深处的健朗音符，昌耀关注的是人类精神基座上的生存事件，犹如梦想着"树墩是一部真实的书"（昌耀《家族》）一样，偏重低音的声学特征，也使他的诗歌具有了风化和沉淀的力量，形成一种坚硬的质地，一种劳作的美学，一种雕塑感。雕凿是一次赋形的演奏，也是写作的隐喻：

> 雕凿一部史论结合的专著。
> 雕凿物的傲慢。
> 雕凿一个战士的头。

（昌耀《头像》）

昌耀渴望在铿锵有力的敲击声中雕凿出一颗永恒的头颅，它带着意味深长的粗线条、石器时代的光环、英雄般的桀骜，古道热肠中浸润着坚韧的灵魂和冰冷的意志，以及一切逝去岁月里的荣耀。

---

[1]　昌耀：《宿命授予诗人荆冠》，《昌耀诗文总集》，前揭，第589页。

他在遥遥回应着里尔克（Rainer Rilke）的颂歌："我们不能知道他传说中的头颅，/ 和成熟的苹果般的眼睛。然而 / 他的残像，仍遍浴着由内而外的辉煌，/ 像一盏灯，他的凝视此时转向低处，/ 正隐隐闪现出所有力量。"（里尔克《古阿波罗残像》）[1] 里尔克用内在的光亮书写了一个虚空的头颅，昌耀如女娲补天一般，在奋力用诗歌填补上这一现代人的精神缺位。他梦想雕凿出一个浸透着生命力的实体，将人在宇宙和历史中的形象修缮完整。尽管这不过是里尔克擅长书写的、虚空下的片刻显形，但昌耀沉醉于他的诗歌雕像，借助它，诗人可以重新展开与自然和历史的对话，再造一尊慈悲的神祇："我，在记忆里游牧，寻找岁月 / 那一片失却了的水草……"（昌耀《山旅》）

昌耀不失机缘地寻找到了一类坚硬的形象，它们浑身充溢着斧凿时劈啪的火星和砥砺的音符，他喜爱将它们置于诗集的封面，以表明自己的美学品味，如同他津津乐道于"卡斯特罗气节""以色列公社"和"镰刀斧头的古典图式"等左派形象一样。[2] 美学上的"左"派却吊诡般地成为政治上的右派，昌耀承受着精神和肉体上双重的撕扯和摧残，他在自己的诗歌雕像中品咂着一种错乱而迷幻的中国公民身份，一部名副其实的史论专著，抑或是一种高贵诗意的降临。低音区内近乎涩滞的奏鸣，催促着这类坚硬形象的诞生，它们孤独地俯卧在世界的最底层，暗自修补着残损的自我以及精神缺失的同代人，也同时磨制出盛载梦想的诗意容器。

因此，不论在诗人的现实"离骚"中，还是在他的语境梦魇里，这类坚硬的形象会天然带有一种**惰性**，一种回归根部的梦想，就像一类绝少参加化学反应的古怪气体，沉潜在元素周期表的底部，散布着玄奥而清幽的光亮。这是一种结构复杂的惰性，它本身

---

① 此处采自张隆溪译文。参阅张隆溪：《道与逻各斯——东西方文学阐释学》，冯川译，江苏教育出版社，2006年版，第118—119页。

② 参阅昌耀：《昌耀的诗·后记》，前揭，第416页。

蕴含着一种悖谬特征，喂养了一种潜滋暗长的相反的力量，具有性格上的二重性；这是一种不失尊严的惰性，垂首蹙眉的低调与沉默救护了一块思考的空间，开辟了一片林中空地，甚至我们会从中恍惚感觉到一种风度翩翩的轻逸姿态；这也是一种积极的惰性，在昌耀大部分的作品中，我们能够体会到蕴藏在坚硬形象内部的爆发力、嘶喊声和词语的激情狂欢。昌耀的诗歌重新定义了惰性的概念，它作品中大量积淀的惰性气质，成为了倾注历史因子和情感细胞的语言聚合体，是诗人错乱而迷幻的个体身份的产物，是昌耀发明的诗意容器，它忠实记录了梦想中生命的勃起与阵痛：

> 一百头雄牛低悬的睾丸阴囊投影大地。
> 一百头雄牛低悬的睾丸阴囊垂布天宇。
> 午夜，一百种雄性荷尔蒙穆穆地渗透了泥土，
> 血酒一样悲壮。
>
> （昌耀《一百头雄牛》）

这是昌耀梦想的一派蔚为壮观的场景。在这个冥构的世界里，强烈地弥漫着力比多的阳刚气息，张扬着纯粹的雄性原则。对于一个在生理和心理两方面长期受到特定时代逻辑压抑的诗人来说，对雄牛军团横亘于天地之间、斗志昂扬的坚硬性器的歌颂，绝对称得上是再本能不过的反抗意志。但诗人并非只停留在本能的释放和宣泄的层次上，他力图将力比多驱动下的性欲冲动升华为一种爱欲秩序。马尔库塞（Herbert Marcuse）说："在爱欲的实现中，从对一个人的肉体的爱到对其他人的肉体的爱，再到对美的作品和消遣的爱，最后到对美的知识的爱，乃是一个完整的上升路线。"[1]诗人让阵容庞大的"雄性荷尔蒙"在午夜时分渗入泥土，体现了对压抑有

---

[1] ［美］马尔库塞：《爱欲与文明》，黄勇、薛民译，上海译文出版社，1987年版，第154—155页。

切肤体验的昌耀，关乎人类文明的深远布局："午夜"象征着女人无边的温柔，"泥土"暗喻了母亲多孕的腹部，无论在东方还是西方语境中，它们都属于典型的阴性词汇。精华的雄性物质"穆穆地渗透"于这类阴性时空，实际是在静谧中完成了一次伟大的阴阳交汇，是一次和谐的诗歌梦想，是爱欲的复苏和呈献。在爱欲秩序的不断升级中，诗人抵达了"对美的知识的爱"，促成了惰性气质的上升和飞跃。昌耀又将这支雄牛军团的数目定为令人瞠目的"一百头"，希望借助雄牛的伟力从集体主义的热情奔突至共产主义的狂想，构筑一个梦幻乌托邦："我一生，倾心于一个为志士仁人认同的大同胜境，富裕、平等、体现社会民族公正、富有人情。这是我看重的'意义'，亦是我文学的理想主义、社会改造的浪漫气质、审美人生之所本。"（昌耀《一个中国诗人在俄罗斯》）

雄牛是昌耀在西部高原上极为熟悉的生灵，诗人笔下这一百头雕塑感十足的雄牛形象，正是在这个广袤的背景下，寄寓了他的政治理想和美学旨归。同时，这一由惰性气质派生出的雄牛形象，也足以蕴藉诗人充溢着澎湃生命力的、粗线条式的、低音区的语言特征，因此它更易演化为一套诗学情结，以充足的精神能量支配着诗人的创作。加斯东·巴什拉（Gaston Bachelard）称："当人们承认了心理情结，似乎就更综合地、更好地理解某些诗篇。事实上，一篇诗作只能从情结中获得自身的一致性。如果没有情结，作品就会枯竭，不再能与无意识相沟通，作品就显得冷漠、做作、虚伪。"[1]于是，我们或许可以认定，昌耀的深层诗歌写作心理中具有一种**雄牛情结**，它在更广泛的意义上构成一种昌耀式的**英雄情结**，暗自统摄了诗人的写作风貌，深深地契合了西部地理原始浩瀚的美学性情，同时，这一刚性的英雄逻辑也彰显着诗人无边的焦虑意识。作为昌耀作品的阳性原则，雄牛情结可以为我们解释，他的诗歌在

---

[1] ［法］加斯东·巴什拉：《火的精神分析》，杜小真、顾嘉琛译，岳麓书社，2005年版，第24页。

精神向度上的超拔、坚忍和向善，在遣词造句上的坚硬、生僻和涩滞，也可以在写作之外，为我们解释昌耀在处世为人上的诚恳、憨厚和单纯，甚至让我们明了，他在生活的交叉路口处做出的、与他命运等同的自由选择，都或多或少受到潜意识中雄牛情结的驱策。

我们可以在昌耀众多的诗篇中，迎头撞见雄牛及其同类的身影，如水手、船工、驭夫、父亲们、挑战的旅行者、穿牛仔裤的男人、牛王、河床、高车、木轮车队、24 部灯、龙羊峡水电站、金色发动机、堂·吉诃德军团……这一系列阳性物象，驮载着诗人与日俱增的内心能量一路奔腾，并且，借助这种蓬勃有力的雄牛情结及其体现者的生命合力，诗人渴望在心灵废墟之上，缔造出一片迅速崛起的父性空间，以此来容纳自己内心真实的赞美和焦虑。在雄牛情结的支配下，无论是阳性物象，还是父性空间，它们要将诗人的梦想带到何方？它们是否可以在诗中一劳永逸地拯救失落的人类精神？这种过剩的阳刚气质果真能独霸昌耀的诗歌帝国吗？在雄牛军团狂飙而过的尘埃渐渐飘落之际，一个似曾相识的沉默形象却将我们带进一片迥然异趣的天地：

> 感受白色羊时的一刻
> 音符与旋律驱动将黑夜荡涤漂卷。
> 倦意全然扫却，顿觉心底多日之苦索
> 瞬间丰满成形，眼前豁然开朗洞明。
>
> （昌耀《感受白色羊时的一刻》）

黑夜中的"白色羊"如圣物般莅临人间，在飘荡的音乐中成为了所有"倦意"和"苦索"的终结者。"白色羊"就诞生在这样一个宗教意味十足的场景当中，它几乎等同于一只上帝的羔羊，一个耶稣基督的化身，一个平静的受难者的形象。这里的音符和旋律，绝非锉刀和石像撞击时迸发而出的铿锵声响，它们如同羔羊的啼唤那般温柔轻盈，如丝如缕，绵远悠长。在昌耀站立的雪域高原，在人迹罕至的西部荒漠，本土的藏传佛教气息教会了这个充满血性的、颠沛流离的诗人一种安静的艺术，带领他开辟一条退守进内心生活的乡间小路。在这条小路上，诗人结识了许多如羔羊般安静的生命，它们与诗人拥有相似的命运，却更加懂得如何默享苦难的恩赐，这些神圣的生灵，向诗人施展了一种超验的灵魂按摩术，它们从人们的内心里召唤出这样的声音："而当你作一声吟哦，风悄息。／我重又享有丝竹那如水的爽洁"（昌耀《给我如水的丝竹》）。

羔羊是娇小的，但它的力量是巨大的，具有一种消解困顿的作用，那正是每一种危险自身所包含的拯救可能性。在必要的时候，它会给一切威风凛凛的事物献上一计化骨绵掌，让咄咄逼人的狰狞和强硬瞬间消于无形，豁然开朗洞明。这是昌耀暗中埋藏在诗句中的神奇种子，是他悄悄孵化的词语精灵。"白色羊"形象的出现，是诗神对昌耀的恩典，是昌耀的智慧和幸运，是诗人隐秘的欢乐。昌耀把这一形象深藏在他的诗歌当中，像 条时隐时现的小溪，缓缓地流过每一个富含机缘的事物身旁。在他的众多作品中，我们会发现这一圣洁的形象会幻化成牧人、少女、天鹅、蜘蛛、蚂蚁、车轮、陶罐、织机、丝竹、炊烟、泥土、贝壳、雪……它象征着那些默默受难的、具有温柔气质和理疗功能的、能够召唤出人类意念深处的悲悯情怀的弱小事物。"我是这土地的儿子。我懂得每一方言的情感细节。"（昌耀《凶年逸稿》）昌耀是一个诗化世界的通灵者，他在这些事物中间心有灵犀地找到了难得的知音，他能够听懂这些弱小事物的方言俚语，能够与它们交谈。昌耀把自己也当作它们中间的一员，一个同样来自凡间的、微不足道的生命，与它们相比，自己身上的苦难也就显得稀松平常，不足挂齿了。

敬文东认为，在这个意义上，昌耀是懂得缩小自己以进入世界和人生的少数几个当代中国诗人之一。他懂得一个弱者的真正力量。缩小自己使昌耀看待万物的眼光自然就要低些。这导致了两个结果：一是他在仰视宏大事物时，的确看到了伟大的一面，但他往往看不到它们那无边无际、一望无垠的伟大整体，却更容易看到伟大事物身上渺小的灰尘。二是低矮的目光更能使诗人看清细小的事物，并对细小事物的倔强、坚固的韧性，报以深深的敬佩和同情。[①] 昌耀由衷地喜爱与这些事物交谈，也喜爱在诗中谈论它们。我们不妨将昌耀的这种创作心理称为羔羊情结，它是诗人作品中的阴性原则。如果说，昌耀诗歌写作中个性突出的雄牛情结是屋顶垒砌的坚硬砖瓦，那么羔羊情结就是砖瓦缝隙间长出的一根根青草；雄牛情结构成了昌耀诗歌的硬朗骨架和健硕肌肉，**羔羊情结**则融化进他体内每一处毛细血管和广为分布的微小神经，两者都来源于西部高原图腾般的生灵物象，共时地存在于昌耀的诗歌体系中。

羔羊情结犹如雄牛情结在水中的倒影，是每一个物种心灵的本质还原，它标识了一种存在的孤独状态，点染了词语的忧郁色彩。羔羊情结的出现，让雄牛情结独霸昌耀诗歌帝国的野心宣告破产，从此缔造出了昌耀笔下的一个诗歌共和国。雄牛情结和羔羊情结在诗歌中的交相互动，体现了诗人面对写作的复杂心态。澎湃的"雄性荷尔蒙"渗入午夜的泥土，"白色羊"的音符和旋律将黑夜荡涤漂卷，羔羊情结在语言中驯化着雄牛情结，这一规律让诗人总是保持精神上的胜利姿态，然而午夜（黑夜）依然暴露了它词义上的暧昧性。语言上的抵牾和含混更加有助于诗意的生产，正如"我不能描摹出的一种完美是紫金冠"（昌耀《紫金冠》），这一完美价值的非道说性，至少让我们清楚，雄牛情结和羔羊情结绝不是幼稚的二分法思维的产物。在诗化语境里，一加一通常要大于二，甚至在某些情况下，它就等于一切：

　　自从看到某君画的那头倒毙的奶牛，我才发现自己

---

① 参阅敬文东：《对一个口吃者的精神分析——诗人昌耀论》，《南方文坛》2000 年第 4 期。

懂得了奶牛的一生……她的骨架仍然粗实、高大、强而有力，现在仅撑着一张多皱的皮，像是风雨里坍塌的幕帐。像是防雨布覆盖下的一堆峥嵘的岩石。像是锈蚀在海边的一辆载重卡车。而其实——人们说——仅是一头死牛。最慈爱的毕竟是这片大地了。母亲的大地正抽出鲜花将自己的造物掩藏，然后将其纳入怀中。（昌耀《内心激情：光与影子的剪辑》）

奶牛，似乎可以看作昌耀的雄牛情结与羔羊情结交汇下的典型产物。粗壮的牛性价值上叠加入了哺乳的母性价值，这头奶牛便是阳性与阴性的象征合体。从终极意义上看，这种阴阳合体其实也存在于每一个事物、每一个词身上。巴什拉借用深层心理学术语"安尼姆斯"（Animus）和"安尼玛"（Anima）来区分事物的阳性气质和阴性气质，它们是这两种气质互相渗透分别得出的结果。他提出，**梦想**源于"安尼玛"的影响，梦想的诗学即"安尼玛"的诗学。[①]随着这头奶牛的倒毙，我们目睹了一场危险的降临，一个希腊式身体迅速切换为一个犹太式身体，雄牛情结和羔羊情结终结于这片慈爱的大地，不论奶牛身上的阳性气质和阴性气质孰多孰寡，它终究要纳入母性大地的怀中，陷入一场永久的梦幻。在这纯粹的梦想里，在昌耀的诗歌共和国，作为梦想者的奶牛，甚或任何一件事物，阳性或是阴性，它们都要沿着梦想的斜坡往下走，一直往下走。带着这种与生俱来的诗学惰性，它们才能回到原初的摇篮，回到大地。在那里，人们最终会与自己心中的神相遇，找到一片"安尼玛"式的和谐与安宁，最终获得拯救。梦想来源于大地，也归之于大地。"大地的本质就是它那无所迫促的承荷和自行锁闭，但大地仅仅是在耸然进入一个世界之际，在它与世界的对抗中，才自行

---

① 参阅［法］加斯东·巴什拉：《梦想的诗学》，刘自强译，生活·读书·新知三联书店，1996年版，第78—79页。

揭示出来。大地与世界的争执在作品的形态中固定下来，并且通过这一形态才得以敞开出来。"①昌耀的写作展现了这种"大地与世界的争执"，并且用语言为这一"争执"立法。这是事物的梦想，也是词语的梦想。生活就是赶路，就像那头倒毙的奶牛一样，具有"土星气质"的昌耀一定不惧怕这样的行走。在他的诗歌创作中，我们意识到了他赋予词语以梦想的磁力，以及为实现这种梦想所付出的努力：

> 我自当握管操觚拼力呼叫拖出那一笔长长的捺儿。
> 那是狂悖的物性对宿命的另一种抗拒。

（昌耀《烈性冲刺》）

元素，讲述，物神

昌耀在诗歌中正在倾力书写这"一笔长长的捺儿"，为他在诗歌中创造的所有怀有梦想的事物，搭建起一座梦想的斜坡。它具有了语言性和物性的双重特质，促成了词与物的幽会和密谋，从而酝酿着一场语言与命运的决斗。至于这种抗拒的意义，萨特在谈论波德莱尔的《恶之花》时曾提到过，它"不是如同普遍性超越它依据的个别例子那样超越能指的客体，而是像一种方式那样，成为一种更轻盈的东西以便越过一个更稠密、更笨重的存在，如同空气从多孔的、沉重的土地逸出，尤其如同灵魂穿越肉体"②。昌耀在搭建梦想的斜坡的同时，也着手炮制一种狂悖的物性，物色一种多孔的语言质地，探索灵魂逸出肉体的多条通道。于是他重拾记忆，用卓尔不群的生命体验擦亮语言的锋芒：

---

① ［德］海德格尔：《艺术作品的本源》，《林中路》（修订本），前揭，第49—50页。
② ［法］萨特：《波德莱尔》，前揭，第141页。

我就这样结识了

库库淖尔湖忠实的养子。

他启开兽毛编结的房屋，

唤醒炉中的火种，

叩动七孔清风和我交谈。

我才轻易地爱上了

这揪心的牧笛和高天的云雀？

我才忘记了归路？

（昌耀《湖畔》）

在这块多孔的语言编织物里，在"我"所结识的"湖之子""兽皮屋""炉中火"和"七孔风"中间，已然有了"更轻盈的东西"从它们身上穿过、逸出。它们来自古老的智慧，它们的名称也更基本，更具有物性的魅力，更亲近物神，亲近诗歌的源头。它们分别是水、土、火和气这四种**元素**，是古希腊哲学归纳的物质本原。巴什拉通过这四种元素来定义了一种**物质想象**，他说："在想象的天地里，我认为有可能确立一种四种本原的法则，这种法则根据各种物质想象对火、气、水和土的依附来将它们分类。如果说，正像我们所认为那样，任何一种诗学都应容纳物质本质的要素——不管多么微弱——的话，那么仍是通过基本的物质本原所作的这种分类同诗学的灵魂最类似。"[①]昌耀的诗歌中逸出了**水、土、火、气**这四种本原的法则，它们调遣着昌耀的物质想象和诗歌技艺。这四种本原法则，也划分开了昌耀诗歌在本体气质上的基本类型，从作品所涉的形象和主题上来判断，我们可以看出，水的法则规定了一幅自然欲望的镜像，在诗人的作品中，它关照着水手、少女、渡

---

① ［法］加斯东·巴什拉：《水与梦——论物质的想象》，顾嘉琛译，岳麓书社，2005年版，第4页。

船、黄河和风景等形象；土的法则为空间建构提供了支持，它包含着土地、高原、山峦、牧人、牲畜、建筑和城市等形象；火的法则充满了吊诡意味，它指陈了体制、爱情、匮乏、怀旧、烘烤和幻觉等主题；气的法则契合了生命本身的隐喻，它暗示了呼吸、节奏、肺、游牧、疾病和死亡等主题。并且，按照古希腊哲人的观点，这四大元素两两组合还能衍生出更多乃至无穷的物质形态，昌耀的诗歌同样依此获得它逻辑性和事理性上的丰富和饱满。

按照这一思路，依赖四大元素的物性规则，我们可以将昌耀诗歌的物质想象与其发展历程相关联，就此将他的"命运之书"分成四个部类：水部（1955—1967年）、土部（1978—1984年）、火部（1985—1993年）和气部（1994—2000年）。在昌耀长达近半个世纪的创作历程中，每一个自成风气的写作时段都隐约呈现出由一种元素或法则占主导地位的本体气质，并且每个时期的主导气质也是相互渗透，并非孤立存在。

以水、土、火、气这四种元素的标识，昌耀的创作历程被我们分为了以上四个阶段，其内在的划分标准需要依赖一种写作和批评上的物质想象。日本学者金森修认为，物质想象就是在想象力中包含的一种"物质性航程"。①从昌耀的创作经验来看，作为文学活动中的写作者，诗人的创作素材来源于对世界的个人化体认，这种认识嵌满了诗人的主观成见和生命直觉，在不同的创作时期，昌耀通过他的诗歌语言**讲述**了他的生命体验，也同时讲述了关于水、土、火、气的各种物性传奇。在诗歌的世界里，昌耀的生命叙事包含了他对世界的认识，借助物质想象和语言的神力，他让世界的图像跃出地平线，让四种元素开口说话。水、土、火、气这四种元素，构成了世界的运行法则和物质想象的基本材料，于是，在昌耀的笔下，生命的叙事就等同于世界的叙事，也等同于四种元素的叙事。

---

① 参阅［日］金森修：《巴什拉：科学与诗》，武青艳、包国光译，河北教育出版社，2002年版，第283页。

昌耀借助诗歌所展开的这种生命叙事，既是一种个人化的声音，同时也是物质本身的声音，也是世界的声音。因此，昌耀的个体言说也带有了普遍性，他在自己不同时期的写作中，运用彼此不同的声调、语气、口吻或口音，来讲述我们这个物质世界在同一个地平线上关于生命的故事。四大元素被他的诗歌语言从世界的各个角落里激活，渗入到诗人的生命流程当中，帮助诗人开始他的吟唱——物质的吟唱。

赫拉克利特（Heraclitus）提供了一条四大元素盛衰继起的逻辑："火生于土之死，气生于火之死，水生于气之死，土生于水之死。"[1]在昌耀的诗歌王国里，水、土、火、气组成了一幅完美和谐的世界图像，也幻化成一卷绵延流动的生命乐章。或许是诗人命运流徙使然，或许是元素周期的内部理路，赫拉克利特预言般地揭示了四大元素在昌耀诗歌中的出场顺序，按照这个独特的运行规律，它们在不同的时期内各自主导着昌耀诗歌的创作个性和精神气质。具体来说，昌耀在1955—1967年间开始相继遭遇他人生的厄运，也在此过程中经历了他诗歌的童年，然而诗人并未在他此时的创作中流露出更多的怨诉。这种写作上自发的启蒙运动，让他本能地关注、描述那些更为纯粹和崇高的事物，也让他在写作之初留下的那些朴素的作品，充盈着原始的情感和自然的清新。它们像是在诗歌中涌出的一股生命源泉，包含了人性中的所有欲望因子。"人之初"的神韵在"水"中灵光乍现，呈示出了作为流放者的昌耀，在体验这个物质世界的过程中所产生的诸种问题意识。正如一把钥匙开一把锁，在这里，昌耀对"水"的物质想象构成了一个生存的镜像，也缔造了一个梦想的集合，它们由诗歌语言和盘托出，等待着我们的解读押上他诗句的韵脚。所以，我们也相应地采取一种水的方法论，来重新阅读他这一阶段的诗歌作品。在精神分析学层面上，我们发现了诗人深层心理中潜藏的五重欲望症候，由于受动于它们的

---

① 苗力田主编：《古希腊哲学》，中国人民大学出版社，1989年版，第38页。

内驱力，诗人在追逐梦想的过程中，也相应表现出了各种形式的欲求、挣扎与救赎的幻象。

1968—1977 年这近十年间里，昌耀没有正式发表过作品，他在这个特殊年代里的创作生命遭遇了一次"休克"。尽管诗人并未真正放弃创作的热情，但在这里，我们更愿意把昌耀在"文革"期间的"搁笔"现象，视为一种创作上的空白期。这种"空白"为诗人创作风格上的转换提供了可能，从昌耀在 1978 年迎来创作解冻后所展示出的诗歌面貌来看，他此时的大量作品，都致力于对自然山河的咏怀和对新兴建筑的赞美。较之"文革"前的作品，他在投入新生活之后，调遣了更强烈、更稠密的情感力度，练就了全新的写作声调和叙述语气，来激活自己的诗歌创作。由此，我们可以推断出这种"断裂"的合理性，以及经由"断裂"所引发的一次诗学转向。借助物质想象的翅膀，这次转向唤醒了土地的建构法则，让诗人将抒情的目光一往情深地投向了生产性的空间形象上。这种空间形象包含了自然空间、历史想象空间与现实建设空间等几种形式，它们的合体锻造出了一个让诗人尽情讴歌的父性空间，在这种庄重的情感中，他的诗歌写作也适时引入了回忆模式和建筑模式，以协助这次面向宏大空间的写作转向。土地法则接管了水的方法论，成为昌耀在 1978—1984 年间支配诗歌创作的主导精神，它不但点明了转向后的诗人在作品中倾力书写的客体具有一种生产性特征，而且道破了我们的批评话语在本质的空间性。作为对象的空间和作为手段的空间，在土地法则的效用中相遇了，展现了物质想象在创作和批评上的双重魅力。

土地法则的生产性逻辑，为诗人建筑了一座宏伟的抒情大厦，而昌耀自 1985 年开始与日俱增的焦虑感，却逐渐浮出了他生活世界的地表。这股强大的瓦解力量直接作用的对象便是他此前一贯秉承的、整齐划一的宏大抒情原则。这让昌耀的写作空间由生产性转为耗费性，犹如一团在庸常生活中燃起的内心火焰，静静地在诗人的作品中焚烧。这也促成了昌耀创作历程中的第二度精神转向，在随之更换的叙述声调里，火的意志慢慢在诗歌中凸显了它的消极性和烘烤感，因而暴露出了诗人创作理念上更为本质的断裂——认识论断裂，它以破碎的空间形态暗喻着理想的沦落和救赎的失败，这种破坏力也预示着昌耀晚年两段"黄昏恋"的无奈和绝望。尽管火的意志让昌耀在爱的幻象中释放出了可贵的激情，但那些美丽的梦想最终只能如同灰烬一般，成为它们在现实处境中焚烧后的虚无产物。爱情的失败彻底揭示了这种断裂和衰变，昌耀的英雄情结逐渐被反英雄式的写作心态所消解，并持续影响着他作品的晚年风格。因此，在对昌耀创作于1985—1993年间作品的阐释上，本书力求证明，诗人写作精神盛极而衰的内在吊诡性，并理清一条火的意志的衰变轨迹，这条轨迹在昌耀越发走向内心化的诗歌中渐渐清晰，它仿佛告诉我们，物质想象沿着梦想的斜坡开始滑向事物的另一极。

从1994年开始，直到诗人去世，晚年昌耀的作品呈现出一种怪癖，从文字容貌上来看，不分行的散义写作形式代替分行的诗歌占据了主流地位，这种写作形式让诗歌的梦想回归到日常性，回归到生活本身。这位"大诗歌观"的提倡者在词的集合内部发动了一场政变，让梦想的集合发生重组，让物质想象在经历了内心烈火的锤炼之后，终于吐出了一口长气。昌耀晚年不幸被病魔纠缠，命运让诗人的肺部谶语般地展现出一幅噩的结构，肺部的噩症导致了诗人艰难的呼吸，呼吸的艰难也正通过昌耀的写作暗示着生活的艰难。晚年的昌耀用越发沉重的、口口致命的呼吸成全着他的诗歌，或许可以认为，呼吸就是生命，就是诗歌，昌耀在晚年时光里就是在用他孔雀开屏般的肺在从事写作，展开气的游吟，他让生活的韵律与诗的韵律重合，用纯粹的描述性构建他对生命和世界的整体感念。本书倾向于将昌耀1994—2000年间的作品看作是他呼吸运动的产物，它们携带着人的气息，讲述着人类在世界上的真实遭遇，借助这种物质想象，我们在昌耀晚年那些自成风格的作品中，读到了他苍凉的视野、悲悯的情怀以及对生命的敬重。在日渐稀薄的生活氧气面前，诗人艰难地吞吐着他交融着命运的诗句。这些宝贵的气体，是诗人残破的肺的梦想，也是他诗歌的梦想，昌耀的生命和写作全部依赖着它。这些气体飘过了诗人的生之涯岸，飘过了他所在的时代和地域，携带着物性的恒久信息，就这样来到我们的面前。

毫无疑问，昌耀的诗歌在努力地讲述着他的生命体验和他对世界的认识，它们带有海德格尔所谓的"语言说"的特性。从本质上理解，这种讲述的意义往往带有两种不同的成色。昌耀的诗歌通过四种元素的起、承、转、合，讲述了他的生命流程，这种讲述是绵延不绝的，它与时间有关。水、土、火、气这四种元素的精神气质共存于昌耀的作品当中，诗人勇往直前、不断变换的生活之流，在不同的时期召唤出四种元素分别代表的不同法则，就像适时更替的季节时令，共同组成了一载完整的光阴。尽管昌耀的生活无比琐碎，甚至不堪回首，但是透过他的诗歌，尤其透过他诗歌中用物质想象打造的水晶球，我们惊异地发现，在那些平凡岁月的尘埃中闪现着不朽的光亮，诗人正是在用他属人的言词讲述着永恒的生命情节。因此，在这种意义上，昌耀的诗歌似乎在讲述一种**神话**，它操持着宏观的眼光，视生命如时间一样绵延，四种元素的神奇合力在支撑着这种讲述，遵循生活之流不断向前、连成一体，寻找通往不朽的契机。这种讲述方式是参与性的，是一种**"我在"**，也就是对诗人生命体验本身的讲述，是对生命航程的分享。在此，神话的讲述方式构成了我们理解昌耀诗歌语言的一个维度。

然而，当我们借助昌耀的诗歌，探访他的人生经历并顺流而下时，不但将他的诗歌语言还原为种种生命体验，而且还通过物质想象把它们投射进概念世界，从而得出一系列对世界的认识。这是物质想象作用于批评话语的结果，它像一种重要的驱动程序，安装进对昌耀作品的阅读过程中。这种概念工具让水、土、火、气这四种元素，依照各自不同的精神气质对昌耀创作整体的划分显得更有道理。我们也更加深入地理解了，这四种元素所主导的四种精神气质，在各自不同时期所表现出的重要意义，让我们从微观上更加清晰透彻地理解了昌耀作品的诗学品质。因而，这种遍布着概念的讲述更接近于一种**逻各斯**，它崇尚分割、分离、转换，甚至断裂，像一把思维的利刃，在绵延的生命体验中截取出一个个有意义的片段，为我们展示出每一段生命体验过程中的自足性和特异性，传达出包含在诗人生命细节中的重大发现。因此，这种讲述方式是内省式的，是一种**"我思"**，它与空间有关，与思维的方位有关，由此构成理解昌耀诗歌语言的另一个维度。[①]

于是，这两种对讲述的理解维度，从语言的历时性和共时性两个方面共同驾驭着物质想象，从宏观到微观，从"我在"到"我思"，从时间到空间，从绵延到断裂……不论是对于昌耀还是我们，不论是讲述生命的体验，还是个体对世界的认识，以四种元素为尺规的物质想象开启了一片自由而丰富的话语场，它在昌耀的诗歌体系中随意进出，犹如一种轻盈的气体逸出一块坚硬的海绵。

对于神话和逻各斯这两种讲述方式，本雅明提供了一个绝妙的比喻，他认为："在热带丛林里，词语只影响自身，就像吱吱鸣叫的猴子，从一个枝头跳到另一个枝头，喋喋不休之后还是喋喋不休，只是为了不碰触地面，因为那会暴露出它们不能直立的事实。那地面就是逻各斯，它们本应站立在那里讲述自己。但是它们避开逻各斯地面时过于做作，因为在每一种神话思维的面前，甚至在一种神秘地获得的思想面前，真理问题都算不上问题。"[②] 或许对那些怀有"土星气质"的人们来说，他们对自己生命的讲述就如同丛林里一只只焦躁不安的猴子，迷失在生活制造的神话迷雾当中，并把

---

① 这里有关神话和逻各斯的论述，请参阅叶秀山：《从 Mythos 到 Logos》，《永恒的活火——古希腊哲学新论》，广东人民出版社，2007 年版，第 86—107 页。

② ［德］瓦尔特·本雅明：《歌德的〈亲和力〉》，《本雅明文选》，陈永国、马海良编，中国社会科学出版社，1999 年版，第 80 页。

它看成自己所处的真实世界。这些颠沛流离的灵魂，习惯于在茂密的丛林里进行空中行走，从而将逻各斯大地悄悄地隐匿在自己的脚下。昌耀着力书写的生命体验，就这样悠荡在由水、土、火、气这四种元素的物性规律所组成的枝梢间，不断变换着栖身的枝头。然而，不论梦想的翅膀帮助他在这些枝梢间停留多久，诗人终究要降落到命运的大地之上，降落到对生命本质的讲述当中。这一迟缓、曲折、漫长的过程，也让他的文本气质呈现出一种既断裂又绵延的物质递变性。通过物质想象这种神秘的介质，昌耀的诗歌文本也具有了价值上的二重性：诗人若将自己的生命体验投射给外部世界的时间性，就形成了神话；若投射给内在意识的空间性，就形成了逻各斯。对于昌耀任何一个文本来说，神话是显性的，逻各斯则是隐性的，尽管两者来自不同的世界，但昌耀的诗歌共同体，为它们提供了一个共存的平面和对话的可能。

神话也好，逻各斯也罢，昌耀作品中每种对生命体验的讲述，都带领我们追根溯源，期望找到物质的原初胚胎。因此，昌耀本质上或许可以称作一个歌颂物性的诗人，他所歌颂的物象，源源不断地被纳入到一个从行星到微尘的宇宙序列当中。他可以将自己分身为面向四种元素的倾谈者，从而也让他的诗歌拥有了物神赐予的四个名称——水、土、火、气。正如有人写道："谁把名字放入歌中就拥有三倍的福祉；／这首歌由于命名而大放异彩，／至今还在其他歌曲中存活——"[1]（曼杰什坦姆《找到马蹄铁的人》）诗人的命运便由此分别交由这四种元素来讲述，他的那些复杂的情感也交给它们来抒发。昌耀的诗歌中存在着更密集、更微观的故事，需要我们拿出更多耐心来一点点地勘探。

在这个艰苦的过程中，我们会发现，诗歌的奥秘与物质的奥秘都同样令人赞叹。在他一边渴望获救，一边又崇尚自由意志的生

---

[1] ［俄］曼杰什坦姆：《曼杰什坦姆诗全集》，汪剑钊译，东方出版社，2008年版，第108页。

命里，在这个信仰渐次沉沦的时代，昌耀通过他一生的写作，创造了一个没有拜物教的**物神**，他诚实地传达着物的神谕，又处处体现为诗人本质力量的凝聚。在这个既神秘又常见的物神身上，分享和体现了人的一切欲望、意志、理想和尊严，也袒露和呈示了人类从精神到肉体的暧昧、匮乏、矛盾和狰狞。物神是一个善恶并举、变动不居、充满了自反性的概念，无论是从内在逻辑还是外部规律来看，它都在时刻不停地经历着各种变形和转化。对于所有昌耀的读者来说，诗人创造的物神就是汉语，一种昌耀式的现代汉语，他在自己的写作中重新发明了汉语。毋宁说，汉语就是中国人的物神，在它的不断变形和自我更新中，为我们保存了整个宇宙的秘密。"我们发明的／重新发明我们"（西渡《屠龙术》）。在这个被我们发明着、使用着、消耗着的物神面前，中国人认领了他们各自的命运。这些命运之书又再次返回到汉语的摇篮里，反复塑造着我们的物神，成为它的一部分。正像米歇尔·福柯（Michel Foucault）发现的那样，人可能只是物的序列中的某种裂缝。①与人类这种短暂而意外的处境相比，物神寄托了我们这些渺小之物的梦想，它代替我们完成在宇宙、历史和内心世界中的跋涉和遨游，代替我们与众多的伟大人物展开对话和切磋，代替我们与一个自己心中最美的女子调情和吵嘴，代替我们与成群的宿敌誓死拼杀又握手言和，甚至在必要的时候，它放逐了我们自己，让这一切在另一个世界里重新开始……

对于我们这些有兴趣阅读昌耀的人，明白了这些，也仅仅是一个开始。在依赖生命体验的诗歌写作中，昌耀晋升为一个关于元素和物质的命名者，一个人类命运的预言者，一个物神的发明家，他履行了一个诗人的天职。从他的诗中，我们读到的是生命，是梦想，还有人在两者间的挣扎和暗战。我们也聆听到一种回声，像是

---

① ［法］米歇尔·福柯：《词与物——人文科学考古学》，莫伟民译，上海三联书店，2001 年版，第 12—13 页。

来自母亲的、熟悉的纺线声，是一种来自世界深处的轻声细语，它像物一样恒久、绵远、安宁：

　　神已失踪，钟声回到青铜，
　　流水导向泉眼，
　　黄昏上溯黎明，
　　物性重展原初。

（昌耀《燔祭》）

第一章　水和欲望的五重根

（1955—1967）

天下之至柔，驰骋天下之至坚。

——《老子》

慢：圣恋

狄尔泰（Wilhelm Dilthey）将作家分为两类："荷马、莎士比亚、塞万提斯看来以他们的直观认识按世界本来的样子去理解世界；自然本身用他们的眼睛观看，这眼睛，以涵括一切的官能，无偏爱，不排斥，在颜色和形象的海洋里发挥有效作用。远离他们的是另一些人，他们像通过一种割裂和吸收的媒体看世界；所有的事物都接纳了他们的心情的色彩。正因为如此，我们才有可能同他们发生一种更亲切的个人关系。因为那些伟大的客观的作家像国王那样没有朋友。"①对于二十世纪五六十年代的中国诗坛来说，情况似乎要更加特殊一些。从四面八方涌向中心的诗人们竞相发出了同一种声调，在这种写作时尚之外，昌耀却在偏远的西部高原上，以另一种直观去理解世界，这成为了他诗歌写作的起点。

昌耀属于狄尔泰所谓的第二类诗人。当我们翻开诗人在临终前

---

① 〔德〕威廉·狄尔泰：《诺瓦利斯》，《体验与诗》，胡其鼎译，三联书店，2003年版，第222页。

亲手编订的《昌耀诗文总集》，厚厚的书页和质朴的诗行几乎包裹了昌耀的一生。1955 年，这是收录进这部总集的第一首作品的写作时间，它也是昌耀到达青海的时间。青海，命定般地成为昌耀诗歌的地平线，成为他写作的原点："对于我，一个在干旱的西北高原内陆成长起来的男子，诗人首先意味着诚实、本分、信誉、道义、坚韧，以至于——血性。"（昌耀《诗人写诗》）为了论述方便起见，对于本书来说，1955 和青海，被我们认定为昌耀诗歌体系最初的起点，它们为本书所建立的阐释学坐标系提供了原初的定位：就在彼时彼刻，时间和写作同时开始了。

爱德华·萨义德（Edward W.Said）提醒我们注意这种貌似言之凿凿的"开端"："即诞生和起源的那个时刻，它在历史语境中就是所有那些材料，它们进入到了思考一种既定的过程、它的确立与体制、生命、规划等等如何得以开始之中……心灵在某些时候有必要回顾性地把起源的问题本身，定位于事物在诞生的最为初步的意义上如何开始。在历史和文化研究那样的领域里，记忆与回想把我们引向了各种重要事情的肇始——例如，工业化的开端，医学科学的开端，浪漫时期的开端等等。"[1]尽管在这位犹太大儒看来，所谓的"开端"，似乎总是被那些别有用心的后来人所追加上去的，不论成功与否，它都埋藏了某种意图。但这种担忧不影响我们对昌耀诗歌的阅读和研究。人们内心里总是揣着认祖归宗的冲动，在不断地讲述和认同中，故事的主人公和我们都渐渐地相信了开端的存在，而它的真伪变得不再重要。确定了一个象征意义上的开端，便于我们确定诗人最初站立的位置。

正如初来乍到的昌耀在政治上拥有一个落后分子的名号一样，他同时也成为一个诗歌写作上的"掉队者"。昌耀的诗让他在 1957 年栽了一个一生中最大的跟头，这或许为故事的开端补充了一个浓

---

[1] ［美］爱德华·萨义德：《论晚期风格——反本质的音乐与文学》，阎嘉译，三联书店，2009 年版，第 2 页。

墨重彩的注脚：诗人摔倒了，他甚至不想再爬起来。在时代语境订制的宏大叙事面前，他的惰性气质开始发挥作用，渐渐被那个时代里趋之若鹜的人群甩在了后面：

> 我不走了。
> 这里，有无限的处女地。
>
> 我在这里躺下，伸开疲惫了的双腿，
> 等待着大熊星座像一株张灯结彩的藤萝，
> 从北方的地平线伸展出它的繁枝茂叶。
>
> （昌耀《荒甸》）

掉队者昌耀依赖他迟缓的精神态度和任性的慢动作，为自己营造出一个宝贵的私人审美空间，将贫困时代里特有的想象和期待放置其中，因而，所有的事物都接纳了诗人心情的色彩，使他与世界能够发生一种更亲切的个人关系。正如他多年之后谈起自己时说："我是一个永远的迟到者，而这就是历史机遇为我设置的角色。"（昌耀《今夜，思维的触角》）昌耀大抵是从这个跟头上开始懂得"诗歌是一种慢"（臧棣语）的道理。米兰·昆德拉（Milan Kundera）为我们揭示了一则生活常识背后的秘密："一个人在路上走。突然，他要回想什么事，但就是记不起来。这时候他机械地放慢脚步。相反的，某人要想忘记他刚碰到的霉气事，不知不觉会加速走路的步伐，仿佛要快快躲开在时间上还离他很近的东西。"[1] 由此，这位布拉格智者得出了存在主义数学中的两个基础方程：缓慢的程度与记忆的浓淡成正比；速度的高低则同步于遗忘的快慢。

在我们的时代里，世界带动与它有关的一切事物极速运转，让历史的钟摆迅速滑向遗忘的一极。在这种川流不息的焦虑背景下，

---

[1] ［捷克］米兰·昆德拉：《慢》，马振骋译，上海译文出版社，2003年版，第39页。

诗歌以其自身的缓慢姿态赢得了它的尊严。它需要镇守在记忆一边，安栖在生活的褶皱中间，为人类的生命尽可能多地保存下那些转瞬即逝的本质体验。"人们越来越习惯于同'世界的快'步调一致，生怕落伍，殊不知在'世界的快'中陷得越深，人的自主性就丧失得越多。'慢'的秘密在于我们必须懂得，人生中有许多价值是无法在'世界的快'中实现的。"①中国的西部地区天然呈现出的原始、高远和荒凉，为昌耀培养一种**慢**的精神节奏提供了生态环境，雪域藏地的佛教传统也无形地进驻了他对世界的观念结构中，让诗人在慢动作中转向内心的清修之境。此刻，躺在大地上眺望星空的诗人，具有了一种沉思者的姿态，他喜欢在对斗转星移的凝视中理解宇宙与人的关系，在自己安静的慢动作里感受这个世界的脉搏。

昌耀的落伍和掉队是伴随他一生的宿命造型，迟滞和缓慢的个性印证了他的土星人格。这种对慢镜头的神往，让他在自己的时空节奏中有缘与诗歌相遇，使他在从事诗歌写作一开始，就心有灵犀地成为一个力主减速的步行者，一个缓缓转动摇杆的电影放映员，一个情愿把时间的齿轮调慢的钟表匠人。

诗人的慢动作让他的作品获得一种高贵的品质，甚至赋予他一种王者的气度和襟怀。这一持重的精神韵律，让昌耀在他的诗歌旅途中醉心于语词的漫步。同样身为步行者，昌耀的漫步更接近于下山的查拉图斯特拉，而非乖张的苏格拉底。后者是雅典市集上著名的闲逛者，他游刃有余地操纵着助产术，整日热衷于寻人一辩雌雄为快；昌耀当然不具备有闲阶级这种充满攻击欲的言语能力，因此他倒与前者在神采上如出一辙：他们都来自山野，庄严的步态透出铿锵有力的节奏，一边步行一边向周围的人们传达着自己的意志；他们浑身沾染着质朴的独白气息，这是坚决而节制的话语，无须逻

---

① 臧棣：《记忆的诗歌叙事学——细读西渡的〈一个钟表匠的记忆〉》,《诗探索》2002 年第 1 期。

辑论证的介入：

> 从地平线渐次隆起者
> 是青海的高车。
>
> 从北斗星宫之侧悄然轧过者
> 是青海的高车。
>
> 而从岁月间摇撼着远去者
> 仍还是青海的高车呀。
>
> 高车的青海于我是威武的巨人。
> 青海的高车于我是巨人之轶诗。
>
> （昌耀《高车》）

"青海的高车"缓慢行进在广袤的西部高原上，如同在巨人的肩膀上訇然驶过，宣扬着昌耀的漫步哲学。同时，作为"巨人之轶诗"的高车也在践行着昌耀诗歌的慢。这种慢开启了一个别有洞天的诗歌内在空间，让诗歌中的每个词，都浸泡在一种异常黏稠、缓慢的时间流体当中，为它们重新量定自身价值而争取到充分的机会。就好像诗人把他在地球上说出的每一个词，都统统搬到木星的天平上，在那里，我们惊奇地发现：一切都变重了。

昌耀从地（地平线）、天（北斗星宫）、时（岁月间）、空（青海）这四重维度上书写出这一平凡之物的神圣本质，这种本质也正是居留在世界上的"物"的纯正本性。慢行的"高车"彰显了青海的精神气度，它成为这片诗意的国土之上忘情的舞者。它的舞蹈沟通了天地和时空，其实也在海德格尔的意义上沟通了天、地、神、人这四重整体，形成了"物"与这四方的映射游戏，呼唤出世界的纯一性。①"高车"宛若"威武的巨人",为天、地、神、人献上它缓慢的圆舞,写就一首"巨人之轶诗"。诗人的轻歌和"高车"的曼舞,融合为这个世界的原型。昌耀在题记中交代:"但我之难忘情于它们,更在于它们本是英雄。"昌耀对"高车"的赞美,也来源于他根深蒂固的英雄情结。而此处的英雄情结却不同于"雄牛"般的迅猛、激进、动力十足,而是无冕之王般的沉吟自若、仪态持重,在广阔无人的旷野上庄严前进。

昌耀的诗歌直接道出了"物"的使命,因而也拒斥了任何形式的阐述和论证。在这里,作为斩钉截铁的判断动词——"是"——让我们领略了昌耀诗歌起步期的追问姿态:它既肩负着最为简单明确的言说职责,又指明了最高深莫测的话语方向。"是"亦成为慢的一种语言晶体。因为它在世界的快速和混乱中间保持了应有的沉默,才得以在千里之外的无人高原上放声高歌。正如1955年和青海,是昌耀写作体系的起点一样,在这里,"是"也成为他诗歌话语的起点,它有利于校正文字的内部声调,进而帮助诗人在不同时期因地制宜地找到合适的调门。"是"在昌耀诗中的重复运用,也暗示了他早期创作中追求的语言特点,即语言清澈的直观性就是对世界最好的描述。清澈、直观的语言也就最接近神的语言,亦即属灵的语言。"是"道出了**属灵**语言的创造性和神圣性,在原型上保证了词与物的等同,也是诗歌的一场史前的、永恒而挥之不去的梦幻。

"是"让语言获得了**施洗**的功能,将词语里的众牛引渡到属灵地带,这也决定了昌耀诗歌在这场最初的神圣之梦中与水结缘。正是水为神提供了施洗的媒介。法国学者博纳维尔(Bonneville)认为:"水在宗教圣事中是净化和过渡的象征,在世俗观念中也是新

---

① 参阅 [德] 海德格尔:《物》,《演讲与论文集》,孙周兴译,三联书店,2005 年版,第 188 页。

生和复活的象征。"① 在清澈、直观的"是"的召唤中，作为一种属灵的物质原型，水第一次为诗人带来智慧的福祉，形成一种**水的方法论**。这是一次在先验意义上的启示，昌耀的诗歌在神圣国度和世俗世界里同时诞生，然而前者的光芒率先射入诗人的眼睛，让昌耀的写作先验地带有属灵色彩，让语言在神圣国度里的遨游总是慢于世俗世界，为诗人的写作保留一条拒绝进化和祛魅的尾椎和根须。

生命诞生于水。在水的方法论的启迪下，生命本身的**欲望**开始初露端倪。欲望是人类不可遏止的本能表达，是一种对"生存的坚持"（**斯宾诺莎语**）。作为一种既神秘又常见的语言，"是"不但在神的意义上被施加了属灵色彩，而且在人的意义上被规定为欲望的**零点**，像理想状态中的水元素，是这个世界和生命的零点一样。这世间第一个"是"被神说出，于是神就休息去了，只划定这个零点，留下这个语言的种子，让世界和生命随即被创造出来，并且愈益丰富。人的欲望也在这个零点处开始向着内部生根，向着外部发芽，绽放出娇艳欲滴的花朵。同时，这个欲望的零点也是历史（不论是总体历史，还是个人历史）的零点，前者命定地成为后者发展和毁灭的核心动力。"是"构成了语言和世界共同的零点，也成为天、地、神、人的交汇之处。由这个零点发育而出的欲望形式，成为本书的关注对象，我们不但要观赏花朵，而且还要历数根系。在昌耀的诗歌体系中，我们有望对人类的欲望做出一番观察和判断，来提供我们对生命和世界的认识和见地。作为读者的我们，也同样要从这个零点出发。

在多种观测维度下，作为零点的"是"在昌耀诗歌中被大量启用，为他诗歌想象力的滥觞搭建了一座秉持创造性和肯定性的桥梁。在一首名为《海翅》的习作中，年轻的诗人在这座桥上也献上了他自己的诗歌圆舞："朋友，感谢你给我寄来一角残破的海帆。/

---

① ［法］博纳维尔：《原始声色：沐浴的历史》，郭昌京译，百花文艺出版社，2003年版，第13页。

是海的翅膀。是风干的皮肉。是漂白的血。／是撕裂的灵旗。是飘逸的魂。／是不死的灰。是暴风之凝华。／是呐喊的残迹。是梦的薄膜。／是远祖神话的最新拷贝。"这是一次昌耀诗歌想象力的集中爆发和尽情舒展。巴什拉曾为人类的想象力铺设了两座桥梁，一曰形式想象，一曰物质想象。[①]后者成为巴氏毕生看好的潜力股，他说："从大自然中选择一种物质，对它的变化进行自然地冥想，便可以获得对健康的、富有诗意的象的信任，因为通过这类象我们可以发现，诗歌不会游戏，而是产生于自然的一种力量，它使人对事物的梦想变得清晰，使我们明白什么是真正的比喻，这类比喻不但从实践角度讲是真实的，而且从梦的冲动角度讲也是真实的，因此，可以说它的真实性是双重的。"[②]不论是《高车》，还是《海翅》，我们从中可以窥见，物质想象成为昌耀文学想象的无意识，就如同物质是形式的无意识一样。在慢的精神气度的关怀之下，昌耀诗歌的物质想象才因此认领到它发育的胚胎和抒情的起点。这个安静的胚胎和起点，埋下了语言的种子，也赋予了这种独一无二的语言最初的期待和梦幻。

鉴于零点的创世纪意义，慢的精神气度似乎成为了这种创世之前的准备，一个来自神性王国的必要缓冲。它在语言世界里投射出一个延迟、滞后的狭长身影，那同时也是神圣世界的尾椎和根须投下的影子，也时刻提醒着它的属灵性。昌耀在写作上的慢，自然让他背负起一个"口吃者"的名号："口吃者表现出的'慢一拍'，往往会从语气上带出坚定不移的神态，因为他的缓慢、迟钝，给了他的思虑以足够成熟的时间。这使得口吃者关于命运的种种言说，有了相当的可信度。"[③]不论我们着眼于昌耀的个人生活经验，还是他

① 参阅［法］加斯东·巴什拉：《水与梦——论物质的想象》，前揭，第1页。
② 转引自［法］达高涅：《理性与激情：加斯东·巴什拉传》，尚衡译，北京大学出版社，1997年版，第60页。
③ 敬文东：《对一个口吃者的精神分析——诗人昌耀论》，《南方文坛》2000年第4期。

的文本经验，口吃让诗人与外部世界交流的生产总值大大削弱，只能给旁人的印象中留下一个无可奈何的夸张嘴型。但这种由口吃所引起的表达和交际上的障碍，反过来或许大大增进了诗人思辨的圆熟程度，和对诗歌形象的勘探力度。在这片高贵而孤独的诗歌自留地上，物质想象得到了空前的发育，在慢的整体节奏当中，昌耀作品中的形象活了起来，它让想象力得以在深化和飞跃两个层面上羽翼丰满，意外地兑现了属灵语言的承诺，并且带领诗人到达新的开阔地：

> 而你痴信那一强有力的形象远在头顶
> 与清澈同在。与氧同在。与幽寂同在。
> 与高纬度的阳光同在。
> 你于是一直向着新的海拔高度攀登。
>
> （昌耀《僧人》）

昌耀塑造了一个反向的、上山的查拉图斯特拉形象。虽然诗人无法摆脱在创作上迟缓的内部节奏，但他自信所追求之物尚在高处。他希望逆着先哲的足迹找到一个信仰的顶点，一个物质世界的本原，那里也是诗歌的根部和胎盘："觉得自己背后必定拖曳着一条与之维持了某种关联的根，只是这片根系缠绵纠葛，铺展得太宽太深太远了，谁也无从觑缕解析徒怀渴望而已。"（昌耀《混血之历史》）奇思妙想的巴什拉把根看作一棵"反向生长的树"，他说："对于根来说，阴沉的大地像池塘，即使没有池塘，它也是一面镜子，一面无光的镜子，它可以把天上的一切反射到地下。"[1]如此说来，这位喜欢躺在处女地上休息双腿、等待大熊星座抽枝发芽的诗人，正是要在这片大地之上寻找天上的倒影，在人间的每一个角落里摸索那棵"反向生长的树"，找寻神圣国度遗留给诗人的那条尾

---

[1]　转引自［法］达高涅:《理性与激情：加斯东·巴什拉传》，前揭，第63页。

44

椎和根须。昌耀以掉队为代价，用他诗歌中的慢来悉心描绘一幅攀登路线图。因此，在他的诗歌理想中，慢动作才是一把开启信仰之门的钥匙，他必须以足够的虔诚，在每一个细微之处发现可供攀附和蹬踏的树身和枝丫，唯有如此，"反向生长的树"才可能在他面前显形。昌耀梦想攀登的，正是这样一棵投影在人间的"反向生长的树"，它反射了天国的阶梯，再现了一种超越的向度。借助语言的神力，昌耀试图从对慢镜头的静观转向为梦想而行动，由沉思状态转入"积极生活"（阿伦特语）。就这样，诗人以一条延伸到偏僻的西北边陲的纤细枝条为起点，朝向生在顶端的根部努力地攀爬。

这是一场对乌托邦展开的**圣恋**。描绘"反向生长的树"，就同时倒转了大地和天空，这便为如下情形提供了可能：诗人在大地上的圆舞，其实就相当于在无限天空的翱翔。他顺着那条尾椎和根须一路摸索，来到这棵"反向生长的树"面前，接受着神恩的净化。昌耀清楚地认识到，他所向往的根部，距离他梦想走进的乌托邦最近，接近这个根部，就是接近清澈，接近氧，接近幽寂，接近高纬度的阳光。那是诗人梦想和欲望结构的最高处，它"近在天堂的入口处"，通向一个被诗人称为"光明殿"的地方："这里太光明。/我看到异我坐化千年之外，/筋脉纷披红蓝清晰晶莹剔透如一玻璃人体/承受着永恒的晾晒。"（昌耀《燔祭》）

诗人渴望在这个永恒之地获得一种乌托邦力量的救赎，那将是他最高理想的实现。他渴望为自己的文字涂抹上泛着属灵光泽的膏油，渴望脱离苦难的现实，渴望被净化，被引渡。然而，绝对的光明即是绝对的黑暗，永恒的体验即宣告另一种死亡。在这个全然通透的极昼地带里，生命谋求不死，而遭遇到的只能是全然的异化。在此岸生活中的人们，无论拥有的是希腊式的身体，还是犹太式的身体，在这个极端光明的空中楼阁里，它们统统被抽干、穿透，化为一副副玻璃人体，永恒固然如期降临，但降临的代价却是让一条条活着的生命沦为晾晒的祭品。阿伦特（Hannah Arendt）

指出："罗马帝国的衰亡清楚地证明，没有任何凡人的工作能够不死……任何谋求在世不死的努力都是徒劳不必的。"① 诗人在光明殿里经历的是时间的静止，它是生命速度的无限减慢，是惰性价值的最大化，掉队者变成了失踪者，口吃者变成了失语者，属灵语言面临着自身的局限和危机。光明殿实际上不过是诗人意识中一座虚无的圣城，它耀眼的光辉融化了诗人自身的形象。就像卡夫卡（Franz Kafka）最终没有安排 K 进入城堡或许是件好事，这让那位运气不佳的土地测量员满腹的牢骚和狐疑具有了别样的价值——这或许正描述了一种人与世界的真实关系。

在昌耀晚年讲述的一则名为《近在天堂的入口处》的小故事中，"我"与一只"酷似青蛙的小动物"一同攀登通往天堂的木梯，就在已经接近天堂的入口处，由于"我"的过失，将脚下的这只小动物在跳跃中途挡翻，从此坠入深渊。它的每一次弹起，都在逐渐地远离天堂，而这绝望而愤怒的举动，更像是它对"我"的复仇。这个类似卡通片的场景也由此开启了昌耀的噩梦：诗人一个不经意的微小过失，却酿成了他今生的原罪，他被逐出天堂之门，降入苦难的人间，在大地呈现出的"反向生长的树"上继续攀爬，哪怕遍体鳞伤、筋疲力竭。这是命运对昌耀的惩罚，惩罚他去做一名心怀圣恋的大地诗人，向往天堂而终无所得，带着终生的困惑和矛盾，只留下了那些献给天空却带有泥土气息的诗篇。

随着昌耀九死一生的现世经验接踵而至，以及文本中慢的规格趋于绝对化，诗人在多年以后终于迎来了他乌托邦情结的最终破产。光明殿及其同分异构体在此成为了一片信仰的荒漠，一个被理性悬置的疆域，它的经年追逐者痛临悲壮的一幕："西还的教主查拉图斯特拉累倒在巉岩大口吐血"（昌耀《偶像的黄昏》）。这场超验的思维历险终于化作一面"无光的镜子"里虚空的画像，同时，

---

① ［美］汉娜·阿伦特：《人的条件》，竺乾威等译，上海人民出版社，1999 年版，第 12 页。

它也为我们打磨出了一面观察昌耀诗歌精神内核的后视镜。将这面镜子放置于他作品的最前端，并非是想植入一种先见，而是希望能够借此回到事情本身。尽管这个响亮的现象学口号很有可能成为我们自己的乌托邦情结，但我们此刻需要做的，就是与昌耀一道，沿着他的诗歌枝条向着那个永恒的根部踽踽攀爬。

镜：自恋

正如诗歌中的慢让诗人说出的每一个词都弥足珍贵，乌托邦体验的盛极而亡也让我们重新审度通向它的入口，以及通往入口的那条长长的来路，让我们重新打量那棵"反向生长的树"，推敲它的尾椎和根须，并且重新发现那面"无光的镜子"。梭罗（Henry David Thoreau）发现："一个湖是风景中最美、最有表情的姿容。它是大地的眼睛；望着它的人可以测出他自己的天性的深浅。"[①]此处，水的方法论再次生效，这片静态之水向我们展示了梦想的结构，一个伸手可及的想象力的天堂，那是宇宙对它自身最初的视线。

作为物质本原之一的水，它的平静时刻具有一种肃穆的古典风格，它率先孕育了一个想象的空间：正是**静态之水**所形成的那面"无光的镜子"，将众人神往的乌托邦形象反射进人类的现世生活，让属灵的语言恢复尊严，想象力借助水的**镜面反射性**再造了一个清澈的人间天堂。尽管"人间天堂"一说在波德莱尔那里，更多是借助大麻和鸦片的烟气才获得了它的现代性面孔，它让人类在二十世纪特有的生存焦虑和精神危机面前，找到了一条幻觉式的解决之道，也成为了西方现代主义书写体系的滥觞之一。人间天堂的现代形式在烟气氤氲中找到的是人类的超我形象，然而它终将个体或制

[①] ［美］亨利·戴维·梭罗：《瓦尔登湖》，徐迟译，上海译文出版社，1982年版，第172页。

度引向疯狂、极权和虚无；但作为人间天堂的古典形式，静态之水的镜面反射性找到的是人类的自我，就像美少年那喀索斯在湖水的倒影中看见自己美丽的面容一样，静态之水暗喻着人的存在、命运和欲望。关于它们的故事要仰仗镜面反射的想象力来加以叙述，这也因而焕发出一种混合式的语言成色。这种语言正在从属灵色彩中走出来，渐渐显出了人格化的面孔。随着阅读的进一步深入，我们会发现，经历了创作中的漫长演化，昌耀在这种灵－人参半的混合色调中，最终抛弃和铲除了神圣时代的尾椎和根须，他渴望直立行走，开赴一种"人的境况"。

昌耀本质上是一个古典主义者，尽管他经历了当代中国众多极具特色的集体准现代性事件（战争、建设、"反右"、"文革"、思想解放、市场化等），并由此导致他的诗歌面貌几经更换。然而，在古典主义美学旨趣的关照下，昌耀苦难的个人经历让他有理由直接面对生命的纯然体验，也让他成为这个西方现代／后现代主义写作体系一统天下的时代里为数不多的旁观者，成为一个在这一系统之外自我生成的诗人。他的诗歌生命具有水一样的清澈性，并且在它生成之初，自动获取了被静态之水所反射出的梦想结构和属灵性，这些都是毋庸置疑的。昌耀就这样降生在一个充满想象力的摇篮里，降生在反向生长的诗歌古木一根逸出墙外的枝条上，成为他梦里的一只绿色豆荚。昌耀的诗歌汁液直接汲取自他的生命体验和对世界的直观见地，并且启用物质想象的天赋，用镜面一般具有描述性的词语，在诗歌中将它们转化为种种绝世独立的形象。

巴什拉认为："想象并不是如词源学所说的那样，是形成实在的形象的官能；想象是形成超出实在的形象，歌唱实在的形象的那种官能。它是一种超人状态的官能。"[1]据此，"反向生长的树"即为一个超出了实在的形象，是一个想象的图式。此外，作为一个整

---

① ［法］加斯东·巴什拉：《水与梦——论物质的想象》，前揭，第18页。

48

体，在信仰的天空逐渐坍塌解体后，它也向我们敞开了一个人类心灵重新建构出的语言家园，肩负重任的诗歌形象正带领着我们进驻这片想象的天地。我们在这里期待实现一种回归根部的渴念，一种皈依原初完整状态的梦想。那个由静态之水呈现在我们头顶上方的树根，是彼岸投来的拟像中心，它赐予了我们超人状态的官能。按照拉康（Jacques Lacan）的看法，它是一个巨大的他者，一个父亲之名，一个语言自身的规则，我们只有服膺它，才有可能进入象征秩序，成为言说的主体。而归根到底，它是一个水中的月亮，这一拟像性又使它在每一个主体面前变得虚幻而遥不可及，每当触摸它，就必定致使它的逃逸。"李白之死"就是一则主体消解于语言黑洞中的极端而美丽的寓言。因此，诗人带领我们踏上的回归之旅，也就更像是三轮车在拼命地追汽车，结果只能是越追越远。

　　静态之水最终显现出一幅悲观的画面，一幅宏大的焦虑背景。然而它们的存在，似乎威胁不到居住在微观幸福想象中的生命个体，就像对于人们的心理满足感来说，简陋茅屋里跳动的小小炉火，足以抵御屋外骇人的暴雨狂风。与此前狄尔泰对作家的划分相类似，我们也可以在文本世界里区分出**大写的语言**和**小写的语言**。大写的语言接近于一种神的语言，因而是属灵的，它的书写者像荷马或但丁那样，具有全知全能的叙述能力，详细描绘着人类精神的宏伟进程，歌颂着创造历史的英雄们。这种大写的语言培养了昌耀诗歌中的雄牛情结，诗人在那些激情豪迈的诗篇中赞美着改造世界的力量，目睹着宇宙星辰的运行演变，而人则在大写的语言中变得渺小而脆弱，渐渐被它的强者逻辑所湮没，因而大写的语言倾向于一种先验的悲剧基调；而小写的语言则为平凡的人类而存在，这些拥有柔软肉身的灵长们天生具有自身的界限，他们能量微小、籍籍无名，却随身携带着小写的语言，用它在人间制造着数不清的梦想。小写的语言来自人类之口，这种虚怀若谷的语言刚好配得上昌耀诗歌中的羔羊情结，因此，这种小写的语言，在人类现实的生存环境中维持着一种喜剧气质。相声演员侯宝林在一个名为《醉酒》的著名段子里提到过一个醉汉手里的电筒，它射出的光柱激发了它的主人内心深处关于攀援的梦想。一切看起来像一场闹剧，但它却不经意地显现了人类压抑已久的幸福渴望。这种幸福感通过小写的语言，在人所书写的内在世界里射出一道光亮，操持这种语言写作的诗人都拥有一只这样的手电筒。那些由诗人凭借想象力编织出的形象，为每一个失去庇护的心灵搭建了一座暖意融融的茅屋，我们就睡在一个个连通梦境的、柔软的语词之上。想象是一种无坚不摧的阴性力量，它可以击中现实世界里任何一件习以为常的事物，甚至包括人为自身施加的坚硬面具：

> 今夜，我唱一支非听觉所能感知的谣曲，
>
> 只唱给你——囚禁在时装橱窗的木制女郎……

（昌耀《夜谭》）

该诗写于 1962 年 9 月 23 日夜里 12 点的西宁南大街旅邸。此时的昌耀作为政治上的"落伍者"，已经接受了当局近似荒诞的审判，沦为身陷囹圄的囚徒。不公正的遭遇唤起了昌耀本能的自救意识，由此迈上了徘徊多年的申诉苦旅。[①] 本该在农场接受劳动改造的犯人王昌耀，如今却现身于省城午夜的一家客栈："谁也不再认识我。／那些高大的建筑体内流荡光明，／使我依稀恢复了几分现代

---

① 据燎原考察称："就在昌耀'管制三年，送去劳教'的期限已经到期，且湟源县法院又撤销了他们的错误判决后，青海省文联竟然似乎对此毫不知情，竟然一直把昌耀当成一个'劳教分子'。以致直到 1979 年，全国所有'右派'的遗留问题都在彻底解决时，当时的'青海省革委会劳动教育工作委员会'，才收到省文联上报的'关于撤销王昌耀劳动教养的报告'，并做出'同意'的批复。"因此，从 1962年下半年起，昌耀开始了持续的申诉。他于该年七八月间写出一个两万多字的《甄别材料》，并决定由他本人亲自送达青海省文联。《夜谭》即创作于这次申诉期间。参阅燎原：《昌耀评传》，前揭，第 167—168 页。

意识。"（昌耀《夜谭》）改换了的空间让一生羁旅的诗人重拾自己本然的身份，行使着一次游荡者宝贵的权利。借助"一支非听觉所能感知的谣曲"，诗人被压抑的潜意识不偏不倚地投射在橱窗里的"木制女郎"身上。就像《牙买加飓风》里的小女孩艾米莉，在甲板上的那一瞬间发现了"她是她自己"这个惊天秘密一样[①]，在西宁大街上的这一刹那，昌耀发现了与"木制女郎"共同的命运：囚禁。这个商业道具是一个人造的现代城市生产出的符号形象，它默默伫立在透明的玻璃窗后的僵硬姿态，也同时预示着现代文明意识浸透下人类的集体命运：现代人成为商品世界打造的"光明殿"里被晾晒的祭品。静态之水在这里开始发挥威力。诗人伫立在橱窗前面，透过玻璃窗，眼前的这个人造物俨然成为了诗人的一副自我镜像。遵照精神分析学家的发现，大约六到十八个月（这个时间似乎早了一些）大的婴儿，在第一次观察到镜子中自己的形象时萌生出了自我意识，这是婴儿发育史上著名的"镜像阶段"（拉康语）。就昌耀个人的创作心态史而言，这次偷偷溜到西宁大街上与"木制女郎"的短暂对视，或许可以看作诗人机缘巧合地迎来了他诗歌生命中一个迟到的**"镜像阶段"**。因此，小诗《夜谭》也权且可以看作昌耀诗歌精神向度的一次转折。

昌耀在"镜像阶段"的心理认同过程让他的诗歌成功地与语词"我"接洽（此前的创作中的"我"可看成是自在状态下的模仿练习），也就此诞生了两类与"自我"相关的概念形象：一类是位于宾格位置上的"我"，它是经历"镜像阶段"之后诗人的习惯性心理投射，各种各样的、亦真亦幻的人和物的形象充满了这个集合，前面提到的橱窗里的"木制女郎"即是这类形象的代表。它们是自我意识萌生后"我思"的对象，苦难的现实遭遇让诗人带上了悲天悯人的情怀，在羔羊情结的驱使下，这类形象也自然地落到

---

① 参阅［英］理查德·休斯：《牙买加飓风》，姜薇译，重庆出版社，2006年版，第111—115页。

了那些质朴纯洁、卑微弱势的事物身上，比如从早期作品里的牧人、少女、高原生灵，直到后来作品中出现的形形色色的底层的小人物。在这类形象的身上，似乎都焕发着一种柔性光泽；另一类是位于主格位置上的"我"，即诗句中出现的抒情主体"我"，他也是站在橱窗外为"木制女郎"唱歌的"我"，是诗人的自我意识最直接的担当者。主格"我"的诞生，标志着昌耀的诗歌创作进入自为状态——一个真正的歌唱者形象出现了——这一主体形象却在诗人的符号体系中充满了含混色彩。昌耀诗歌在主格"我"的参与下所引发的言说，源于一种"不稳定能指"（列维－施特劳斯语），这股怪诞的能量让"我"时而与宇宙星辰对齐，时而作逃之夭夭状，时而成为复数"我们"的可疑代表，时而隐身为"天地间再现的一滴锈迹"（昌耀：《听候召唤：赶路》）。"我"的驳杂血统呈现出了昌耀诗歌的气势磅礴，泥沙俱下，也圈定了他跨年代创作史上无法转化的困境和症结。主格"我"的自为性，越来越成为一套诗人的制服，并始终呈现着一种难于归类的款型，无论昌耀在他的诗歌旅途上流浪到哪一个路段，都恋物般地将它先行披在身上。

宾格"我"和**主格"我"**是诗人自我意识的两种产物，是写作主体的形象经过镜面反射后呈现的虚像，是一枚硬币的两面，它们构成昌耀诗歌体系里两条牵动要害的暗线。昌耀对两者的习惯表达可以概括为："我恋慕我的身影"（昌耀《影子与我》）。这种**自恋**话语直接体现了静态之水所包含的意向结构——主格"我"恋慕着宾格"我"——这也是由镜面反射出的、暗藏在昌耀诗歌中的伦理学。拉康坦陈："镜子阶段是场悲剧，它的内在冲劲从不足匮缺奔向预见先定——对于受空间确认诱惑的主体来说，它策动了从身体的残缺形象到我们称之为整体的矫形形式的种种狂想——一直达到建立起异化着的个体的强固框架，这个框架以其僵硬的结构将影响整个精神发展。由此，从内在世界到外在世界的循环的打破，导致了对自我的验证的无穷化解。"①实际上，同每一个经历过"镜像阶段"的个体一样，昌耀误将镜中的完整个体（"木制女郎"）当作自己，并通过**认同**这一自我形象而建立一套信以为真的自我统一感。在这一过程中，诗人虚构了一个可以上天入地的、全能的自我形象，用以补偿现实生活中伤痕累累的自我。或许可以认为，昌耀因为急于获得大写的语言所带来的改造力和完整性，而透支着小写的语言中的梦想成分。透过这个奇异的镜面，昌耀找到了一个貌合神离的自我形象，想象力在这里为他助了一臂之力。它以诗人对身体与自我关系的误认，将错就错地修复了一个残缺的主体。借助静态之水的镜面反射性，诗人试图来实践一套针对现代人的精神分析疗救方案。然而，正是由于这种透支和误认，诗人始终沉浸在对自我形象的迷思当中，这种自我救赎的方式无异于向着他在水中的倒影伸出援手，非但没能成功救起那个即将落水的自我，反而连他的面孔也弄得模糊难辨了。

浪：血恋

昌耀的诗歌中浸涵着水的质地。他仿佛就诞生在水边，借助于静态之水的镜面反射性，这位擅长物质想象的诗人，在踏进诗歌王国的初期，便迎来了他的"镜像阶段"，获得了一个只属于诗人本身的自我意识，并在他一生的写作过程中真诚缓慢地辨识着它，就像神话中的自恋者透过迷雾和涟漪辨识着自己水中的倒影。而至于流动之水的绵延形象，在古往今来的诗人那里，又何止于"逝者如斯"的慨叹。这一写作母题，已经与语言能指的线性特征紧密勾连

---

① ［法］雅克·拉康：《助成"我"的功能形成的镜子阶段——精神分析经验所揭示的一个阶段》，《拉康选集》，褚孝泉译，上海三联书店，2001年版，第93页。

在一起了。①对于昌耀来说，这位水边的诗人在看到他水中倒影的同时，就这样迎来了他个人写作史上一个诗歌的清晨："雾啊……于是大山的胸脯领会了旷野的期待／慢慢蒸发起宽河床上曙日的潮湿。／水色朦胧的晨渡也就渐渐疏朗了。"（昌耀《水色朦胧的黄河晨渡》）诗人流放时期的作品大都弥漫着这种水色朦胧的特征，它来自中国西部那片无人的风景区，来自诗人年轻单纯的双瞳，来自一个掉队者潮湿的记忆。这种水色朦胧的物质环境，直接滋养了沐浴在他诗歌中的水的方法论。生命诞生于水，昌耀的诗歌也在这片水汽的润泽中显现了它最初的面孔。

青海地处中国西北的干旱区，但这片富有雪山、黄河、青海湖的疆土却制造了一个水边的梦幻家园，昌耀在水面上认出了自己的脸孔之后，便继续成长为一个在水边蹒跚学步的孩童，从黎明到黄昏，他识记着水的宁静和欢腾，将其汇入他内心的诗歌潮汐。这个孤独的水边看客，也常常梦想自己是那只凌越于浪花之上的水鸟："你遗落的每一根羽毛，／都给人那奔流的气息，／叫人想起那磅礴的涛声／和那顽石上哗然的拍击……"（昌耀《水鸟》）；有时，伫立在岸边的他仿佛听到一位水手在渡口发来的召唤："来吧，跟我们到水上来吧，／水上正为战士击打着锣鼓！"（昌耀《水手》）；甚至诗人因为期待着能够加入到弄潮儿的队伍而由衷地兴奋："自从听懂波涛的律动以来，我们的触角，就是如此确凿地感受着大海的挑逗"（昌耀《划呀，划呀，父亲们！》）；进而他干脆纵身跳上了那只令人无比振奋的想象之船："水在吼。热气腾腾。我们抬起脚丫朝前划一个半圆，又一声吼叫地落在甲板，作狠命一击。"（昌耀《水手长—渡船—我们》）惠特曼式的张扬和号叫让我们看到了一个

---

① 索绪尔（Ferdinand de saussure）指出："能指属听觉性质，只在时间上展开，而且具有借自时间的特征：(a) 它体现一个长度，(b) 这长度只能在一个向度上测定：它是一条线。"参阅［瑞士］费尔迪南·德·索绪尔：《普通语言学教程》，高名凯译，商务印书馆，1980 年版，第 106 页。

迈入青春期的昌耀，一个因受水神的撩拨而力比多激增的诗人，一个学会在诗歌中赞美带电的肉体的歌唱者。我们甚至可以认为，一座盛产花儿和牦牛的青藏高原，天然适合这种高亢的声调和舒展的动作，这种兴奋和放肆本来就属于这片广袤旷野的精神气质，被水的力量激活的年轻诗人，渴望"须臾不停地／向东方大海排泄我那不竭的精力"（昌耀《河床》）。在这里，无论是处于客位上的水鸟、水手和渡船，还是处于主位上的"我"和"我们"，这些水边或水上的生命已然从静态之水的镜面上跃然而起，涌动出了**活力之水**的节奏，造就了处于写作青春期的昌耀所顶礼膜拜的英雄人格。他们的形象肇始于昌耀诗歌创作的上游阶段，也率先形成了他作品中的雄牛情结，它们就这样被活力之水一路裹挟："激流／带着雪谷的凉意以一路浩波抛下九曲连环，／为原野壮色为大山图影为征夫洗尘为英雄挥泪。"（昌耀《激流》）

昌耀的诗歌起源于青海，起源于诗人在青藏高原上的放逐姿态。政治上的流放厄运带给昌耀的是创作上的惊喜。他被早早地放逐到自然中去，让他与水相遇。水的静姿倒映了少年诗人的面孔，同样，水的蓬勃动力也推助了一只诗歌生灵在西疆旷野上伸展出雄健的四肢。昌耀激活了他诗歌肌体内的活力之水，奔涌、强劲、浩浩荡荡，这种充满创造力的生命品质贮存在每一个人的皮肉之下："沿着黄河我听见登登足音，／感觉在我生命的深层早注有一滴黄河的精血。"（昌耀《激流》）一种人类最熟悉的、液态而黏性的物质担当了这种精神，抒发了这种绵延的动力，这就是血——人体内的一支堂·吉诃德军团——它们一刻不停地澎湃向前。血液如同江河，身体仿佛河床，昌耀站在黄河的起点上，向世界宣布着他诗歌中勃发的血性，向东方大海排泄一个诗人不竭的精力：

我是否大地的骨肉

或大地在流血

又或我同为骨肉之子和大地之子

（骆一禾《世界的血》）[1]

昌耀体内的血液在日夜奔腾的黄河边开始逐渐获得了它的温度和动能，这种日趋强盛的内在能量，也同时成为诗人歌唱活力之水的热源和引擎。诗人之血，既调动着昌耀诗歌中水体的流动，又领受着壮美江河的召唤。从骆一禾的追问来看，昌耀在水面上辨识出了他的双重身份：以血为证，他是骨肉之子；以江河为证，他是大地之子。诗人的写作正是在这两种认同和皈依下显出了最初的容颜，这种内外兼修的精神合力，以及诗人在他所处的历史、地理环境中的生命体验，集中铸就了昌耀诗歌中的**血气**。在这种意义上，血气也分别体现为**骨肉之血**和**大地之血**两种形式。前者来自肉体，来自内在情感；后者来自环境，来自大江大河。诗歌的意义正在于通过融贯两者而达到对血气的发扬。血气乃浩然之气，它拜天地所赐，以水的姿态，以流动和富于变化的节奏，成全了诗人的一切生命活动，也沟通了诗人的写作与生活。血气驱策了诗人由自身向自然的放逐，这种放逐的姿态也定义了昌耀诗歌独特的品性和质地。蕴含血气的血液让诗歌写作的笔墨从天空回输大地，从乌托邦回到身体，这是一种出生在人间的物质，是诗人开展物质想象无定的胚胎，它"有成熟的泥土的气味儿"（昌耀《夜行在西部高原》）。

曾经对血做过精神分析的文化医生张闳认为："这种令人遗憾的物理特性，暴露了事物的'物性'本质，它引导事物走向了神圣化的反面。当然，这也可以说是人的感官生命背叛了意志，生理背叛了伦理。事物的物质性的一面一旦被呈现出来，关于事物的神话也就立即陷入了荒诞和尴尬的境地。"[2] 由此我们可以看出，作为物

---

[1] 骆一禾：《骆一禾诗全编》，张玞编，上海三联书店，1997年版，第608页。

[2] 张闳：《余华：血的精神分析》，《声音的诗学》，中国人民大学出版社，2003年版，第225页。

质原型和方法论的水，在昌耀的早期作品中呈现出创作精神上的两极：在一极上，水的施洗之功教化诗性想象朝向神圣的顶峰，它缔造了属灵的语言，在词语间构筑了每个人的乌托邦情结，这一超验伟大的巢穴，在每一个现实的个体那里会被填充进特定的社会－历史内容，比如昌耀那一代人长期坚信的"卡斯特罗气节""以色列公社"和"镰刀斧头的古典图式"等。水的这一极性培育了昌耀诗歌中对慢的神往，并且为其后一系列的物质想象争取到了足够的时间和空间，为诗人的身份认同提供了基础性的气质框架和抒情的地平线；在另一极上，水的物质性作用于人类的感官，变为奔流在人体内的血，它成为世俗价值的启示者和现世生命的灌溉者。在昌耀那里，这种物质性精神可以综合想象为他在作品中张扬的一种**血恋**情怀，这种对血气的向往，让诗人毫不掩饰地歌颂英雄，赞美大自然中各种形式的力，同时也诉诸为实现以上目标而使用的绵延、铿锵的修辞形式。

在广袤、开放的自然背景下，水的方法论见证了昌耀诗歌写作的一个**造血**期。诗人在天地日月、江河湖海的哺育和孳乳下造出大地之血，从一颗年轻、鲜嫩、饱满的诗歌脾脏里造出骨肉之血，两者联合调动诗人的抒情脉冲和内外宇宙的物质交换。与古典肃穆的静态之水造就了诗人的自恋情结不同，伫立在高原河岸的诗人，在饱含血气的活力之水的鼓舞下，激发出了他的英雄情结。血气是英雄情结的内向聚合，它要求昌耀的诗歌语言节奏分明、掷地有声，倾向于修辞上的排比和博喻，以壮声势，因此更接近一种波浪式的层次和节律。这一在语言上的内在要求是昌耀诗歌造血期的独特贡献，它直接装备成了一种波浪式的想象力："你呵，耸如剑齿参差，是豪猪之铠甲。／是棘的皇冠。是尖刺削立的石笋群。／是手风琴的可奏和弦的键钮。／是现代雕塑大师陈列展品的开阔地。／是钢制的板刷。／是种植园。／是海岸种植园长势繁茂的一片龙舌兰。／是一片石菠萝。／是一片不生产淀粉的庄稼啊，／是生产美的激情、大气度。／却生产尊严、自信、智慧与光荣的英雄主义。／是海滨壮士的碑塔林呵。／是不可伐倒的丛林带。"（昌耀《致石臼港海岸的丛林带》）与《海翅》相似，这是物质想象的一次酣畅淋漓的起伏喷薄，是昌耀诗歌中的血气直接伸出的拳脚和外向型张力，它让我们一气接一气地聆听关于海水和波涛的传说，帮助我们开掘出想象空间里五光十色的奥秘，在我们心中铸成一个完整而丰富的形象世界。作为语言的"零点"，语词"是"郑重其事地参与到这场诗歌的造血运动中来。

在昌耀的作品中，血气的价值实现过程驱散了属灵语言的浓雾，完成了语言形式与内在情绪的统一。这种**波浪式修辞**也十分容易同革命乐观主义创作情绪结成同盟，成为昌耀的写作同行、中国当代著名诗人郭小川最擅长的表达形式："我的同志个个都是年轻力又大，／我的同志的脸都亮着黑红，／我的同志的眼睛都闪着深沉的骄傲，／我的同志的心都跳着勇敢，／我的同志的喉咙都含着无声的战歌，／我的同志的枪光闪烁，／我的同志的步武轩昂，／我的同志的草鞋呀，／是无限奋激地向前奔行。"[1]（郭小川《草鞋》）与昌耀的《海翅》《致石臼港海岸的丛林带》等作品类似，《草鞋》同样是郭小川诗歌少年期的作品，在反复讴歌的诗句里，他宣泄着对吟咏对象纵横澎湃的滚烫热情。尽管二人无一幸免于写作中途降临的政治磨难，然而，流放边地的昌耀由于对自然山河抱以绝对真诚的热爱，由于他牢固建筑在物质本原上的英雄情结，具有更长久的生命力，所以短命的政治风向在他的写作中备受冷落，本该在他作品中表达的政治情愫反而被降至最低，并且坦然地将他的诗歌创作风貌交付给了物质想象的演变规律，而非意识形态的风向标；相反，与政权保持暧昧关系的郭小川，却坚持将这种波浪式抒情手法一以贯之，很快受到了意识形态的嘉奖，并在政治挂帅的年代迅速走红，这种重要的修辞手段，也成为一枚贴在他诗歌生命上

---

[1]　郭小川：《郭小川诗选》，人民文学出版社，1977年版，第7—8页。

的、与政治一同速朽的典型标签。在昌耀作品中洋溢着的无疑是血气，是从他带有体温的喉咙里奔涌出的诗句，他的波浪式修辞将内在的、封闭的骨肉之血搭乘词语的翅膀带出体外，转化成了大地之血，并最终统一于天、地、神、人的四重圆舞，形成昌耀诗歌中的浩然之气。郭小川同样娴熟地运用着波浪式抒情，但他作品中的血气是修辞的次生林，是在对词语的团体操般的调度中再造出来的，是受到后来的读者怀疑的。他的诗艺，没有成功地将骨肉之血转换为大地之血，没有在诗歌里实现血气的价值，而是像黑市交易那样，将这些珍贵的液体贩运给了"红市"里那些威严、阔绰的买家。

本雅明指出，如果歌德错误地判断了荷尔德林，那不是因为他的判断力患了感冒，而是他的道德感出现了倾斜。从今人的视角很容易辨别出，作为一个出生在时代洪流里的诗人，郭小川一心试图写就一种大写的语言。我们甚至无须怀疑他写作上的才华和真诚，但他终究没有描绘出人之存在的历史和心迹，没有触碰到世界的悲剧底色，而只能沾沾自喜地满足于，波浪式的抒情方式与臆想中的革命乐观主义之间的生硬调情。因而，跟昌耀的诗歌信仰相比，郭小川崇尚的是一种伪英雄主义，它只能帮助意识形态制造出一种关于英雄的幻觉。判断力的高明无法弥补道德感的迷误，郭小川的不幸在于，他把自己的诗艺赌注全部押在了世界上最轻佻的事物上，让他的诗歌理想偏离了自主性轨道，最终引发了他的道德危机（比如他在"反右"运动和"文革"期间写的检讨书）；与他不同的是，昌耀从一开始就把诗歌梦想搭建在牢固的物性法则上，努力与政治保持着低调的距离，凭借着一身血气，他得以在写作上获得更为沉着的坚守和自信。

或许与个人气质有关，昌耀无意于郭小川追求的那种大写的语言，无心加入意识形态的大合唱。尽管两者在一定时期内，都不约而同地采取了波浪式的抒情方式，甚至都热情地歌颂那个时代里的英雄，但写作理想和技艺间的不同的组合，却标志着他们本质价值的差异。在政治热情空前高涨的年代里，郭小川理想中的大写语言博得了众人的追捧，而心远地偏的昌耀却极端热爱自己的声音，保存和转化了他诗歌中的血气。这件让一切诗人涨满心帆的东西，也让昌耀心无旁骛地写出了小写的语言，并在这种个人化的声调里唤醒了永恒的物质回声：

我听到了不只是飞嗽的象征之水……

（昌耀《旷原之野》）

所以，昌耀的这种小写语言，为他的物质想象提供了实现的条件。在造血的同时，他再造了一种古典神话，吁请了真正的英雄登场。不论是水手、船夫和牧人，还是黄河、水鸟和渡船，昌耀笔下这些永久的形象承担着传统的诗意，传达了诗人充满血气和性情的英雄情怀，它们讲述的是有关我们这个物质世界的传说和人类的梦想和生活，而绝非政治幕布上的海市蜃楼。政治固然影响和创造着人类历史，但奇怪的是，受政治热情调动的诗歌写作，却无法真正进入历史的编码。更为奇怪的是，那些处于边缘的个性化的声音，由于喜爱自由自在地讲述英雄们的神话，却真正被这个物质世界的深层逻辑所接纳，让这种属人的声音最终与历史的进程相汇合，也同时汇合了骨肉之血与大地之血。

柔：父恋

或许是对"永恒回归"的模仿，血液居住在一个封闭的循环系统里面，诗人的写作也同样受命于一个循环机制。在必要的时机，诗人之血的物质性一极又开始调转方向，缔造了一个回归神圣的梦想。这种折回也即意味着对血气的消解，属灵语言逐渐苏醒，并支援对圣恋的复辟。波浪式的修辞方式为实现这种虚幻的机制开启了的通道，既保持了血气在人体和语言内部通行畅达，同时也接纳从乌托邦世界涌入的光芒。犹如雄牛情结和羔羊情结共存于昌耀作品的深层创作心理当中，属灵和属血气的语言也同时占据着诗人波浪式修辞的波峰和波谷，在成熟的诗人心智中，它们任何一方都不曾泯灭，而是遵守着自身的价值运行规律。郭小川的写作模式主要是受"看得见的脚"的指引和催动，而昌耀更多的是接受着一只"看不见的手"的自发调节，这只手并非来自现实的外部，而是从世界的物质本源那里伸出来，为昌耀的写作划出一道人神共舞、灵肉交织的**诗意波浪线**。昌耀的创作实践也为我们总结出了这条**诗歌价值规律**，它将相互矛盾的两极都容纳进一个庞大的循环系统内部，并且遵守着一种波浪式的运行路线，既决定了昌耀作品在思想、风格和语言上的多重面孔，也在复杂之余让我们得以纵观他的完整和统一。以诗意波浪线为表现形式的诗歌价值规律，也是我们遵循水的方法论而得出的最为耀眼和有效的原理。因此，让我们更有勇气追随诗人写作的波浪线继续探寻。

"伐木者来了。/牧羊人来了。/制陶工来了。/擀毡匠来了。/采矿师来了。/森林警察走出自己的木头棚屋。/我亦走进自己流汗的队列。"（昌耀《黑河》）昌耀正是在一种小写的语言维度中展开他波浪式的抒情，在这简洁而秩序井然的语境中，普通劳动者的轮番出场酷似一次神祇的盛宴。仰仗着诗人的英雄情结和物质想象，将世俗世界里的人和事物一浪接一浪地推至神的位置，也将自我扮成神的仆从和称颂者。波浪式修辞开始发挥作用：昌耀诗歌的属灵性再次睁开双眼，同时他的语言肢体则得到血气的灌溉和滋养，得到空前的发育，抒情也获得了极为强烈的形式感，让诗人和读者一波接一波地参与到这种动力十足的诗歌呻吟中，并享受着波浪式的语言带来的隐秘快乐：

我躺着。开拓我吧！我就是这荒土

我就是这岩层，这河床……开拓我吧！我将

给你最豪华、最繁复、最具魔力之色彩。

储存你那无可发泄的精力：请随意驰骋。我要

给你那旋动的车轮以充实的快感。

而我已满足地喘息、微笑

又不无阵痛。

（昌耀《我躺着。开拓我吧！》）

掉队的、口吃的诗人已经习惯于一副躺着的自我形象，这也是人类降生之初的形象。躺着的"我"发出了波浪式的快乐呻吟，我们也循声发现了昌耀作品中极富性暗示色彩的欲望词汇：躺着、开拓、发泄、驰骋、快感、喘息、微笑、阵痛……很难猜想这是诞生于中国 1962 年的诗作，因诗罹祸的诗人在荒无人烟的高原上放胆做了回诗坛先锋，以身体之琴，弹欲望之音。这是一次冥想中色情意味十足的索爱告白。作为欲望主体的"我"坚决而大胆，在文本中反复出现，通过自我言说达成自我确认，并以女性所特有的波浪式的性快感，来呈现欲望主体波浪式的想象力；欲望的对象不言自明地指向了诗人眼中的英雄，一个"超我"的法则，一个父亲之名。

我们惊诧地发现了一个关于昌耀诗歌中欲望主体的性别秘密：这里俨然出现了一个**阴性抒情主体**，阴性气质悄悄夺取了主格的王座，进驻了"自我"的体内。就像在诗歌的循环系统里，物质性与神圣性之间所做的波浪式的"永恒回归"那样，水依然启示着昌耀作品中的抒情主体奔走于梦想的阴阳两极。"看不见的手"依旧在这里发挥着作用。在中国传统文化谱系中，水一直是阴性的、**至柔**的物质，它常常用来比喻女性。这是阴性之水的人格化，女性天生的沉静、缓慢、敏感的生理节奏暴露这一点。作为诞生在水边的诗

人，昌耀在一定时期内开始受命于这种水的阴性力量，他在诗歌中大力歌颂的英雄形象，他（它）们成为阴性视域所迷恋和仰慕的对象，是想象中代表着力与美的超级形象；而诗歌中的"自我"则变身为英雄帐下一位心思细密的女眷，她是水做的，用水一样的歌谣来表达她内心的渴求。当这种渴求得到象征性的满足时，"我才完全享有置身巨人怀抱的安详。"（昌耀《断章》）

阴性抒情主体的出现，是昌耀创作心理上的羔羊情结对阵雄牛情结而演化出的产物，也是诗歌价值规律的合理体现。诗人此刻扮演的阴性抒情主体以羔羊般的赤子之心赞美着她眼中的英雄。"我们造就了一个大禹，/ 他已是水边的神。而那个烈女 / 变作了填海的精卫鸟。"（昌耀《划呀，划呀，父亲们！》）在"划呀，划呀，父亲们"的忘情呐喊中，我们恍然得知，成长中的昌耀诗歌仿佛存在着一种**恋父情结**，诗人的创作心路或许也经历了这样一段恋父时期，一个特殊的阴性区段，并继续在这类形象上强化着这一**父恋**意识："光亮中，一个女子向荒原投去，/ 她搓揉着自己高挺的胸脯，/ 分明听见那一声躁动 / 正是从那里漫逸的 / 心的独白。"（昌耀《草原初章》）躁动的阴性主体渴望表达匮乏和对爱的需要，这一欲求对象也从幕后走上台前，缺席者就此登场："那些黄河的少女撇开脚丫儿一路小跑 / 簇拥着聚在码头，她们的肩窝儿 / 还散发着炕头热泥土的温暖味儿，/ 一眼就认出了河上摇棹扳舵的情人，/ 由不得唱一串撩人心魄的情歌。"（昌耀《水色朦胧的黄河晨渡》）欲求对象出场后，爱情作为主客体之间的关联项通过第三方进行诗意的融通，于是召唤了物的形象的降临："油烟腾起，照亮他腕上一具精巧的象牙手镯。/ 我们 / 幸福地笑了。只有帐篷旁边那个守着猎狗的牧女羞涩回首 / 呒吸一朵野玫瑰的芳香……"（昌耀《猎户》）在这个阴性语境下的示爱序列中，我们可以目睹多种女性形象，甚至可以追溯到西宁大街橱窗里的"木制女郎"，作为诗人自我的镜像和女性形象群的原型，它既是阴性的，又是物性的，统摄着这一序列的整体性征。

　　阴性抒情主体的出现，让昌耀在他写作的恋父时期构筑了一个充满阳刚的、父性的话语庇护空间。阴性价值进驻其中，便要求这种空间洋溢着强大的阳性逻辑，为恋父的阴性抒情主体以及她眼中的阴性形象提供了容身之地，也让她在这个父性空间中得以表达和施展自己的欲望和想象。昌耀年幼的记忆中，父亲的角色就一直是缺席的："在那样一个年代里，我的父辈们大都离乡背井去实行自己的抱负。"（昌耀《我是风雨雷电合乎逻辑的选择》）父亲的缺席在暗地里埋下了让儿子远游的种子，向往远方的昌耀也许在潜意识中是为了寻找父亲。作风威严的军旅生涯，腥风血雨的战争环境，青藏高原的苍莽辽阔，都渐渐地让诗人嗅出了父亲的气息，发现了父亲的踪迹，成为缺席的父性空间的填充者和类同物。如果说，昌耀作品中的血气是诗人英雄情结的凝合和内敛，那么这种父性空间则是英雄情结的扩展和外化，它为着栖身其中的阴性赞美者而存在。在未来的一个时期内，我们会看到，昌耀会把这种英雄情结和阴性感受力投射到一系列现实中的建筑物上（详见第二章）。而此时，在这个阴性抒情序列的波浪式的递进关系中，在诗人努力兴建适宜为阴性歌颂者存在的父性空间之前，他却将这一时期为女性所独有的敏锐而黏稠的情感，投射在一类特殊的阴性物象上，力图借此寻找一种构筑父性空间的可能性。对于昌耀来说，英雄情结和恋父情结往往形影相随，构筑父性空间和诠释阴性物象不过是一个过程的两个方面：

　　　　我是这样的迷恋——
　　　　那些乡村垩白的烟囱。
　　　　那些用陶土堆砌的圆锥体，
　　　　像是一尊尊奶罐，
　　　　静静地在太阳下的屋顶竖立，

没有一丝儿奢华——

我对这生活的爱情

不正像陶罐里的奶子那么酽浓，

熏染了——

乡村的烟火？……

（昌耀《烟囱》）[①]

在诗人的长期流放生涯中，烟囱是一个关于家的符号，是在灶台边辛勤劳作的母亲常年的伴侣。它维持着一种母爱的幻象，一种回归家园的原始冲动。同时，它笔直向上的身姿构成了大地与天空的交流通道，并以袅袅弥散的言语向上天诉说着人间的消息和家宅里发生的故事。昌耀说："我以炊烟运动的微粒／娇纵我梦幻的马驹。"（昌耀《凶年逸稿》）仰仗这种梦幻的诗句，这位"炊烟的鉴赏家"（昌耀《慈航》）眼中的烟囱，如同一尊尊圆锥形的奶罐，乡村的烟火则像陶罐里窈窕酽浓、几欲离散的奶汁。奶罐或奶汁是主客体间的关联项，阴性的欲望主体"我"恋慕着这一类有生命的形象，并用它们的甘甜浓郁来指代"我"对生活的"爱情"。"这柔美的天空／是以奶汁洗涤／而山麓的烟囱群以屋顶为垄亩：／是和平与爱的混交林。"（昌耀《天空》）昌耀早期诗歌中的女性心态是阴性之水的人格化，奶汁则成为了生命之水的浓缩和精华，是至柔的物质。乳白色的奶汁向上流入天空，如同平静的大海上微微翻腾的浪花，用它内在的能量哺育着蓝天的清澈和柔和，也轻轻撩拨着诗人的阴性气质。

罗兰·巴尔特（Roland Barthes）认为："水能够承受质料的

[①] 此处引用了《烟囱》一诗的原始版本。据燎原考察，该诗创作于 1962 年 8 月 6 日，最初发表于 1979 年底青海省出版的纪念建国《三十年诗歌选》中。1981 年，昌耀对该诗进行了修改并定稿，并在末尾注明"1981.4.19 重写"，收入昌耀其后陆续出版的诗集。参阅燎原《昌耀评传》，前揭，第 111 页。

无数中间状态：清澈、晶莹、透亮、流逝、胶质、黏性、泛白、浮动、圆润、弹性；在水与人之间，一切辩证的变化都是可能的。"①鉴于这种独特的中间状态，水既是一种神秘的授精元素，又是孕育生命的必需环境。它是诗歌价值规律最好的展示者和诠释者。于是我们可以理解，烟囱的形象出现在昌耀创作历程中的恋父初期，但同时也呈现出十分鲜明的恋母色彩。他作品中的欲望主体尚处于性别意识模糊难辨的婴儿时期，在他们混沌的潜意识中，这些屋顶上的圆锥体，既在恋父意义上体现了女孩独有的阳具崇拜，也在恋母意义上成为男孩和女孩共同渴望的奶罐，那是婴儿眼中母亲的乳房，里面充溢着酽浓的奶水。尽管这一欲望主体在一段时期内将演化为女性，迎来诗人创作上的恋父时期，但此时的欲望主体既是恋父的，也是恋母的，显示出双重的欲望取向："我们是一群男子。是一群女子。/ 是为了一群女子依恋的 / 一群男子。"（昌耀《划呀，划呀，父亲们！》）"我们"既是男性，也是女性，既是庇护阴性价值的父性空间，也是阴性价值本身，一个事物总是隐秘地包含着它相反的一极。由此我们可以再次认定，在昌耀的诗歌中，对阴性物象的赞美已经统一于寻找构筑父性空间可能性的过程当中，这种雌雄莫辨的状态，让这种充满张力的统一感呈现出一定的不稳定性，这也是诗歌价值规律使然。昌耀会偶尔把这种"不稳定能指"释放在他的诗句当中，为我们描绘一副这样的形象："我们壮实的肌体散发着奶的膻香。"（昌耀《猎户》）

归根到底，像烟囱这样混融了阳性与阴性特征的"不稳定能指"，揭示了一种处于流动状态的事物价值，它符合巴什拉所谓的"安尼玛"的诗学，昌耀作品中的这类形象告诉我们，即使在男性诗人身上，阴性感受力依然在发挥着至关重要的作用，只要他通晓了物质的奥秘，只要他善于精微的观察和思索，他就会准确地辨认

---

① ［法］罗兰·巴尔特：《米什莱》，张祖建译，中国人民大学出版社，2008 年版，第 32 页。

出隐藏在一切事物、一切词语身上阴性的一面，那里散发着梦想的光芒，以慈悲而宽容的心态轻抚着每一个受难的生命。所以，在昌耀的作品中，无论是对阴性物象的歌颂还是对父性空间的寻觅，从梦想的诗学角度来看，它们都在力图实现一个父亲之名对柔弱灵魂的轻声呼唤，实现对人类悲剧命运的救赎。

在精神分析学意义上，处于口唇期的婴儿对乳房的欲望，体现为诗人对烟囱形象本能的钟爱，就像婴儿通过吮吸乳头延迟着他们脱离母体的时间，诗人也在对烟囱的想象和赞美中梦游过早失掉的家园。这一体现"共生性结合"（弗洛姆语）的阴性形象，揭示了人类渴望返回原初的集体无意识。里尔克在《罗马式的喷泉》[①]一诗中，以喷泉的两个水盘间的倾注与承接，歌颂着心灵间的对话。水的整体性以波浪的形态诉说着永远流动的梦想，它希望构成一架永动机，一个完美的阴性形象。这个神奇的罗马喷泉形象，通过原始的动力机制将喷泉中的水连绵不断地送回到起点，存在也在表达自我的生命运动中不断地返回了自身。这是诗人在阴性形象中力图实现的最高梦想。

作为完满连贯的阴性形象，水暗藏着一种力，一种永不枯竭的欲望形式。德勒兹（Gilles Deleuze）倾向于将这种流体永动机形象解释为欲望机器，就像他认为乳房是产生奶水的机器，口则是与乳房搭对的机器一样。这两台机器彼此相连接，前者被后者截断了生产流，反过来也打破了后者的自足性。因此德勒兹总结道，每个

---

① 里尔克《罗马式的喷泉》（吴兴华译）全诗如下："在一个古老浑圆的大理石圈中 / 有两个圆盘，一个缘升上另一个，/ 而上面有水流弯倒下来，缓而轻，/ 到另一片水在底下静止的等着，/ 一面不定的细语，另一方不发声，隐秘的，仿佛陷入了空虚的掌握 / 指示给对方绿阴暗影后的天空 / 拿它当新奇而未被人知的事物；/ 自己却默默地一圈一圈地散开 / （毫无念旧的心情）在美好的杯里，/ 只不过有些时如梦的幻化为滴水 / 让自己降落到繁茂生长的苔上 / 形成最后一面镜，从底下使它的 / 盘子如微笑着以它柔波的荡漾。"参阅［德］里尔克：《里尔克精选集》，李永平编选，北京燕山出版社，2005 年版，第 105 页。

"客体"都决定一股流体的连续性；而每一个流体都决定"客体"的破碎化。① 在水这种流体形象的内在精神中，博尔赫斯（Jorge Luis Borges）描述了它的连续性："人们说恒河的水是神圣的，/ 但是由于海洋进行着交换，/ 地球有许多孔洞，也可以说 / 所有的人都在恒河沐浴。"②（博尔赫斯《第四元素的诗》）而福柯则揭示了它的破坏力："水是让人供认的工具，那激流直下的水能够冲走污浊、空想和一切近乎谎言的异想天开。水，在精神病院的道德氛围中，使人面对赤裸裸的现实，它具有强大的洁净力，既是洗礼，也是忏悔，在使患者回到误失之前的状态的同时，使他彻底认识自我。"③ 在这里，完满连贯的水将波浪幻化为双手，通过沐浴和冲击的形式，表达了它们与人体的外部关系，既无处不在，又直穿人心，呈现出两种不同的面目：前者是横向的、静态的、保守的、古典的、母性的；后者是纵向的、动态的、激进的、现代的、父性的。这两种迥然相异的秉性共存在水的整体性当中。就像黄河之水注定要从纯洁清澈变为湍急浑浊，原初的那片静谧已经融入迅猛向前的生命涌动之中。

　　昌耀诗歌的初始状态布满了阴性的感受力，这段恋父时期的写作也注定让他成为一个服膺诗歌价值规律的外省诗人，一个迷失在青海高原上的掉队者，一个操持小写语言写作的梦想家。他在西部山河的伟力面前认出了自己的渺小柔弱，认出了自己写作中的阴性气质，并用一支水做的画笔，在一幅幅水做的形象上面点出一圈圈楚楚动人的波纹。这些波纹渐渐溢出了诗人恋父时期的门槛，水的

① ［法］吉尔·德勒兹、费利克斯·伽塔里：《反俄狄浦斯：资本主义与精神分裂症（节选）》，《后现代性的哲学话语：从福柯到赛义德》，汪民安等主编，浙江人民出版社，2000 年版，第 36—55 页。

② ［阿根廷］博尔赫斯：《博尔赫斯全集·诗歌卷（上册）》，林之木、王永年译，浙江文艺出版社，1999 年版，第 229 页。

③ ［法］米歇尔·福柯：《福柯集》，杜小真编选，上海远东出版社，1998 年版，第 12 页。

精神力量维持着诗人的梦想，也同时将它击碎。诗人的写作就这样游移在诗意波浪线的波峰与波谷之间，像织布机一样纺着语言的粗布和丝缎，书写着一段柔和的曲线。这或许是诗人又一次对自我形象的误认，事已至此，昌耀收敛了他的孩童般的原始欲望："你看我转向蓝天的眼睛一天天成熟，/ 充盈着醇厚多汁的情爱。"（昌耀《这虔诚的红衣僧人》）情爱的观念在他的作品中悄悄萌生，这让诗人在恋父时期的超验之爱转向人间，它承接着水的梦想的连续性。诗人在对爱情的书写中维系着这种欲望形式，它既实现了主体间的意识延伸，又暴露了自我的精神病症；既满足了对完整的幻想，又包含了对自身的瓦解。

渴：她恋

"从所有的器物我听见逝去的流水。/ 我听见流水之上抗逆的脚步。"（昌耀《划呀，划呀，父亲们！》）仰仗着敏锐的阴性感受力，昌耀在一切事物中聆听到了水的绵延流动，也期待着人类对水的征服。新时代的船夫固然彰显着英雄般的创造力，然而这些被诗人称为"父亲们"的人们在水上拼力地划行，仿佛是在与流水展开一场神圣的欢爱。据昌耀自己称，这首广为流传的《划呀，划呀，父亲们！》其实描写的是做爱场景，那些尽情的呐喊和振奋的动作都隐晦地暗示了这一点。[1]尽管该诗依然把复数的父亲形象放在显要的位置加以歌颂，但主导诗人创作的内在逻辑已经发生了变化。这首多年之后问世的作品，宣告了昌耀在他的诗歌童年期里迎来了最后一次心理进化，这一进化的决定性步骤便是，以两性情爱为核心的爱情原则代替了暧昧含混的父恋原则，从而最终让诗人的欲望体系趋于稳定，恋父情结逐渐退场，基于异性恋的爱情话语因此开始浮

---

[1]　参阅章治萍：《雨酣之夜话昌耀》，《中国诗人》（季刊）2007 年第 1 期。

出水面。

爱情话语是昌耀诗歌绵延始终的一条抒情阵线，我们可以在他创作的不同时期品咂出不同的意味。如果说诗人的阴性写作时期歌颂的是一种圆整性，是主体与大自然和高原生灵的混融，那么在这一**她恋**系统中，诗人开始努力摆脱阴性自我的影子，将视界归还给刚刚探出头的男性意识，但实际上阴性感受力已经潜伏在了昌耀的写作中，我们在他后期作品中将就此加以详细辨识。弗洛姆（Erich Fromm）认为："智力健全的基础和成熟的标志，存在于这一从对以母亲为中心的依附到对以父亲为中心的依附，以及最终与他们分离的发展过程中。"[1] 对于刚刚走出恋父时期的诗人来说，那些在他作品中不时闪现的、关于爱情的飞火流萤，登时宣告了昌耀的诗歌心智开始走向健全和成熟，进入了一个稳定而持续的她恋阶段。

青海的花儿名噪天下，这位《花儿与少年》的真实编者深深迷恋着它们，[2] 也让昌耀早期作品中的爱情话语明显流露出方言的个性，带有十足的民歌意味。他简练传神地叙写了边地青年如水般的恋爱场景："——拜噶法，拜噶法，/ 别忙躲进屋，我有一件 / 美极的披风！"（昌耀《边城》）；"月亮月亮 / 幽幽空谷 / 少女少女 / 挽马徐行"（昌耀《月亮与少女》）；"'阿哥，吹得轻一些，再轻一些吧。'/ 海螺快乐的呼号却是高了，更高了。"（昌耀《哈拉库图人与钢铁》）这些关于牧人、牧女、阿哥、阿妹的动人爱情纯洁得近乎一段段传说，通过昌耀的诗意渲染和戏剧加工，这些他人的恋爱故

---

[1]　［美］埃里希·弗洛姆：《爱的艺术》，刘福堂译，安徽文艺出版社，1986 年版，第 37 页。

[2]　昌耀在一份自传中透露，自己是民歌集《花儿与少年》的真实编者："我由青海省贸易公司秘书岗位调入青海省文联任创作员、编辑。独立完成的第一项工程是编选了青海民歌集《花儿与少年》，于今想来仍不无得意，以为书名本身就已是一个'创举'，暗喻此书收录的是'情妹妹与情哥哥'对唱的情歌。这个书名后来被某歌舞团命名—组民间歌舞。此书由青海人民出版社出版（责任编辑波德）。但我因右派事深陷囹圄，及至见到此书，署名已旁属王某、刘某（这种顶替肯定振振有辞）。"参阅昌耀：《一份"业务自传"》，《诗探索》1997 年第 1 期。

事大都带上了理想主义色彩，它是诗人对人间爱情的善良想象。以这些或婉约或热烈的爱情话语为背景，昌耀也试图去描写一种在自我意识参与下的恋爱体验。她恋的诗人穿越湿漉漉的阴性写作时期，转向对崭新对象的寻觅之中。诗人因长久被压抑而蠢蠢欲动的爱情幼芽，也迫不及待地破土而出：

> 但不要以为我的爱情已生满菌斑，
> 我从空气摄取养料，经由阳光提取钙质，
> 我的须髭如同箭毛，
> 而我的爱情却如夜色一样羞涩。
>
> （昌耀《良宵》）

为了她恋格局的需要，坚硬胡须的亮相，正式奠定了"我"的男性欲望主体身份："荒原注意到了一个走来的强男子。"（昌耀《断章》）诗人这样想象自己的男性形象，并通过扎人的胡须来唤起少女对恋人的生理感觉，借此传播他的求爱信号。然而"我"依然是一个保留着植物般羞涩的索爱者，"我"对爱情的理解是光合作用式的，是自给自足的，是情欲的欠发达形式，并未完全彻底地过渡到她恋阶段。为此，诗人羞涩地选择进入黑夜来抑制光合作用的发生，切断植物性的求爱途径。他把黑夜当作一个她恋意识的培养基，在无边无际的夜色中，诗人独自演奏着他的求爱练习曲。"不时，我看见大山的绝壁／推开一扇窗洞，像夜的／樱桃小口，要对我说些什么，／蓦地又沉默不语了。"（昌耀《夜行在西部高原》）黑夜的私密性和梦幻性，促使了诗人她恋意识的觉醒，他开始在惯常讴歌的宏大形象中间窥见一道细细的裂纹，他发现了"夜的樱桃小口"，并形成一个心理和言语上的期待，他希望听到对方的声音，用对方的言辞来弥补自身的羞涩，然而听到的却是一片黑夜中的缄默。这就是转入她恋阶段的诗人在黑夜状态下的精神症结。樱桃的

一点红色是诗人心头的一粒朱砂痣，暗示了一种植物性的、匮乏的欲望形式。

昌耀对沉默的敏感实际是在掩藏自己在她恋阶段初期的失语困境，这使得每次传入他耳中的那些细微声响，都在痛击他的胸口："在我之前不远有一匹跛行的瘦马。/ 听它一步步落下的蹄足 / 沉重有如恋人之咯血。"（昌耀《踏着蚀洞斑驳的岩原》）早在圣恋时期的尾声，我们看到了"西还的教主查拉图斯特拉累倒在巉岩大口吐血"，此刻，我们同样看到，恋人咯血的鲜红来自求爱的心灵创伤，诗人在她恋的怪兽面前变得孤弱无援，长满坚硬胡须的强男子在这里早泄般瘫软委地。诗人再次误认了自己进入她恋阶段的形象，因此在书写自我的恋慕经验时，他袒露了自己的羞涩和脆弱，这种姿态长期伴随在诗人的她恋旅途上。昌耀凭借他的想象力将这种误认一直进行到底。在他一生的爱情遭遇中，自始至终希望实现他的自为存在（黑格尔语），但总是在慢一拍的精神气质中迎来最后的扑空：

> 一袭血迹随你铺向湖心。
>
> 但你已转身折向更其高远的一处水上台阶。
>
> （昌耀《圣桑〈天鹅〉》）

尽管在昌耀晚年经历的一场炽烈的恋爱独角戏中，他一度放弃了羞涩和脆弱，对心中倾慕的对象展开近乎疯狂的追求。[1]"你"的出现就是对梦中情人的直陈和倾诉，但这位女主角耽于周转而拒绝登场，就像诗人心中幻化出的美丽天鹅，总是栖息在对面的湖岸。昌耀在圣桑的天籁之音中抒写他独恋的悲情，"站在柳堤的老人慈眉善目 / 这时默默想起了自己少年时光，/ 觉着那花儿的韵致仍旧漫在水上不差毫厘，/ 热身子感动得一阵抖动。"（昌耀《水色朦胧

---

① 详请可参阅昌耀"致 SY21 封"书信，《昌耀诗文总集》，前揭，第 800—852 页；燎原：《昌耀评传》，前揭，第 372—386 页。

的黄河晨渡》)那个当年的水边少年或许把最美的梦想投递给对天鹅的遥远注目上，如今，当他步入寂寞的晚景，在瘦削的生命燃烧后的灰烬里，只剩下这个神圣而空灵的形象在水面掠过。

值得注意的是，此刻诗人书写的"血"，已迥异于前文提到的"血气"之血。换句话说，昌耀诗歌童年期的几次心理进化，几乎成为他一生命运遭际的缩微地图，而每一次心理进化和欲望形式的更迭都意味着一次**换血**。从圣恋到自恋，从血恋到父恋，直到最后的她恋，诗人的欲望结构经历了几次换血，这也同时帮助他的写作系统进行内部的调适和更新。随着年龄的增长和世界观的变迁，儿时的"红骨髓"被成年后的"黄骨髓"所代替，诗人也渐渐从诗歌写作的充血期走向了**失血**期。可以认为，昌耀在进入她恋阶段之前（即处于圣恋、自恋、血恋、父恋四个创作波段内），是世界在为诗人的创作生命输血，诗歌写作的精神状态也较为充沛和饱满，英雄主义的语调十分明显且掷地有声；在随后所经历的她恋阶段中，昌耀的创作转而显出失血的状态，抒情主体越来越呈现出一副受伤的面孔，大量的心血被灌输给他的情爱对象，空耗给许多无聊的时光，仿佛只有失血，才是那个时期唯一有意义的行动。

在失血的痛楚中，诗人却将血的功能贯穿、升级，形成他诗歌体系中一条**血的逻辑**：从早期樱桃状的似血非血（《夜行在西部高原》），到口中咯出的鲜红汁液（《踏着蚀洞斑驳的岩原》），屡次重创的诗人在这里已将自己直接说成一袭血迹，没有了名字，也没有了称谓，只有拼死挣扎的血迹顽固地追及天鹅的行踪（《圣桑〈天鹅〉》）。然而这个捉摸不定的形体轻盈地飞向更高的一点，把那摊未凉的血迹永远留在了身后。在诗人眼中，天鹅的逃遁无异于天鹅的死亡。欧阳江河说："天鹅之死是一段水的渴意／嗜血的姿势流出海伦"[1]（欧阳江河《天鹅之死》）在死这种终极状态里，恋爱的欲

① 欧阳江河：《透过词语的玻璃——欧阳江河诗选》，改革出版社，1997年版，第24页。

望对象走向破碎，爱情原来是一场虚无的搏斗，昌耀诗歌中的血的逻辑必定演变为对嗜血本身的追逐。嗜血是生命最大的欲望，也是虚无的欲望。作为一个像人性一样难缠的概念，欲望的对象在乌托邦理想、身份认同、浩然血气和父性原则等问题上兜转一圈后，终于指向了欲望本身，展现了一个悖论性的命题。

而在此处，我们有理由相信，正是水的**渴意**诠释了生命的嗜血性，就像水的净化力诠释了生命的属灵极性，水的反射力诠释了生命的自我意识，水的波浪式诠释了生命中充溢的血气，水的至柔性诠释了生命中隐含的阴性气质一样，昌耀用他逐渐消沉的欲望在最后时刻申明了生命本身的渴意，它连同以上提及的所有要素，一同构成了水的方法论的基本内涵。焦渴难耐的昌耀写道："到处都找不到纯净的水。／难耐的渴意从每一处毛孔呼喊。"（昌耀《**生命的渴意**》）外部世界的烘烤直接诱发了诗人的渴意，但这只属于小渴的范畴，它无法揭示灵魂深处的匮乏；诗人生命内部无休止的号叫，让他患有"口吃"的唇舌涌出了焦渴感，这是关于存在的焦渴，它最终造成了诗人的大渴。不论是年轻，还是年老，鲜嫩光洁，还是槁木死灰，这一生命的大渴时刻，促使着诗人祈求着水的降临：

> 我是一个渴饮的人。
>
> 盲者，请给我水。请给我如水滋补的教诲。
>
> （昌耀《**如我如水的丝竹**》）

昌耀的诗歌唇舌坦陈着巨大的渴意，因此它对灌溉生命的水展开致命的追求。这种大渴也同时道出了诗歌本身的焦渴感，构成了诗歌价值规律得以生效的肉体缘由。诗人向一位盲者讨水消渴，来浇息心底难耐的炙热和写作的匮乏。"又一次在曾汲水喝的地方我看到／她杯子上一句《圣经》的训诫，／记住施与者正在杯口处褪色。"① （希尼《饮水》）希尼（Seamus Heaney）描画了一个逐渐褪色的施与者形象。在这里，昌耀把盲者奉为水的施与者，这或许是在与荷马展开遥远的时空对话，与日益消逝的诗歌精神对话，是小写的语言与大写的语言之间的对话。这个古希腊的盲诗人是昌耀心中的诗神，是一切诗人的典范。昌耀向荷马索取教诲，就像一个焦渴的人在井边掬水痛饮。昌耀渴望痛饮的是语言形式的水，是滋补灵魂的水，他的梦想是"追求至善／渴饮豪言"（昌耀《一代》）。实际上，诗人祈求的是一种可以拯救生命的语言。他艰难地表达了一个"溺水者"的焦渴：尽管身处层层波浪之中，但把身体包围起来的水，却并不是可供饮用的水；"溺水者"的焦渴象征了语言的焦渴：尽管诗人拥有最丰富的语言矿藏，但那些不断喷薄出的言词，却是无法穿透生命的言词，是"无人领会的言词"。在如今这个被林林总总的各色话语包裹身心的时代，作为一个运用生命体验写作的诗人，不论处于生命欲望的哪个波段，昌耀追求的始终是一种指向生命的语言，一种解渴的语言。

这种诗歌理想突破了大写的语言和小写的语言之间的僵硬划分，让我们期待一种揭示事物本质的、稀有的语言，也是无处不在的语言。它类似于元音，是我们发音的内核。这些元音由水的活力奏响，也在水的静止中沉默。昌耀在诗歌中表达的焦渴，是在努力发出他生命中的元音，它能给诗人如水的滋补。然而，这种充满吊诡意味的元音，却一直行走在路上，始终处于被追逐和待说出的状态，始终召唤着诗人向它偏移，始终分布在诗意波浪线的轨迹上：它发出的声响，也要么高亢，要么低沉。它既像生命中的盐，又像生命中的水，它们的混合物构成了诗人欲望的内驱力。在某种程度上，语言就好比象征欲望的盐水，越渴就越喝，越喝就越渴，这是一个永远走不出的怪圈，也与写作的逻辑和宿命相等同。而那些可供滋补的教诲和箴言，那些随风飘散的人和事，此刻，正溶化进一

---

① ［爱尔兰］希尼：《希尼诗文集》，吴德安等译，作家出版社，2001年版，第105页。

杯放了盐的水中，摆放在我们每个人的面前：

> 与激流拼命周旋，
> 原是为的崖畔
> 那一扇窗口。那里
> 有一朵盛开的
> 牡丹。

（昌耀《筏子客》）

在众多形式的渴中，有一种渴被昌耀捕捉，放进了一个疲倦的、辉煌的背影里。这副背影从水上归来，在落日中扛着皮筏，向一扇窗口走去，构成了一幅在每个人的脑海里都藏着的画面。这便是对家宅的恋慕。它逗引出每个人内心彻底的、厚重的渴意，也绽放了每一种语言中原始的、永恒的诗意。按照诗意波浪线的指示，这种渴意无法用水来解除，因为水已沉入波谷，像神一样休息去了；另一种元素却满足了这种诗意的要求，它正悄悄地向着波峰崛起。

第二章　建筑师的空间语法

(1978—1984)

> 吾儿！如（识）一泥团也，一切泥所制器皆可知；分
> 异在语言之所系，名而已，实，唯泥也。
>
> ——《五十奥义书》

空白练习曲

"我从菱形的草原那边来。／我在那里结识了昆仑山无言的沉默。"（昌耀《一九七九年岁杪途次北京吟作》）同大多数中国作家一样，昌耀在"文革"十年中经历了旷日持久的沉默。[①]沉默的原因不言自明，它让昌耀成为一个时代的"溺水者"（林贤治语），遭遇了一段创作上的"休克"期，并因此带给他终生未愈的后遗症。十年的沉默圈出了一个巨大的空白。或许这空白本身就可以看作是一首别致的诗歌，一个意指丰富的符号。诗人的零创作记录，让这段空白期具有特殊的观瞻价值，也让这片诱人的空白区域诞生了一

---

① 据《昌耀诗文总集》统计显示，诗人在 1968 至 1977 年间无任何作品收录。在《〈昌耀抒情诗集〉初版后记》中，诗人有这样的交代："本集就是在这几个废集的基础上筛选增补扩充而成。写作年代上限 1956 年，下界 1984 年，跨度有二十八年之遥。换言之，在这样长的时间跨度里（其间有若干年创作空白）我可选送于读者诸君之前的诗作大体已囊括于此了。"参阅昌耀：《昌耀抒情诗集》，青海人民出版社，1986 年版，第 182 页。

门关于沉默的考古学，它一方面显示出巨大的断裂，另一方面也蕴含了隐秘的传承。"在白头的日子我看见岸边的水手削制桨叶了，/如在温习他们黄金般的吆喝。"（昌耀《冰河期》）昌耀将他的溺水生涯称为**冰河期**，把那段沉默的时间叫作"白头的日子"。空白的意义只能交给后来的言辞慢慢填满。经历了十年的创作空白之后，昌耀终于在中国政治的解冻期得以书写他的冰河期，在这首1979年创作的作品中，我们惊讶地发现了那个当年站在码头上召唤诗人搏战激流的水手形象，这个老朋友在冰河期里只身离开心爱的渡船，在岸边颇具自慰性的动作里品尝着消沉的滋味。昌耀也学着那位岸边的水手，用缄默把"黄金般的吆喝"演奏成一段**空白练习曲**。冰河期是一个语言真空，国家政治极端的浪漫主义空气将个体言说逼入绝境，如同光明殿里的玻璃人体，只能承受永恒的暴晒："天下奇寒，雏鸟/在暗夜里敲不醒一扇/庇身的门窦。"（昌耀《慈航》）冰河期里允许无言的动作，于是就有了数不清挥舞的手臂和僵硬的姿态，有了水手独自削制桨叶、默习吆喝，有了伪英雄情结，有了昌耀的"休克"……毋宁说，在当时文坛的诗意波浪线上，寄居着大量的写作者，对于他们的位置来说，要么是上得去，下不来；要么是下得来，上不去。冰河期里特殊的生存局面彻底扰乱了诗歌的价值规律，让每一个处于那个时代的诗人都难以完成自身的循环。在这条惨遭断裂的波浪线上，他们每一个人的动作都是知行分离的动作，是无法返回自身的动作，因而都成为了假动作。

昌耀"溺水"多年后的苏醒意味着对沉默的打破，诗人的喉咙在吞下大量的历史苦水之后，居然阴差阳错地解决了他的焦渴问题，这个被苦水灌饱的诗人，在梦魇的潮汐退去之后，同黑暗的礁石一起在岸边显形。那个背着皮筏的弄潮儿登上江岸，寻找为他点亮灯火的那扇窗口，寻找庇护他、温暖他的那间家宅。在这里，他本能地开始了源源不断的倾吐，不再干渴的喉咙随即启动了它的言说功能。吞进去的是沉默，吐出来的是语言，这便是那片空白的魔力。诗人从而进入他写作的**后冰河期**（这里可以认为是"文革"之后到1980年代中期以前的写作时段），重拾语言的权柄，并用它来激活冰河期的沉默，让那片沉默开口说话，让一度崩毁的写作迅速恢复元气，并继续展开它波浪式的诗意运动。岸边的水手梦想着边划桨边吆喝，达成知行合一；同样，从"休克"中复苏语言能力的诗人，也梦想着用诗歌的飞矢击中他身后那片神秘的空白，为诗人的工作再次按下开关。正如张枣诗云："只有连击空白我才仿佛是我。／我有多少工作，我就有多少／幻觉。请叫我准时显现。"①（张枣《空白练习曲》）

昌耀的诗歌以另一副模样适时显现在他后冰河期的创作里，这体现为一次破冰的努力，一种回溯的能力，一项在以空白为表征的记忆沼泽里打捞沉船的行动，甚至是一次死里逃生的历险记。"一个地址有一次死亡"（柏桦语），昌耀的这片空白最直接的指向就是死亡。或许可以认为，昌耀已经在那片空白之中随着千千万万的人死去了，他有着千千万万种随时死去的可能。②但不知是幸运还

---

① 张枣：《春秋来信》，文化艺术出版社，1998年版，第76页。

② 关于昌耀在流放期间濒死的残酷遭遇，燎原在《昌耀评传》中已描述得足够详细。在这里有必要引用一段昌耀自己的回忆文字："1958年5月，我们一群囚犯从湟源看守所里拉出来驱往北山崖头开凿一座土方工程。我气喘吁吁与前面的犯人共抬一副驮桶（这是甘青一带特有的扁圆形长腰吊桶，原为架在驴马鞍背运水使用，满载约可二百余斤）。我们被夹挤在爬坡的行列中间，枪口下的囚徒们紧张而竦然地默默登行着。看守人员前后左右一声声地喝斥。这是十足的驱赶。我用双手紧紧撑着因坡度升起从抬杠滑落到这一侧而抵住了我胸口的吊桶，像一个绝望的人意识到末日将临，我带着一身泥水、汗水不断踏空脚底松动的土石，趔趄着，送出艰难的每一步。感到再也吃不消，感到肺叶的喘息呛出了血腥。感到不如死去，而有心即刻栽倒以葬身背后的深渊……"参阅昌耀：《艰难之思》，《昌耀诗文总集》，前揭，第402页。另外，诗人风马在为昌耀某诗集撰写的序言中也有如下描述："在看守所里，二十一岁的昌耀每天要干十几个小时的苦活。而食物却只有被人为地放酸了的杂粮干馍馍（新馍馍非要放到十来天直到变质了才让吃）。每到吃饭时，昌耀就蹲在墙角啃那些馍馍，让肚皮鼓起来。到了夜里，昌耀还不得不睡在那个一米高的马桶旁，他将同犯的鞋子悄悄收拢到一起，填在脑后当枕头。如果能这样睡到天亮当然好，可是同犯要大小便，一次一次排着队伍轮流便溺。那些黄色汤汁就四溅起来，溅入一个诗人的噩梦之中……"参阅风马：《漫话昌耀》，《一个挑战的旅行者步行在上帝的沙盘》，敦煌文艺出版社，1996年版，第4页。

是不幸，昌耀还是在他的后冰河期里获得了生命的再次苏醒。主张"回忆说"的柏拉图（Plato）认为，一个人只能学习他从前已经知道的东西，这种知识是在死亡之后、再生之前那一段时间里获得的。在这段时间里，灵魂生活在冥界。于是，他在冥界里描述了一条叫作"忘川"的河流（阿米勒斯河），人们必须泅渡"忘川"才能走出冥界，实现再生。然而，如果人们因为不堪忍受冥界里的炙热干渴，而急于喝下了"忘川"之水，就会立刻丧失他所有的记忆。在他们中间，只有具备自律能力、忍住焦渴的人，才能把冥界里的宝贵记忆带回人间。①

"二十三年高原客，多惊梦——/ 哪能不说长道短！"（昌耀《秋之声》）昌耀被放逐高原的二十三年，无异于一次闯荡冥界的旅程，是一系列在死神注目下的艰苦劳役，而诗人却在这一切磨难之上撑起了一把空白之伞。在柏拉图的意义上，昌耀极有可能是一位怀有节制精神的哲学家，他在泅渡冥河时忍耐了极大的干渴，奋力书写出他的一片空白。他登岸还阳后的"说长道短"，也极有可能不是在倾倒肚中苦水，而是在宣讲他未被"忘川"夺去的冥界记忆，那是柏拉图所称重的知识的原型。于是，无论是十年的沉默期，还是二十三年的高原客，诗人找到的是他可堪回忆的权利。昌耀的空白就这样诡秘地闪烁着两种截然相反的记忆来源。一种来自饱满的记忆之腹，另一种来自褶皱的记忆之脑；一种是经验之倾诉，一种是先验之漫溯。昌耀由是慨叹道：

> 是时候了。
> 该复活的已复活。
> 该出生的已出生。

> （昌耀《慈航》）

---

① ［古希腊］柏拉图：《理想国》，郭斌和、张竹明译，商务印书馆，1986 年版，第 426 页。

"主啊！是时候了。夏日曾经很盛大。/把你的阴影落在日规上，让秋风刮过田野。"[①]（里尔克《秋日》）昌耀适时唤醒了里尔克，里尔克适时唤醒了神，修复完毕的诗意波浪线就在这种继承、传递和诗人间的口耳互唤中向前推进。日规上的阴影最准确地诠释了昌耀的空白。不论诗人在空白处唤醒的是经验记忆还是先验记忆，它们都成为昌耀有意识打捞的深海沉船，两者一齐见证了昌耀诗歌在后冰河期的转向，即转向一种特别的**回忆模式**。它既承载了个人记忆，也同时收纳了集体记忆，并把这些记忆一直追溯到遥远的百花深处："我们从殷墟的龟甲察看一次古老的日食。/我们从圣贤的典籍搜寻湮塞的古河。/我们不断在历史中校准历史。/我们在历史中不断变作历史。/我们得以领略其全部悲壮的使命感/是巨灵的召唤。"（昌耀《巨灵》）"巨灵"充当了昌耀们的神，历史给他们安排好位置来呈交记忆。就像"我们"力图从殷墟的龟甲和圣贤的典籍中探寻历史的谜底一样，诗人也将那些四处收集来的、不断死去的、纷繁杂乱的集体记忆梳理出一条清晰的脉络。[②]

在综合考察了多种记忆神话之后，布鲁斯·林肯（Bruce Lincoln）指出了关于通往记忆的第三条道路："在去往冥界的路上，死者的灵魂必须经过一条河，河水会把它们的记忆力抹去。然而这些记忆并没有被毁坏，而是随着河水流入一眼泉水，泉水涌动，供那些受到特别恩宠的人饮用，他们饮用之后的效果就是获得了灵感，被灌注了超自然的知识。"[③]换句话说，死者的记忆并非毫

---

① 此处采自冯至译文。参阅［奥］里尔克：《里尔克精选集》，前揭，第 54 页。

② 昌耀诗歌中渗透了众多集体记忆，这里可以参照诗人对他的代表作《慈航》的理解加以佐证，他说："《慈航》有自传的成分，但也不完全是自传。这里涉及我的生活，也有我周围的一些同难者，对他们被当地牧民善待的经历，我都把这些素材糅和到一起融进了这首诗里。所以诗里表现的生活是综合性的，基本上是以我为中心，写出了我对藏族群众的一种感激之情。"参阅昌耀：《答记者张晓颖问》，《昌耀诗文总集》，前揭，第 782 页。

③ ［美］布鲁斯·林肯：《死亡、战争与献祭》，晏可佳译，龚方震校，上海人民出版社，2002 年版，第 85 页。

无价值，正是这些不断积累起来的死者记忆，才构成了人类历史的整体。无可厚非的是，昌耀有幸成为了那个"受到特别恩宠的人"，他的创作灵感得利于堆积在逝去年代里层出不穷的记忆，这种记忆基本上呈阴性，因为它面向的是过去的生命，是不断退后并移入黑暗的风景。置身于冰河期的空白之伞下的昌耀，不但小心安放好他的个人记忆，而且还腾出手来悉心搜集了千千万万种他人的记忆。诗人的沉默反向庇护了它们，让他没有成为一个词不达意的发言者，而是扮演了一位知行合一的实干家。站在沉睡的历史废墟之上，诗人如同一个敬业而专注的"拾垃圾者"①，在仔细辨认着死者集团遗留下来的庞杂思绪中宝贵的记忆成分："我怎能忘记往日 / 这山路两旁 / 倚着拐杖长眠的同年，/ 喝了'忘川之水'，/ 却仍向人世睁着 / 永不阖目的笑眼。"②（昌耀《山旅》）

昌耀在他撑起的空白之伞下，演习着一种对死亡的训练。在死神的十面埋伏下，昌耀通过搜集**记忆之水**来实现他对生存问题的隐形书写。作为一种异质物，死亡标志了生命过程的终结，它让如流水般绵延一体的生命终止于某一时刻，将一条完整的线性时间轨迹在某一处截断，从而使得一个生命整体面临破碎和断裂。昌耀的写作空白期笼罩着这种死亡的幻影，它悄悄地在诗人的观念中植入一种迥然不同的参照系，让昌耀在训练死亡的过程中获得一种思想上的空间意识，让他学会用转换和断裂的方式来处理危机，进而无需裹足在绵延的时间观念中坐以待毙。值得注意的是，昌耀创作历程中的这段空白本身就显明了这种空间意识，空白就是转换，就是断

---

① 本雅明从波德莱尔的诗歌《拾垃圾者的酒》中发现了文学家的"拾垃圾者"身影："每个人都多多少少模糊地反抗着社会，面对着飘忽不定的未来。在适当的时候，他能够与那些正在撼动这个社会根基的人产生共鸣。"参阅［德］瓦尔特·本雅明：《巴黎，19 世纪的首都》，刘北成译，上海人民出版社，2006 年版，第 71 页。

② 此处引用了《山旅》的原始版本中的诗句，最初收入《昌耀抒情诗集》，但在其后出版的诗集中，这几行诗句被诗人删除，详情见第四章的相关论述。参阅昌耀：《昌耀抒情诗集》，前揭，第 55 页。

裂，就是由死亡召唤出的记忆，就是另一种意义上的讲述。这种空间意识受到逻各斯精神的支配，在这片迷人的空白中，它开始介入对时间意识的校正和诊断过程，让我们在概念世界里审度、解析和重组诗人曾经大一统式的生命神话。于是，昌耀用自己背负的记忆之水灌注了一块让空间与时间展开对话的语言平台，也在对生命的讲述中促成了逻各斯对神话的制衡。在诗人后冰河期的创作中，回忆模式被空间意识开启，也被记忆之水染成了阴性的色彩，预示了昌耀诗歌的精神气质必将经历一次重要的转换。

米兰·昆德拉曾无奈地辩解道，无论这个世界是多么地令人不齿，它仍然是我们话题的中心。那些远去的灵魂把四处飞溅的记忆统统寄往它们曾经居住过的世界，寄给死里逃生的诗人。昌耀如同一个宦游多年的旅人，他经过长途跋涉返回故乡，也捎来那些回不了家的旅伴的消息。在返乡途中，诗人仿佛听到了这样的呐喊："你回到这儿——那就尽早吞下／列宁格勒河灯的鱼肝油，／……彼得堡！我还不想死去：／你还存有我电话的号码本。／彼得堡！我还保留着那些地址，／借助它们，我能找到死者的声音。"[1]（曼杰什坦姆《列宁格勒》）思乡是人们最敏感的情感内容之一，在诗人离去的日子里，它是封冻、静止的；当诗人再次回到最初站立的地方，那里已然形成了另一片空白：

> 29年之后我有幸在桃源城关逗留半日。桃源已面目全非，我寻访的我们一家住过的那座小木屋也已历史地消失了，在看似是旧址的地方惟见一片煤场。我疲惫地坐在街边树阴。那是清明后的多雨季节，初晴才不久，我看着春水恣流的沅江从脚下浩荡而去。埠头有几只航船已升起炊烟，晾晒的花衣衫在船篷的绳索上摇摆，一切显得平和而静谧。我感到自己仿佛是一个不该介入其间的外乡客

---

[1] ［俄］曼杰什坦姆：《曼杰什坦姆诗全集》，前揭，第134—135页。

了。（昌耀《艰难之思》）

　　在这段忧伤的文字中，诗人描绘了一幅庸常而陌生的图景：走了，就死了一点点（哈罗古尔语）。故乡桃源在昌耀的家书里成为了一个空白的地址，一封迷失在时间里的信。在这次对故乡的孤独造访中，诗人只记住了春水、炊烟、船篷、花衣衫……在这些时间带不走的痕迹中，"一切显得平和而静谧"。被诗人背负而来的记忆之水，无法还原到最初的面目，只能在"看似是旧址的地方"悄悄渗入他脚下的大地。伴着记忆之水的倾注，诗人说："我仿佛看到自己／还是一个英俊少年……"（昌耀《我留连……》）在这片大地之上，顺着昌耀的目光，我们隐约看到了更多："遥远的夏季，一个老人被往事纠缠／上溯 300 年是几个男人在豪饮／上溯 3000 年是一家数口在耕种"①（西川《虚构的家谱》）。昌耀力图描述的正是这样一片渗进记忆之水的大地。如同曼德尔施塔姆让自己吞下"列宁格勒河灯的鱼肝油"一样，昌耀写道："——我不就是那个／在街灯下思乡的牧人，／梦游与我共命运的土地"（昌耀《乡愁》）；"在古原骑车旅行我记起许多优秀的死者。"（昌耀《在古原骑车旅行》）

　　土地，无疑透露出一个暗中支配昌耀后冰河期写作最有效的物性法则，它向诗人展示了一种充满革命意味的空间意识。诗人就这样将奔流在他身体里的无数支骨肉之血汇入他脚下的土地，转化为大地之血，完成了昌耀诗歌体系在新时期的一次换血。这项拔地而起的**土地法则**，不但诠释了昌耀在流放时期对西部那片荒蛮土地的由衷眷恋，如"不错，这是赭黄色的土地，／有如象牙般的坚实、致密和华贵，／经受得了最沉重的爱情的磨砺"（昌耀《这是赭黄色的土地》）；"我是这土地的儿子。／我懂得每一方言的情感细节"（昌耀《凶年逸稿》）；也让他流放归来后的诗歌表现出艾青式的对土地

---

① 西川：《西川的诗》，人民文学出版社，1999 年版，第 202 页。

的一往情深，①如"——生长吧，一缕春晖，你们和大地同时复苏"（昌耀《一九七九年岁杪途次北京吟作》）；"我因你而听到季节转换的雷霆在河床上滚动。／因你而听到土地的苏醒。听到我的心悸"（昌耀《她站在剧院临街的前庭》）。

在以上这种对土地直抒胸臆的基础上，昌耀循着土地的物性法则，辨认出了它身上那些突出、美丽、性感的部分，于是找到了高原、旷野、山峦、沙漠，就像他发现"木驮桶"正"高踞在少壮女子微微撅起的腰臀"（昌耀《背水女》）；同时，他也找到了"与新石器时代遗址……相切的"现代铁塔林（昌耀《赞美：在新的风景线》），找到了"旷古未闻的一幢钢铁树"（昌耀《边关：24部灯》），找到了"草原的一个壮观的结构"（昌耀《城市》），就像找到了从土地身上崛起的一条勃动的根茎，一种崭新文明的产物。昌耀将他负载的记忆之水洒向西部这片广袤的土地。

水与土的结合，便诞生了泥团。**泥团**是唯物主义的基本脉络之一（巴什拉语），也是土地法则最直接的创生物，是大地之上的元建筑，是建筑的原子。无论这些建筑是出于自然的神力，还是人间的凡力，泥团都足以充当一切建筑物的原始胚胎：

> 后来建筑师用图板在山边构思出了
> 许多许多的红色屋顶，从此
> 骆驼队跨过沙漠走在沥青路的鱼形脊背。
>
> （昌耀《凶年逸稿》）

在这种意义上，处于后冰河期的昌耀摇身变成了一个喜爱捏泥

---

① "土地"是艾青作品中一个重要的诗歌意象，如"因为，我们的曾经死了的大地，在明朗的天空下已复活了！"（《复活的土地》）；"雪落在中国的土地上，寒冷在封锁着中国呀……"（《雪落在中国的土地上》）；"为什么我的眼里常含泪水？／因为我对这土地爱得深沉……"（《我爱这土地》）等。参阅艾青：《中国当代名诗人选集·艾青》，人民文学出版社，2006年版，第55—56页、第57—60页、第92页。

团的孩子，在他手中揉搓出了一个**建筑师**的梦想。他也在一切泥团的造型中，穿透了泥土的记忆，"破译出那泥土绝密的哑语"（昌耀《慈航》），并像女娲补天一般，用五色的泥团将他身后那个巨大的空白填满。因此，在这里，土地法则不仅包含着回忆模式，一种务虚的、呈阴性的、活跃在记忆领地里的追寻方式，而且还代表了一种**建筑模式**，一种空间的阳性逻辑。它是一种务实精神，是在西部山河地理之间萌生的建构意志。作为一种强大的空间观念，土地法则让昌耀的写作在精神气质上告别了水的方法论所启迪的各项基本特征，告别了时间意识的绵延不绝。以空间观念为内核的新式美学原则，在土地法则的运作下迅速崛起，诗人在他笔下的诗歌形象上率先发动了这场观念革命。昌耀，这个水边的诗歌少年，在捏泥团的游戏中步入了一个崭新的成长序列。

建筑学转向

"回忆中无用的白银啊／轻柔的无辜的命运啊／这又一年白色的春夜／我决定自暴自弃／我决定远走他乡"[1]（柏桦《回忆》）。在这样一个"白色的春夜"，昌耀尘土满面地走出那片空白的地址。在土地法则的作用下，诗人在白色的噩梦中培养了他对空间的最初体验："他走出来的那个处所，不是禅房。不是花室。／为着必然的历史，他佩戴铁的锁环枯守栅栏／戏看蚂蚁筑巢二十余秋。"（昌耀《归客》）昌耀付出二十多年的时间与一种阴暗、狭小、被囚禁的空间体验朝夕相伴，这也成为他有意识地感知空间的漫长开端，也是创作的空白之伞下保持的一种经验延续。这二十余年刻骨铭心的空间体验，与昌耀在1967年以前的作品中所描述到的高原风景迥然不同。在昌耀空白期之前的作品中，尽管诗人着力描写诸如黄河、雪

---

① 柏桦：《往事》，河北教育出版社，2002年版，第110页。

峰、岩原等空间物象带给自己的主观感受，但从昌耀整体创作生涯上来看，这一时期的作品尚处于自发的抒情阶段，是凭借才华写作的诗歌青春期，它们如同流水般灵光乍现、泛滥无形。

毋宁说，此时的昌耀尚未习得一种叫作**"认知测绘"①**的能力，年轻的诗人还不能通过他笔下的空间物象展开对自我的定位和对世界总体空间的勘测。耐人寻味的是，真正意义上的"认知测绘"，是昌耀在二十余载监禁生活里通过观看蚂蚁筑巢才学到的本领。与当年在西宁大街的橱窗里瞥见"木制女郎"时所获得的自我意识相比，这种在诗人的后冰河期浮出水面的"认知测绘"能力要显得更加的成熟和睿智。也就是说，他在一间极端狭小封闭的囚室内，探明了自己在这个世界上的位置，也渐渐充满了感知总体空间的精神能量。在那里，他领悟到了"必然的历史"的伟大逻辑，学会了运用土地法则来认识世界。

以这个漫长而卑微的时期为起点，昌耀获得了对空间的判断力，当"他走出那个处所"，走出那片神秘的空白，再一次将自由的视野投向那些曾经歌颂过的高原风景时，便立刻带上了一种别样的认知情怀。正所谓"参禅之初，看山是山，看水是水；禅有悟时，看山不是山，看水不是水；禅中彻悟，看山仍然是山，看水仍然是水"（青原行思语）。昌耀对空间认知能力的习得过程，也基本呈现出这种"否定之否定"的辩证法，同时，被修复一新的诗意波浪线也在暗中助了他一臂之力。

热衷于观看蚂蚁筑巢的昌耀也必定对泥团怀有好感，泥团不但庇护了那些勤奋力大的小生灵，而且帮助被囚禁的诗人像蚂蚁搬家一样打发掉那段冗长乏味的流放岁月。更重要的是，蕴含着土地法则的泥团，带给了昌耀对空间的感知和对建筑的梦想："这里是使

---

① "认知测绘"一语出自詹姆逊。参阅［美］詹姆逊：《认知的测绘》，《詹姆逊文集（1）：新马克思主义》，王逢振主编，中国人民大学出版社，2004年版，第293—307页。

爱的胚珠萌发的 / 泥土。是黑土的海。是温床。/ 是大地一齐舒开的毛孔。/ 是可塑的意念。"（昌耀《垦区》）建筑即是这股对空间中的事物可塑的意念，是土地法则的实现，它意味着一种创造精神，一种对空白的反叛力量。在这里，我们惊奇地发现，波浪式的抒情方式开始与新崛起的土地法则通力合作，焕发出充满建构意志的崭新风采。在昌耀的观念中，建筑的概念不仅包括人工建筑物，他也将天然建筑物（如土地、山峦、高原、河床等）纳入他的空间视野。也就是说，诗人笔下的建筑物既包括人造物，又包括神造物。热衷于观看蚂蚁筑巢的昌耀由此经历了一个**建筑学转向**。这种转向让诗人在这一期间的创作引入了一种建筑模式，即一种空间生产模式。这当然不是指诗人在政治解冻后将志趣转向了工程建设领域，以远离意识形态的瓜葛，而是表明诗人在步入后冰河期写作之时，开始正面、主动、自为地涉及到广博的空间题材，以一位建筑师的眼界来参与诗歌形象的遴选和经营，并为每一组空间形象注入物质想象的激素："不是无端地记起了刨具和斧斤。/ 是匠人铁的啄木鸟和木的纺织娘 / 为我留下了世间独有的韵致。"（昌耀《建筑》）

尽管遭遇了空白期写作经验的断裂，但诗人从来都不缺乏灵动之语，它们来自诗人的内在气质和天生的匠心所在。构造诗句和构造房屋似乎具有相同的建筑学元素。保罗·雷比诺（Paul Rabinow）借采访福柯之际提到："建筑的知识，部分属于专业的历史，部分属于营造科学的演化，部分属于美学理论的重写。"[①]建筑无疑是美学的爱子。尽管现实生活中的诗人并未受过专业的建筑学训练，但他独有的美学判断力却通过物质想象的翅膀实现了他的空间蓝图。并且，从这种转向的一开始，诗人就完成了一次内部转向，即由空间中事物的生产转向空间本身的生产，它带来的是诗人在认识论上的一次革新。这种空间的生产以昌耀笔下着力刻画的建筑物形象作

---

① ［法］米歇尔·福柯、保罗·雷比诺：《空间、知识、权力——福柯访谈录》，《后现代性与地理学的政治》，包亚明主编，上海教育出版社，2001 年版，第 16 页。

为人间代理，在土地法则的启发下，诗人将这些形象视为一种圣迹，以生命的姿态对它们表达敬畏和慨叹："黎明的高崖，最早 / 有一驭夫 / 朝向东方顶礼。"（昌耀《纪历》）；而当他面对诗歌本身的空间特质时，则"意识到自己是处在另一种引力范围，/ 感受到的已是另一种圣迹"（昌耀《圣迹》）。

闻一多在语言的空间维度上曾提出过新诗的"建筑美"观念，[①]建议书写匀称的诗节和诗句，倡导新式格律。尽管这些主张最终并未走出多远，然而却为汉语新诗的空间形式提供了一次自省的契机。在这场由闻一多发起的、不太成功的新诗"建筑学转向"中，我们注意到了一种诗歌与建筑展开对话的可能性。在这种意义上，昌耀在后冰河期的诗歌创作中大规模地引进了更多富含意味的空间形象，它们标志着一种支配着空间法则的逻各斯精神的现身。在这种力量的鼓舞下，昌耀开始了他对诗歌语言形式方面更有力的探索和实验：

> 戈壁。九千里方圆内
> 仅有一个贩卖醉瓜的老头儿：
> 　　一辆篷车、
> 　　一柄弯刀、
> 　　一轮白日，
> 伫候在驼队窥望的烽火墩旁。

（昌耀《戈壁纪事》）

---

① 闻一多重视新诗视觉方面的特质，认为文学是既占时间又占空间的一种艺术。欧洲文字占了空间，而不能在视觉上引起一种具体的印象，是一个缺憾；而中国文字却有引起这种印象的可能，他建议新诗的特点中增加一种建筑美的可能性。在与古典律诗的比较中，他认为律诗永远只有一个格式，但是新诗的格式是层出不穷的；律诗的格律与内容不发生关系，新诗的格式是根据内容的精神制造的；律诗的格式是别人替我们定的，新诗的格式可以由我们自己的意匠来随时构造。参阅闻一多：《诗的格律》，《闻一多全集（2）》，湖北人民出版社，1993年版，第137—144页。

和华莱士·史蒂文斯（Wallace Stevens）放在田纳西州的那只著名的坛子一样，①在这里，茫茫大漠上惊现了一处芝麻粒大小的瓜摊，它安静地守在炎热的驿路旁，等待着随时可能光顾的旅人。昌耀对瓜摊的点染之功，让整个戈壁里无边无际的荒凉和燥热，有机会转化成可触可感的精确体验，成为了这片荒漠的中心。在这个广袤的空间里，渐渐谙熟土地法则的昌耀，成功地动用了他在囚徒时代自修来的"认知测绘"能力，在"另一种引力范围"里，让这片中国西部的典型空间瞬刻显形，具有了它独异的面目。那个由篷车搭建的一个简陋的瓜摊，也同时获得了一种建筑物的尊严。它屹立在烈日之下、大漠之上，成为戈壁的一个生命地标。瓜摊定义了这片空间，为那些围绕着大漠飘忽不定的现实经验赋形；它也命名了这种戈壁经验，并将它们安放在人们对西部空间的物质想象和期待视野之中。

这个九千里方圆内的瓜摊之于戈壁的意义，接近于梅洛－庞蒂（Maurece Merleau-Ponty）提到过的一种"处境的空间性"，他说："如果我站着，手中紧握烟斗，那么我的手的位置不是根据我的手与我的前臂，我的前臂与我的胳膊，我的胳膊与我的躯干，我的躯干与地面形成的角度推断出来的。我以一种绝对能力知道我的烟斗的位置，并由此知道我的手的位置，我的身体的位置，就像在荒野中的原始人每时每刻都能一下子确定方位，根本不需要回忆和计算走过的路程和偏离出发点的角度。"②按照这种神奇的认知序列，我

---

① 史蒂文斯《坛子轶事》（陈东飚译）全诗如下："我在田纳西放了一个坛子，／它浑圆，在一座山上。／它使得零乱的荒野／环绕那山。／荒野向它升起，／在周围蔓生，不再荒野。／坛子在地面上浑圆／高大，如空气中的一个港口。／它统治每一处。／坛子灰暗而空虚。／它并不释放飞鸟或树丛，／不像田纳西别的事物。"参阅［美］华莱士·史蒂文斯：《最高虚构笔记：史蒂文斯诗文集》，陈东飚、张枣译，华东师范大学出版社，2008年版，第65页。

② ［法］梅洛－庞蒂：《知觉现象学》，姜志辉译，商务印书馆，2001年版，第138页。

们找到了一处瓜摊，就等于拥抱了整个大漠，在这座地标式的建筑物身上，诗人可以径直阅读到雪藏在那里的众多经验和记忆。通过辨认流淌在这片热土上的大地之血，进而开掘出更多、更温洁的骨肉之血。建筑、大地和空间成为储存人类经验和记忆的银行，它将融化在时间中的生命体验转化为一种稳固的资本形式，一种精神不动产。仰仗着诗歌价值规律，依靠经验的诗歌写作，也就好比是对以上生命财富的零存整取，将其垒砌成一种文字的建筑物。昌耀练就了这样的本领，也善于发现、抓取每一处空间里的"烟斗"。他用这种方式为这片西部空间的烟斗擦亮了火星："从你火光熏蒸的烟斗／我已瞻仰英雄时代的／一个个通红的夕照。"（昌耀《草原》）

作为一种有灵性的建筑物，戈壁瓜摊可以看成土地法则的一个象征符号，它是诗人对整个西部空间的一个写意式的定义。在这个定义之下，昌耀开始了他对西部空间排山倒海般的阐释工程。[①] 作为一个前现代形态的传统社会，西部基本保持着农耕与游牧相结合的文明样式，那里保留着英雄时代的遗迹，当昌耀怀着浓厚古典主义情愫身临其境之时，中国文化上千年的历史底蕴和人文积淀如同高原之风扑面而来：

历史太古老：草场移牧——

西羌人的营地之上已栽种了吐蕃人的火种，而在吐谷浑

人的水罐旁边留下了蒙古骑士的侧影……

（昌耀《寻找黄河正源卡日曲：铜色河》）

黄河，作为一种气势磅礴的大地之血，在诗人眼前奔涌沸腾。这是昌耀在寻找黄河正源途中再现的奇幻历史景观，是民族记忆的

---

① 1982 年 5 月，昌耀随青海省美术家协会的几位画家乘吉普车去兰州、张掖和祁连山区采风旅行，创作出大量西部题材的作品，对中国西部的历史地理展开深刻的思索和旷达的抒情。这类作品的写作特征体现出这一时期的主导诗风。

出神状态。在沿着黄河河道逆流而上的探源行动中，诗人也同时展开他的文化寻根想象，吟咏出他**"西行吊古"**[①]的诗篇。对于中国二十世纪八十年代的文化界来说，这股内心激情是与之合拍的，这里天然是昌耀表露英雄情结的用武之地。但我们同时可以觉察到，昌耀的激情更多地来自他对土地法则的遵从，来自他对西部空间原发性的生命体验，这实际上是他自己面向自己发起的文化寻根，是相遇了的骨肉之血和大地之血经过激烈碰撞翻卷出的浪花。历史的辗转，草场的枯荣，豪族的轮替……无论是自然建筑，还是人工建筑，站在它们面前的昌耀将这些敏锐的感受统统拉进自己的空间想象，展示在同一方舞台之上："那时我们的街衢在铁轨上驰骋——/ 是穆天子西行驻跸的地方。/ 是匈奴日逐王牧马的地方。/ 是汉家宜禾都尉屯田的地方"（昌耀《旷原之野》）；"看不出我们是谁的后裔了？/ 我们的先人或是戍卒。或是边民。或是刑徒。/ 或是歌女。或是行商贾客。或是公子王孙。/ 但我们毕竟是我们自己。/ 我们都是如此英俊。"（昌耀《边关：24部灯》）这种梦游般的出神状态，几乎成为了昌耀写作中一个最大的癖好，他在诗中如同幻灯片一样为我们展示了一个个历史想象空间，一块块渗透着英雄热血的土地，一段

---

① 《西行吊古》是昌耀1984年创作的一首短诗。本书在这里用以指代他这一阶段创作的、具有怀古气息或风格题材与之相近的一批作品。它们大致包括：《驻马于赤岭之敖包》（1981）、《丹噶尔》（1981）、《太息》（1982）、《所思：在西部高原》（1982）、《纪历》（1982）、《河西走廊古意》（1982）、《在敦煌名胜地听驼铃寻唐梦》（1982）、《戈壁纪事》（1982）、《青峰》（1982）、《听曾侯乙编钟奏〈楚殇〉》（1983）、《驿途：落日在望》（1983）、《草原》（1983）、《背水女》（1983）、《天籁》（1983）、《放牧的多罗母女神》（1983）、《雪乡》（1983）、《旷原之野》（1983）、《高大坂》（1983）、《河床》（1984）、《她站在剧院临街的前庭》（1984）、《古本尖乔——鲁沙尔镇的民间节日》（1984）、《寻找黄河正源卡日曲：铜色河》（1984）、《巨灵》（1984）、《思》（1984）、《西行吊古》（1984）、《邂逅》（1984）、《牛王》（1985）、《夷》（1985）、《人·花与黑陶沙罐》（1985）、《秦陵兵马俑馆古原野》（1985）、《某夜唐城》（1985）、《忘形之美：霍去病墓西汉古石刻》（1985）、《招魂之鼓》（1985）、《和鸣之象》（1985）、《悬棺与随想》（1985）、《东方之门》（1985）、《我们无可回归》（1985）等。

段湮没在时间烟尘中的故事。

在这种充满想象力的回忆模式下，昌耀固有的英雄情结，连同他擅长的波浪式修辞法宝，一起牢牢地拥抱住了土地法则。这个迅速结合的神圣同盟，不失时机地在昌耀笔下派生出一种充满阳刚意志的**父性空间**。那些组建父性空间的物象群，在昌耀建筑学转向后的创作中广泛地崛起，成为他在游历祖国西部山河历程中最钟情的一类形象。在土地法则的作用下，诗人借助天马行空的历史想象，不断将英雄情结外向化、对象化、空间化，造就了父性空间的诞生。父性空间是昌耀此刻热烈颂扬的一种典型的空间形象的统称，是一个拓展为宏大空间形式的父亲之名。它穿越了历史烟尘，将英雄时代的烽火传递给现今这块不变的土地，召唤着一种与大自然同样伟大的英雄精神，也同样激荡着绵延不绝的血气。昌耀相信，对于每一个时代里那些历经磨难的人们，只有真正具备这种精神才能获得拯救。于是，诗人为每一个具有阴性人格底色的人们构筑了一个阳性的庇护空间，这种父性空间彰显的是一种空间救赎的力量："那土地是为万千牝牛的乳房所浇灌。／那土地是为万千雄性血牲的头蹄所祭祀。／那土地是为万千处女的秋波所潮动。"（昌耀《她站在剧院临街的前庭》）昌耀把目光投向了历史深处，希望将令人神往的父性空间拉进当下，让湮没许久的英雄精神来救治现代文明的脆弱，用诗歌的汤勺为他的同代人补血，从而求得体魄和心灵上的丰沛和安宁。

除了实现英雄情结的空间化，父性空间也让我们明显分辨出它欲将"时间空间化"的倾向。T.S. 艾略特（T. S. Eliot）提醒我们，不但要理解过去的过去性，而且还要理解过去的现存性。[①] 这种过去的现存性以建筑的形式呈现给世人，以对空间形式的构造来传达它的价值。卡斯腾·哈利斯（Karsten Harries）主张，建筑不仅仅是

① 参阅［英］T.S. 艾略特：《传统与个人才能》，卜之琳译，《艾略特诗学文集》，王恩衷编译，樊心民校，国际文化出版公司，1989 年版，第 2 页。

定居在空间里，从空无到空间中拉扯、塑造出一个生活的地方。它也是对于"时间的恐怖"的一项深刻抵拒。美的语言是一种永恒现实的语言。创造一个美的物体，就是去连接时间与永恒，并据此把我们从时间的暴虐中救赎出来。空间构造物的目的"不是阐明时间的实体，使我们或许可以更适意地悠游其中，而是……在时间中废除时间，即使只是暂时的"。^①于是，我们发现了昌耀在土地法则的指引下，寄情于父性空间书写、讴歌奇伟建筑的一条潜意识：他正是希望以这种"时间空间化"的方式，释放他笔下空间形象的巨大能量，让血气奔涌汇聚，让那些矗立在深层记忆中敦实、凝滞、牢固的建筑物成为一根根中流砥柱，让它们抵挡住时间洪水的无情流泻，让时空双方对峙的一刻闪现出更多生命的尊严和价值：

> 没有恐惧。没有伤感。没有……怀乡病。
>
> 一切为时间所建树、所湮没、所证明。
>
> 凡已逝去的必将留下永久的信息。

（昌耀《旷原之野》）

昌耀以空间抵抗时间的潜意识维持了一种**诗性正义**，这是土地法则在政治哲学上的价值诉求，是诗歌价值规律的天平和良心，这也是一个在历史上遭受不公正对待却申诉无门的诗人发自内心的动情呼唤。这种在建筑学转向之后树立起来的诗性正义，让诗人对一切空间构造物怀有好感。这一创作倾向一方面继承了中国古代文人的"比兴"传统和"田园山水"情结；另一方面，在诗人深层的观念结构中，这意味着空间的方位性有意制衡时间的绵延性，鼓励逻各斯精神向神话思维发出挑战。

作为一个当代的空间歌颂者，昌耀不但在自然风景和历史遗

---

① 转引自［英］大卫·哈维：《时空之间——关于地理学想象的反思》，《现代性与空间的生产》，包亚明主编，上海教育出版社，2003年版，第397页。

迹上抒发他的"西行吊古"情怀，在历史的长廊中倾力构筑父性空间，与此同时，他还将写作视野投射到西部地区**"新的风景线"**上。①"有什么东西正被毁灭。有什么东西正被创造。"（昌耀《赞美：在新的风景线》）土地法则暗示昌耀要在创造中挽救毁灭，这一意念就要求他在有限的人生中目睹它的实现，要求他赞美现世的创造力量和速度，以实现他坚持的诗性正义。于是，昌耀的建筑概念的外延由漫长累积的历史场景扩展至拔地而起的现代工程。

"我不是朝圣者，/ 但有朝圣者的虔诚。/ 你看：从东方栈桥，/ 中国的猎装 / 升起了梦一样的 / 笑容。"（昌耀《印象：龙羊峡水电站工程》）诗人对现代建筑报以朝圣者的虔诚。但值得注意的是，昌耀始终没有忽视，在雄伟建筑所创造的奇迹身后那些遭到"历史的必然"毁灭的人和事物。昌耀认为，自己在过去二十余年经历的灾难岁月中，"毁去的是天真烂漫，/ 不化的 / 是我的迂腐。"（昌耀《随笔》）作为一个有过毁弃经历的复活者，诗人把这些现代牺牲引为同类，在他们的创造物中歌颂一种引以为豪的悲剧精神："那时，他们明白决无退路。/ 那时，五个水坝浇筑工同时张开双臂，/ 抱作一座森严的城……"（昌耀《城》）；"他们是六个年青人。/ 他们沉重的帽盔有如山岩雕铸的一座 / 鹰之巢。"（昌耀《母亲的鹰》）诗人不禁再次流露出他的英雄情结，把这些创造过程中的牺牲者视为英雄加以称颂。骨肉之血终于悲壮地汇入大地之血。在这里，昌耀通过对空间牺牲者的赞美来抒发他对"新的风景线"的褒扬，他依然

---

① 《赞美：在新的风景线》是昌耀1983年的作品。本书在这里用以指代诗人讴歌现代化建筑工程或现代生活内容的一系列作品。它们大致包括：《划呀，划呀，父亲们！》（1981）、《建筑》（1981）、《轨道》（1981）、《城市》（1981）、《在玉门：一个意念》（1982）、《花海》（1982）、《城》（1982）、《野桥》（1982）、《母亲的鹰》（1983）、《赞美：在新的风景线》（1983）、《腾格里沙漠的树》（1983）、《垦区》（1983）、《印象：龙羊峡水电站工程》（1983）、《晚会》（1983）、《边关：24部灯》（1983）、《荒漠与晨光》（1983）、《圣迹》（1984）、《阳光下的路》（1984）、《去格尔木之路》（1984）、（黄海二首）（1984）、《时装的节奏》（1984）、《大潮流》（1984）、《即景：五路口》（1984）、《色的爆破》（1985）等。

承袭着构筑父性空间的梦想。

诗人暗中进行了一次类比，他将这些不幸殉职的建筑工人与拔地而起的现代工程的关系，隐约比作圣子耶稣与圣父上帝的关系，圣子对圣父的爱与死可以认为是建筑工人对现代工程的爱与死的原型事件。由此可知，"新的风景线"实际上是昌耀所创造的父性空间反转的现代形式，是土地法则的现代衍生物，"新的风景线"中的现代工程改变了人与自然的关系，却延续了昌耀的空间物质想象，从而使得他的英雄情结和诗性正义一以贯之，成为一种空间生产的强力语法。

昌耀笔下圣子般高尚的牺牲者正体现了这种空间语法，此岸世界的苦难命运呼唤着象征父亲之名的宏大空间施以救援。诗人动情地歌颂着眼前这片神奇的土地，歌颂着历史和现实在土地法则运作下的空间塑形，这种冲动与他长期坚持的乌托邦理想是一脉相承的。由此，这一强烈的情感冲动缔造了昌耀的**恋父期声调**，无论在他的"西行吊古"题材中，还是"在新的风景线"系列里，恋父期声调一以贯之地保存在诗人的胸腔内，时刻准备向它笔下的空间形象顶礼致敬，它的核心便是不遗余力地赞美或歌颂（但却迥异于同时期的政治抒情诗）。作为一枚恋父期声调中持久存在的元音，这种赞美之词让处于恋父期的诗人血气饱满、面色红润、声音高亢，他的诗歌写作经过造血和换血，如今也几乎达到了**充血**的状态。昌耀的抒情力度和密度，也在这种声调此起彼伏的助推下达到一个又一个高潮。

对于这种恋父期声调，我们毫不质疑诗人的真情实感，但他在抒情力度上也不免存在过激之虞。伯里克利（Pericles）在阵亡将士国葬典礼上宣称："颂扬他人，只有在一定的界线以内，才能使人容忍；这个界线就是一个人还相信他所听到的事务中，有一些他自己也可以做到。一旦超出了这个界线，人们就会嫉妒和怀疑了。"①

---

① ［古希腊］伯里克利：《在阵亡将士国葬典礼上的演说》，佚名译，《红烬：疼痛与忧伤·最美的悼词》，李晓琪编，海南出版社，2001 年版，第 3—4 页。

昌耀的这种歌颂冲动，源于他在诗歌中长期坚持且颠扑不破的理想主义和英雄情结，源于他波浪式的本能想象力，源于他绵延不绝的血气，也源于他对诗性正义的需要。早在1959年，他就曾创作过一首歌颂"大炼钢铁运动"的民歌体叙事长诗《哈拉库图人与钢铁》，将它归在"一个理想主义者的心灵笔记"名下。而多年以后，诗人则做过这样的反省："我欣赏的是一种瞬刻可被动员起来的强大而健美的社会力量的运作。是这样顽健的被理想规范、照亮的意志。这种精神终于在被导向极端后趋于式微，而成为又一种矫枉过正。"[①]这种"理想主义者的心灵笔记"的写法，在昌耀诗歌的建筑学转向中达到空前繁荣，也在社会的价值转型中以另一种形式保存在他的作品中。[②]

从昌耀的个人经历来看，1979年以后国家政治的巨大变迁，让他从此结束了二十余年的流放生涯，重新回归普通人的生活行列，在十年的创作空白期后重新获得写作的权利。诗人个人的命运转折是与整个国家逐渐晴朗的政治气候相合拍的，通过对我国社会主义建设时期拔地而起的现代工程及其焕发的英雄气概的描绘和歌颂，昌耀在发自肺腑地赞叹眼前这个拨云见日的国家和这个蒸蒸日上的时代，因而自然让这一时期的作品饱含自豪的血气，恋父期声调也适时地从天而降。于是，从荒原走出的诗人开始接触国家建设时期涌现的新生事物，用一种赞叹的眼光来打量自己容身的这座城市，因为城市的面貌是时代建设的晴雨表："牧羊人的角笛愈来愈远去了。／而新的城市站在值得骄傲的纬度／用钢筋和混凝土确定自己

---

① 昌耀：《一份"业务自传"》，《诗探索》1997年第1期。
② 昌耀在1985年创作的一则短文中以寓言的形式继续塑造了一个空间牺牲者形象，巴比伦少年发现国王加造的空中花园九层别馆底座出现裂隙，劝阻未遂，在最后时刻，毅然纵然飞起，将自己当作一颗铆钉铆定墙隙。"至今骆驼商旅途经王城废墟时还能在夕阳西照中看到少年的身子斜攀在残壁像一柄悬剑，他对王国的耿耿忠介反倒给虚无主义的现代人留下了可为奚落的口实。"参阅昌耀：《巴比伦空中花园遗事》，《昌耀诗文总集》，前揭，第331页。

的位置。"（昌耀《城市》）昌耀的此番真情流露也参与到了当时诗坛的时代"共名"大合唱中，尤其对于在风雨如晦的年代里蒙冤的"归来者"诗群，他们对新生活的由衷歌颂是值得玩味的："呵，这崭新的东方大港，／巨人孙中山的蓝图在闪亮，／在我们面前闪璀璨的光芒，／多么迷人的现代化的曙光！"[1]（唐湜《北仑港》）不论是昌耀，还是唐湜，这种对新时代里国家基础设施建设的普遍歌颂与"十七年"期间的同类题材有所区别：从本质上讲，前者是主动的、自发的、心甘情愿的，而后者则带有将信将疑和人云亦云的味道。所以，我们可以相信，昌耀在建筑学转向之后涉及歌颂题材的作品，以及他配套采用的恋父期声调，能够在一定程度上达到知行合一。

与"西行吊古"题材相比，对"新的风景线"的由衷赞美，才是符合诗人内心的真实选择。昌耀坚信历史规律和时间的威力，坚信它们要比他曾讴歌过的宏大物象更加强大。比起"时间的空间化"的反抗倾向，这种"空间的时间化"趋势要更加沉着、稳健。时间才是最后的赢家，无孔不入的现代意识教导着昌耀，"新的风景线"才是时间的宠臣，也是他抹去创伤记忆的有力工具。在土地法则的暗示下，昌耀所有关于"记忆"题材的作品，其实潜意识里都在表达他的对"遗忘"的欲望。只有做到对创伤记忆的遗忘，才符合诗人的生存意志，也是他与时间达成的秘密契约。

1979 年之后的几年里，中国的改革开放政策犹如久旱逢甘霖一般深得人心，经历过国家苦难岁月的知识分子们因此而欢欣鼓舞，期盼着这一丝曙光能够为国家和个人开启苦尽甘来的幸福时光。昌耀创作中的英雄情结也因此得以重新绽放，并将这一派"新的风景线"上的现代工程点化为父性空间，这也在一定程度上契合了中国传统文化中的伦理观念。在儒家思想设计下的中国传统社会一直信奉着"君君臣臣父父子子"的人伦等级秩序，它在"国"和"家"

---

[1] 唐湜：《唐湜诗卷》（下），人民文学出版社，2003 年版，第 909—910 页。

这两个层面上规定了人的话语和行动准则。因此，从传统认识论角度看，家父必定等同于国君，诗学的最初功用也被解释成"迩之事父，远之事君"，等等。于是，心怀家国意识的中国知识分子也必定在"父"的庇护之下，通过因地制宜的恋父期声调，来开展对"国"之庇护的想象，这一信念也让我们理解了昌耀在诗中努力构建父性空间的潜在动机，诗人正是在这种动机下不断地在创作中进行自我阐释：不论他描绘的是历史想象空间还是现代建筑空间，作为一个带有阴性色彩的受难个体，诗人都试图以召唤空间的父性尊严来挽回国家与民族的集体尊严，通过恢复父性空间的完整性来修复人的完整性，以期达到诗性正义的要求。在这种意义上，昌耀是在通过对土地法则的实现中来尽一个诗人的天职，在空间形象的描绘和赞美中探索一条危机中的解救之道。

空间诸形态

　　张柠将乡土空间分为生产空间、生活空间和"死亡－不朽"空间三大类。[①] 这种基于文化人类学的空间划分方式，有助于我们梳理昌耀在建筑学转向期间的诗歌作品。除了涉及少数一部分城市题

---

①　张柠认为："按照乡土事物的存在方式，可以将这个空间分为三大类，第一类是生活空间，这是生产力再生产的空间，农民在其中补给能量、居住歇息、生育饲养，它处于内部空间的中心地带。第二类是生产空间，也就是生活资料和生产资料再生产的空间，农民在其中通过农耕劳作，耗费身体能量而获取自然产品和资源，它分布在生活空间的四周。第三类是'死亡－不朽'空间，这是一种'虚实合一'的空间形式，尽管在宗族成员的内心它无处不在，但它还是占据了一个现实空间的位置，也就是祖坟地（公共墓地）。它既是安置逝去成员的地方，又是在生成员祭祀的场所之一。它处于内部空间一隅的山林之中，农民认为它的位置（风水）的好坏，直接影响到生活的安定、生产的发达、子孙和六畜的兴旺，特别是宗族未来的运程。实际上它就是生活空间和生产空间的一个'镜像'。"参阅张柠：《土地的黄昏——乡村经验的微观权力分析》，东方出版社，2005 年版，第 45 页。

材，昌耀这一阶段大部分作品都是围绕着西部乡土空间或自然空间展开的，纵观这批颇成规模的乡土空间题材创作，我们隐约可以分辨出上述三个空间类型的大体身形。

生产空间遍布在山河湖海、高原山川、城市郊区、高楼低地等广阔领域，在昌耀的作品中，我们可以更直接地将它理解为劳动空间。这类作品占有相当大的比例，比如在描写水手、牧人、苦役犯、炼钢工人、建筑工人的大量诗篇里，诗人建构了各类场合下的劳动空间以及其中的代表形象。在恋父期声调的激赏下，它们基本呈阳性，体现了诗人对创造力的赞美，对血气的称道和对英雄主义的表达。

生活空间的范围更加宽泛，是昌耀处理那些非劳动生活经验的地盘，便于诗人展现他的沉思默想和喜怒哀乐。每个人在自己的生活中，更多的时间往往不是与他人相处，享受集体主义，而是一个人面对自己时的独处状态。这个时候所出现的空间形式是多种多样的，比如在入睡前、独自散步时、和家人在一起时、埋头写作时，甚至在人群中体味到"过于喧嚣的孤独"（赫拉巴尔语）的时刻……这些都为生活空间提供了无穷无尽的造型。

"死亡－不朽"空间在昌耀的诗歌体系中形成颇具特色的一个类群，尤其是在一系列"西行吊古"主题的作品中，诗人再现了我们伟大的祖先在历史上那些辉煌的瞬间，因此它们也常常被看作是神话空间。伴随着斗转星移下转徙的若干个世代，那些陈年沸腾的骨肉之血默默渗入了荒凉的大地，转化成了无言的大地之血。"死亡－不朽"空间为大地之血回流为骨肉之血提供了通道，提供了死者们转世还阳的可能。在这里，诗人献出了他对优秀死者和辉煌时代的追忆，完成了他对死亡的训练。他提醒自己和读者，我们同时生活在现世空间和"死亡－不朽"空间当中，前者在我们身边，后者在我们头顶，哪一个也不应忘记："我不理解遗忘。／也不习惯麻木。／我不时展示状如兰花的五指／朝向空阔弹去——／触痛了的是

回声。"（昌耀《慈航》）

　　然而，在昌耀那些意义复杂的作品中，我们看到的可能不只是上述三者的各自体现，而是三种空间类型按照不同方式叠加所产生的嵌套结构。也就是说，我们会在一首复杂的诗歌中读出不止一种空间类型，这大大增强了昌耀作品的思想内涵和审美意蕴，也体现了土地法则自身的复杂性。建筑学转向之后的昌耀，熟练掌握了土地法则的微言大义，面对着体积庞大的记忆和经验，他雇佣了一支精明强干的**语言工程队**，以建筑模式为旗帜，以诗人过往的丰富经历和非凡的想象力为原材料，在他后冰河期的纸笔之间大兴土木，用诗人极大的热情浇灌他细心培植的空间形象。借助这种"场所分析"（巴什拉语）的方法，我们得以在空间这一认知维度上，深入地读解昌耀在经历建筑学转向之后写就的几部风格鲜明的重要作品。

　　昌耀描绘的生产空间形象应该是屡见不鲜的。那些气势如虹的山河湖海和雄伟挺拔的工程建筑，纷纷有机会跻身诗人抒情对象的行列。其中，一首创作于1979年、长达五百余行的长诗《大山的囚徒》，的确算是昌耀流放归来后抛向文坛的一记重磅力作，[①]这是一首正式为作者奠定名声的作品，是语言工程队在后冰河期第一个样板作品，诗人希望借此为他过去二十余年的流放生涯留下纪念，也为他能够重获新生而真诚献礼。尽管它在创作思维和人物塑造上，依然采取从新中国建立直到"文革"时期统领文学界的"高大全"

---

① 昌耀在该诗中转述了一位前新四军战士，建国后的州委宣传部长被错划为右派横遭迫害的悲剧故事。主人公的原型是与昌耀一起在祁连山被流放的、中共海南州委前宣传部长张观生。诗歌中讲述这位满怀"赤子之心"的战士，因坚持真理而成为右派，而沦为脚踝被铐上铁镣，在采石场抢锤服役的"大山的囚徒"。从未放弃申诉的他，在经过九死一生的灾难而又申诉无望后，最终决定逃出流放地，到"红星高照的京城"，"去公堂击鼓"。他经历了从大山腹地曲折的潜逃，终于在大山的出口看到一座喇嘛庙的金顶，拼山余勇登上台阶，准备在庙中暂且喘息时，却绝望地发现，自己遇上了早已张网以待的"天兵天将"。参阅燎原：《昌耀评传》，前揭，第271—272页。

标准。然而，我们似乎可以理解，诗中极力凸显的那种英雄主义和崇高化倾向，刚好与"百创一身"的诗人对自我苦难经验的表达意愿暗自合拍，也就自然成为昌耀首选的一种创作格调。同阿伦特细致地讲述了一个名叫拉赫尔·瓦伦哈根的德国犹太女性在浪漫主义时代的生活一样，[①]这种以别传代自传的写作手法在昌耀的笔下得到了响应。不同的是，阿伦特制造了一个与她本人若即若离的拉赫尔，而昌耀却始终如一地将故事的主人公当作往事中的"第二个我"，两个人几乎就要合二为一了。在本诗中，"大山"同时成为叙述的起点和终点：

> 这四周巍峨的屏障，
>
> 本是祖国
>
> 值得骄傲的关隘，
>
> 而今，却成了
>
> 幽闭真理的城堡。

（昌耀《大山的囚徒》）

在这首叙事长诗中，"大山"这一自然景观已然抽掉了它的"生产空间"成分，转而癌变为一种极为特殊的"生活空间"，即囚禁空间。它是土地法则的一种变态产物，类似于德国的"奥斯维辛"或前苏联的古拉格群岛，但诗人在这里仅用了"大山"这个泛指的名称。这里有必要提及的是，就在《大山的囚徒》问世的同一年，与昌耀同属一条"归来者"战壕的前辈诗人艾青写出了《古罗马的大斗技场》，[②]通过这一场所来再现奴隶主通过观看角斗士生死搏击

---

① 这里指阿伦特在 1933 年完成的一部传记性作品《拉赫尔·瓦伦哈根：一个德国犹太女人在浪漫主义时代的生活》。参阅［法］茱莉亚·克里斯蒂瓦：《汉娜·阿伦特》，刘成富等译，江苏教育出版社，2006 年版，第 45—67 页。

② 参阅艾青：《归来的歌》，四川人民出版社，1980 年版，第 147—157 页。

来取乐的历史场面，控诉世间的一切罪恶、奴役和不平等。尽管该诗运用了单一的阶级分析眼光，但艾青贡献了一个具有古典风格并充满象征色彩的空间形象——古罗马的大斗技场。这个圆形建筑的主要功能是"使大批的人群能够观看少数对象"，因而整个共同体彰显着公共生活的总体性能量，它也是诞生民主价值的天然温床；与之相对照的是，昌耀作品中的"大山"则是一种现代空间形象。"大山"本是一个自然界的宏观场所，但在这里，却充当了一座巨大的、壁垒森严的、边沁（Jeremy Bentham）所谓的全景敞视建筑，一个超级空间。无论主人公如何历尽艰辛地想要逃出这座集中营，等待他的，总是在最后一刻降临到他面前、神通广大的"天兵天将"。

在特殊的时代语境下，这一现代空间被组织进一套严格的规训模式中，与"古罗马的大斗技场"相反，"大山"最显著的功能是"使少数人甚至一个人能够在瞬间看到一大群人"，[①] 所以，"大山"形象的出现，暗示了整个现代社会进入了一个依靠技术达到全面控制的历史阶段，走进奥威尔（George Orwell）的"一九八四"，[②] 也

① 福柯在这里转述了朱利尤（Julius）的观点，后者在谈到全景敞视原则时认为，它包含的不只是建筑学上的创新，它还是"人类思想史"上的一个事件。表面上，它仅仅是解决了一个技术问题，但是通过它，产生了一种全新的社会。古代社会曾经是一个讲究宏伟场面的文明。"使大批的人群能够观看少数对象"，这是庙宇、剧场和竞技场的建筑所面临的问题。因为场面宏大，便产生了公共生活的主导地位，热烈的节日以及情感的接近。在这些热血沸腾的仪式中，社会找到新的活力，并且在刹那间形成了一个统一的伟大实体。现代社会则提出了相反的问题："使少数人甚至一个人能够在瞬间看到一大群人。"当一个社会的主要因素不再是共同体和公共生活，而是以私人和国家各为一方时，人际关系只能以与公开场面相反的形式来调节："为了适应现代要求，适应国家日益增长的影响及其对社会的一切细节和一切关系的日益深入的干预，就有必要保留增强和完善其保障的任务，利用旨在同时观察一大群人的建筑及其布局来实现这个伟大目标。"参阅［法］米歇尔·福柯：《规训与惩罚》，刘北城、杨远婴译，三联书店，2003 年版，第 242—243 页。

② 在这里指英国作家乔治·奥威尔于 1948 年创作完成的政治寓言小说《一九八四》。在小说中，作者预言了公元 1984 年将迎来一个技术全面统治人类的反乌托邦社会形态。

为现代国家提供了走向极权的硬件条件。甚至这种实现全面控制和极权可能性正在暗自统领《大山的囚徒》的美学原则，所以，这首长诗在暴露了超级空间的集约性（totalitaristisch）色彩时，也联合更多的空间颂歌在召唤着一种集约化（totalisierung）的整体秩序的回归。①

总之，"大山"作为一个囚禁空间，它属于一个恶意的敌对空间，一个变态的生活空间，生命在其中遭到的是威胁，而不是庇护。土地法则坚持的诗性正义遭到了权力的强暴。这一特殊的空间形象也几乎成为昌耀诗歌中政治意指最为稠密的焦虑符号。在"大山"的形象中，我们惊叹于一种政治权力与自然建筑物的联合，前者运用老谋深算的眼光狡猾地将后者遴选为一种权力操纵的对象。在政治权力的作用下，作为自然物的"大山"把自身的封闭、险峻和恶劣的环境特征租借给了权力主体，让一套关于监禁与惩罚的体制在"大山"的自然条件的掩护下顺利施行。所以，《大山的囚徒》讲述了一则关于空间的政治寓言，同时我们可以发现，空间逻辑类似于亚里士多德（Aristotle）所谓的"形式因"，它规定了一种思维观念在结构和形态上的可能性，而蕴涵其中的"目的因"则时常处于待价而沽的缺席状态。

"死亡－不朽"空间是昌耀最善于书写的一种类型，在他大多数"西行吊古"类的作品中俯仰皆是，但这一空间类型在昌耀一首描写"悬棺"的作品中体现得最为干脆直接："悬棺云集，作不祥之鸟，作层层恐怖的抽屉，附着于绝／崖，以死为陈列照临大江东去。以亡灵横空作死亡的建／筑，静观世间众生相。"（昌耀《悬棺与随想》）悬棺是人间与冥界的转渡码头，是一种虚实结合的空间

① 顾彬（Wolfgang Kubin）指出，毛泽东的事业之所以被概括为现代性之一部分就在于，以政治规训为目的的艺术在整个社会的贯彻，原则上只有在一个现代的、受全方位控制的社会构架中才有可能。参阅［德］顾彬：《20世纪中国文学史》，范劲等译，华东师范大学出版社，2008年版，第178—179页。

形式，它一头连接着现世的生活空间和生产空间，另一头挂靠在神秘的灵魂世界，因此成为昌耀诗歌中空间想象的枢纽。由于昌耀一贯浸透古典主义情愫和怀古气息，他习惯于在作品中将处于枢纽地位的"死亡—不朽"空间进一步浓缩，将其作为一种特殊的装饰物，安插进生产空间和生活空间内部。因此，当诗人每到一处宏伟建筑面前，不论是人造物，还是神造物，总是不由自主地嗅出它们身上的历史气息，引发诗人的历史幻象和阐释冲动，调动他的血气，并施展他擅长的、波浪式的修辞。

古罗马的维特鲁威（Marcus Vitruvius Pollio）建议建筑师们要深悉各种历史，并在建筑作品中以装饰物的形式向人们传达各种遥远的历史讯息。[1] 昌耀亦循此道，不忘在他的诗歌中透露出这种技术整合："你壮实的肢体本身就是一幢动人心魄的建筑，而你的门／墙为五彩吉祥的堆绣所雕饰。"（昌耀《她站在剧院临街的前庭》）这种雕饰具有纪念碑一样的价值，它类似于艾青创造的"鱼化石"形象。[2] 为了抵抗迅速流逝的时间，为了给自己身后的苦难岁月建立意义，昌耀统领他的语言工程队，希望通过这种意象整合的修辞手段，制造他诗歌中的"化石"，将它们嵌入高原河床和现代工程中间，嵌入他一系列空间颂歌的诗行中间，达到对血气的颂扬和对诗性正义的坚守。这种修辞"化石"是在土地法则作用下锻造出的珍贵结晶，是泥团的另一种形式。昌耀就这样指导他的语言工程队，摆弄着文字的砖瓦、水泥和钢筋，以一个建筑师的才智和气魄，营造出大批纪念碑式的诗歌空间。这种类型的空间生产，在一定程度上悬置了政治判断，将诗人表达和阐释的能量导向了历史深处，释放到虚拟的历史空间中，因此，它是一种无风险的意见表

---

① ［古罗马］维特鲁威：《建筑十书》，高履泰译，知识产权出版社，2001年版，第5页。

② 艾青的"鱼化石"形象，在他的作品中指代着1957年以来遭受不公正待遇的人民群众，本文在此处将"鱼化石"的意义进一步深化，用以指代历史记忆在固化的空间形式中的反应和浓缩。参阅艾青：《归来的歌》，前揭，第12—13页。

达，是安全模式的文学生产。但昌耀在历史意象中间贯穿的是一种民族认同性和文化归属感，这一思维反过来又在不知不觉中推进了"想象的共同体"的生成，也参与了现代中国意识形态建构上的集约化进程。

按照诗歌价值规律的提示，在词语本身中上升和下降，这就是诗人的生活。登上词语的阁楼就是一级一级走向抽象，下降到地窖就是一步一步走向梦想。[①]巴什拉如此这般地规定了诗人在空间中游走的两极。在昌耀建筑学转向时期的大多数作品中，他似乎在自己定义的空间概念上攀登得太高了，场面也过于庞大，从河西走廊到敦煌名胜，从龙羊峡水电站到边关的24部灯，仰视这些巨型建筑，抒情者变得渺小无比，几乎要被它们湮没了。就在这些深远宏大的抒情诗篇中间，昌耀在一首名为《雪。土伯特女人和她的男人及三个孩子之歌》的别致长诗中，描绘了一幅在他作品中难得一见的温暖场景：

> 西羌雪域。除夕。
> 一个土伯特女人立在雪花雕琢的窗口，
> 和她的瘦丈夫、她的三个孩子
> 同声合唱着一首古歌：
> ——咕得尔咕，拉风匣，
> 锅里煮了个羊肋巴……

诗中提及的这首淳朴的西北民谣被诗人称作"梦一般的赞美诗"，它的发生地却是在一间封冻、简陋的土屋之内。外部环境的萧条和物质条件的匮乏并非摧毁诗人意志的致命武器，相反，以合唱为表征的精神生活充盈着诗人的整个家宅，像一盏小小的烛火，

---

① 参阅［法］加斯东·巴什拉：《空间的诗学》，张逸婧译，上海译文出版社，2009年版，第159页。

照亮了这方被诗人称作"九九八十一层地下室"的阴暗角落。这个"雪花雕琢的窗口",也许就是从水上归来的筏子客一心向往的那扇窗口。梦想就诞生在这些丝毫不受重视的低矮角落里。这是一个贫困家庭其乐融融的生活场景,是私人空间里的隐秘狂欢。这个小天堂将阴谋与迫害拒之门外,与政治规训和意识形态暂时绝缘,这里就是每个人本该拥有又梦寐以求的家宅。在整首诗中,昌耀进行了节制的抒情,他只把空间类型的范围理智地控制在生活空间,以及附属于生活空间的生产空间(雪原、林间、田野等)以内,拒绝继续延伸至"死亡－不朽"空间。因此,整首诗可以看作是语言工程队的成员们为他们好心肠的工头献上的一个质量过硬的私活。它悬置了历史的深沉厚重,显得纯粹、干净、边界明朗,呈现了一个世俗家庭的日常生活神话。

以房屋为代表的这片私人空间,是土地法则的恩赐,它在众多宏大渺远的建筑形式中,体现出一种独立而坚韧的阳性特征,父性空间的光辉在这里得以片刻闪现。尽管在大自然的鬼斧神工和人间的千万广厦面前,房屋的阳性气质是微乎其微的,然而正是这种弱阳性,才刚好与人性本质里的弱阴性相匹配,与诗人的羔羊情结相耦合。它向居住其中的人们提供庇护,还原了灵魂的阴性色彩,为人们心中呈阴性的梦想提供了诞生之地。它在一定程度上满足了巴什拉所谓的对"幸福空间"的期待,这里是一个"受赞美的空间",一个"被想象力所把握的空间",[①]一个在最弱的程度上实现诗性正义的空间。在这片空间里,人是中心,他(她)袒露出弱阴性的灵魂底色,是体验的主体,也是受保护的对象。并且,在这首诗中,诗人习惯使用的恋父期声调被降低到最小化,这里没有大开大合的浓烈抒情,只有平静的温暖叙述。这不得不让我们承认,房间内的生活是被描述的,而不是被阐释的。因为,"被描述的生活是指我们应该有足够的耐心、韧性甚至勇气,去面对生活的细节,去抚摸

---

① 参阅 [法] 加斯东·巴什拉:《空间的诗学》,前揭,第 23 页。

而不是忽略，或仅仅只是凝视细节。它是真实的生活，没有虚构，没有假想。在房屋内，生活不会被阐释，阐释意味着为生活虚构情节，假想另外的主人公。房屋不容忍这样的事情发生，它倡导一种老老实实的生活。"[①]就是在这种踏踏实实的生活空间里，安放和供奉着我们真实的人性，这里因此也成为昌耀诗歌中难能可贵的动人场所。

"时间呵，／你主宰一切！"（昌耀《雪。土伯特女人和她的男人及三个孩子之歌》）这是诗人基于日常生活描述而猛然发出的感慨。类似这样画龙点睛或总结式的诗句也同样出现在昌耀诸多其他诗篇中。尽管在今天看来，它们几乎可以判定为一种抒情的冗余，一种昌耀式废话，但我们相信这样的感慨是货真价实的，是诗人生命体验的直白论断，所以他会情不自禁地急于在诗句里表露这一质朴的情感。诗人的土伯特妻子从娘家回来，"说我们远在雪线那边放牧的棚户已经／坍塌，惟有筑在崖畔的猪舍还完好如初。／说泥墙上仍旧嵌满了我的手掌模印儿，／像一排排受难的贝壳，／浸透了苔丝。"（昌耀《雪。土伯特女人和她的男人及三个孩子之歌》）曾经的居所已经消失，这个企图用空间抵挡时间暴政的天真诗人，在他的私人空间里不得不讲出真理：主宰一切的是时间。尽管那些"手掌模印儿"还嵌在猪舍的泥墙上，尽管"故居才是我们共有的肌肉"（昌耀《故居》），但它们只能以受难的姿态接受岁月的风化。诗人在努力实现"时间的空间化"的同时，不得不悲凉地承认一种更强劲的"空间的时间化"趋势。在前者和后者的竞赛中，后者似乎总是能够毫无悬念地笑到最后。时间在每个人面前都是平等分配的，是无条件的，这似乎又在另一种意义上达乎了诗性正义。在昌耀的简陋房屋内，所洋溢的幸福感是古典式的，当诗人越发沉醉于这种幸福感时，他迎头撞见的现代性挑战就越发严峻而惨烈。这一危机即将

---

① 敬文东：《面对让我消失的力量》，《写在学术边上》，云南人民出版社，2002年版，第34—35页。

在几年之后探出水面。

伦理学泥团

《雪。土伯特女人和她的男人及三个孩子之歌》是一首描绘"幸福空间"的温暖长诗，在这首作品中，我们看到的是空间的不断收束和内敛，诗人以生活空间为中心，将它固定在世俗凡人庸常琐碎的活动领域内。而对于另一首格调迥异且气势磅礴的长诗《慈航》来说，昌耀却把那些已然收束和内敛的情感褶皱在这里做了一番总体的伸展。在这种意义上，《慈航》从各种层面来看，都被认定为一个综合性的复杂文本，并且自始至终散发着佛性照临的光芒。

《慈航》是评论界公认的昌耀最优秀的代表作，是他本人的得意之作，是语言工程队在后冰河期打造出的最为骄傲的杰作，是他"献给青海藏族同胞的在文学上的一个纪念品"。[1]青海是诗人的第二故乡，昌耀从十九岁就踏上这片土地，并一直居住在那里，直至去世。青海同时给予昌耀的是苦难的经历，以及苦难之后新生的快慰。作为诗人生活和写作的零点，在这片令他百感交集的土地上，复杂的生命体验在《慈航》中锤炼成一种召唤神性的写作色彩。在这种色彩的渲染下，诗人一唱三叹地讲述着自己在人间荡气回肠的觉海慈航，它促成了诗人向高处的逃遁，因而在众多诗篇中独树一帜。作为昌耀的扛鼎之作，《慈航》在写作上取得了诸多方面的辉煌成就，也因此抵达了一个全新的艺术境界，受到评论界的一致青睐和读者们的长久热爱。除此之外，我们或许可以猜测，《慈航》的成功还在于这样一个事实：诗人在高度诗化地耦合了生活空间、生产空间和"死亡－不朽"空间之后，又怀着极大的感恩和虔诚，在前几种空间之上开拓出一片充溢着慈悲济世情怀的**救赎空间**：

---

[1] 昌耀：《答记者张晓颖问》，《昌耀诗文总集》，前揭，第780页。

在不朽的荒原。

在荒野那个黎明的前夕，

有一头难产的母牛

独卧在冻土。

冷风萧萧，

只有一个路经这里的流浪汉

看到那求助的双眼

饱含了两颗痛楚的泪珠。

只有他理解这泪珠特定的象征。

（昌耀《慈航》）

　　昌耀用"一头难产的母牛"的故事，呼应着耶稣讲述的关于撒玛利亚人的寓言。① 流浪汉（基督教精神）的出现意味着这头可怜生灵在精神上的得救，如同身陷囹圄的诗人受到了一个土伯特家庭（藏传佛教精神）仁慈的接纳。在谈到《慈航》时，昌耀说："在那样一个时代里，灵魂可能比肉体更需要一个安居的地方。所以我写的是灵魂的栖所。"② 昌耀在这个土伯特家庭中，甚至在这片赤裸的

---

① 关于撒玛利亚人的寓言大意如下：有一个律法师问耶稣说，夫子，我该做什么才可以承受永生。耶稣对他说，律法上写的是什么。你念的是怎样呢。他回答说，你要尽心，尽性，尽力，尽意，爱主你的神。又要爱邻舍如同自己。耶稣说，你回答的是。你这样行，就必得永生。那人要显明自己有理，就对耶稣说，谁是我的邻舍呢。耶稣回答说，有一个人从耶路撒冷到耶利哥去，落在强盗手中，他们剥去他的衣裳，把他打个半死，就丢下他走了。偶然有一个祭司，从这条路下来。看见他就从那边过去了。又有一个利未人，来到这地方，看见他，也照样从那边过去了。惟有一个撒玛利亚人，行路来到那里。看见他就动了慈心，上前用油和酒倒在他的伤处，包裹好了，扶他骑上自己的牲口，带到店里去照顾他。第二天拿出二钱银子来，交给店主说，你且照应他。此外所费用的，我回来必还你。你想这三个人，哪一个是落在强盗手中的人的邻舍呢。他说，是怜悯他的。耶稣说，你去照样行吧。参阅《新约·路加福音》10：25—37。

② 昌耀：《答记者张晓颖问》，《昌耀诗文总集》，前揭，第782页。

高原上找到了他灵魂的栖所。"彼方醒着的这一片良知／是他唯一的生之崖岸。／／他在这里脱去垢辱的黑衣，／留在埠头让时光漂洗，／把遍体流血的伤口／裸陈于女性吹拂的轻风——"（昌耀《慈航》）不幸中的大幸让昌耀重新定义了这个给养他的空间，于是，不祥的荒原变成了不朽的荒原，不朽的荒原孕育出一片救赎的空间。

在这一空间里，诗人把政治经验转化为宗教经验，把特定时代里近乎荒诞的痛苦遭遇转化为生命苦海中的精神修炼，从而由必然王国进入了自由王国："你既是牺牲品，又是享有者，／你既是苦行僧，又是欢乐佛。"（昌耀《慈航》）在救赎空间的召唤下，诗人的人格提升到了一个至高的境界，如果土地法则赐予了诗人低矮的房屋以微弱的阳性气质，为普通人在现世生活中提供了微小的幸福想象，那么它赐予这片救赎空间的则是无限强大的甚至是终极性的阳性力量，是一个巨大的父亲之名。人在这里获得的是超越现世时间的拯救，是灵魂永久的栖息。于是，诗人从"九九八十一层地下室"的私人空间里腾空跃起，"依然穿过时光的孔隙，向上，向上，向上……／像一条被窒息的鱼。"（昌耀《阳光下的路》）充满氧气的地方，就是充满救赎的地方，诗人从地窖走向阁楼，从空间的底部不断攀登到顶端，从梦想之地步入抽象之地，最终把这片宇宙深处的救赎空间认定为他的极乐界。

这种永恒的上升运动，也为诗意波浪线的运行注入了超验的动力，让处于波谷的市井凡人有机会向充满极乐光芒的波峰投以虔敬和感恩的目光，并付出诚实的努力。这种上升，既调动了骨肉之血，又调动了大地之血，让每一个苦难的灵魂都感受到来自身体内部昂扬的生命力，和来自身体外部超拔的召唤力。比起在诗人那间暖意融融却无比狭小的"地下室"，在这个虚拟的终极空间里，昌耀的诗歌在最强程度上达到了诗性正义。在这里，他既无须坦陈时间镌刻在自己身心上的伤痕，也不必寄情于父性空间来抵抗时间的暴政，更不会沦为光明殿中经受长久晾晒的玻璃人体：

流浪汉，既然你是诸种元素的衍生物，

　　既然你是基本粒子的聚合体，

　　面对物质变幻无涯的迷宫，

　　你似乎不应忧患，

　　　　也无须欣喜。

（昌耀《慈航》）

　　在这种巅峰体验中，土地法则使尽全力帮助昌耀修炼为一个通晓物性的诗人，宇宙的辩证法让他一边踏遍各类空间，一边又从那些空间中走出来。就这样，他抽身于苦难的现实世界，化为了一叶扁舟，进行着他灵魂的觉海慈航，既是空间中的一颗微粒，又代表着整个空间；既是封闭的，又是敞开的；既让自己存身于有限的形体，又被大海赋予无穷的轨迹。昌耀在《慈航》中最终召唤着一个救赎空间的莅临，他就像一只等待被拯救的羔羊或他笔下那头"难产的母牛"，穿越了崇山峻岭和荒原大漠，穿越乡村和城市，穿越时间和空间，寻觅着一处灵魂的栖所。这片救赎空间是空间救赎的至高理想和终极境界，在对这个终极空间的追寻中，诗人告诉我们："生之留恋将永恒、永恒……"（昌耀《慈航》）

　　在语言工程队心气相投的通力合作之下，《慈航》全息式地阐释了诗人的羔羊情结，让整部作品弥漫着浓郁的宗教意味。尽管昌耀历尽人世沧桑，但他并未彻底皈依任何宗教，他一面呼唤着救赎力量的出现，一面又肯定现世生存的价值。这两种诉求和判断在《慈航》中得到了统一："在善恶的角力中／爱的繁衍与生殖／比死亡的戕残更古老、／更勇武百倍。"这如箴言般深刻有力的诗句在《慈航》中重复有六次之多，成为这首著名诗篇里最为光彩夺目的部分。善与恶，爱与死，是人类谈论不尽的话题，也是诗歌亘古不衰的主题。它们均匀地分布在诗意波浪线的波峰和波谷，以及两者之前崎岖险峻、逶迤坎坷的曲线上，并没有哪一个主题永久占据着价值的制高点，也没有哪一个主题注定要一直蜷缩在阴暗低洼的道德阴沟里——一切都是起伏、运动的——这也是诗意波浪线教给我们的正负辩证法。

昌耀在诗中着力突出了爱的力量，它是"古老"的，至今连绵不绝；也是"勇武"的，胜过了阳刚的雄牛情结所释放的威力。它是四两拨千斤的绝招，是专门针对灵魂的疑难杂症所开出的无色无味的药方。按照昌耀的理解，爱是可以在现实生活中实现给予和接受的，同时它具备了超验的救赎色彩，因而是值得充分肯定和传承的。不论诗人在作品中盛赞的土伯特家庭是否是在藏传佛教的沐礼下拯救了昌耀，爱这种东西是确凿无疑的，我们甚至不需要调查它的来源和动机，它已经可以让一个九死一生、头戴"荆冠"的流浪汉"重新领有自己的运命"，它不言自明地存在于这个苦难、凶险的现实世界，并且焕发出柔美绝伦光彩。

由此可见，爱融合了超验的救赎力量（基督教精神）和世俗的悲悯情怀（儒家的"仁"学），它也在更广泛的意义上与善、恶、生、死等根本性的伦理命题有着千丝万缕的联系。作为一种运动，爱实现了以上诸种元素的奇妙混合，借助于训练有素的语言工程队，昌耀在《慈航》中攒成了一个**伦理学泥团**。诗人从一个现实泥沼风尘仆仆地走来，泅渡过空白的冰河期，为了寻找那扇为他留着灯火的窗口，他登上了这一片诗歌大陆。在这个晴朗的地带里，原本湿漉漉的水的方法论，经由土地法则的烘干和塑形，为伦理学泥团的诞生提供了物质和逻辑上的原料。欲望的诸种形态也收起了散乱、不安和无定的天性，与既古老又勇武的爱胜利会师。《慈航》见证了这个"严重的时刻"（**里尔克语**），欲望的无政府主义开始自觉地接受爱的伦理学泥团的收编，纷纷加入这个不纯的、杂糅的、孔武有力的集合，参与进伦理学泥团的价值空间生产大军，帮助土地法则实现它诉诸建筑的原始梦想。

伦理学泥团为诗歌价值规律树立了一个温良敦厚、面目可亲的样板，也是物质想象再加工的产品。在这只泥团五彩斑斓的外表面上，均匀分布着人类社会从古至今不断产生、不断探讨却终究无法解决的各类伦理学问题。它们之间五味杂陈、犄角鼎足、莫衷一是，诸种问题犹如泥团外表面上无数个细密的质点，而每一个质点环绕泥团表面的运行轨迹，被我们单独拆解下来，在同一个平面上展开之后，都可以看到它们各自的诗意波浪线。这情形，就像螺旋形的苹果皮脱离苹果的球体，呈现在我们眼前那样。诗歌为每一条波浪线都提供了展开和运动的可能，为人类在伦理学问题上的自白、辩解和与他者的对话腾出了场域。在这种意义上，我们可以随手为这只在《慈航》中横空出世的伦理学泥团做一番成分鉴定。经过我们的诗学显微镜的观察和甄别，我们会清楚地看到，皈依在爱的摇篮中的欲望，如何被渐渐清算出它的五重根，它们又如何各自以波浪线的形式，以对生存的坚持，一点点地向着爱靠近：

　　圣恋："那些围着篝火群舞的，/那些卵育了草原、耕作牧歌的，/猛兽的征服者，/飞禽的施主，/炊烟的鉴赏家，/大自然宠幸的自由民，/是我追随的偶像。//——众神！众神！/众神当是你们！"（《慈航·众神》）

　　自恋："你是风雨雷电合乎逻辑的选择。/你只当再现在这特定时空相交的一点。/但你毕竟是这星体赋予了感官的生物。/是岁月有意孕成的琴键。"（《慈航·爱的史书》）

　　血恋："灶膛还醒着。/火光撩逗下的肉体/无须在梦中羞闭自己的贝壳。/这些高度完美的艺术品/正像他们无羁的灵魂一样裸露/承受着夜的抚慰。//——生之留恋将永恒、永恒……"（《慈航·净土（之二）》）

父恋："当那个老人临去天国之际 / 是这样召见了自己的爱女和家族：/ '听吧，你们当和睦共处。/ 他是你们的亲人、/ 你们的兄弟，/ 是我的朋友，和 / ——儿子！'"（《慈航·彼岸》）

她恋："黄昏来了，/ 宁静而柔和。/ 土伯特女儿墨黑的葡萄在星光下思索，/ 似乎向他表示：/ ——我懂。/ 我献与。/ 我笃行……"（《慈航·邂逅》）

以上便是我们在《慈航》里爬梳出的五条欲望线索，仿佛从伦理学泥团上削下来的那五条螺旋形的苹果皮。在它们各自的曲线上，我们分别领略到了诗人对神圣事物的膜拜，对自我身份的坚信，对肉体价值的称赞，对父性关怀的感恩，以及对异性情爱的陶醉。这些形态、风格、振幅、频率相互迥异的欲望波浪线，分别在伦理学泥团上看到了它们共同的"超我"形式，经过各显其能的表达之后，它们以爱的名义认出了彼此之间的家族相似，五条波浪线在运动中达到的共振，得以让伦理学泥团发生转动。在这种转动中，五重欲望之根不约而同地进入一个爱的共名，它具有超强的阐释功能，把攥在手中的能量全部递交给一个至大的境界——善的境界——正是这种由爱向善源源不断地能量输送，保证了伦理学泥团的运转。在《慈航》烘托出的这个由爱向善的境界里，属灵和属血气的语言都得到了恰好的运用和表现，它们营造了一个关于爱和善的语境。这个散发着救赎意味的语境，轻柔地包裹住了昌耀诗歌体系中的伦理学泥团，以及各种类型的空间形象，让它们在各自的运动和表达中洋溢出一种诗性正义。在诗性正义的呵护下，通过语言工程队的日夜奋战，由爱向善的语境得以形成，它将诗人缔造的一座座驳杂、参差、狰狞的语言建筑物，沉浸在一片物质想象的水泽和光晕之中，散发着恒久的魅力：

> 万物本蕴涵着无尽的奥秘：
> 地幔由运动而矗起山岳。
> 生命的晕环敢与日冕媲美。
> 原子的组合在微观中自成星系。
> 芳草把层层色彩托出泥土。
> 刺猬披一身锐利的箭镞……

（昌耀《慈航》）

诗性微积分

无论是"死亡－不朽"空间，还是生产、生活空间；无论是历史想象空间，还是现实建设空间；无论是苦难岁月里的变态空间，还是和平年代里的幸福空间；无论是孕育平凡梦想的私人空间，还是洋溢英雄逻辑的公共空间……建筑学转向之后的昌耀，在他笔下的众多空间形象中都施以了救赎的色彩，发出由爱向善的呼唤，保持着伦理学泥团这个诗歌小宇宙的转动。诗人渴望通过构建不同类型的空间形象来抵抗时间的暴政，并以此保存下更多盛放在特定空间场所下的生命体验，以此维持着诗性正义。

这些记忆也仰仗着自身发生空间（尤其是父性空间）的庇护之功而焕发着阴性的色泽，这是一种梦想的色泽，一种诗意的光彩。巴什拉注意到了记忆呈现的这种诗性质地，他说："通常情况下，事实不能解释价值。在诗歌想象力的作品中，价值具有这样一种新颖的特性，它使一切属于过去的东西相形之下都变得缺乏活力。一切记忆都是用来重新想象的。我们的记忆中有一些微缩胶片，它们只有接受了想象力的强烈光线才能被阅读。"① 我们可以猜想，昌耀在经历创作空白期之后所启用的回忆模式，或许与这种"想象力的强光"存在着深刻的渊源。也就是说，昌耀在他后冰河期的创作中，既是以一位受难者的身份尽力去保存下他非常时期的记忆，又是以一位诗人的身份去合理调动想象力，从而展开他广博的回忆。昌耀希望用回忆的砖块来击中记忆的闸门，为幽闭在记忆峡谷中的如烟往事提供现身和绽放的形式。

较之于冷漠的"记忆"，克尔凯郭尔（Kierkegaard）更偏爱"回忆"，他认为回忆就是想象力，意味着努力与责任，它力图施展人类生活的永恒连续性，确保人们在尘世中的存在能保持于同一个进程中，同一种呼吸里，并能被表达于同一个字眼里；而记忆就是直接性，它直接地帮上了忙，而回忆须经由反思，才会到来。昌耀诗歌中的回忆模式，犹如一只盛放想象力的木桶伸向记忆之井，用舀出的记忆之水来灌溉脚下这块精神贫瘠的土地。从历史风浪里走出的诗人站在记忆门外，深情地回眸注视着身后那片神话般的世界，那里仿佛构成了一个意义的焦点，它像一个黑洞悬挂在诗人的意识深处。或许是英雄时代的整体幻象再度降临，昌耀在挥舞语言的舟楫努力划向那个记忆黑洞的时候，几乎不知不觉地采取了一种统一的表达方式：

> 我总是记得紫曦初萌的地平线，/……我忘不了她们装饰在衣袍后背的银制蜗牛。/我忘不了她们感情沉重的春之舞……（昌耀《山旅》）

> 我太记得那些个雄视阔步的骆驼了，/……我记得卖货郎的玻璃匣子，/……我记得黄昏中走过去的/最后一头驮水的毛驴。（昌耀《丹噶尔》）

---

① ［法］加斯东·巴什拉：《空间的诗学》，前揭，第190页。

而我更愿把她们想象作是在为摇篮中的乳儿／一次次弯腰哺食的母亲。（昌耀《在玉门：一个意念》）

我想起了白雪和雪地上的野火。／想起了西天沉落的火烧云。／想起了火的温暖。（昌耀《雪。土伯特女人和她的丈夫及三个孩子之歌》）

但我忘不了铁道边，那个从落烟／簸扬煤屑的妇人，／弯起的双臂／像依依的柳。（昌耀《腾格里沙漠的树》）

而我永远记得黎明时看到的那只野山羊……（昌耀《高大坂》）

与其他创作时期的情形有所不同，这种以第一人称"我"为抒情主人公展开的回忆题材，密集汇聚在了昌耀后冰河期的作品中。在这里，我们会发现，诗人在写作上采用了同一种格式来容纳他百味杂陈的记忆话语，即"我记得（忘不了、想起了……）"句式在作品中的大量使用，并且实现了与波浪式修辞的密切合作。这类回忆模式的诗作可以高度凝练为以"我记得（忘不了、想起了……）"句式为主干的一个**总句式**。尽管这种语法上的单一化不免导致昌耀的诗歌技艺趋于平庸，但这种以重复为特征的总句式，却将多种场合下表现的回忆努力调集在一处，实现在语言层面的一次整合。这种整合产生一个施加在回忆身上的合力，它命令回忆加速工作，就让高速飞驰的回忆升级为追忆。

在这种意义上，昌耀在后冰河期引入的回忆模式，在这种高密度的情感语境中具体化为一种**追忆无意识**，它构成了诗人建筑学转向之后一种自动化的创作逻辑和表达习惯。在追忆无意识的磁性吸引下，清晨的地平线、雪地上的野火、藏女的装饰、玻璃货匣、哺乳的母亲、劳作的妇人、骆驼、毛驴、野山羊……这些焕发着阴性光泽的物象被纷纷调集在诗人的回忆模式帐下。由于诗人的回忆天然带有想象色彩，这也让追忆无意识的过程具有了梦想的质地，成为一种诗意的表达。而作为发出追忆无意识的"我"，也在回忆的场域中与那些被追忆起的阴性物象相类同，也无可厚非地成为一个具有阴性气质的抒情主体。

这种浸透着阴性气息的追忆活动，在默默吁请着父性空间的莅临，因为那些羔羊般的阴性物象、充溢想象力的回忆模式以及抒情主体周身遍布的阴性感受力，必须在一种宏大、粗犷、令人徒生赞叹的庇护场所之下才能丰满成形。这一内在逻辑向我们确凿地解释了，昌耀在游历西部壮美山河或面向现代工程建筑的时刻，为何会激动地在回忆的密林中开辟一块神话般的想象世界，也让我们明白诗人为何要动用如此统一、如此具有依恋意味的追忆口吻，来呼唤记忆深处那些寄托梦想的事物在文本中现身。追忆无意识是语言的工程队在建筑学转向之后打造的品牌工程，是恋父期声调的深化和延宕。它同时也将恋父期声调的内涵在赞美或歌颂的基础上，又增补进追忆的动作。昌耀诗歌中腾空莅临的父性空间，是伴随着带有诗意色泽的阴性物象一同出现的。在追忆无意识的努力下，我们也同样辨识出诗人投射在文本中的英雄情结和恋父情结的混合物，它们在昌耀意识深处主导着这类回忆题材作品的精神气质。

在昌耀后冰河期的作品中，除了追忆无意识在诗句中规定的"我记得（忘不了、想起了……）"这一总句式，在它的根本立意下还出现一定数量的变体，如"我看见""我听见""我嗅着""我独爱""我钟情（于）""我深信""我留连""我觉得""我猜想""我默诵""我寻找"等表达形式。尽管它们不再拘限于单纯的回忆姿态里，而是看似更为自由地开掘着主体各种形式的感官和思维，穷尽想象世界的各个角落。然而，在上述每一种变体中，与回忆行为具有密切亲缘关系的"想象力的强光"依然存在，各种变体句式与总句式在语法和情感两个层面形成了相同的追忆无意识，两者齐心协力地勘探通往梦想之境的回忆隧道。从根本上来看，不论是回忆模式的总句式，还是它的各种变体，这种追忆无意识均以一种"我思"的表述形态介入诗歌语言。据不完全统计，昌耀在1978—1984年间创作的作品中，有将近一半数量的作品，明显地以这种"我思"句式呈示出各种类型的追忆无意识，除了呼唤父性空间的显形之外，这种表述也在强烈地呼应着躲藏在父性空间身后不曾露面的"我在"。所以，追忆无意识钩沉出的经验和想象或许只是一个半成品，而它未曾吐露的醉翁之意，则是通过这种特殊的回忆模式寻找迷失在历史幻象里的自我意识。

探讨至此，我们可以这样猜测，昌耀在后冰河期作品中创立的土地法则蕴含着两种精神向度。一种向度主张动用人的回忆机能，朝向意识的深处无限地追踪、探测、解析，力图打捞出过往经验沼泽中的一针一线，并怀有向极限冲刺的野心。这一精神向度能够在数学上找到相似的依据。在这里，我们不妨把它称为**诗性微分**，它表现为一种条分缕析、无穷细化、渴求极限的知识态度。诗性微分是"我思"的诗学镜像，是每一个依靠历史和经验的写作者不可或缺的一样文具和仪器。它的潜在念头是面向过去和历史，因而演化为一种回归事境的努力，这种强烈的动机促使它使尽浑身解数，兢兢业业、谨小慎微地搜罗着记忆领地的边边角角，因而它接近于一种逻各斯精神。由于诗性微分的作用，昌耀在后冰河的创作中有意识地开启了回忆模式，服膺了前者的野心，娇纵着追忆无意识的滥觞。

作为诗性微分的逆运算和对称式，**诗性积分**构成了土地法则的另一种精神态度。它是一种追求整体感、造型感和实在感的诗学努力，是"我在"的方法论，是一种神话思维，是面向未来的、热切营造语境的意图，因而它也被语言工程队征用为共同纲领。在标榜才华、技艺和创造力的写作者那里，诗性积分受到了颇高的礼遇。这种写作倾向将目光投向语言，描绘出楚楚动人的形象，创造了意指丰富的符号和结构，承诺了可感知、可传达的信息载体。在建筑学转向之后的诗歌写作中，诗性积分锻造出了昌耀诗歌写作中的建筑模式，大张旗鼓地扶植了诗人对父性空间的生产和对一切宏大事物和新生力量的恋父期声调。

诚如瓦莱里（Paul Valery）所发现的那样：时而"我思"，时而"我在"。也就是说，当我们思考的时候，我们不存在；反之，当我们存在时，我们不思考。作为昌耀诗歌写作的一对隐形的翅膀，诗性微分和诗性积分也如同太阳和月亮之间达成的轮班契约那样，各自操纵着写作实践中的回忆模式和建筑模式，在诗人后冰河期的作品中，上演着它们的两党制。如果前者占据着记忆的一面，那么后者便占据着遗忘的一面。回忆的时候，语言不在场；写作的时候，回忆也跟着退潮。诗歌就是在这两股相悖的力量之间来回试推留下的痕迹，这也是**诗性微积分**所规定的应有之义。它更多的是作为读者的我们投出的一种关注的结果：当我们认同自我身份时，我们便收起反思；而当身份确认完成后，我们禁不住开动大脑时，又对自己产生了怀疑：

我，就是这样一部行动的情书。（昌耀《慈航》）

我终究是这穷乡僻壤——爱的奴仆。（昌耀《山旅》）

我是一株／化归北土的金橘……（昌耀《南曲》）

我是十二肖兽恪守的古原。／我是古占卜家所曾描写的天空。（昌耀《旷原之野》）

我是屈曲的峰峦。是下陷的断层。是切开的地峡。/
是眩晕的飓风。/是纵的河床。是横的河床。是总谱的主
旋律。/我一身织锦，一身珠宝，一身黄金。/我张弛如弓。
我拓荒千里。/我是时间，是古迹。是宇宙洪荒的一片腭
骨化石。是始/皇帝。/我是排列成阵的帆墙。是广场。是
通都大邑。是展开的/景观。是不可测度的深渊。/是结构
力，是驰道。是不可克的球门。（昌耀《河床》）

　　宇宙之辉煌恒有与我共振的频率。（昌耀《巨灵》）

　　在第一章的分析中，我们发现了"是"在昌耀诗歌写作中所发
挥的创世功能。作为生存和语言的零点，"是"连接着天与地、神
与人，也连接着世界和自我、经验和写作。在这里，它也同样成为
诗性微积分的零点，成为调节两种互逆价值的原点和枢纽。在追忆
无意识的想象气氛中，为了追寻潜藏在父性空间某一个未知角落的
自我意识，诗人开始放弃那种追忆无意识御用的"我思"句式，直
截了当地使用了判断动词"是"，来揣测"我在"所隐匿的可能地
带。为了提高搜索效率，他在不同的语境中不断变换着对自我身份
的定义，实践着诗性微积分的试推策略。一方面，诗人认同自己是
"一部行动的情书"，是"爱的奴仆"，是"化归北土的金橘"……
在这个阴性的物象体系中，他本能地辨认出自己灵魂的天然成色，
辨认出自己身上的羔羊情结和恋父情结，这些深层记忆暗中支配着
他诗歌的内在气质，暗示了诗人在现实世界上的真实处境。然而，
这种意义的"我在"总是在更为宏大的抒情主题面前处于隐蔽的位
置，诗人的目光在这类形象身上蜻蜓点水般掠过，却未做停留。因
为，在缺乏安定感的现实世界里，他更急于在文本语境中奔赴更为
深邃的时空场景来寻求庇护，因而总是让"我在"的身影幻化成镜
花水月，错失了在追踪自我身份的道路上继续求索的时机。尽管如

此，依然不妨碍诗人在他的作品里炮制伦理学泥团，让爱、悲悯、宽容等柔性价值在昌耀诗歌中获得尊严，并保持着长久的生命力。

另一方面，诗人又为自己装备好一身坚硬的铠甲，将自己想象为古原、天空、峰峦、峡谷、飓风、河床、化石、风帆、广场、都城等形象，总之，他相信"宇宙之辉煌恒有与我共振的频率"。与上述阴性物象相反，这里出现的种种彰显自然神力和历史沧桑的形象弥漫着浓郁的阳性气质，它们正是宏大、伟岸的父性空间的具体塑形，是土地法则最直观的建构产物，是恋父期声调最默契的合作伙伴。它们也是阴性的抒情主体在现实世界施展想象力的结果，这些阳性的雄伟空间为阴性的"我"和"我"讴歌的阴性物象体系提供了庇护的场所，保存着它们阴性的梦想。诗人将自己想象为这一系列阳性形象，也是雄牛情结和英雄情结的逻辑使然，在不尽完美和充满苦难的日常生活中间，那些张扬着沸腾血性和强力意志的神话场景令诗人深深着迷，他不愿轻易地走出，于是渐渐将自我丢失其中。由于这种阳性原则在昌耀诗歌中处于显要的位置，所以我们更容易凭借诸多阳刚形象来强调诗人作品中的阳性梦想，从而帮助诗人在他自己建构的父性空间的具体塑形里寻找"我在"的踪迹，结果往往令诗人身份认同之路更加南辕北辙、扑朔迷离。

昌耀诗歌中存在大量的对自我身份的迷误，这让诗人无论在阴性物象还是父性空间面前举棋不定，难以意度出"我在"的准确、合适的位置。尤其是类似"宇宙之光辉恒有与我共振的频率"这样的超级浪漫主义诗歌话语，几乎把自我的形象逼入绝境。由此来看，昌耀的写作不论是在"我思"与"我在"之间上演闪转腾挪，还是令阴性物象与父性空间之间变乱丛生，都在无意识中验证了诗性微积分的试推本性。在寻找自我身份的试推中，我们依然需要确定一个零点，从而依次为诗性微积分建立体系。于是，在昌耀后冰河期的很少一部分作品中，我们看到了与追忆无意识和空间生产绝缘的一类关于"我"的表述：

我误杀了一只蜜蜂，/一位来自百花村的姑娘。（昌耀《寓言》）

而我一直紧贴车窗默数途中被当年的筑路工们弃置于流/沙的一只只柳筐，而今成了大漠景观中具有生命力的标志……（昌耀《去格尔木之路》）

我发誓：我将与孩子洗劫这一切！（昌耀《空城堡》）

昌耀在这类作品中定义了一个有血有肉的、"天然去雕饰"的自我形象，将它放置在接近真实的日常生活空间里面，就像把一条红尾鲤鱼放生在墨绿色池塘里那般清新、自然、和谐。这种处理办法就卸掉了诗人意识中的诸多情结所导致的矫情、做作和扭捏，也化解了非日常生活想象中许多认识论上的焦虑，归还"我在"以自由的权利，让梦想的光泽照临鲜活的人们所居住的场所。我们愿意把这类作品中的"我"定义为一个中性的"我"，它可以在此充当诗性微积分的零点，来维持和匡正这套方法论的平衡和规范。值得注意的是，作为标志符号的"是"，如今可以隐居在"我"的幕后，因为在这种中性的语境里，"是"已经统一了它的内部语调，它和"我"之间达成了一个共识："我"不是物，也不是神，而是一个人。正是这种不断试推之后对"人"的重新发现，才让诗性微积分获得了它一切行动的意义。

在以上例子中我们看到，家中的"我"为误杀一只蜜蜂而惋惜不已，火车上的"我"紧靠车窗张望外边的景色，这些都是人们经验范围之内的可以感知的事件。这个诗性微积分的零点具有了纠偏的能力，也达到了诗性正义的内在要求。然而，昌耀又在经验之上把蜜蜂唤作"一位来自百花村的姑娘"，把丢弃在路边的柳筐看成

"大漠景观中具有生命力的标志"……这一系列由经验过渡而来的想象，在整个表述过程中显得不温不火、悠然自得，"我"在这里也与蜜蜂、柳筐这些具有阴性色彩的事物达成了平淡冲和的对话，让"我在"与这些外表柔弱而心怀梦想的事物产生更为隐秘而悠远的"共振的频率"。这些都可以看作是诗人在零点的作用下，所迈出的修辞步伐。即使是在诗人幻象中的"空城堡"，因为"我"与一个"孩子"在一起，那么即便发生多么惊心动魄的"洗劫"，也不会令我们感到不谐和躁动，我们会自然地将"洗劫"理解为一种游戏，"我"也和"孩子"一道分有了一颗童心。世界因此变得可以亲近，诗人的"我在"也因为与"孩子"相对等而变得可以亲近，可以交流，可以被阅读。

然而，诗歌在昌耀手上远未这般充满童真、轻松愉快。在懂得了诗性微积分的作用机理及其零点的功能之后，生活本身并未变得简化、可爱，而是更加显出了它的狰狞面孔，它也同时成就了昌耀诗歌的独特魅力。现实生活对于昌耀始终是举步维艰的，那些苦难的经历在向文字转化时面临着不可扭转的失重，对自我意识的量度也时常面临着失衡。昌耀的内心在历史和现实层面都积聚了大量的创伤记忆，诗人带着它们痛苦地泅渡过"忘川"之水，一次次撞击着他潜意识中盘根错节的情结之网。这带给他在逃离噩梦的后冰河期里无休止的后遗症，它们以各种各样的方式进入他的诗歌文本。正是在这种意义上，昌耀的诗歌诚实地表达着自己布满了伤残的情结之网和千疮百孔的生命体验。于是，鉴于对诗性微积分和诗人表现出的苦难后遗症的综合考虑，我们可以对昌耀诗歌中的回忆模式和建筑模式做出更加清晰的认识。

在中国现代史的知识话语谱系中，张志扬区分了**"情结记忆"**和**"创伤记忆"**两种记忆类型："如果'情结记忆'或大或小设置的是'意义中心'（情结），造成意识深部的障碍与匮乏，近似意识的无意识限制，那么，'创伤记忆'可一般描述为不幸经历的嵌入所造成的'意义中心'的瓦解。'意义中心'是一个人的意识立义活动的生存论参照，具有潜意识的'先验性'与'自明性'。所以，'创伤记忆'是意识的否定性因素。它既可以向'情结记忆'固置，也可破坏意识的既与性而敞开某种偏离或越界的可能。与'情结记忆'的准无意识限制不同，'创伤记忆'在意识中，而且带有价值否定中的价值倾向性。"[①] 按照张先生的这种划分，我们渐渐可以认清，昌耀诗歌在回忆模式中也同样演绎着这两种力量间的作用力和反作用力。如果把昌耀后冰河期的作品看成一个诗歌共同体，那么，在建筑模式的空间语法调遣之下，被诗人施与爱和悲悯之心的阴性物象关联着他的羔羊情结和恋父情结，让诗人倾力赞美的、宏大而伟岸的父性空间则张扬着他的雄牛情结和英雄情结，加之在上述两者之间起中介作用的追忆无意识，它们统统构成了诗人的"情结记忆"，它是昌耀诗歌先验设置的一个"意义中心"。这个"意义中心"，就是供给诗性微积分茁壮成长的强大根系，它牢牢地置于诗人的创作潜意识里，作垂帘听政之状。"意义中心"通过它的零点（"是"）办公室向诗性微积分发出隐秘情报和最高指示：一边指挥着追忆无意识，为呈阴性的回忆模式加油充电；一边雇佣了语言的工程队，为呈阳性的建筑模式招兵买马。在这个"意义中心"里，既有阴性价值，又有阳性价值，还有中间项，形成了一个稳定的情结之网，郁结在诗人的潜意识中，那里闪烁着一个"超我"的幻影。

昌耀在现实生存中的不幸经历和苦难经验，全部转化成了他意识领域的"创伤记忆"。作为一种极端活跃的记忆形式，它不断地向潜意识中的"情结记忆"发出挑衅和冲撞，将自己身上的不安定因素传递给这个一度稳定的"意义中心"，让"情结记忆"的内部格局面临失重和失衡的危机，试图以此瓦解军心，令其不攻自破。

---

① 张志扬：《创伤记忆——中国现代哲学的门槛》，上海三联书店，1999 年版，第 42 页。

异常活跃的"创伤记忆"也就此成为诗性微积分开展工作的初始动力和开采资源，它以一种负面意志建构了一个"自我"，这是一个残损的、伤痕累累的形象，它迫切需要在"创伤记忆"与"情结记忆"的冲突中获得"超我"的治疗、给养和修饰。由此看来，两种记忆类型间的砥砺也表现为"自我"努力克服万难向着"超我"无限靠近却从未企及的过程。寻找"自我"的漫漫征程也成为了昌耀诗歌的梦想之一。

在诗性微积分的试推理念下，受到冲撞的"情结记忆"不得不启动防御机制，这也让它在正面催熟了土地法则，后者适时采用了各为其主，却肝胆相照的回忆模式和建筑模式——回忆模式是对苦难的铭记，建筑模式是对苦难的遗忘——它们从虚实两方面将由"创伤记忆"投来的干戈化为诗歌语言的玉帛，从阴阳两方面让动荡不止的"意义中心"和情结之网在这两种模式的作用之下来回试推，借助恋父期声调，一面生产出阴性物象，一面生产出父性空间。这种防御中的生产过程也让"情结记忆"和"创伤记忆"之间的角力成为一种话语循环，周而复始地强化着昌耀诗歌在认识论上的复杂性，和在美学上的狰狞感。

第三章　火的意志及其衰变

（1985—1993）

耶和华从西奈而来，从西珥向他们显现，从巴兰山发出光辉，从万万圣者中来临，从他右手为百姓传出烈火的律法。

——《旧约·申命记》

淡季，或烘烤主义机器

静极——谁的叹嘘？

密西西比河此刻风雨，在那边攀缘而走。
地球这壁，一人无语独坐。

（昌耀《斯人》）

公元 1985 年，昌耀创作了短诗《斯人》。就在他的建筑学转向兴味正浓之时，我们猛然撞见了一声戛然而止的、对"静极"的轻声吁请。诗人凭借语言将世界的牢底坐穿，他的意识抵达了脚下的地球另一岸：一侧是风雨大作的密西西比，一侧是无语独坐的尘世走卒，隔在两者中间的地球，仿佛是一层脆弱而绵薄的墙壁。就这样，昌耀发现了垒砌在每一件事物中的秘密围墙，它让分布在墙壁两侧的部分承受着极大的斥力，暂且维系着一种蠢蠢欲裂的统一感，就像诗人把那些水火不容的词汇安排进他充满叹嘘的诗行里。《斯人》写意了一种空间的无奈状态，流溢着一种亚热带的忧郁，它力图将空间的情感密度实现最大化，却在极为简练的表达中呈示出天地悠悠的渺远意境。《斯人》是昌耀手中一把微型的刻刀，他用它锐利的锋刃在此前构筑的空间抒情大厦之上绽出一记凿痕，又在凿痕悲伤的寂静中眺望危机。这首具有地平线意义的小诗，为昌耀获得了至高的荣誉，它将抒情主体由充满深刻透视感的历史场景拉回到了当下的生活世界，也让诗人终于有机会把自己遥远的目光收敛在眼前的生存处境上。

敬文东将《斯人》看成昌耀创作生涯中一个里程碑式的作品，并建议借此将昌耀的创作标识为"斯人前"和"斯人后"两个时期。[①]无疑，《斯人》的问世让昌耀一度豪迈的空间理想走向瓦解，于是在他"斯人后"的作品中，无所依傍的诗人被一股紧迫的情绪所占据："时间躁动，不容人慢慢嚼食一部《奥义书》。"（昌耀《意绪》）实体建筑的奇伟身躯在"斯人前"作品中俯拾皆是，此刻却在"斯人后"渐行渐远，时间的消极面孔风化为一只浮出水面的饕餮兽，它在"斯人后"平静的水面甫一探头，便迅速让诗人目瞪口呆、夺魂摄魄，将他抛入一个时间黑洞，他发现自己身处一条"无灯的狭廊，一转身南北莫辨，失去重回卧室的路，而有／了梦游者的迷幻意识。／以手掌默诵四壁，大眼睛穿不透午夜的迷墙，而滋生无路／可寻者骤起的惶恐"（昌耀《幻》）。

随着"空间的时间化"进程逐步升级，作为一种路标，空间建筑物在加速自身的废墟化，已然失去了它的指示功能，顿然变异为一座诡秘的建筑迷宫。**迷宫**是一种反建筑，是对建筑逻辑的背叛。在昌耀的诗歌体系中，它已经不再体现为先前的那种阳性的建构意

---

① 参阅敬文东：《对一个口吃者的精神分析——诗人昌耀论》，《南方文坛》2000年第4期。

志，以期达到对时间的征服，而是调转了方向，突然转向了建筑本身的逻辑。它不再听命于一个外部的、坚定的、激情四射的建筑师的指示，不再有蓝图和追求，甚至不与记忆领域发生瓜葛，而是返回到土地法则的零点，但却不是零点本身。迷宫是建筑的中邪状态，被罢黜的建筑师在这里挥霍着他的智慧和精力，做一场零点的噩梦。昌耀的诗歌也越来越体现为一种噩的结构，这是生活的本来面目吗？它变得越来越难以理解。

这个与墙壁厮混了二十余年、"忌讳鸟笼、鱼缸及与幽囚有关名物"（昌耀《归客》）的前政治刑徒和被罢黜的建筑师，一定对这场空间变形不会感到陌生。沦为禁忌的事物必然关涉着至为敏感的话题。浴火重生的诗人一度企图把对墙的禁忌体验，隐藏在西部建筑群落的高大背影里，通过对气势磅礴的空间抒情来暗自强化自己的遗忘力度——按照人类趋利避害的天性，诗人对苦难经历的遗忘要比对它们的记忆表现得更强烈——这也正是昌耀诗歌中肩负密任的建筑模式期望达到的效果。然而，在昌耀的"斯人后"时期，他对时间的消极体验在他的作品中四下弥漫，于是，他无意间闯入了这座安放在生活世界里的、亦真亦幻却无处不在的迷宫。这个特殊的场所屏蔽了他用来辨识空间的信号，令他的"认知测绘"能力出现短路，失去了判别方位的本领。懵懂之中的诗人躲闪不及，就这样不偏不倚地与他所禁忌的墙壁迎面相遇：

> 是以我感慨于立于时间断层的跨世纪的壮士总有莫可名状之悲哀：前不遇古人，后无继来者，既没有可托生死的爱侣，更没有一掷头颅可与之冲击拼搏的仇敌，只余隔代的荒诞，而感觉自己是漏网之鱼似的苟活者。

> （昌耀《深巷·轩车宝马·伤逝》）

丧失家宅的昌耀①在百无聊赖的情绪中，提笔记录下了他在时间巷口的窥望。他徘徊在这个旋涡般的时间迷宫里，没有出路，只有墙。仿佛昨日那些被他仰视、赞美过的宏大建筑，在一夜之间，在戈尔巴乔夫般的一纸布告声中，变形为一种狰狞的反建筑，一座墙的疯狂博览会。这个曾经沉醉在西部壮美空间中的讴歌者，终于在移交了个人空间主权之后，驯服于另一股至柔至坚的反建筑的破坏力，直到他两手空空撞见那面生命中必然出现的墙壁，便至此基本完成了对安插在他潜意识中那些密密层层的建筑构件的卸载工作。从长时段来看，时间的强劲飓风逼退了空间建筑物身上仅存的一点点阳性意志，以压倒性的优势让空间避入一个史前的原点，让呈负值（阴性）的回忆模式和呈正值（阳性）的建筑模式相互抵消，抵达一个诗性微积分的零点。

迷宫，正体现出这一变化的最后一种形式，空间建构不免堕入的一种命运，这里反复播送着土地法则的遗言：那些曾经高大而坚固的形象，"如同蜂蜡般炫目，而终软化，粉尘一般流失。／无论利剑，无论铜矢，无论先人的骨笛／都不容抗御日轮辐射的魔法"（昌耀《哈拉库图》）。这遗言就像一片来自天空的鸿毛飘落在泰山之巅，预告着一场即将到来的、天崩地裂的解体神话。

当昔日供梦想纵情驰骋的宏大空间，被碾成粉尘而消弭于无形之际，时间中的迷墙，却以一种**淡季**的姿态显出她佻薄的腰身。再炫目的宏大空间抒情也无法持久地支撑它的旺季，追忆无意识的飞镟终于在时间中渐渐松懈下来，开辟出一片喧嚣中的缓冲地带。这场悄无声息的空间肃清运动导致的最直接后果，就是让诗人赤裸裸地站立在一种疏淡、庸碌的世俗生活氛围当中，独自承担时间的逼视，在迷宫中惆怅地摸索。昌耀遂以"淡季"命名了他此刻的时间

---

① 1992 年底昌耀与他的土伯特妻子离婚，将房子留给妻儿使用，自己搬至青海省文联摄影家协会的一间不足十平方米的办公室里居住直至去世。参阅燎原：《昌耀评传》，前揭，第 388 页。

体验：

> 淡季是不流动的河。是静止的湖。
> 淡季是走走停停的一列慢车。
> 淡季是人人必说的陈言套语。
> 淡季没有引人入胜的剧情。没有灵魂悸动。
>
> （昌耀《小城淡季》）

在这一系列对"淡季"极富形象化的描摹中，判断动词"是"又一次发挥了它归零的作用。在这个突如其来的淡季中，"是"的运用更像是一次诗人时空体验的格式化，将他从那些见证历史剧情的"严重的时刻"，带回到琐碎、隐蔽的冗余时刻，从参与到经验建构的第一现场，带回到那个剧情开始之前百无聊赖的后台生活。诗人在那里思前想后、坐立不安、反复踱步，为了能够再次被剧情的光线照耀，他需要付出漫长的等待。

淡季的照临隐含着昌耀诗歌内在视角的又一次转换，即从对消弭后的空间咏怀转移到了对世俗时间的切身体验："淡淡的河以淡淡的影踪流荡原野，／使人觉着岁月悠久的一缕思绪。／像堤岸的树无声。"（昌耀《淡淡的河》）这一体验同样是在"空间时间化"趋势上的一种惯性滑行。时空本系一体，时间展露的淡季状的端倪刚好配得上现实生存的迷宫化，这是一场宏大空间焚烧后的灰烬飘起的余烟，成为诗人此刻的注视对象。一同被焚烧的还有昌耀经营多年的恋父期声调，这让诗人也随即进入了赞美的淡季、追忆的淡季以及声调的淡季。

淡季的余烟笼盖住一段宁静的时间，它充当了昌耀返回内心生活的地平线。诗人面向着那一缕时间余烟陷入沉思，就像凝视着烛火的巴什拉所感受到的那样："在一个平常的夜晚，烛火是宁静、优雅的生活样板。无疑，轻轻吹一口气就会使它晃动，就像沉思的哲人的冥想中掺进了杂念。但是，当宁静的时刻来临，伟大的孤独真的笼罩一切时，遐想者的内心与烛火的内心都拥有同一种平静，烛火保持着自身的形状，像一种坚定不移的思想笔直地奔向它的垂直的命运。"[①]

淡季的色彩弥漫在昌耀诗歌的后台，为上演一出无主题的抽象舞台剧摩拳擦掌地做着准备。观众们在灯光下找不到诗人的身影，只能看到舞台上的道具在乱纷纷地轻舞飞扬。改革开放的冲击波，让二十世纪八十年代中后期的中国社会发生着触目惊心的变化，这让昌耀经历着一种时间意识的错裂感："世俗化加速进程。／我游毕大江返回驳岸／不见了寄存的衣裤"（昌耀《生命体验》）；"三个婴儿携手步出大门喃喃自语，／表情有了早熟的肃穆，／在身后投下了老人的虚影。"（昌耀《诗章》）诗人身上的古典主义惰性气质，难以跟进一个改换了的时间参考系，他的视野中只能识别出一幅淡季的、迷宫式的图画，周围的一切都更新了面孔，更新了话题，固执的诗人却插不上话，他只能用一种冥想中的圣物来填补心理上的缺位："当热夜以漫长的痉挛触杀我九岁的生命力／我在昏热中向壁承饮到的那股沁凉是紫金冠。"（昌耀《紫金冠》）

淡季中呈现的是一个抵抗加速的虚妄概念，它是诗人在这团时序迷雾中唯一能抓住的救命稻草。昌耀仿佛是"双生子佯谬"（twin paradox）[②]中留在原地的那个无辜的家伙，当自己的双胞胎兄弟乘

[①] ［法］加斯东·巴什拉：《烛之火》，《火的精神分析》，前揭，第 128 页。

[②] "双生子佯谬"是狭义相对论中关于时间延缓的一个似是而非的疑难。按照狭义相对论，运动的时钟走得较慢是时间的性质，一切与时间有关的过程都因运动而变慢，变慢的效应是相对的。于是有人设想一次假想的宇宙航行，双生子甲乘高速飞船到远方宇宙空间去旅行，双生子乙则留在地球上，经过若干年飞船返回地球。按地球上的乙看来，甲处于运动之中，甲的生命过程进行得缓慢，则甲比乙年轻；而按飞船上的甲看来，乙是运动的，则乙比较年轻。重返相遇的比较，结果应该是唯一的，似乎狭义相对论遇到无法克服的难题。而实际上这个佯谬是不存在的，具体论证过程从略。以上资料参阅"百度百科"中的"双生子佯谬"词条，http：//baike.baidu.com/view/295855.htm?fr=ala0_1_1，2010 年 3 月 5 日访问。此处只拣该佯谬的前一种情形比喻昌耀在急转直下的现实时局中涌出的一种极端的焦虑体验，不涉及自然科学方面的探讨。

坐飞船做太空旅行归来之后，却发现自己已经比他的兄弟衰老了。当我们的诗人将自己的热情和目光从高原物象、游牧图景上收回到他眼前的生活世界里的一刻，他着实为周身躁动不息的感官冲击弄得心惊肉跳了一把，在看过两场时髦的南方歌舞表演后，昌耀写下了这样的诗句："——快节奏，快节奏，从此只当有快节奏……"（昌耀《时装的节奏》）；"色的爆破。——／色潮。／色浪。／色涌。"（昌耀《色的爆破》）眼前闻所未闻的节奏和令人血脉偾张的色调，不断袭击着昌耀的视听神经，他不得不动用他护身的波浪式修辞予以抵挡和回应，像是在与一批强大的外星入侵者做出正面交锋。后来，昌耀用"一种'刺激的'文化心理状态"来命名这股将他团团包围的陌生力量："宇宙殿堂／光泽明灭时如战车骤驰巨石堆垒的跑道，／时如雷阵梭行卷风飘雨的无尽云絮，／听出是创造与毁灭之神朗朗大笑：'窝——嗬噢……哈哈哈哈……'"（昌耀《翙翙鸟翼》）在"斯人后"时期，一种叫作"'刺激的'文化心理状态"的幽灵在中国城市上空徘徊，并且一直徘徊到今天。这个幽灵，在改革开放后情欲勃发的春天里，一刻不停地刺激着这个国家和民族要快一点，再快一点："窝——嗬噢……哈哈哈哈……"

就这样，"斯人后"的昌耀迎来了他创作上的**相对论问题**：当整个世界开始不断加速的时候，自己却相对变得无限的缓慢。当世界在太空攀援而走，他却在地球无语独坐。"偶然抬头，大半轮皓月正垂直吸附在鲜蓝空际，／如门楣一只吊丝的铜蜘蛛。不可疗救的静寂。／拧紧最后一只螺母，舱门砰然关闭，／一切复成为记忆中的冒险。"（昌耀《锚地》）飞速运转的世界快车让昌耀眩晕、恶心，心情颓丧，像一个被迫上车却体质不佳的乘客。他焦急地期望这艘快车能够减缓速度。因此，诗人要为这个世界寻找一个精神上的锚地，把自己和与自己同命相连的人们从眩晕和恶心中解救出来。至少要为这艘快车铺就一条通往锚地的路，一条布满了摩擦力的精神缓冲之路："我们所自归来的地方，／是黄沙罡风的野地，／仅有骆驼的粪便为我们一粒一粒 / 在隆冬之夜保存满含硝石气味的 / 蓝色火种。"（昌耀《我们无可回归》）这个"黄沙罡风的野地"，是昌耀最熟悉的地方之一。遵循建筑学转向的惯性，他依然希望通过开展空间想象来纠正这个世界的病态，救治城市的心率过速，来达到他一直梦想实现的诗性正义。

在寻找精神锚地的过程中，昌耀坚定地站在慢的一边，为增强摩擦力，专心制造他词语中的砂砾。与诗人早期作品中表现出的那种从容不迫、怡然自得的慢相比，此刻的"慢动作"则充满了浓重的消极色彩。对于整个世界来说，昌耀也在反向做着同样的加速运动，他只能用自己的身心与外部世界的摩擦，来呼唤世界的减速。一边为寻找锚地而力主减速，一边又因为与世界的触碰而相对加速，这种错裂的时间意识导致了相对论问题，使他词语中大量堆垒的砂砾搭建起他摩擦体验中的墙壁。这些因素让诗人产生一种存在的隔绝感、体验的碎片化和价值的不等式，同时也让他经历着一场动荡的精神失序：

> 时间啊，令人困惑的魔道，
> 我觉得儿时的一天漫长如绵绵几个世纪。
> 我觉得成人的暮秋似一次未尽快意的聚饮。
> 我仿佛觉得遥远的一切尚在昨日。
> 而生命脆薄本在转瞬即逝。
> 我每攀登一级山梯都要重历一次失落。
>
> （昌耀《哈拉库图》）

阿格妮丝·赫勒（Agnes Heuer）发现，五分钟的严刑拷打胜似数年，数小时的做爱却好像只有五分钟。一切都取决于我们谈论的是什么样的体验。[1]相对论问题，成为了昌耀在"斯人后"的作品

---

[1] 参阅［匈］阿格妮丝·赫勒：《日常生活》，衣俊卿译，重庆出版社，1990年版，第266页。

中一系列经验佯谬的开始。在这块淡季图画的培养基上，诗人从此力图表现的，不再是博大、完整的历史场景，而是微观、断裂的超现实场景，也就是砂砾般的场景。锚地的最终形式就是迷宫。抒情者从台前隐入幕后，声调也从赞美转为眩惑："激动不安的城市屋顶铺满砂砾，以群鸟方式存在。以群岛 / 方式漂流。丛林摇曳在十丈深渊。/ 秀发涌起的黑涛中生命尽自泅渡。/ 沉没的旗舰弹痕累累。/ 空中道路不再荒芜。"（昌耀《钢琴与乐队》）

与"斯人前"的宏大空间抒情相比，昌耀在"斯人后"开启了一个全面革新的创作阶段。这种由空间到时间的内在视野腾挪，也同时带动了诗人外在视角的转换，一个至关重要的标志便是，昌耀的抒情客体由物的人化建筑（山河地理和人造工程）置换为人的物化建筑，后者可以更形象地理解为一种人群的建筑："人群：复眼潜生的森林。有所窥伺。有所期待。有所涵 / 蓄。"（昌耀《人群站立》）这位曾经自信穿行在西部荒漠上的流放者，如今彻底迷失在城市攒动的人群当中。人群的建筑是一片缀满复眼的森林，这个奇异的意象在悄悄向埃兹拉·庞德（Ezra Pound）致敬，在后者走出的地铁车站里，同样埋伏着另一片复眼潜生的森林："人群中这些面孔幽灵一般显现；/ 湿漉漉的黑色枝条上的许多花瓣。"[1]（庞德《在一个地铁车站》）

置身于这座人肉森林里的诗人成为爱伦·坡（Edgar Allan Poe）所谓的"人群中的人"，在他的身上闪烁着"一大堆混乱而矛盾的概念：谨慎、吝啬、贪婪、沉着、怨恨、凶残、得意、快乐、紧张、过分的恐惧——极度的绝望"[2]。这个夜晚寄宿在简陋的办公室，白天穿行在人群中的诗人，注定成为"街边的半失眠者"，"漏

---

[1] 此处采用杜运燮译文。参阅《外国现代派作品选》（第一册·上），袁可嘉等选编，上海文艺出版社，1980 年版，第 130 页。

[2] ［美］爱伦·坡：《人群中的人》，《爱伦·坡作品精选》，曹明伦译，长江文艺出版社，2007 年版，第 41 页。

网之鱼似的苟活者"，直至"顺理成章地成为了大街的看守"（昌耀《大街看守》），成为城市里孤独的游荡者，徜徉在人群的森林和街道的迷宫之中，独享着那份只属于他自己的淡季时间，留意到一种微妙的转换：

> 从脸孔似的面具直到面具似的脸孔，
> 从岩溶似的屋宇直到屋宇似的岩溶，
> 艰难的跋涉属于心理的跋涉了。
>
> （昌耀《头戴便帽从城市到城市的造访》）

在这段被抽空了价值内容的时期里，在头上那顶"卷边草帽"的掩护下，这个"大街看守"冷眼注视着周围的人群："他们以目暗暗相期或暗暗相斥。／他们仅只面面相觑，并无人声。"（昌耀《距离》）"卷边草帽"拉开了人与人之间的距离，它将那些面面相觑的血肉之躯筑成人们心中的一道道迷墙。昌耀如今面临着一种离奇的体验：在这片人群建筑的海洋里，他无法重新组织起崇尚宏大抒情的"斯人前"时期那种记忆与经验的统一感。在对这种统一感的召唤中，无论是怀古的空间还是赞美的空间，无论是旷原之野还是龙羊峡水电站工程，"斯人前"的昌耀在面对它们的时候，都能自觉动用一种英雄主义的艺术指令。它让这些巨大的建筑空间中生产出正面而积极的情感方式，从而较为顺利地进入他的写作。这种稳定的能量形式，能够使他的诗歌形象在物的人化建筑中维持一种整体秩序。

当昌耀进入他写作的"斯人后"时期，这种整体秩序则很难被再次建构起来。在四处遍布着陌生人的大街上，在情绪昏聩的淡季中，诗人忽然丧失了曾有的热情和襟怀，遗弃了自己经年看守的集体伟力。他的内心不时出现了一阵价值观的痉挛，仿佛重历身后那片绝望的荒原，经受着"心理的跋涉"，于是诗人才会感到，"失去意义的日子无聊居多"（昌耀《鸷》）。也就是说，诗人所认定的生活意义，只存在于那些被他的语言建构出来的、形式各异的空间建筑物之中。一旦它们遭到变形和破坏，居于其中的意义也便荡然无存。按照昌耀的想法，建筑充当了意义的载体，如同肉体可以充当灵魂的载体一样。这也充分地表明，一切的意义，都像安置它们的空间建筑物那样，并不是从来就有的，而是被建构出来的，无论那些建筑物是出自人为还是神造。这也同时暗示我们，尽管昌耀在新的现实境遇中改换了诗歌的声调，但却依然保留了他本人对时代和世界的阐释能力。

"斯人后"的昌耀几乎被阉割为一个丧失现实生殖力的人，在整体的精神秩序失落的年代里，诗人把曾经作为现实中心的人偷换为了物，将物的人化建筑改组为人的物化建筑。仿佛只有物，或人的物化，才能拯救濒临丧失的意义。因此在"斯人后"的作品中，昌耀看到了一个在淡季中开辟的新战场，在这里，"人们必须重新夺取非现实，现实不再有什么意义！"（穆齐尔语）在这里，"理解今人远比追悼古人痛楚"（昌耀《在古原骑车旅行》）。

"大街看守"的悖谬体验所导致的价值痉挛和心理跋涉，已经失去了在空间中自我恢复的能力，因而它们只能诉诸时间的维度，诉诸淡季的疏离气氛。这一体验酝酿出一种焦躁而涣散的能量，它拒绝屈服于某一价值向心力，而是像风中的烟火一样在人群中逃逸，无法再造出一幅整体感的幻象。由此，昌耀在他作品的"斯人后"时期开创了一门**焦虑的动力学**。它与"斯人前"致力于维系整体感的能量机制不同：建筑学转向阶段的主要功能在于**生产**，其产物便是钟情于整体秩序和价值统一的空间想象，以及各式各样用于保存意义的人化建筑；而焦虑的动力学体现出的主要功能却是**耗费**，它既呼应了弗洛伊德（Sigmund Freud）所谓的"白日梦"假说，也诠释了莫斯（Marcel Mauss）的"夸富宴"分析，还与列维－斯特劳斯（Claude Levi-Strauss）的"剩余能指"保持着家族相似。

遵循这种焦虑的动力学，丧失意义感的诗人在白天扮演着"大街看守"，在城市街道的徘徊游荡中消耗着这股悖谬的能量，而在夜晚又变成了一个"半失眠者"，一架"金色发动机"，在那张安放于办公室的小床上翻来覆去地开展"心理的跋涉"，在此过程中聚积足够多焦虑的能量，以供第二天的充分消耗。焦虑的动力学机制就这样维持着自身的运转：

> 金色发动机怀着焦躁不安的冲动
>
> 像一只拨水的金色鲸被涌起的岑寂吞没。
>
> （昌耀《金色发动机》）

"金色发动机"是焦虑的动力学的典范形象，它代表着一种以耗费为中心任务的秩序，是一种去整体化的诗歌律令，它的形象几乎就等同于太阳。于是我们听到了"太阳说：我召唤你"（昌耀《听候召唤：赶路》）。推崇"太阳经济学"的巴塔耶（Georges Bataille）指出："太阳辐射使地球表面产生过量的能量。但是，首先，生物接受了这种能量并在它所可能企及的空间界限内将能量积聚起来，然后，它对这种能量进行放射或耗费，但是，在释放较大份额的能量之前，生物已经最大限度地利用了能量来促进它的生长。只是在增长不再可能的情况下，才会出现能量浪费。"[1]或许昌耀在"斯人前"展开他的建筑学狂想时一再追求整体化的价值储备，力主构筑出理想化的宏大空间，而当他决定写出《斯人》的一刻，这种积累运动在他的诗意波浪线上刚好达到饱和和顶峰，他的抒情性质开始由生产转向耗费。《斯人》将昌耀的诗歌写作带入了一个新的**半衰期**，在"斯人后"这种疏淡的诗歌气氛中，相对论问题和焦虑的动力学机制被暗地里启动，疑似太阳的"金色发动机"

---

① ［法］乔治·巴塔耶：《〈普遍经济论〉：理论导言》，《色情、耗费与普遍经济：乔治·巴塔耶文选》，汪民安编，吉林人民出版社，2003年，第152页。

将自己的细小零件植入诗人的胸腔，它们自行组装、相互厮磨、进出火星，以耗费的态度重组着太阳的形象，将私人性的焦虑上升为女店员式的形而上学，①借助这股能量来主导他在"斯人后"这个半衰期内的创作风格："啊，在那金色的晚钟鸣响着苦寒的秋霜，/是如何地令迟暮者惊觉呀。/那惊觉坠落如西天一团火球。"（昌耀《晚钟》）

从能量损益的角度看，昌耀在"斯人后"的写作中彰显着一种**火的意志**，它的生命就是耗费，在孤独中瞬刻燃起，又缓慢熄灭。诗人准确定义了这种体验："烘烤啊，烘烤啊，永怀的内热如同地火。"（昌耀《烘烤》）作为昌耀在"斯人后"时期的核心体验，**烘烤**在淡季的背景下晋级为焦虑的别称，它缓缓上升的热度催化了空间向时间的转轨，又将生产导向耗费，最终把土地的法则更张为火的律令。赫拉克利特赞颂了这种元素的万能性："万物都等换为火，火又等换为万物，犹如货物换成黄金，黄金又换成货物一样。"②昌耀得令于这种火的意志，它万能的兑换性教导诗人发现了生活世界的可燃性，并且狠狠逼视着深藏在事物中心那颗躁动而焦灼的物性内核。火的古怪面孔出现在昌耀诗歌的深景里，一如殷周时期的贝壳货币，"酷似一篇回鹘文书"（昌耀《齿贝》），彰显着狰狞之美。

在这个崭新的半衰期里，耗费的精神态度和持续不断的烘烤感，重新分配了昌耀诗歌写作中的血气成分。由于相对论问题愈演愈烈，昌耀的造血机制几近解体，血气不再进行大规模地涌动和喷薄，而是在诗人与世界的摩擦中渐渐地被消耗和挥霍。昌耀在时代的煎熬中艰难地为自己的写作换血："斯人后"的昌耀诗歌从此进入一种热带语境，火的意志让他的文字变得乖戾、抽象，高度的

---

① 参阅［法］列维－斯特劳斯：《忧郁的热带》，王志明译，三联书店，2000年版，第59页。

② 参阅苗力田主编：《古希腊哲学》，中国人民大学出版社，1989年版，第37页。

内心化让它们难以触摸，极端的自卑感萌生了别样的高傲，但这种热带般的书写气质，毕竟让火成为了此时昌耀作品中通行的诗歌法则。火是向高处的逃逸，火苗的垂直性让这种意志上升为人间七情六欲的一般等价物，上升为诗人对时间的消极体验，上升为统摄昌耀诗歌在"斯人后"时期的一种烘烤主义的意识形态，它的炫目、炙热、孤独、绝望在此时的作品中比比呈现，具有普遍的交换能力。这种交换能力就是昌耀生命和创作里的一场大火，这场大火也导致了他写作中血气的亏损和失调，导致了诗人的一场写作高烧。

火的意志让昌耀的文字赤裸裸地指向了生命本身，书写着一种高烧的体验。在失去了由土地法则所支配的宏大空间的想象性庇护之后，贫困的诗人濒临失重的深渊，空间逃逸的失败逼迫他选择终极的逃逸方式，他期待火的拯救。在这场写作高烧中，昌耀在"斯人后"时期引燃了自己向往豪迈却又走向衰老的生命，他在写作中将自己对生活的悖谬体验改造成一架**烘烤主义机器**：从外部来触摸，它拥有一副高烧般滚烫的肉体，像往昔的理想主义香火在熊熊燃烧；从内部来量度，它却传来阵阵失血的寒意，制造出一个内心的淡季。这是一架力主消耗的机器，它成为诗人在"斯人后"的一种生命体验的模型，用生命价值的自焚性诠释了生活世界的可燃性，以耗费的精神态度促成了一席关于生命的词语夸富宴。

认识论断裂，或火的重建

阿尔都塞（Louis Althusser）信誓旦旦地指认出，马克思的著作中存在着一个认识论断裂。这一断裂的位置，就发生在后者生前没有发表过的、用于批判他过去哲学信仰的著作《德意志意识形态》上，并据此将马克思的思想划分为"意识形态"阶段和"科学"阶段。[①] 若借用阿尔都塞的这一判断,我们更有理由相信,问世于 1985 年的《斯人》,将昌耀的创作划分为"斯人前"和"斯人后"两种判然有别的诗歌风景。因此,我们或许可以断定,这里同样发生了昌耀诗歌理念的一次**认识论断裂**,它也成为诗人对过去信仰的一次清算:

> 那是一种悠长的爆炸。但绝无硝烟。因之也不见火耀。但我感觉那声响具足蓝色冷光。
>
> 那是一种破裂。但却是在空际间歇性地进行着,因之有着撕碎宇宙般的延展、邃深。
>
> (昌耀《纯粹美之模拟》)

在"斯人后"时期,我们可以越来越明显地体会到,昌耀在作品中开始释放出阵阵怀疑主义的烟幕弹,尤其是在他奠定了诗人声誉后的两次"故地重游"过程中,一股浓烈的否定情绪油然而生:当昌耀首部诗集出版后,甘肃电视台计划拍摄一部关于他的纪录片,诗人借此机会重访了当年的流放之地,[②] 得以重新打量他寄存在那片土地上的青春、梦想和无法还原的生存体验。昌耀在归来后写道:"再也寻找不回那些纯金。/ 红嘴鸦飞失了。/ 泥土隐去许多重要情节。/ 血肉材料已抟塑成器。/ 素秋在脸孔揭开一场残局"(昌耀《眩惑》)。1989 年的昌耀正痴迷于摄影和骑单车旅行,当这两股冲动驱使他探游早年参加"大炼钢铁运动"的哈拉库图村时,诗人却疑窦丛生:"果真有过被火焰烤红的天空?/ 果真有过为钢铁而麇

---

① 参阅 [法] 路易·阿尔都塞:《保卫马克思》,顾良译,商务印书馆,2006 年版,第 14—21 页。

② 1986 年 10 月,昌耀与甘肃电视台工作人员乘坐一辆丰田越野吉普车,分别探访了青海省湟源县下若约村、日月山以西的青海湖、新哲农场和八宝农场等地。"这是昌耀 1966 年底离开祁连整整二十年后的故地重走。"参阅燎原:《昌耀评传》,前揭,第 331 页。

战的不眠之夜？／果真有过如花的喜娘？／果真有过哈拉库图之鹰？／果真有过流寓边关的诗人？／是这样的寂寞啊寂寞啊寂寞啊，／像一只嗡嗡飞远的蜜蜂，寂寞与喧哗同样真实。／而命运的汰选与机会同样不可理喻。"（昌耀《哈拉库图》）

　　无论是被泥土掩埋在岁月道旁的纯金，还是熏烤了半边天的超现实钢铁，与其说诗人在以空间的扳手重置时间的齿轮，不如说他是在对火的经验的回访。昌耀乘吉普车或自行车重走当年的流放之路，拾起的并非只是往昔时光里的人与事，而是一种个人化的炼狱体验。与在土地法则支配下、血气十足的回忆模式不同，昌耀此刻怀着已然消歇的血气，逆着时间的航向返回旧地。他不再对宏大空间抱有激情，从而不知疲倦地放任他的追忆无意识，喊出一句句"我记得（忘不了，想起了）……"；而是仿佛不知不觉地踏入了一座迷宫，再也看不到镂刻到古老建筑上的往昔图景，只有不断涌出的眩惑和怅惘："果真有……？"认识论断裂之后的昌耀，在火的意志的烘烤下，由一个经验主义者变成一个怀疑主义者，由一个可知论者变成一个不可知论者，由一个表象论者变成一个意志论者。对于昌耀来说，过去的一切仅仅是一座熔炉，那些熔铸了记忆的纯金和钢铁，是伴随着个人的欢乐和痛感一同析出的产物。诗人谙熟刻舟求剑的谐谑剧，即使昌耀如今站在了相同的地方，那些记忆的析出物也早已在时间的手上改换了容颜：

　　　　衰亡的只有物质，欲望之火却仍自炽烈。

　　　　无所谓今古。无所谓趋时。

　　　　所有的面孔都只是昨日的面孔。

　　　　所有的时间都只是原有的时间。

　　　　　　　　　　　　　　　　（昌耀《哈拉库图》）

　　物质终将衰亡，哪怕它是纯金和钢铁。"原有的时间"以绝对的权力掌控着诗人的命运，并在诗人对火的经验中展开他的生命叙事，映照出一张"昨日的面孔"。早在《哈拉库图》问世前三十年，正投身于"大炼钢铁运动"的年轻诗人，怀着对这场浪漫神话的真情实感创作了叙事体长诗《哈拉库图人与钢铁》，昌耀将主人公喜娘和洛洛的爱情和婚姻糅合进了炼钢运动的政治叙事当中，这一共名题材让该诗成为了当时较为常见的一类政治抒情作品。与诗人大多数作品相比较，《哈拉库图人与钢铁》并没有体现出昌耀与众不同的卓越诗才，只是一次在时代语法驱策下对"高大全"创作思维的诗歌操练。"哈拉库图人就要开炉放铁了。就择这个吉日给你们合婚吧。"（昌耀《哈拉库图人与钢铁》）

尽管在昌耀公开出版的作品中，这类作品并不多见，但可以想象得出，这股强劲的美学风尚曾经让诗人深深地浸淫其中。因为，年轻的昌耀无法抗拒招摇在这股风尚里的浪漫主义面纱的诱惑。爱情想象的力比多和改造世界的力比多联手在昌耀二十三岁的身体内部流荡撞击，制造出了诗人早年的血气，并以一种英雄主义的笔调抒发着内心无处释放的激情，而特殊年代里充满政治意味的全民运动为诗人提供了一个突破口。在意识形态催化剂的作用下，他不可遏止地对日常生活进行着"诗化"。当贫困和饥饿的现实体验与浪漫主义理想生活甫一交火，诗人的美学视野里立即发生了一种神奇的化学反应，它点引了昌耀作品中最初的乌托邦火种。昌耀仿佛正端坐在柏拉图的洞穴里，那团交锋之火熊熊燃烧，在墙壁上投射出信仰的幻影。于是，心旌荡漾的年轻诗人就将那些诱人的幻影误认为真实的世界了。

在血气亢奋的炼钢年代，火的意志不但提供了制造钢铁的热能来源，而且一手促成了浪漫主义豪情火苗般的扶摇直上，它在某种程度上暗合了昌耀当时作品中的**高炉美学**。肯尼迪（Ellen Kennedy）为我们详细剖析了这种迷人力量的工作原理："诗化可以表现为所有文化领域都被转化到审美领域中。科学、宗教、政治和伦理，都被化约到情感领域中。有益的生产活动和有道德的责任行为，都由于'诗化'的原因而失去了价值。理论和实践被化约为审美沉思，理论矛盾和实践冲突被化约为审美差异，激发起愉悦快适、激动人心的种种体验。诗化过程始于浪漫主义者在真实世界中面对冲突的时候。他并不试图解决这个冲突，甚至不承认它是真实的选择物间的实质性冲突。相反，他把它看作一个幸运的偶因，以唤起一个情感上令人满足的情绪、一次审美机会。为了刺激出这个情绪，他把冲突转变成一种情感上的不和谐状态。真实的选择被'解释'为情感上的冲突，现实被变换为情感音乐的审美语言。因此，这一解释服从于想象力的创造性游戏，其结果是，冲突被和解了。这就是浪漫主义的提纯过程。诗化并不解决冲突，毋宁是通过把对立因素吸纳入一个更高的和谐中来悬置冲突。"[①]在这种意义上，火的意志虽然在对过往经验的回访上遭遇了无可挽回的失败，曾经被火焰照亮的梦想和脸膛，如今再也无迹可寻了。然而，这条令人沮丧的追忆之旅却成功地表达了诗人对日常生活的"诗化"渴望。作为回访的唯一纪念品，高炉美学成为昌耀在"斯人前"写作中长期信奉并忠贞不渝的诗歌理念，是"原有的时间"里一枚审美标签；在进入新的半衰期后，高炉美学并非瞬刻轰然坍塌，而是以另一种形式继续延续着"诗化"的夙愿：当年大炼钢铁时巨型的共产主义高炉，如今被无限缩小，置入诗人体内，摇身演变为一架依靠焦虑的动力学运转的烘烤主义机器，它同时经营着酷热和寒冷两重世界。依赖火的破坏性、消解性和转化性，诗人为这个眼前的现实世界即将上演"诸神之战"找到了一条象征性的解决途径。

在昌耀作品的"斯人前"时期，在以生产为精神态度的创作阶

---

① ［美］肯尼迪：《智性的"我控诉"模式：施米特与思想的论辩风格——论施米特的〈政治的浪漫派〉》，张文涛译，《施米特与政治的现代性》，刘小枫选编，华东师范大学出版社，2007 年版，第 171 页。

段，这条由火传授给诗人的宝贵经验，在与世界的意义交换中一直处于一种**顺差**的地位，它一度帮助昌耀建立了神圣的乌托邦理想和貌似真实的自我意识，因此这种经验常常处于波澜不惊、隐而不现的状态；然而，随着昌耀创作进入"斯人后"这个写作的半衰期，诗人在时间上的淡季体验和空间上的迷宫体验愈发深刻，与现实世界的矛盾日渐突出，这导致了其作品的精神态度经历了由生产向耗费的转换，火的经验在与世界的意义交换格局中也相应地由顺差变为**逆差**，一系列的相对论问题、焦虑问题和摩擦问题构成了诗人生命体验的主要部分，于是，火的破坏性、消解性和转化性开始在他的逆境中凸显出来，并且蔓延为他在"斯人后"时期的整体创作心态。这种由生产向耗费，由顺差向逆差，由火热向凉意的转换，在诗歌价值规律上也同样能够得到验证。

诗人在境遇的更迁中转变了对火的物质想象。在激情四射的政治美学背景下，昌耀透过这种经验的浪漫主义提纯过程和悬置冲突的解决策略，赋予了火以宗教般的神圣性和万能性，炮制了令众人欢腾的高炉美学。火用超自然的力量为诗人展示出一幅当今世界的图像，奠定了它在"原有的时间"中的核心地位，并且锻造了诗人一张"昨日的面孔"。尽管这张面孔长久地成为了诗人生命的底色，张扬了一种洋溢着钢铁意志的生命力，但时间绝不会为这张不变的面孔固守在这处封闭的洞穴。当流逝的时间违背诗人的意愿不再扮演"原有的时间"时，当诗人逆着生命航线重回故地寻找"昨日的面孔"时，他发现自己站立在一片陌生的大地之上，如同他站在洞穴的出口，被太阳光照得神志迷离时所看到的那样。在这里，昌耀终于生出了怀疑。多少年来，"昨日的面孔"与"原有的时间"相互抚摸、相濡以沫，共同承续着诗人心中日渐枯萎的理想主义香火。它在许许多多骤然改换的时间和面孔面前苟延残喘地啮噬着自身，终于在最初诞生的地点焚烧殆尽。

昌耀在对火的经验的回访过程中，无法还原由火带给他的最初的统一感，无法接通早年单纯而炽烈的乌托邦意念，空洞的时间置换了"原有的时间"，疑惑的面孔代替了"昨日的面孔"，烘烤主义机器摩拳擦掌地准备接管下高炉美学的精神高地。诗人就此面临着火的经验的断裂。火不再能引导诗人回到往昔时空，也不再能为他继续制造浪漫虚像，它只能与诗人一同困守于无地（鲁迅语），在淡季的惆怅和迷宫的疏离中共享焦灼："无话可说。／激情先于本体早死"（昌耀《生命体验》）；"而我们只可前行。／而我们无可回归。"（昌耀《我们无可回归》）火的经验的断裂是昌耀认识论断裂的重要体现，这种断裂感正显现在诗人对于"言"的"无话可说"，和对于"行"的"无可回归"上。基于话语和动作的双重轨道，这两种断裂体验成为时代迷宫里的诗人在价值淡季期的生命直觉，成为相对论问题和焦虑动力学的内在诱因，成为了理性身体对时代语法的暗自突围：

> 可叹啊，他终于无可逃亡。
> 可叹血温就在岁月消歇。
> 喀斯特溶岩惊心的水滴贯通夜晚千年的干旱。
> 就是这样，时间咒语让后来者醒来，
> 又复令前驱者神迷。
>
> （昌耀《西乡》）

尽管徘徊于无地的诗人自知"无可逃亡"，然而面对认识论断裂的威胁，"逃"而不"亡"，或许正应该是诗人的一种主动防御心态。这一兵家上策幻想为钢铁意志的再次胜利赢取时机，却不得不委身于一种曲线式的柔性原则。"有人独处：深感逃离亦乃生之圭臬。／逃入墙壁。逃入夹墙的夹层。逃入电梯。"（昌耀《长篇小说》）**逃亡意识**为破除时间咒语提供了难得的机遇，因此逐渐成为此刻诗人生活的主题，成为"生之圭臬"。①如果诗人情愿逃入墙壁、夹墙的夹层或电梯，那么他一定不会拒绝逃入橱窗、大山或囚室，逃入曾经监禁过自己身体的狭小空间，逃入"原有的时间"。于是，诗人的故地重游权且可以看作是他突围的可能路线之一："遁逃的主题根深蒂固。/遁逃的萌动渗透到血液。"（昌耀《迷津的意味》）

由于认识论断裂的作用和对火的经验的还原失败，此间的世界隔绝了诗人的同步认知体验，而强行将"无话可说"和"无可回归"填充其中，诗人陷入了孤独状态，因此具有较高的焦虑势能；相对来说，"原有的时间"尽管充满创伤，但却一度唤起过诗人的激情和对世界的统一感，这种"过去时"包含了更多的可阐释性记忆，因此它的含义变得暧昧复杂，游离分散，焦虑势能也相对较低。于是，认识论断裂造成了诗人的**心理势差**，按照诗意波浪线的喻示，他势必以逃亡的姿态从高势能的"现在"向低势能的"过去"滑动，从生产性的"原有的时间"向耗费性的淡季挺进，从物的人化建筑向人的物化建筑变形，从高温的发肤向极寒的内心散热失血……就像一块安放在山尖的圆形石头，随时可能沿着任意一侧斜坡滚落下来。这种心理势差，就是赶路，就是行走，就是逃，就

---

① 在这里，"逃"这一动作不但是昌耀该阶段作品中反复提及的词汇，而且也成为诗人当时的一种生活态度。以下试从昌耀的几封私人信函中得以求证。1990 年 3 月 27 日，昌耀在致张玞的信中称："我离开农场已 10 年了。10 年里我的梦境始终留在农场不曾摆脱，是一种情感非常压抑的梦，梦醒之后犹感余悸，感到活得很累。在那些年我也曾设法让自己'孤独'，将可利用的余暇私自用于外语学习，暂时忘怀环境。近年，我觉得自己或又有必要重新学习外语了？前两年学了一阵摄影，于今还想学油画，还想骑车远游。"参阅昌耀：《昌耀诗文总集》，前揭，第 860 页；1990 年 9 月 20 日，在写给雷霆的信中，昌耀透露了他骑车远游的计划："骑车环游青海湖绝对没有很大困难，但目前已是秋季，衣着必然增加负担，今年或许不便成行了。我的远程目标是北京、上海、江浙……谢谢你的夸奖。"参阅燎原：《昌耀评传》，前揭，第 350—351 页；另外，在 1997 年写给友人雪汉青的信中，昌耀提到了帮助他"逃脱"的新的业余爱好："我终日都难摆脱焦虑。出于自我保护的本能需要，我将大部分时间用于练习写大楷，只在偶尔心有所动的时候写点千字左右的小文章……"参阅燎原：《昌耀评传》，前揭，第 427 页。

是退，就是火的经验从顺差向逆差转变时的放热过程，这部分热能从昔日的共产主义高炉里渐渐释放，转化为诗人烘烤主义机器的主要能源，供给了火的意志。

这些心理势差的种种表现，在昌耀"斯人后"的作品中构成了焦虑动力学的主要形式："谁与我同享暮色的金黄然后一起退入月亮宝石？／一个蓬头的旅行者背负行囊穿行在高迥内陆。"（昌耀《内陆高迥》）这个挑战的旅行者形象，频频活跃在昌耀这一时期的作品中，成为一种信念的缩影：作为高炉美学的遗嘱执行人，旅行者发动了自己身上的烘烤主义机器。他的生命就是行走，行走在另一片高高的无主之地。他不返回过去，也不走向未来，这里没有时间流逝，只有永在的漂流。他是诗人勾画在上帝沙盘上的一个身形粗犷的知音，昌耀在他身上寄托了一贯崇尚的钢铁意志，将他留在高处，而自己却施展了一回金蝉脱壳的**分身术**，从"原有的时间"中脱身而出，蜕化为庸常琐碎的现实世界中一个孱弱书生，退回到了生活的低洼和逼仄处，退回内心孤独的寒意。诗人的逃亡意识催生了他的分身术。与多年以前从流放地逃到省城申诉时的情形不同，此刻，他从自己身上逃了出来。在"无可回归"的大前提下，高处和低处并无孰优孰劣之别，这一分身术的阶段性成果，就是让诗人在高处和低处各自保留着一部分灵魂，他让自己体内的理想主义香火，继续在文字中度过晦暗的晚年生涯，成功逃脱的柔软肉身不得不做好准备迎接现实生活里的风雨雷电。

"多奇妙：人生实际上有着两种自我，然而哪个更惬意或更真实我都难于启齿。"（昌耀《地》）诗人希望运用分身术来对他的认识论断裂做出一种弥合尝试，即用一种断裂的方式来修复断裂。原初的火种让它自生自灭，昌耀飞蛾一般从美丽的意识形态牢笼里钻出，扑向了一团现实主义火焰，以绝望的动作来培植出一种对火的崭新经验。列维－斯特劳斯发现在南美洲的神话思维中存在着两种类型的火：一种是天上的、破坏性的火，另一种是地上的、创造性的火，即烧煮用的火。[①]与之类似的是，昌耀也将自己生命的火焰从天上（高处）引到地上（低处），从乌托邦圣境导向市井凡尘，从共产主义高炉挪往油烟扑面的小锅小灶。在诗性正义的秘密授意下，火的用途也增添了新的内容：高处的火是为道德理想国生产神圣的钢铁，低处的火则是为匮乏的人间贡献出地上的粮食。

现实世界是强悍而残酷的，在它面前，诗人只是一个脆弱的角色，对他来说，维持着现实火焰的燃烧成为了一项艰巨的任务。这一蜷缩在角落里的孱弱主体，本能地流露出了生命底色上的阴性气质，开始向诗歌里那个行走在高处的强悍知音施展一种来自低处的柔韧力量："现在我重又听到大提琴对钢琴的倾诉了。／揉啊，揉啊，一片风中的叶子柔柔地揉着"（昌耀《这夜，额头锯痛》）；而文字中的英雄更有义务向现实中的诗人提供保护："你颤栗的软体／蜷缩在我新月形的合抱／你是我宇宙的涵蕴／我是你外具的介壳。"（昌耀《听候召唤：赶路》）昌耀诗歌开始呈现出一种**交流模式**，为了应对愈演愈烈的认识论断裂，我们听到了燃烧在两个世界上的两团火焰之间的窃窃私语："要么那琴童是莫扎特，身在春秋，／踮起脚／眺望千年后的对位法星空。／要么电视开着，听者子期递过一个训诂，一个／半音的上层建筑。"[②]（欧阳江河《女儿初学钢琴：莫扎特弹，钟子期听》）两团肝胆相照的火焰燃起了一部沟通的神话，它为昌耀在新的半衰期里的生活和创作打开了一个新局面。经历了认识论断裂的危机，习得分身术的诗人在他的生活世界里实践着**火的经验重建**，它不同于原初的理想之火，而是对新诞生的体制做出的一种个人化认知，是对诗歌价值规律的响应：这是一团既热又冷的火。与诗人在"原有的时间"里从事的"诗化"过程相反，

---

① 参阅［法］列维－斯特劳斯：《神话学：生食和熟食》，周昌忠译，中国人民大学出版社，2007年版，第251页。

② 欧阳江河：《事物的眼泪》，作家出版社，2008年版，第143—144页。

昌耀在断裂后的淡季里开启了语言的"祛魅"过程。如同《斯人》划清了"斯人前"与"斯人后"两个创作阶段的界线一样，新经验的建立划清了断裂的两团火焰之间的界线：让上帝的归上帝，凯撒的归凯撒。一方面，昌耀在他的作品中为理想主义的余烬、为逐渐沉落的信仰保留了最后一片领地，直到它寿终正寝；另一方面，由于已经重建了关于火的新式经验，在执行高炉美学的遗嘱的同时，昌耀以断裂的名义，从内容到形式向自己的写作发动了一场革命。这场革命让远离现代主义写作传统的昌耀，在诗歌语言上接近了一种现代体验：

> 卵形太阳被黑眼珠焚烧
>
> 适从冰河剥离，金斑点点，粘连烟缕。
>
> 她说：冷——太——阳！……
>
> （昌耀《冷太阳》）

对火的经验的断裂和重建，集中表现在昌耀对太阳意象的处理上，他不但将太阳改装成支撑焦虑动力学的"金色发动机"，而且也制造了另一种充满悖谬张力的怪诞形象——"冷太阳"——一架巨型的烘烤主义机器。这个地道的矛盾修辞法令人想起了波德莱尔和保罗·策兰，①昌耀以他堪称伟大的想象力，在现代主义诗歌写作谱系上承接了这样一条意象传统："恶之花"——"黑牛奶"——"冷太阳"。"冷太阳"是突围进生活世界的昌耀对火的新式经验的典型描述，是对现代社会的敏锐体认。"冷太阳"是现代人眼中被疯狂焚烧后的残骸，是失去体温的热源，是处于终极逆差状态的火的原型，就像天空瞎掉的一只眼睛，垂悬着一种可怖的图画。在这架烘烤主义机器面前，诗人说："我曾是亚热带阳光火炉下的一个

---

① 波德莱尔和保罗·策兰运用矛盾修辞法分别创造了"恶之花"和"黑牛奶"（《死亡赋格》）这两个意象。

孩子，在庙宇的荫庇底里同母亲一起仰慕神祇。我崇尚现实精神，我让理性的光芒照彻我的角膜，但我在经验世界中并不一概排拒彼岸世界的超验感知。悖论式的生存实际，于我永远具有现代性。"（昌耀《91年残稿》）

在"冷太阳"照耀下的这个光怪陆离的世界上，火已经丧失了关于明亮、温暖的幸福想象，昌耀体验到的是一种冷焰的绽放，一种火的冷意，也是世界本身的冷意。与哈拉库图时期燃起的理想主义火焰不同，诗人此刻赤裸裸地获得了一种对现实本身近乎残忍的体验，这种体验并不以常识为认知工具，反而需要透过一种怪诞现实主义的诗歌手段才能得到辨识。昌耀说："真实是一种角度。／史迹不具有恒久的贞操。"（昌耀《眩惑》）由历史知识积淀而成的常识只揭示了必然性的世界，而诗歌却以梦幻般的语言呈现了可能性的仙境。因此，亚里士多德告诉我们，诗比历史更高、更严肃，因而也更接近真实。[1]诗歌是帮助我们接近真实的一种途径，这个真实的世界对于昌耀来说已经火光冲天，这种重建的关于火的经验，逐渐占领了他"斯人后"的语言空间，并蔓延开来："长途列车在每一个窗口的每一个黎明永远燃烧。／我的胸口在燃烧，手心在燃烧。／我的呼吸在燃烧。"（昌耀《盘庚》）

诗人感受着一种来自人间的烘烤、窒息和灼热，还有因血气的消歇而传来的阵阵寒意，重建后的火的经验带给昌耀的是多元的价值体验，这种体验正是交流模式的产物。但与此同时，真实作为多元中的一项似乎已经不那么重要了。断裂乃是生活的常态："你误入摄影家的暗房。／人家不动声色就将你半边身子左右对换。／自此太阳从西边出。／自此你的前胸变作后背。"（昌耀《嚎》）火的认识论最终撩拨的，是施展分身术后的诗人走向灰烬的意念，不论它是一种殉道者的宗教，还是失败者的尊严，火的意志都要求我们保持一种纯化的生命。在这个意义上，火也就等同于雪，它们还原了

---

[1] ［古希腊］亚里士多德：《诗学》，陈中梅译注，商务印书馆，1996年版，第81页。

世界的单纯性，正如昌耀在诗中所说："雪风长驱也不过是风之长驱。/ 雪人啼号也不过是人之啼号。"（昌耀《雪》）

魔鬼化，或以头撞墙

对于这场认识论断裂，昌耀承认："每换一个视角都有一次残酷的历险。"（昌耀《干戚舞》）一个诗人写作生命中的每一次意味深长的转向，每一次艰难的换血，其实都是与魔鬼达成契约的结果，都是一次**魔鬼化**的过程。哈罗德·布鲁姆（Harold Bloom）认为："使一个人成为诗人的力量是魔鬼的力量，因为那是一种分布和分配的力量（这也是'魔鬼'一词的原始含义）。它分布我们的命运，分配我们的天赋，并在取走我们的命运和天赋而留下的空缺里塞进它的货色。这种'分配'带来了秩序，传授了知识，在他所知道的地方造成混乱，赐予无知以创立另一种秩序。"[1]同昌耀流放归来后发起建筑学转向的情形类似，昌耀在"斯人后"写作风格的骤变不妨视为"另一种秩序"的诞生，它象征了昌耀诗歌的一次脱胎换骨般的魔鬼化。以《斯人》为界，长期盘踞在昌耀作品中那种占统治地位的、惯性十足的"高大全"式写作思维宣告了它的终结，尽管由这种思维孕育的高炉美学长期被诗人视为一种"顽健的被理想规范、照亮的意志"[2]，并曾经在昌耀以及同时代的写作者和艺术家那里获得了它无与伦比的光环，但它本质上依然是由国家理想主义操刀下的魔鬼化产物，有一种堪比魔鬼的力量在调遣着共产主义高炉下的熊熊烈火。

如果时机允许，爱因斯坦（Albert Einstein）一定不忘揶揄一把

---

[1]　［美］哈罗德·布鲁姆：《影响的焦虑》（修订版），徐文博译，江苏教育出版社，2006年版，第102页。

[2]　昌耀：《一份"业务自传"》，《诗探索》1997年第1期。

对中国人影响深远的高炉美学，按照这位伟大的物理学家的逻辑，"高大全"思维无异于生命体在强制法则下做出高度整齐划一的条件反射，而"一个人能够洋洋得意地随着军乐队在四列纵队里行进，单凭这一点就足以使我对他轻视。他所以长了一个大脑，只是出于误会；单单一根脊髓就可满足他的全部需要了"[①]。对于昌耀来说，尽管建筑学转向时期为他提供了一种生产和创造的契机，恢宏的空间抒情暗中构筑了他个人的这种极权美学，然而，这其中也必然邀入时代的共鸣成分，敦促他编织出诗歌中脊髓的密林。此番"斯人后"的魔鬼化过程，就是他重新奠定大脑在他写作中轴心地位的过程，是他力图用大脑锋刃挑战并击溃脊髓密林的过程，也是他秉承火的意志开创"另一种秩序"的过程：

> 骚动如噪声。你一声长叹，
>
> 以头颅碰撞梦墙。
>
> 可你至今不醒。
>
> （昌耀《嚎》）

大脑保存着理性的能量，这股能量需要一种特殊的方式才能得以发挥和释放。降落到现实世界中的诗人发现，理性的温婉姿态在这里是失效的，它无法救治那些昏迷不醒的灵魂。在这片鼾声连天的大地上，昌耀怀有醒来的愿望，就像洞穴里的哲学家或铁屋子里的先觉者，梦想着获得一种改造世界的力量。为了推翻眼前这套由来已久的压抑秩序，实现自身及他人的解放，昌耀决计孤注一掷，主动去签署魔鬼的契约，以求获得超自然的能力。

既然以断裂修复"断裂"的策略为常年睡在高炉美学上的诗人

---

① ［美］爱因斯坦：《我的世界观》，《爱因斯坦文集》（第 3 卷），许良英等编译，商务印书馆，1979 年版，第 45 页。

重生了一堆人间烟火，那么受此启发，用魔鬼化的手段来驾驭魔鬼化的现实，也可认定为一种充满胜算的解决之道。由于得到交流模式的鼎力鼓舞，诗人引入魔鬼化也就是引入火的意志。在焦虑的动力学和逃亡意识的驱动下，受虐的诗人加大了体内那架烘烤主义机器的马力，猛地燃起一团暴虐之火，让他在胸中迅速积聚起一股激愤的能量，昌耀决定用它来改造令人窒息的现实世界。[①]为了重新夺取大脑在他写作中的领导权，为了冲破脊髓的藩篱，为了击溃多年来在自己认知谱系中盘根错节的高炉美学，为了拯救自己痛苦不堪的命运，昌耀适时调用了这股魔鬼化的力量——他将"以头颅碰撞梦墙"——这被认为是一种最为简单而行之有效的办法。

在魔鬼化外衣的包装下，碰壁不再是弱者在现实境况里的可怜遭遇，而变成了一种英雄式的反抗姿态，在昂起的头颅上掠过了一丝豪迈的幻影。诗人希望用这种方式，将驻扎在自己内心的认识论魔鬼一蹴而就地赶下台，让气焰嚣张的脊髓臣服于大脑的权威。"我的高温肤体天生一副铠甲。"（昌耀《生命体验》）在这场**以头撞墙**的激战中，诗人的头颅被灌注了火的意志，如同戴上钢盔的大脑，充当了整个身体的急先锋。头颅就这样迫不及待地开始为这次暴力革命御驾亲征，它用尽浑身解数，以求在密闭的意识形态高墙和脊髓的密林上撞开一个缺口。

"东方游侠，满怀乌托邦的幻觉，以献身者自命。／这是最后的斗争。但是万能的魔法又以万能的名义卷土重／来。"（昌耀《堂·吉诃德军团还在前进》）挑战风车的堂·吉诃德骑士，无疑是以头撞墙的杰出代表，是耗费的英雄，是昌耀在"斯人后"自我认同的

---

① "以头撞墙"的生命姿态可以看作是昌耀从二十世纪八十年代后半期以来对社会体制、民生态势、感情生活和人际交往等方面的一种形象化的心理反应。昌耀越发显得与自身处境格格不入，性格越发孤独、伤感。这种受虐体验让诗人在心理上积聚了大量难以释放的窒闷能量，在这种情况下，"以头撞墙"即是诗人企求宣泄、找回心理平衡的一种消极自救手段。

形象。①诗人高温的肤体内部充溢着火的破坏力，他坚硬的头颅同样渴望着坚硬的墙壁。火的意志融合进一道魔鬼化指令，让诗人立即执行以头撞墙的动作，以期实现一种"去魔鬼化"的目的。这是一种极端的交流模式，昌耀在作品中以声音形象量度着这一系列撞击的效应："静夜。/远郊铁砧每约五分钟就被锻锤抢击一记，/迸出脆生生的一声钢音，婉切而孤单，/像是不贞的妻子蒙遭丈夫私刑拷打。/之后是短暂的沉寂"（昌耀《人间》）；"骤然地三两声拍击灵魂。情节诡谲。空荡荡是影子，黑黢黢僵仆，倒地急促。"（昌耀《听到响板》）在这种局促不安的基调中，昌耀从怦怦的撞击声里敏锐地捕捉到了细微的现代感受，这是头颅和墙壁之间展开的犀利对谈，诗人体内高温的破坏力，让碰撞时不断迸溅的火花成为两者交流的产物，成为昌耀炙热而焦虑的文字，成为狰狞的声音美学：

> 啊，我感觉那是天堂里的艺术家按照一种独出心裁的
> 构思，将一摞白瓷盘三三两两疏朗有致地摔碎在玉石大厅
> 从而伴生的音质样本，有一种凌厉中的整肃，有一种粉碎
> 中的完美。有着一种如水的清醒。
>
> （昌耀《纯粹美之模拟》）

以头撞墙是用自虐的快感来抵消、麻醉受虐的疼痛，几番撞击

---

① 昌耀在一次采访中谈到："实际上我对人生的看法是，从人生最初哇哇啼哭着降生到这个世界，仿佛就已被注入一个悲剧的命运。从生到死，在多数情况下，都是不顺的，都充满了苦斗这样一种精神。从这点来说，它是宿命的。但是，人只能向前走，不能向后退。我在诗里表达过这样的感觉：就像在同一条船上和激流搏斗一样。此外，就人类社会发展而言也不无血泪斑斑，许多思想家、宗教家、仁人志士都为人类的拯救或理想国的建立作出自己的努力，这种努力仍在继续，如果说，这是善的精神，那么，我一生实际上都在敬重这种精神……然而善的道路是如何曲折多艰，我的《堂·吉诃德军团还在前进》正反映了我感到的这种无奈。不管怎么样，人生总要有点苦斗的精神，没有退路可走，也就是说，痛苦是绝对的，但是斗争也是绝对的（所谓斗争，是向命运的斗争）。"参阅昌耀：《答记者张晓颖问》，《昌耀诗文总集》，前揭，第778页。

之后，身心麻醉的诗人获得了神经病人般异常敏感的听觉："那时即便一声孩子的奶声细语也会如同一声嚎啕而令男儿家动容"（昌耀《悲怆》）；"难怪一声破烂换钱的叫卖就让你本能地忧郁。"（昌耀《僧人》）与其说这是以头撞墙的后遗症，不如说诗人实际在进行着一种**声学自虐**。在昌耀的秘密耳道里，"孩子的奶声细语""破烂换钱的叫卖"和诗人以头撞墙的悾悾声，在冥冥之中唤起了他的羔羊情结，因此它们都属于羔羊式的声学体系，它们都是与各自命运之墙撞击时发出的音节，是生命的呻吟，是弱者的武器。昌耀通过这种声音的秘密传递，在心灵内部找到了自己撞击墙壁的回声："疑似之间，有一叹息近在耳旁。是发自一种活体？比决绝还要让人心冷。比赴死还要让人感到沉重。"（昌耀《自审》）神经敏感的诗人在忍受这种声学自虐的过程中，也把它改装成一种**声学自慰**，享受着从肉体到精神的多重体验："淘空是击碎头壳后的饱食。／处在淘空之中你不辨痛苦或淫乐。／当目击了精神与事实的荒原才惊悚于淘空的意义"（昌耀《淘空》）；"阿里露亚阿里露亚，那是何等动心的呼叫？／竟令弯身大道寻拾金币的众生一齐回首。"（昌耀《螺髻》）

击碎头壳是自虐中的快慰，是淘空后的饱食，是体内涌出的阿里露亚。悖谬的现实体验让"撞墙"本身成为一个自反性概念，它意味着用一种疯狂的举止去挑战已然疯狂的传统、现实和思维方式；墙成为一个象征围困的符号，它以真实的身躯出现在诗人被流放的年代，又以一种空间伦理填充着他的建筑学狂想，如今它以另一副虚拟的面孔进驻了诗人对现实境况的真切感知。以头撞墙的疯狂举动，也是诗人为了遏制世界之快而做出的极端反应。他在撞击中呼唤着珍贵的摩擦力，并不可自拔。昌耀为穿透墙壁而殊死挣扎，他能够找到自己的精神锚地吗？尽管昌耀从如临深渊的高处逃进了低矮冷酷的现实生活，在作品中力图以直观的体验替代并剔除"高大全"思维的虚假激情，但现实的大地并不是一个安全地带，也不可能为诗人提供宁静的栖所。如果说诗人以"逃"的动作完成从高处向低处的位移，那么如今又以"撞"的动作宣泄他对低处的倦怠。①

---

① 随着昌耀的诗人身份被社会和他个人逐渐认同，他与现实处境的冲突就越发紧张。
比如在创作方面，1984 年，昌耀与青海省文联一主要负责人就自己的写作方向问
题发生了激烈的争执，随后昌耀在《〈巨灵〉的创作》中写道："那些天我是如此
的苦闷，且怀有几分火气。我郁郁不乐，有如害着一场大病，——我反思。我在
心底设问。我相信自己之无可指责。终于我不能不称对方为矫情者了……声称对
方那种咄咄逼人的聒噪是我早在二十多年前就甚耳熟的了。岂止于耳熟？国家、
民族为之蒙难。得到实惠的也许仅是矫情者？……"参阅燎原：《昌耀评传》，前
揭，第 311 页。在工作方面，大量外界寄给昌耀的信件、电报和刊物被单位的好
事者私自拆看，令昌耀者实恼怒："你叩开墙壁。你入室无门。／你爬上气窗看见
房中邮件在你名下堆积。／看见你的一页电报摊开，早被强意奸淫"（昌耀《嚎》）。
参阅燎原：《昌耀评传》，前揭，第 313 页。在诗集出版方面，昌耀也是挫折连连：
在昌耀早期出版《昌耀抒情诗集》和《命运之书》两部诗集之外，更有《情感历
程》《瞾的结构》和《淘的流年》三部诗集因各种各样的原因横遭流产，待到出版
《命运之书》时，昌耀不得不担负起四处筹集书款、征集订数出"编号本"等额外
工作，并在 1997 年第十期《诗刊》杂志上发表征订广告《诗人们只有自己起来救
自己》。另外，就"出诗集难"的问题，昌耀曾在一封致友人的书信中谈到："……
这就是'物化'带来的问题了。本世纪中期还不是这样，诗集的出版常是出版社编
辑主动向诗人邀约，而今，多数诗人则需讨出版社编辑喜欢。名诗人、港台诗人不
在其列。但我觉得鲁迅、艾青、胡也频、阿垅、惠特曼、聂鲁达等名诗人都未免于
受到委屈，市面就很难买到他们的诗集，而泰戈尔相较又太多地受到了出版社垂
青。另有所谓'席慕蓉热'之类也让人感觉到好似'丁冬来了'似的哄传、戏闹，
始作俑者又未必不开心。诗人忠于自己的感受足矣，无需与人较一日之长。诗坛
乃文明象征，肃如也，穆如也，尽可少一点聒耳喧哗。"参阅 1992 年 2 月 14 日昌
耀致 SY 书信，《昌耀诗文总集》，前揭，第 828 页。在婚姻家庭方面，昌耀与妻
子杨尕三日益紧张的关系是导致他二十世纪八十年代中后期精神苦闷的重要原因
之一。由于性格和修养的差异，二人感情的裂痕在日常生活层面逐渐暴露。处事
活泛的妻子选择了要求擅长交际应酬的材料员工作，经常大摆家庭饭局，席间不
免喝酒猜拳、放浪形骸，这些都令昌耀异常反感，也使他坚定了提出离婚的决心。
婚姻的破裂直接导致了昌耀寄居文联办公室，成为"大街看守"，以及晚年陷入单
恋，对爱情患得患失、痛心疾首的焦灼情绪。参阅燎原：《昌耀评传》，前揭，第
363—366 页；在与子女的关系方面，昌耀既对他们饱含怜爱，又透着几分心寒和
无奈，尽管昌耀一直承担着对他们的抚养权，但却一度与儿女们断绝了关系。由
于昌耀和妻子冲突不断，继而遭到他的土伯特女人的大打出手，并且昌耀十四五
岁的大儿子王木萧也会加入母亲的拳脚联盟。参阅燎原：《昌耀评传》，前揭，第
363—364 页。贫穷的诗人也接到过女儿这样的"最后通牒"："王昌耀——我现在
所在的单位要精简人员，我肯定是在精简之列的……凭着你现在的名气，我想让
你将我调入税务或铁路等效益比较好的单位……限你 X 天内给我答复，否则我就
要到南方的广州或深圳去打工。"而对于拮据度日的昌耀，读到女儿给自己写这样
的信，不知心中作何滋味。参阅叶舟：《昌耀先生》，《诗探索》1997 年第 1 期。

就这样，焦虑的动力学让诗人从一座围城进入另一座围城，一种被海德格尔称为"畏"的基本现身情态，让昌耀不论走到哪里，都无法摆脱灵魂的煎熬，让他的体内永远携带着那架烘烤主义机器："威胁者乃在无何有之乡，这一点标画出畏之所畏者的特征来。畏'不知'其所畏者是什么。但'无何有之乡'并不意味着无，而是在其中有着一般的场所，有着世界为本质上是空间性的'在之中'而展开了的一般状态。所以进行威胁的东西也不能在附近范围之内从一个确定的方向临近而来，它已经在'此'——然而又在无何有之乡；它这么近，以致它紧压而使人窒息——然而又在无何有之乡。"[1]昌耀以头撞墙的激烈动作，再一次演绎了一种无可逃亡的命运，生活世界的无可逃亡正暗示了海德格尔宣称的"畏"的无处不在，也预见了头破血流的随时发生。"于是最具本质的面谱遂成为与之共存亡的义士据守其间／的铜墙铁壁：／许多具战马。许多具弃尸。／去吧，吾已颓丧。"（昌耀《面谱》）

充满威胁的"无何有之乡"正是围困诗人的铜墙铁壁，它以游击战的方式潜伏在他身旁，随时对他施以颜色。酥麻后的头颅在欲死欲生的自虐和自慰中草率收兵，以头撞墙的失败为昌耀换来了一种逐渐清醒的颓丧感，像麻醉剂失效后逐渐回归体内的疼痛。描述过"狗鱼实验"的舍斯托夫（Lev Shestov）将以头撞墙视为"惟其荒谬，故而力行"的顽固动作：他把人比作放养在玻璃器皿一侧中的狗鱼，另一侧则是狗鱼的猎物，两者中间有一道玻璃隔板，无所察觉的狗鱼一次次向猎物发起冲击，都狠狠地撞在了透明隔板上，几番尝试之后，狗鱼安静了下来。即使把隔板去掉，狗鱼依然无动于衷。"或许，的的确确是有那么一块隔板的，它使得人们日复一日地想要超越特定认识极限的努力归于徒劳；然而，与此同时，也还有另一种可能，即在我们的生活中，终归会有一段时间隔板被抽

---

① ［德］马丁·海德格尔：《存在与时间》（修订译本），陈嘉映、王庆节合译，三联书店，2006年版，第216页。

掉了。可在那时，我们心中一种信念已然根深蒂固了，那就是特定界线是不可超越的，一旦超越便会大祸临头。"① 于是，我们陷入对善于打游击战的墙壁扑朔迷离的认识当中，陷入了"畏"的"无何有之乡"。昌耀在付出以头撞墙的代价之后，在体验了撞击中的自虐和自慰之后，貌似浑然不知地中了**墙壁的木马计**。墙壁并不固然强大，但惹来昌耀以头颅相撞的，正是这种游击主义的墙壁，后者每得逞一次，便在火光的掩护下悄悄将"畏"的基本情态偷运进诗人的头颅内部，不动声色地解除了他精心布置的魔鬼化武装，致使昌耀的突围计划最终破产。

> 心源有火，肉体不燃自焚，
> 留下一颗不化的颅骨。

（昌耀《回忆》）

头颅的魔鬼化不敌墙壁的木马计，以头撞墙的姿态预示了昌耀人生的失败，然而这一堂·吉诃德式的壮举，却宣告了我们在认识论上的胜利。在认识论断裂发生之后，昌耀对火的经验被时代生活赋予了新的内容。一路逃亡的昌耀走进了一座命运的空城堡，他在这里不但没有找到"原有的时间"和他的精神锚地，反而被深深围困。诗人格格不入的心态为火的重生提供了燃料，火的破坏性让诗人积攒足够多的能量与命运做殊死搏斗。在这种高温而强大的意志驱使下，启用交流模式的诗人去和魔鬼签订契约，采取了消极的斗争姿态。为了维护头颅的至高尊严，撼动这片窒闷的生活空间，他不惜以头撞墙，在空城堡中大喊："我将与孩子洗劫这一切！"（昌耀《空城堡》）

撞击产生了疼痛，也产生了幻觉，火的意志在一路操纵着这股

---

① ［俄］舍斯托夫：《以头撞墙：舍斯托夫无根基生活集》，方珊等译，陕西师范大学出版社，2003 年版，第 183 页。

魔鬼化的力量。在头颅与墙壁的猛烈碰撞中，就像诗人记住了那些聊以自慰的声音一样，他也仿佛看到了迸溅出的火花。值得注意的是，这些撞击产生的火花不论来自幻觉深处，还是真实的迸发，它们都被诗人误认为是他内在火焰的迅猛发泄，是高炉美学长久沉默之后发来的最新指示，是外界对内心产生的共鸣。诗人不知不觉地动用了对火的物质想象，让自己浸淫在这种掺杂着疼痛的快慰幻觉里。昌耀对火的形象的误认，为现实墙壁的得胜敞开了大门。如果借用阿伦特评价海德格尔的话来说，在头颅与墙壁撞出的火星面前，昌耀正是"以对真理的激情抓住了假象"[1]，他沉迷于这种假象之中，也就默认了命运的无可逃亡，默认了威胁统统来自"无何有之乡"，默认了火的意志自身的吊诡性。

不论围困诗人的墙壁是否真的存在，或者是否永远存在，昌耀都像那条实验中的狗鱼一样慢慢安静下来。火以它真假难辨的形象划定了昌耀生存的界线，一边以破坏的力量在他眼前展示墙壁，一边又以虚幻的面孔在他心中取消墙壁。而失败后的昌耀已经不在乎是否还有墙壁了，他默认了自己的生存空间："思想者的圆颅顶驰去虚无的车马。"（昌耀《洞》）诚如张志扬指出："在那六面墙的世界里，需要的不是什么善良和仁爱的申诉，也不是什么无穷无尽的反省和想象，而是无视于墙的坚韧与毅力。只有它才能建立起与墙毫不相干的纯属自我的生存空间。这里必须没有墙，既没有因墙的肯定而消沉，也没有因墙的否定而亢奋。要知道，墙，仅仅是为消沉或亢奋的失常变态而设置的。"[2]诗人与墙壁一同上演了一台悲欢离合的命运动作片，他由此慨叹："我觉得天地真小，人生舞台可望充当的角色似也不外乎梨园弟子扮演的生旦净丑诸种行当，果真

---

[1] 转引自［美］马克·里拉：《当知识分子遇到政治》，邓晓菁、王笑红译，新星出版社，2005年版，第39页。此语最初是瓦伦哈根对历史学家根茨的评价，阿伦特引用它来概括对海德尔格的看法。

[2] 张志扬：《渎神的节日》，上海三联书店，1997年版，第24页。

是千古一式，绝少变化，难得'陌生化'。"[1] 作为演出的酬劳，昌耀赚取了大量疼痛的金币，以及疼痛消失后的精神嬗变：

> 那恶棍骄慢。他已探手囊中所得，
> 将那赤子心底型铸的疼痛像金币展示。
> 是这样的疼痛之代金。
> 是这样的疼痛之契约。
> 而如果麻木又意味着终已无可支付？
> 神说：赤子，请感谢恶。
>
> （昌耀《痛·怵惕》）

在诗人与魔鬼订立的契约面前，"无可支付"是继"无话可说"和"无可回归"命题之后的最新形式。"我可有隐身术？我可如脱衣一般抛却身后的影子，我可否化入追逼的巉岩与追逼者合为一体！"（昌耀《听候召唤：赶路》）疼痛的消失亦即墙壁的消失，昌耀已经与墙壁融为一体，没有爱，也没有恨，只有麻木体验掩护下的自虐与自慰。以头撞墙演变为诗人自导自演的一出独角戏，是自我的内部交流。当痛感和快感渐渐退潮，昌耀发现与魔鬼的契约实际促成的是自己与世界的象征性和解。在火的吊诡原则下，诗人习得了这种麻木，但他与睡在鲁迅笔下的铁屋子里那些麻木的国民有所不同：后者是一种无意识的麻木，因此并不会感到就死的悲哀；而昌耀却在散尽疼痛金币之后换来了有意识的麻木，换来了衰老的预兆。作为一种生存的秘密，"忍受着自己思想之挤压、煎逼的精神果实，终于如沸煮后的鸡卵冷却剥离物化。"（昌耀《处子》）诗人服膺了火的吊诡，既为它暴戾的破坏性去冲锋陷阵，又为它隐蔽的消解性而默认衰老。在昌耀的这场人生戏剧中，火才是真正的魔鬼力量，而在与火结缘的诗人身上，隐约呈现出了浮士德的身影。

---

[1] 　昌耀：《〈命运之书〉自序》，《昌耀诗文总集》，前揭，第 546 页。

马歇尔·伯曼（Marshall Berman）提醒我们感谢这种魔鬼的力量："看来矛盾的是，正如上帝的创造意志和创造行动从宇宙论上看是破坏性的，魔鬼的破坏欲也会成为创造性的力量。只有当浮士德运用并通过这些破坏力量进行工作时，他才能在这个世界上创造出东西：事实上，他只有与魔鬼合作，'除了作恶之外什么都不想'，才能最终站在上帝的一边，'创造出善'。天堂之路由恶意铺成。浮士德盼望接触到一切创造的源泉；现在他却发现自己面对破坏的力量。更为深刻的矛盾是：除非他准备任其自然，接受这样的一个事实，即为了给进一步的创造铺平道路，必须摧毁迄今为止已创造出来的一切乃至他在将来有可能创造出来的一切，否则他就无法创造任何东西。这就是现代人为了运动和生活必须接受的辩证法。"①昌耀成为堂·吉诃德与浮士德两种形象的合体。经过以头撞墙的英雄壮举之后，火的意志占领了诗人的意识高地，他在赞扬耗费的同时，也深深地拥抱了恶的力量。曾几何时，那只在诗人由爱向善的精神动作里捏制的伦理学泥团，如今被他从共产主义高炉中救起，转投进了烘烤主义机器。由于后者贡献出了特产的寒意，淬火后的伦理学泥团显示出了前所未有的图案："当伦理评价遮蔽五千年展开的视野，/历史会将恶当作通向善的中介平复后人创痛。"（昌耀《一天》）

伦理学泥团诞生于土地法则对善（爱）的赞美，却翻转于火的意志对恶的肯定。巴塔耶称："恶——尖锐形式的恶——是文学的表现；我认为，恶具有最高价值。但这一概念并不否定伦理道德，它要求的是'高超的道德'。"②诗意波浪线成为伦理学泥团的内在规律，它发现了"对立面"，除了对善（爱）的赞美，同时还

① ［美］马歇尔·伯曼：《一切坚固的东西都烟消云散了——现代性体验》，徐大建、张辑译，商务印书馆，2003年版，第60页。
② ［法］乔治·巴塔耶：《文学与恶·原序》，董澄波译，北京燕山出版社，2006年版，第2页。

将恶的价值推向了前台，成为黑格尔所谓的历史发展的动力，也成为一种"高超的道德"。按照威廉·布莱克（William Blake）的说法："善从属于理性的消极面，恶是来自能量的积极面。"[①]这些都是以头撞墙的昌耀用生命的冒险换来的认识论财富，它慢慢成为诗人在追寻精神锚地征途上的一种图腾：在昌耀那里，恶被置换为了"噩"——一种更加神秘的生存情境——绽放在他的诗句中，成为昌耀写作的道德。昌耀的诗歌也从内部和外部一同锻造成一种**噩的结构**，既类似围困我们的世界之墙，又仿佛我们用以撞墙的头颅里存放的灵魂，但它最直观的体现，则是每一副在这个世界上生活过的千疮百孔的肉体。对于这副苍凉的身体，不论是希腊式的，还是犹太式的，不论是雄牛式的，还是羔羊式的，在一团雪藏着"尖锐的恶"的熊熊烈火中，一切都走向对自身的否定。就在肯定和否定的两极之间，诗歌讲述着自己的故事。噩的结构就是诗歌本体的结构，它时时提醒自己与他物的卓然不同，就像波德莱尔揭示的那样："诗不能等同于科学和道德，否则诗就会衰退和死亡；它不以真实为对象，它只以自身为目的。"[②]

　　自身，是一个很难解释的概念，它面临逻辑和经验上的悖谬。在昌耀那里，我们将它诉诸噩的结构，诉诸超自然力量。这也让我们相信，诗人很可能的确经历了创作上的魔鬼化。他是一位试毒者，以此来达到免疫和自救。就像他描写过的一种含有毒素的植物那样，利用这种致命武器，为了个体生存向蚕食它的昆虫发起复仇："以恶抗恶：植物可怖的宗教神话，魔力无边的咒语。"（昌耀《复仇》）昌耀同时也是一位历尽艰辛的播种者，"而我前冲的扑跌都是一次完形的摩顶放踵。／还留有几滴鲜血、几瓣眼泪。／这样的播种可看作自戕。／我自己似也未解这种类同苦修者的苦行。"（昌

---

① 　转引自［法］乔治·巴塔耶：《文学与恶》，前揭，第66页。

② 　［法］波德莱尔：《1846年的沙龙——波德莱尔美学论文选》，郭宏安译，广西师范大学出版社，2002年版，第181页。

耀《播种者》）不论魔鬼的力量带给昌耀的是幸运还是磨难，在接受辩证法领导的同时，与魔鬼签约的代价是让生命走向衰老。如同昌耀的诗歌保存了他与魔鬼始乱终弃的故事痕迹那样，时间或许是一个最大的魔鬼，衰老是这个惊心动魄的魔鬼在人们身上留下的唯一痕迹。昌耀说："世间自必有真金。／而当死亡只是义务，／我们都是待决的人伕。"（昌耀《浮云何曾苍老》）

诗歌月经期，或爱情话语

A.三十多年前我从湟源县看守所被当作"有文化的犯人"选拔出来，寄押省垣一家监狱工厂并在那里学习钢铁冶炼。我在化铁炉干活，任务是将焦炭、铸铁、废钢材装筐从堆放场地搬运到化铁炉跟前，过磅配料后由升降机提升到几层楼高的投料口。这是一种简单劳动。但这种前所未有的对于参与大工业操作的体验甚至让我感到有几分豪迈：瞧，厚重的黑色原是我所追求。露天工场到处都是这种黑色：煤粉、铁屑、浓烟、灰渣、污泥，以至于雨天的黑雨、雪天的黑雪。以至于人们嘴脸黑色的汗渍。因之红色的火焰就显得更是我理想中那份撩动的样子而感人肺腑了。

（昌耀《工厂：梦眼与现实》）

B.不一定是做梦。一定是陷入了那种类似做梦的昏迷。觉得自己在拼命排泄。那火焰，红通通的，一块一块通红的火炭。我那时拼命排泄。真不好意思，排泄物是红通通的，金灿灿的，像一瓢一瓢的金子沸滚、浮荡、打着旋儿……一定是记忆作怪，也许是留下的创伤。一定是记起了那一炉没有成熟的铁……此后我只看到火。只看到

火的河流。终于没有铁。而现在我自己在排泄这样的铁液
了。真可怕，总也排泄不尽。

（昌耀《内心激情：光与影子的剪辑》）

以上两段文字，分别出自昌耀写于"斯人后"时期的两篇带有
回忆性质的文章。在 A 中，作为当时的犯人兼炼钢工人，昌耀深受
高炉美学的鼓动，在"参与大工业的操作"中，为铺天盖地的黑色
所深深着迷。黑色，是红色的前夜，是火的史前状态，是物质的现
实主义，是革命的精子，是大地之粮。昌耀描述了一阕关于生产的
交响史诗。在其中，我们看到石头般坚硬的原料在民粹的容器里手
舞足蹈、彻夜狂欢，听到固体的词语在激情的伴奏下相互碰撞、隆
隆作响。诗人的个人记忆也接通了整个民族在那一时期的集体记
忆。那些黑色、坚硬、喧闹的词语，搭建起了当时中国人共同的身
体造型：搜集、破坏、搬运、投入、熔铸、生产，然后是朝向那几
层楼高的投料口的深情仰望，如同面向一座圣像祈祷……这些动作
可以最终概括为一个词：吞咽。饥饿、贫弱的祖国在代替她的人民
来吞咽，人民的吞咽在这里并不构成一个问题。祖国就仿佛是一座
高炉，疾风骤雨般地吞下黑色的米粒和药丸，吞下人民的汗水和眼
泪，吞下"无产者诗人的梦幻"[1]……祖国或高炉，在这里成为一
位蛮横、贪婪、残暴的国王，是一个强悍的男性形象。站在他脚下
的臣民们，都对他报以瞻仰的姿态，注目着他们的国王在大口吞咽
着人民的骨肉之血。这种向上投去的物质和目光，构成了民族历史
的肌肉和衣装，也构成大地之血。这是地道的高炉美学，它服务于
以男性为中心的宏大历史。

---

[1] 昌耀在火的形象中寄寓一种"无产者诗人的梦幻"，这成为昌耀诗歌创作中的一个
重要情结："因之红色的火焰就显得更是我理想中那份撩动的样子而感人肺腑了。
理智与情感都让我尽量在想象中否认这是事实上的一座监狱工厂。因之，诸如鼓
风机与炉膛的吼声都让我看作是被无产者驱动的可感豪迈的自然力，一种诗意的
节奏，全无今人作为噪声公害对待所怀之嫌恶。"（昌耀《工厂：梦眼与现实》）

在 B 中，现实中的场景转入了一种半梦半醒的超现实情境。A中作为中心的高炉如今已消失不见，代替它出场的是诗人的身体，一架烘烤主义机器。在昌耀的幻觉中，自己的身体俨然变成另一座高炉，这架体内的烘烤主义机器，在一丝不苟地执行着高炉美学的遗嘱。只是因为"记起了那一炉没有成熟的铁"，它源源不断地制造出红通通的铁液，来填补现实经验的失败。也就是说，现实世界中铁的匮乏和缺席，成为了超现实世界中诗人遗泄行为的缘起。经过超现实情境的加工，黑色的交响乐被切换成红色的低吟浅唱，喧嚣抹平为独白。身体代替高炉，"排泄"出未完成的、液体状的、红色的铁，"排泄"出炙热的火的余孽。它一刻不停地流泻、旋转、翻滚，演绎着身体对高炉美学的哀悼，以及火对身体的幽思。诗人反复强调这种特殊的遗泄物的颜色：通亮的红色。这是诗人对黑色的缅怀，是对固态理想的软化和焚烧。这里没有坚硬的词语，只剩下对即时状态的重复和絮叨。这里也没有祖国，没有历史，只有诗人对身体绝望的泣诉，这是身体内部的涌动和哀鸣，是骨肉之血的言辞。这里一切赧然的红色、一切流产的铁、一切流泻的火，都朝下施放，吸引着诗人向下垂怜的目光。

在这个超现实情境里，他俨然成为一位女性，成为蒙羞的、纤弱的成熟女子。灵光乍泄的水的方法论和烜赫一时的土地法则，都曾经激发出昌耀诗歌中的阴性抒情主体形象，由此我们不难理解，在火的意志充满吊诡的蛊惑下，创作主体再次变换了他的诗学性别，隐秘承续着诗人身体的雌性历史。重新获得女性气质的诗人哀叹着自己的一场失败的生产（未完成的铁），却炫耀着另一场灼眼的耗费（涌动的红）。他的眼神是向下的，含羞地望着从自己身体里流出的不洁之物。和 A 中的仰望姿态不同，这里的姿态是上身前倾，眼神向下注视，甚至带有些许偷窥的意味，像一个男人对女性身体具有穿透力的目光一样。那目光正停留在女人的双腿之间，停留在一颗转喻的、流溢的卵子之上，它就无辜地躺在它的主人眼前。在那里，在一摊渐凉的血泊中似乎躺着半条夭亡的、未知的生命。这个引得我们向下窥视的、神秘的、红色的遗泄物，正是女人的月经。月经是女性最熟悉的身体经验，是情人般的冤家，是内部小宇宙的潮汐。昌耀所描述的这场如梦似幻的身体旅程，这场植物般的代谢传奇，这场对钢铁含羞的哀悼，最终表达为一次女人的月经，一场骨肉之血的溃散和流失，一册关于耗费的赞词和美学。

由 A 到 B，从共产主义高炉到烘烤主义机器，从强权的男性身体到孱弱的女性身体，昌耀的人生和创作的卡带统统翻转到全新的一面。随着认识论断裂的发生，遵循这条生产－耗费的线索来看，在 A 中，诗人是用豪迈掩饰了艰辛；在 B 中，他则用蒙羞掩饰了快感。前者的姿态是朝向上帝的，是坚贞的信仰；后者则是朝向撒旦，是突如其来的魔鬼化。诗人在 B 中展开的污秽叙述，是对火的剩余物的窥视，是对红色血衣的展示。激情和理想终于在它们的遗泄物中得到冷却，雄性祖国体内那一股股彪悍的血气，经过一个象征意义上的雌性身体的烘烤、蒸干，最终游离出体外，走向遗弃和消歇，像秋风中的红色花瓣，在摇曳中坠落荒野。

往昔从沸腾的吞咽动作中发出的那些振奋而高亢的声调，如今渐渐压低，变成更为琐碎、迂回、涣散的絮叨之音。焦躁、混沌、敏感、疲倦、苍白、疼痛成为诗人血气丧失后的主要身心体验，成为昌耀在这一时期反复书写的诗学主题。诗人此刻像一个处于月经期的女人那样去感觉和写作，根据这一发现，我们可以推断，昌耀的创作至此进入了一个**诗歌月经期**，不论何种性别，这是一个潜伏在任何人身上的秘密，是生命中最脆弱、最易感的一段时间，是羞于公开的梦境；诗歌月经期可以名正言顺地抛弃信仰、理想和工作，呼唤和接受给养、休憩和保护，这才是肉体的真实在场和确切状态；诗歌月经期通常将伟大的雄性历史挡在门外，拒绝后者堂而皇之的编码，而偏偏困扰和眷顾历史视野之外的雌性身体，为她们和煦而优雅的自然躯体盖上温暖的棉被，重新夺取非现实的领导权。

由此，我们或许可以推断，最美的女人或许不是拈花微笑时的女人，不是性高潮中的女人，甚至不是怀孕、生产、哺乳时的女人，而是月经期的女人。此刻的女人如同自然节律灌溉的血之花，分别汇合了她在妙龄、销魂、受难和安详时的面孔，组成了一种复杂、多维的美。因而，对于昌耀来说，他最好的诗歌或许未必是那些在健朗、磅礴、强劲的创作心态下生成的篇章，而是他诗歌月经期的作品。这些虚弱、多疑、敏感、绝望的文字，充满了直面生命真相的勇气，记录了时间中的疼痛，和泣血的乡愁：

有一天你发现自己不复分辨梦与非梦的界限。

有一天你发现生死与否自己同样活着。

有一天你发现所有的论辩都在捉着一个迷藏。

有一天你发现语言一经说出无异于自设陷阱。

（昌耀《意义空白》）

从血气的运行逻辑来看，昌耀的诗歌月经期标志着，此前凝聚在昌耀诗歌体系中的大量血气，将无可避免地迎接耗散的命运。诗人不可救药地迎接他生活中的意义空白。那些珍贵的、遍布周身的骨肉之血，在诗人体内的烘烤主义机器里做着往复的漫游。为了给新的生命体提供必要的养分，在悄无声息的革命前夜，诗歌的雌性荷尔蒙，在火的意志的秘密调度下，携带着丰富的历史讯息和记忆，携带着大地之血的负氧离子，潮水般地涌向子宫—— 一座袖珍的、肉体的高炉——它为锻造崭新的生命提供了完美的摇篮和王座。然而，从时代到身体的一系列断裂事件，使得理想的、革命的精子从未成功着床，从未抵达它们梦寐以求的终点，黑色的崇高原料一旦投入便不知所终，肉体的高炉里从未产出真正的钢铁，新的生命也从未瓜熟蒂落。

月经标志了这种生命的未完成状态，暗示着生命本质上的匮乏。它是一次失败、悲观而绝望的临盆仪式，就像诗人流浪在他的城市迷宫里，却并未寻觅到自己理想的生活一样："终于能按照自己的内心写作了／却不能按一个人的内心生活"①（王家新《帕斯捷尔纳克》）子宫中的精子和卵子，不幸地擦肩而过，错失了相遇的因缘。历史就是这种将错就错，只有诗人的一腔骨肉之血在言辞中整装待发。那些经过肉体高炉熔炼后余留的灰烬，仅仅是火的残部，是血的老年。经过最后一次灿烂而努力的燃烧，它们从肉体中遗泄而出，迅速散热，转化为薄凉的晚景，向下缓慢遗失，重新回归大地，成为血尸，像残缺的花瓣一样，等待被大地埋葬。

作为一种超验的遗泄物，火在昌耀的幻觉里变换着不同的形态，不论他遗泄出的是火焰、火炭、金子，还是铁液，一方面，这种混合着液态、固态和等离子态的遗泄物，是焦虑的动力学的代谢终产物，"是岁月烧结的一炉矿石"（昌耀《哈拉库图》），最终因为子宫的匮乏而成为殉葬的祭品；另一方面，它们间接成为诗人记忆再生产的能量储备，是"宿命永恒不变的感伤主题"（昌耀《哈拉库图》），火发出的光和热直接接通的，不仅是诗人当年在哈拉库图村炼钢高炉前的劳动现场和"无产者诗人的梦幻"，还有纠结在那个极端年代里关于理想的困惑与无奈，尽管当事人极力回避，但却一触即发，并且一发而不可收。

月经期的辛酸和空虚，成为诗人未了的凤愿，成了精神缺失，成了心病。他的诗歌中一贯洋溢的密集、酽浓、高分贝的抒情音质，被一定程度地间断、稀释和下调，成为怪诞的、充满黏性的，甚至极端任性的**月经期声调**，变成昌耀在他的精神淡季里炮制出的那些薄凉之词、猩红之词和狰狞之词。诗人的月经期声调不同于他的恋父期声调，后者的任务是赞美和追忆，它的抒情视野是向上的，是朝向上帝的，是仰望、舒张、预备向高潮冲刺的兴奋姿态；

---

① 王家新：《未完成的诗》，作家出版社，2008年版，第11页。

而前者的内涵则是牢骚和匮乏，诗人的目光投向下方，朝向撒旦，是蹙眉、蜷缩、顾影自怜的哀戚姿态。月经期声调忽略倾诉的对象，它仅仅关注身体内部的晴雨和节律，扫描出诗人某个情感盘结时刻的思想光谱。这是一种经过炫目的耗费之后余留下的声调，是被淘空后的诅咒，是燃烧后的枯萎和抽搐，它以独特的频率切入世界内部的肌理，向我们展示了一种罋的结构，在充斥着牢骚和易感的话语中，寻找到子宫与高炉、身体与历史、人与世界的共振：

　　　　一切正在消失，一切透明

　　　　但我最秘密的血液被公开

　　　　是谁威胁我？

　　　　比黑夜更有力地总结人们

　　　　在我身体内隐藏着的永恒之物？

　　　　　　　　　　　　　　　　（翟永明《女人》）[①]

　　牢骚的、匮乏的月经期声调，在反复展示、陈说和包扎女人身体上那个唯一的、流血的伤口。它一面守护着新生命的王座，一面迎向家园般的大地。它在疼痛中交付出了"最秘密的血液"，在空虚的腹部召唤"永恒之物"的充盈。昌耀将这个伤口称为"怀旧"，这是一种月经期声调里的"怀旧"，它与恋父期声调里的"吊古"绝然不同："我的怀旧是独有的、隐秘的，只有深深的伤口，轻易不敢主动触碰，也不忍对人言，只是那怀旧之情依然要心事重重地袭来，即便是在浴室亦不容我有片刻逃避。"（昌耀《我的怀旧是伤口》）

　　昌耀此刻的"怀旧"，是他身体里"最秘密的血液"，也是一个充满女性色彩的"怀旧"。如果说恋父期声调里的"吊古"诗篇是以一种女性的感受力来抒发男性的意志，与高炉美学相似，这类作

————————

[①]　翟永明：《翟永明诗集》，成都出版社，1994年版，第41页。

品始终将赞美和追忆的视点置于外部空间，它们是土地法则和恋父期声调悉心扶植的王储，它们张扬的是向外伸展的意志；而在月经期声调里，"怀旧"的主体变成一个受难的女性，她通过月经期体验模拟着生育的痛苦，像夏娃遭到上帝的惩罚一样，表达着自己此刻炼狱般的感受，一边不停地牢骚絮叨，一边又感到匮乏不满。火的律令要求诗人走进自己的内部，寻找那些诗歌荷尔蒙的行踪，这种意志使得昌耀在处理这一时期的作品时，统统将视点收拢在他自身的体验上，组成一个抒情的闭合线路。

约翰·伯格（John Berger）告诉我们："男人的风度基于他身上的潜在力量……这种潜在的力量可以是道德的、体格的、气质的、经济的、社会的、性的——但其力量的对象，总是外在的物象……相反，女人的风度在于表达她对自己的看法，以及界定别人对待她的分寸。她的风度从姿态、声音、见解、表情、服饰、品味和选定的场合上体现出来——实际上，她所做的一切，无一不为她的风度增色。女性的风度是深深扎根于本人的，以致男性常认为那是发自女性体内的一种热情、气味或香气……于是，女性把内在于她的'观察者'（surveyor）与'被观察者'（surveyed），看作构成其女性身份的两个既有联系又是截然不同的因素。"[1] 伯格揭开了男女两性在气质上的秘密，简言之，男性的魅力在于他对外部事物的观看，包括观看女性；女性则首先关注她本身，表现出她自己内部的观看。

这一有趣的发现，也同样可以运用到我们对恋父期声调和月经期声调的进一步认识上。恋父期声调依据男性心智敦促诗人展开**外部的怀旧**，此刻诗人对创伤记忆的处理方式也倾向于寻求外部的声援，即寻求空间的声援。这种怀旧方式在昌耀的后冰河期写作中表现得尤为突出，为了及时处理囤积在他体内的那些早期的创伤记忆，诗人在土地法则的保驾护航下，通过回忆模式将它们召唤出

---

① ［英］约翰·伯格：《观看之道》，戴行钺译，广西师范大学出版社，2007年版，第45—46页。

来，再仰仗建筑模式的图纸，雇佣语言工程队将其重新构筑成值得称道的空间形象，这些形象与被湮灭的、苍老的历史重逢在文字中，从而达到对个人创伤记忆的掩埋和遗忘。

月经期声调则怀有地道的女性心态和雌性的诗歌荷尔蒙，因而将现实经验中的伤口转化为一种**内部的怀旧**，在对牢骚和匮乏的书写中，词语在诗人口中不断重复，祷制出一剂时间良药，借助它，诗人渴望在自身内部实现对伤口的治愈和修复。如果说外部的怀旧最终选择在历史的背影里避难，那么内部的怀旧则遵循自然的代谢。焦虑的动力学受命于火的旨意，按月敲打诗人体内那座袖珍的、肉体的高炉，提醒后者公开那些"最秘密的血液"，舍弃那些"不成熟的铁"。内部的怀旧将创伤记忆交付给自然的节律和生理式的修复，用流血的方式来止血，这是它与时间达成的契约。

因而，昌耀作品中的怀旧主题，不论是外向的，还是内向的，都关涉到写作自身的姿态和目的。"堂堂男子汉应将柔美掩埋心间。"（昌耀《苍白》）写作就是对过往记忆的招魂术。结合诗人擅长的两种声调，我们得以获知，每一个写作者身上都同时兼具男性和女性两种气质，或两种怀旧，他们的作品既是一种对外部的观察，也是一种对内部的关注。随着两种气质中的各种成分在不同程度上的分布和搭配，我们在他们的作品中，也就能够读出更多的、更富意蕴的声调：

多奇妙：人生实际上有着两种自我，然而哪个更惬意或更真实我都难于启齿。但可肯定忘川是无处不有的存在，悬如瀑布，不仅要从我体表，且渗透到灵肉的每一切面将我过滤似的淘洗尽净，最终的我也只将剩下一片冲淡的虚影而最终消弭于虚无。但我现在还确信记得那个她人，自信在我心间还保留着那个她人给予的一团莫名的温热，这事实究竟是幸福还是残忍！这种情形让我记起四十年前看到的一群死刑犯在处决前片刻的接耳交谈，那时，我仅能从一个孩子的眼光思考，心想：他们的交谈究竟还有什么意义？（昌耀《她》）

　　昌耀是一个身心上布满累累伤口的怀旧者，这本身就构成了他写作上的一个矛盾。依据人类趋利避害的天性，任何人都不愿揭开旧伤疤，更何况对在伤口上撒盐的忌讳。而昌耀俨然天生是一个怀旧者，一个伺弄词语的中国文人，这个命定的身份不得不怂恿他用笔下文字，在空间和时间里打捞记忆的沉船，在历史和自然中间履行一个诗人的天职。他必然要触碰自己的伤口，他的怀旧即是伤口之痒，就是情不自禁地再次抓痛伤口，让伤口流血，让痛苦再度降临，同时体验火焰灼烧的快感，即写作的快感。怀旧与写作就是这样混合着自虐与自慰的双子星座，昌耀以月经期声调里包含的各种声音为信号，向我们讲述了他的矛盾："他感到一种快乐得近乎于痛楚的声音。/ 他感到一种痛楚得近于快乐的声音。/ 一种窸窣一种火花切割之声。一种传感。/ 一种为硬笔在纸上疾书的声音。/ 如同指甲划过平板玻璃引起的心底痉挛。/ 他感到一种不很锐利的呻吟在穿透宇宙。/ 他感到大浪拍来如肉芽冲决满湖痂瓣，如花冠丛丛。"（昌耀《冰湖坼裂·圣山·圣火》）

　　怀旧者的矛盾还体现在：诗人一面坚信"忘川"的存在，并且期待自己全部的身体和灵魂都被它"淘洗尽净"，徒剩一片"冲淡的虚影"；一面又泅过"忘川"，却只记得一个"她人"，成为诗人心头吹不散的人影，徒留"一团莫名的温热"。昌耀在他的月经期声调里，正反复咀嚼着这种矛盾，他的写作变作一种旨在遗忘的怀旧，是痛痒莫辨的伤口。他在安享寂寞时呼唤那个"她人"，表达了一个手执伦理学泥团的诗人对柔情蜜意的需要，和对异性情爱的渴望。正像柏拉图在《会饮》里借阿里斯托芬之口讲述的那样，人最初都如同被宙斯竖直切成两半的比目鱼，带着各自的伤口，终生都在寻找自己的另一半，渴望恢复原初的完整，这也便是爱情的由来。[①]昌耀心头那个挥不去的"她人"，就是他在试图抹去一切记忆时所呼唤的另一半，在他的作品中，这种呼唤就是牢骚，那个另一半就是匮乏，两者是诗人月经期声调中的两枚元音。因此，月经期声调可以理解为一种怀旧声调，一种伤口的嗥叫：

> 灵魂的受难者是在天地的牢笼游荡。他的对着昏睡的
> 街道施行的嗥叫，较之于对着关闭在岩峰的山魂又有何不
> 同呢？

（昌耀《一种嗥叫》）

没有什么不同。这种嗥叫在水的启示、土地法则与火的意志之间长久回荡。不论是"对着昏睡的街道"，还是"对着关闭在岩峰的山魂"，嗥叫永远来自诗人的伤口，来自伤口上的匮乏，这是每一个"灵魂的受难者"共有的匮乏。这种匮乏与生俱来，直到濒临死亡的那一刻，它也依然存在。曾令诗人大惑不解的"死刑犯在处决前片刻的接耳交谈"，正是这种匮乏的纯粹形式，是生命的牢骚。在死亡面前，我们这些"待决的人侠"，就如同踏入"忘川"的灵魂，只有对匮乏的表达才是真实而不可泯灭的，就像泅过"忘川"而唯独忆起的那个"她人"。诗人在死亡的底色上制造了他的**爱情话语**，即她恋话语。对"她人"的呼唤，就是一种灵魂的嗥叫，就是对完整的渴求。这种渴求发生在两性之间：男人的最大的匮乏是女人，反之亦然。对于向死而在的诗人来说，异性情爱的匮乏成为他最长、最深的伤口，成为他的灵魂中最大的匮乏，是他最断肠的怀旧，是对生的渴求："你啊，如同每回已有过的感应，我及时听到了你能带给我走出危亡、给我信念与无穷幸福感的极为深邃的允

[①] ［古希腊］柏拉图:《柏拉图的〈会饮〉》，刘小枫译，华夏出版社，2003 年版，第48—51 页。

诺。'请重复一次。再重复一次。'我恳请你。于是我重又听到了那一份美丽。我立刻安宁了。这意味着生命已突破停滞的十字状态而垂直地延续。而那横向的蹄足已完全消失。"（昌耀《你啊，极为深邃的允诺》）

对匮乏片刻的允诺和满足让诗人不再徘徊，并且指派给他一种火焰般垂直的命运。爱情话语诞生于诗人的月经期声调里，最精确地阐释了牢骚和匮乏的含义，也让诗人遵循一种神奇的血液节奏，产生前所未有的记忆。在火的见证下，这种话语构成一种特殊的交流模式，按照米什莱（Jules Michelet）的观点："爱情艺术的转换要求具备一种特殊的风流偎偬。问题不在于愉悦女人的身体，而在于赢得她们的信任，使她们乐意向你敞开月经来潮的秘密。"[1]情人之间最默契的交流是分享月经来潮的秘密，分享女人缓慢失血带来的独特体验，分享那些极端虚弱时刻的内在历险。处于诗歌月经期的昌耀，在他的爱情话语中，对他的另一半坦陈了他"月经来潮的秘密"，坦陈他垂直的命运，坦陈从他体内流产的铁和流泻的火。这一秘密也揭示了诗人月经期声调中包含的敏感、任性、尖锐、脆弱、琐屑和哀戚，阐释了他对血液的恐惧和欣快，对节律和重复的忠诚，以及对词语的耗费。这种特殊的交流模式，改写了昌耀的诗意波浪线，后者不再向无尽的远处散播，而是在诗人与他的"另一半"之间组成一个闭合的圆环，构筑了一个爱情话语的回路：

命运啊，你总让一部分人终身不得安宁，
让他们流血不死，然后又让他们愈挫愈奋。
目的的意义似乎并不重要而贵在过程显示。
日子就是这样的魅力么？

（昌耀《一滴英雄泪》）

---

[1] 转引自［法］罗兰·巴尔特：《米什莱》，前揭，第141页。

柏拉图认为，爱欲介于死与不死之间。月经正亮出了这种爱欲的信号，一边是失血的恐惧，一边是流血不死，总之，像命运一样不得安宁。月经来潮的秘密就是流血不死的秘密，就是怀旧的秘密，就是爱情的秘密。昌耀的爱情话语同样强调对过程的显示，对自然节律的回应。毋宁说，月经来潮最大的秘密就是血液的潮汐，在爱情话语形成的闭合回路中，诗人和他的"另一半"在情感潮汐的进退起落中，做着太极拳般的推手运动，联合描绘着一幅噩的结构，制造了诗人的月经期声调："他感到植入地壳的湖盆正为日月盈亏牵动，／即便一声呢喃都如心悸具有血潮的活力。"（昌耀《冰湖坼裂·圣山·圣火》）如同地球的潮汐源自月球引力的影响，诗人情感的潮汐在爱情话语中也受制于他的恋爱对象：一声呢喃、一个微笑、一封信函、一件礼物……都调动着诗人的诗歌生理节奏，引来他的牢骚，或展示他的匮乏，牵动他的生命绳索。潮汐的涌动更加推动了焦虑的动力学机制，在诗人体内的烘烤主义机器中燃起一团晚年的烈火，这让昌耀的作品也更像一个左右摇晃、几近倾覆的火盆，一个内部的情感火山。在诗人的爱情话语里，他同意在装满潮汐的爱欲火盆里，熔铸他的伦理学泥团，就像他再次在火的意志的激励下，熔铸他毕生热爱的钢铁一样，诗人等待着这样的熔铸，他会自豪地宣称："我，就是这样一部行动的情书。"（昌耀《慈航》）

双重匮乏，或双重火焰

　　作为一个贫困时代的诗人，昌耀的匮乏是无处不在的。在他的"斯人后"时期，尤其是他的诗歌月经期，诗人诸多的匮乏之处都闪现着火的意志。一方面，从火焰到铁液的变形序列中，诗人观念上的身体遵循火的意志填充了铁在生产上的空白，实现了"无产者诗人的梦幻"，象征性地满足了一种公共领域的匮乏；另一方面，火的意志也同样进入了昌耀的私人领域，尤其是进入具有高度易燃危险的个人情感领域，进入昌耀的爱情话语。帕斯（Octavio Pax）说："爱情就是受难和心痛，因为爱情就是一种缺乏，以及占有我们所缺乏之物的欲望；爱情反过来又是幸福，因为爱情就是占有，即使是占有一刻也好。"[①] 在这里，火的意志熔铸进爱情的双刃剑中，同样体现了它的吊诡意味，既让人寻觅恋爱的火种，又让人忍耐恋爱的焦灼：

> 如果人格的精义只在燃烧的意志，
> 我恰已期待你给予那一粒星火。
> 爱是源泉也会是归宿。

（昌耀《涉江》）

这是时年五十五岁的昌耀，写给他所钟情的杭州女诗人 SY 的作品，他曾两次把该诗抄录在写给后者的信中。昌耀至死也没有等到对方给予他那一粒爱的"星火"，但却被自己燃起的爱火烧得心力交瘁。爱情代表了最具吊诡意味的交流模式，是昌耀现实生活中间一个巨大的匮乏，也是他作品中一个"永恒的幻象"（耿占春语）。离婚后的诗人对当年那个土伯特女子的爱情早已烟消云散，他渴望用爱情重燃他的生命之火。对于一个很早就离开母亲闯荡社会的孩子来说，昌耀所能得到的亲情之爱少得可怜，以至于当他在凄清的晚年邂逅了余生的伴侣修箎时，会由衷地喊出一句："我真想叫你妈妈"[②]；而诗人远方的单恋对象 SY，则充当了他在另一种

---

① ［墨西哥］奥克塔维奥·帕斯：《双重火焰——爱与欲》，蒋显璟、真漫亚译，东方出版社，1998 年版，第 183 页。

② 修箎是昌耀 1992 年结识的女友，其后两人关系时断时续，昌耀患病期间修箎一直承担照料工作，并缔结了证实二人事实婚姻关系的声明。参阅燎原：《昌耀评传》，前揭，第 393—400 页，第 482—483 页。

意义上的慰藉："每有心情沉重的时候（郁闷之极），但若一旦收到你的信函我即刻就会变得轻松，如同置身大自然而觉和风拂面，心旷神怡，以为世界原本就是这么纯净、感人，而让我恍如回到了童年。"①

通过进入昌耀晚年生活的两位女性：修箧和 SY，我们可以辨析出，昌耀在他的爱情话语中表现出两种不同层次的匮乏形态：修箧在一段时间内充当了诗人现实生活中的伴侣，她为昌耀提供了保护，昌耀对她也表现出依赖。对于这位眼前的恋爱对象，昌耀可以"将箧的手握得更紧一些"（昌耀《傍晚。箧与我》），也大有机会实践"亲吻可以美容"（昌耀《致修箧》）的欲念，因此诗人与修箧的交流方式是基本的、原初的，他们启用的是第一信号系统。作为一个慈悲的女性，修箧的形象是切近而稳定的，因此，在昌耀的爱情话语中，她象征一种**伦理式匮乏**，修箧为失去母亲和家庭的诗人提供了母爱和家的想象，这些之于昌耀都是一种最为基本的需求；对于蜗居在西北内陆的昌耀来说，SY 生活在滨海的外省，因此是超出了诗人实际生活范围的臆想对象。作为昌耀眼中"兀傲的孤客"（昌耀《圣桑〈天鹅〉》），SY 的形象飘忽不定，甚至若即若离。两人之间主要采用书信的交流方式，偶尔寄赠照片和礼品，所以诗人对于 SY 启用的是第二信号系统，比第一信号系统更进化了一步。空间上的距离经常被诗人的想象力填满，SY 在这种意义上表征着昌耀爱情话语中的一种**审美式匮乏**。这一高级需求为诗人抵抗现实生活的意义空白和世俗倦怠提供了超越的契机，SY 的出现激发了诗人久违的青春活力，并迅速蹿升为一种男性专属的求爱意识：

> 像黑夜里燃烧的野火痛苦地被我召唤
> 而又不可被我寻找到的或是耶和华从被造者胸腔夺去的

---

① 1991 年 1 月 21 日昌耀致 SY 书信，《昌耀诗文总集》，前揭，第 804 页。

那一根肋骨？也是我的肋骨，所以呼喊着自己另一半
的河流才使我深深感动么？

（昌耀《呼喊的河流》）

与表达"无产者诗人的梦幻"中的匮乏情绪时所采取的方式
相同，交流模式成为了昌耀书写个人情感匮乏时的不二选择。在这
里，昌耀利用身体的一种输出物——肋骨——来呼喊自己的另一半，
以求神迹实现他对匮乏的满足。诗人同时糅合了《创世纪》和《会
饮》中关于两性起源的神话，动情地召唤着自己的爱人，就像召唤
着黑夜里痛苦燃烧的野火。当逐渐衰老的昌耀在政治理想、社会体
制和家庭生活等方面纷纷碰壁而变得"安静"的时刻，爱情的火焰
在诗人的内心奇迹般地复燃。这股长久压抑在他内心不得重生的激
情，充当为一种救赎的信号，昌耀在经历了诸多失败之后，在乌托
邦救赎、空间救赎，甚至自我救赎等机制在强大的现实力量面前纷
纷失效后，百创一身的昌耀开始在爱情之火中寻求一种他者救赎。
昌耀心理上的匮乏即是一种呼唤他者救赎的症候，昌耀希望在爱情
中得到拯救。在昌耀的情感匮乏结构中，火的意志同样寄托了诗人
渴望满足匮乏的愿望。而这两种匮乏层次又呈现出诗人不尽相同的
爱情想象。

他者救赎要求他者在场，昌耀渴望在切近的爱情之火中取暖，
并获得重生。修篁所代表的伦理式匮乏，在昌耀心中燃起的是一团
炽烈而暴躁的火焰，他发出的正是尖利而易怒的月经期声调："我亦
劳乏，感受峻刻，别有隐痛 / 但若失去你的爱我将重归粗俗。/……
啊，原谅我欲以爱心将你裹挟了：是这样的暴君。/ 仅只是这样的
暴君"（昌耀《致修篁》）；"篁，与我对视。我们各自从对方的瞳仁
看到了跃动的斗牛的激情：火的激情。"（昌耀《傍晚。篁与我》）
修篁站在昌耀感情世界的此岸一极，并且同样以爱的方式做出了回
应。以日常生活空间为支撑，她为昌耀提供了爱的反哺，因此修篁

的爱是在场的，它被认定为一种母爱般的伦理式关怀，在一定程度上满足了诗人情感的伦理式匮乏："我本欲与宿命一决雌雄的壮志、一释郁积的大愿、爱情表白、直面精神围剿的那种堂·吉诃德的顽劣傻劲儿……等等，瞬刻间只剩下了顽童戏水的感觉。我似乎觉得河之干立候的母亲正忧心忡忡地召唤我回家。"（昌耀《戏水顽童》）

昌耀在这种伦理式关怀下却表现为一个任性的、脾气顽劣的孩子。1993年的除夕之夜，独自在冷清的办公室，满心期待修篁能够前来与自己一起过年的昌耀狠心写道："今晚有无感应：卿若不至，吾将有意永诀。"（昌耀《有感而发》）这番怀有赌气成分的情感抒发，是对在场之爱的一种蛮横吁请。因为在昌耀的理解中，修篁提供的伦理式关怀一直是一种在场的精神实体，[①]当他一旦发现这种关怀不在身边时，敏感的匮乏感便会驱使他神经质般地要求将其索回，要求伦理式关怀的及时归位。而当这种暂时性缺位升级为背叛的时候，便直接促生了诗人的绝望："今天是我最为痛苦的日子：我的恋人告诉我，她或要被一个走江湖的药材商贩选作新妇。她说，她是那个江湖客历选到'第十八个'才被一眼看中的佳人……我以一生的蕴积——至诚、痴心、才情、气质与漫长的等待以获取她的芳心，而那个走江湖的药材商贩仅须说一句'第十八个'她已受宠若惊。"（昌耀《无以名之的忧怀》）诗人索回缺位的失败，表明了伦理式关怀的丧失。在昌耀患病以前，二人的交往经历了诸多

---

① 昌耀涉及修篁的作品中经常强调这种"在场性"，如"因此我为你解开辫发周身拥抱你"（昌耀《致修篁》）；"篁与我携手坐在刈割后的田野""我与篁依偎得更紧了一些"（昌耀《傍晚。篁与我》）；"女伴与我偕同大丽花伫立路畔"（昌耀《花朵受难》）；"女人枕着男人的腿股稍事歇息：做十分钟的梦"（昌耀《在一条大河的支流入口处》）；"我俩一身汗津登上山顶豁口"（昌耀《迷津的意味》）；"爱我的人站在河之干朝我启动着夸张的口形"（昌耀《戏水顽童》）；"我希望尽快结束这场对白，故暗自伸过手去，从被衾底下将爱人的腓肠肌捏了一把"（昌耀《悒郁的生命排练》）；"我陪伴修篁来访时恰是在此后一个白日"（昌耀《裸袒的桥》）；"我与她并肩沿着 R 肿瘤医院的长廊往楼下走去"（昌耀《风雨交加的晴天及瞬刻诗意》）等。

的羁绊和考验，并曾一度断绝了关系，家常便饭一般的恋爱风浪在昌耀与修篁之间如数上演，但却难以激起诗人的浪漫情怀。伦理式匮乏以日常生活的庸碌状态，抵制了诗化价值从爱情想象中渗透进来，对于二人疲惫的感情生活，昌耀感慨道："不。没有一点诗意，即便只在瞬刻。"（昌耀《风雨交加的晴天及瞬刻诗意》）

与修篁的角色有所不同，SY无疑属于昌耀情感匮乏结构的另一极，她所标识的审美式匮乏，则让诗人萌生出傲立在某一峰顶的"圣火"形象："暖冬的红泥土在崖巅保留着圣火的意念。/……他独自奔向雪野奔向雪野奔向情人的雪野。/他胸中火燎胸中火燎而迎向积雪扑倒有如猝死"（昌耀《暖冬》）；"他看到采集圣火的女子在山麓前膝微踞，/……他感觉自己的指尖生烟/右臂坚挺如同湖边祭祀的火把"（昌耀《冰湖坼裂·圣山·圣火》）；"蒸发之血气在亘古的冰峰燃烧/好像波斯宫廷诗人热梦中寻求的郁金香。/他感觉弥留时刻的生命重又投射出那一黎明色。"（昌耀《偶像的黄昏》）可见，SY在诗人心中一直呈现为一种置身于千里之外的美丽，她花一般的形象高高地绽放在诗人触及不到的山巅，对诗人构成一种绝对的吸引力。SY生活于昌耀的彼岸世界，她理所应当地获得了一个单恋中的男人对她的至高赞美。这种赞美实际上是月经期声调对恋父期声调的沿袭和挪用，是昌耀对伤口的唯美化处理，是对爱欲的诗学想象，是对情人之血的歌颂。SY是不在场的，是缺席的，她没有进入到昌耀的现实生活领域。在二人的交往过程中也仅有三次谋面（包括SY在昌耀弥留之际的探望），所以他们不曾分享日常生活空间，也几乎没有面对面的交流。审美式救赎规定了恋爱双方保持的距离，所以彼岸的他者对昌耀具有永恒的诱惑。这种两地性得以让昌耀单方面地投注感情，这种投注实际上是对审美式匮乏的单向投资和填充，体现了爱情话语的耗费精神。昌耀在这样的动作中能够获得一种满足匮乏的期待和幻象。

昌耀主要以书信的方式与SY展开交流。尽管昌耀临终前奉还了 SY 写给他的全部信件，^①但从附于《昌耀诗文总集》中"致 SY21 封"书信中，我们基本可以帮助处于审美式匮乏中的诗人清理出一条求爱心路。^②这 21 封书信具有情书的性质。在第一封信一开头，昌耀就点名了"SY"这一特殊称谓的含义：S 和 Y 分别是"傻丫"的拼音首字母。^③于是，"傻丫"成为了昌耀远方的一个审美对象，诗人希望通过创造性的命名来打开一个崭新的爱情话语空间，以期能够在语言上夺取对审美对象的占有权。情人间甜蜜的绰号是一种私人空间情欲化的符号，昌耀在这个意义上或许与鲁迅之于许广平（小鬼、乖姑、小刺猬等）、萨特之于波伏娃（海狸）一样，希望尽快制造出一个审美式的私人情欲空间，昌耀通过这一空间可以将 SY 直接想象为情人。

罗兰·巴特在读完《少年维特之烦恼》后，从维特写给夏洛蒂的信中提取了一个普遍的情书框架："（1）想到你让人多么欣喜！（2）我处于一个琐碎贫乏的境地里，没有你我孤独极了。（3）我遇见了一个人，容貌很像你；我可以和她谈论你。（4）我盼望与你重逢。——像音乐主题一样，这一信息不断被变化：我想你。"^④这一概括能够较为全面地反映情书的基本元素，并反复地论证、强化着

---

① SY 在一篇回忆昌耀的文章中说："我带回了曾经写给您的信。它们和信封一起被保存得那么好……"参阅卢文丽：《怀念昌耀老师》，《绿风》2003 年第 2 期。

② 原信内容可参阅昌耀："致 SY21 封"，《昌耀诗文总集》，前揭，第 800—852 页；另见燎原：《昌耀评传》，前揭，第 372—386 页。

③ 昌耀在 1990 年 12 月 24 日致 SY 的信中写道："我想，我终究找到一个表意准确又颇传神的词儿来呼唤你了，是你在信中描述的'业余回家折腾那种叫诗的东西的傻丫头'给了我灵感，这样的话，如我不用'女士'而改成'傻丫'并以杭州方言的儿化语音念出，你听了不会提出抗议的吧？"昌耀在 1991 年 1 月 21 日的信中又对这一命名进行了补充说明："至于'shayar'，你的理解完全正确，仅为'儿化韵'而多写了一个'r'，故不是'shaya'，或另写作'shaya'er'。当然你的报复的危险不能说没有，我且多加小心提防。"参阅昌耀：《昌耀诗文总集》，前揭，第 800 页，第 805 页。

④ ［法］罗兰·巴特：《恋人絮语——一个解构主义的文本》，汪耀进、武佩荣译，上海人民出版社，2004 年版，第 192 页。

"我想你"这一主题。罗兰·巴特的药方同样适用于昌耀致 SY 的信，我们还可以从中发现，第（1）、（2）、（4）点都得到了充分的体现，而昌耀唯独没有提到第（3）点内容。由此我们似乎可以推断，在昌耀切近的生活中并无类似 SY 这样的女人出现，更无从展开谈论，即便是修篡也无济于事。这样看来，SY 在昌耀的情感匮乏结构中处于一个趋于绝对的地位，它更加显示出昌耀爱情话语中存在一种独特的审美式匮乏。由于现实生活中的无可寻觅，昌耀的诗人气质令他在信中反复加强着对 SY 的溢美之词，并衬之以自己寂寞而糟糕的生活境遇。

审美式匮乏的负面效应与赞美言辞的正面效应之间产生了极大的张力，居于其间的诗人不得不以一种疑似意淫的方式对这种涩滞加以润滑。由于现实中的缺位，昌耀则将 SY 比作陀思妥耶夫斯基的女速记员兼情人安娜小姐、希腊神话中的山林水泽之神绪任克斯（即 Syrinx，可略作 SY）等理想中的文学形象，并且经常"偷览"SY 的照片以解决思念问题。[①] 在这种绝对的吸引力作用下，保持审美上的距离是短暂而艰难的，昌耀无法建立起情感世界里的平衡关系，他开始考虑抛却书信，酝酿出行计划（二人交往后期会偶尔拨打电话），希望将自己幻化为"一部行动的情书"，借此走进 SY 的生活，以消除距离带来的焦虑，同时也将审美对象邀入自己的生活

---

① 昌耀多次在致 SY 的信中流露出对其照片的珍视，如 "SY，你能想象得出我自别后已在几番捧阅你的玉照。""照片底版由我在此地又扩印了一次，效果较上海为佳，尤其是那张'特写头像'，都显出了色彩层次，细部清晰无比，表情逼真，——我说的是其中的两张，我看作是自己比较成功的'作品'，爱不释手，已将底版留了下来。我还想请你将那张在上海照相馆加扩的底版以棉软白纸包好邮寄给我保存，可以吗？""作家林语堂就写有一篇《来台后二十四快事》，我似也可以仿此列举若干条，那第一条就该这样写：'关起门来，正襟危坐，品读 SHAYAR 书信集，偷览 SY 照相册，如受幸宠漫游无忧国，不亦快哉。'""我已见到你在彼地的两帧留影，一帧忧郁一些（类似穆斯林妇女打扮），一帧昂奋一些，一种踌躇满志的样子。我所熟悉的是前一种状态，但我更愿祈祝你保持后一种状态。"参阅昌耀：《昌耀诗文总集》，前揭，第 810 页，第 816 页，第 833 页，第 847 页。

世界。①而一旦诗人产生这样的想法，即轮番遭遇了爱情理想的几度幻灭，SY 在长期游移的态度下最终拒绝了昌耀的求爱，宣告了审美式救赎的破产。

多年以后，当 SY 出现在病情恶化的昌耀病床前时，一直在昌耀身边承担照料工作的修篁歇斯底里般地大声喊道："SY 来了，太好了！昌耀就交给你了！你们想上哪儿治疗就上哪儿吧，不关我的事了！"②修篁的这一激烈反应包含了复杂的心理因素，是女人间的嫉妒？是对责任的推卸？是爱意的反讽？还是对愤懑的发泄？昌耀爱情话语中的审美符号终于和伦理符号相遇了，这个充满象征意味的相逢场面至少表明，昌耀情感匮乏结构中的两个层次之间产生了无法消除的抵牾，并展开了相互的戕伐。

伦理式匮乏要求保持日常生活的在场性，因此拒绝诗意的降临，也就排斥审美上的解决方式。在满足伦理式匮乏的过程中，恋爱对象以母亲的形象出现，诗人自己相应变作一个任性的、具有"恋母情结"的孩子。昌耀对伦理式匮乏的焦虑是由在场向缺位的

---

① 昌耀多次在致 SY 的信中提及他酝酿中的出行计划，尽管中间一度放弃，但这一计划始终作为诗人一种渴望救赎的希望而存在，如："我决计要从这种囚闭状态走出，先拟在机关办公室谋一铺位。如可能，愿在北京或上海谋一去就、栖止，一可供寄寓的蜗壳即可。""因你之故，我对杭州也深有感情，但是那里又有我容身之地吗？老实讲，我极望走出青海……但你或可为我提供某种咨询、帮助？""我之愿意去沪杭一带谋事，也在于所谓的'向不可能挑战'，因为，我是这样地渴望与你在一起。你又能否为我提供一些咨询？""我早已羡慕做一个杭州人、上海人……了。请惠我佳音。""今年我已无意去省外走动，既有公费原因，更有个人心境原因……也许需三五年后我才有缘去沪杭一线。""以后我会去杭州看你。""我想在杭州谋一发挥'余热'之处（或购一可为'隐居'的一间郊区小屋）是否可得？仍盼复。""近日收到南京一位隔绝音信多年的流浪朋友的信，他拟让我春节期间去那里聚聚。假如能够成行，我将首先去杭州看望你，也仅只是为了看望你。但若你以为不可，我则哪儿也不去了。"参阅昌耀：《昌耀诗文总集》，前揭，第 826 页，第 831 页，第 834—835 页，第 838 页，第 839 页，第 840 页，第 841 页，第 844 页。
② 原文中提到了 SY 的真实姓名，这里遵照昌耀的习惯，以字母 SY 代之。参阅卢文丽：《怀念昌耀老师》，《最轻之重——昌耀论坛五周年选集》，章治萍主编，电子稿。该文发表在 2003 年第 2 期《绿风》杂志上时删去了这一情节。

迁移中产生的，它是一团**热感型火焰**，因为高温而暴虐、任性，因为切近而令当事人承受日常生活的烘烤。与之相反，审美式匮乏要求诗人与审美对象之间保持适当的距离，因此为诗意的降临腾出了空间，审美对象的不在场，使得她与诗人无法经由日常生活的介质寻求伦理上的承认，自然也让伦理式的解决方式无从插手。情书代替了日常生活成为诗人与审美对象交流的中介，情欲化的命名让双方在语言空间中各自扮演了情人的角色。对于审美式匮乏，昌耀的焦虑在于它从缺位向在场的滑动，它擦出了一团**光感型火焰**，由于明亮而谦卑、虔诚，由于遥远而令诗人徒生膜拜的渴望。昌耀与修篁和 SY 的两段感情厮磨，无论是伦理式匮乏，还是审美式匮乏，诗人都试图超越各自的边界，在爱情话语里实现两者间的互补，孰知这种对边界的触犯，势必导致所有试图超越的努力都归于失败。① 昌

---

① 昌耀试图用伦理式匮乏的解决方式弥补审美式匮乏的努力体现在对 SY 在场性的邀请，一种表现是诗人自己希望主动靠近 SY，这种努力在现实中是失败的；另一种表现是诗人妄图实现 SY 身体的微观迁移和占有，除了通过照片和礼品睹物思人之外，在 1992 年 2 月 14 日致 SY 的信中，昌耀更加大胆地提出："敢请在寄我的信笺中赠以 SY 长长的七根或九根青丝？"这一心愿最终未能实现，昌耀在 1992 年 4 月 12 日的信中称："你到底没有将我在 2 月间向你讨要的那几根丝缕寄予，自然那情必是重如泰山，信笺又岂可载得动呢！"参阅昌耀：《昌耀诗文总集》，前揭，第 829 页，第 830 页。昌耀用审美式匮乏的解决方式弥补伦理式匮乏的努力体现在他对修篁弃置礼物的抱怨，如燎原在整理昌耀手稿时发现后者用铅笔在半张纸片上写下这样的文字："你有负于我一片爱心，试问：我给你赠送的礼品有哪一件你认真保存或使用了？鞋子你让给了××。保温杯你让给了××。包金石英坤表你戴了不足一年，据说被偷或丢失了。为结婚准备的铜床、组合家具、办公桌等你全部卖了。金笔你给了××。……古人说，'礼轻人情重'，又说，'人而无信不知其可'，你最后将自己的肉体也整个儿卖给了一个不法商人——走江湖的粗俗男人。"这显然是在表达对修篁的不满。参阅燎原：《昌耀评传》，前揭，第399—400 页。而昌耀与 SY 则一直保持着顺畅的礼物交往渠道，昌耀主要为 SY 寄赠书籍，SY 赠给昌耀贺卡、磁带、音乐茶杯、雨花石、丝帕和邮票等礼物。对此昌耀在信中交代："你迄今所有给我的书信、赠品、照片及底片均由我妥为珍藏，因为这都是我最为珍贵者，请放宽心。"参阅 1991 年 5 月 31 日昌耀致 SY 书信，《昌耀诗文总集》，前揭，第 810 页。昌耀在弥留之际妥善处理了他们之间的礼物归属，SY 就此回忆道："我带回了曾经写给您的信。它们和信封一起被保存

耀没能安于一个拜火者的角色，遵从一种图腾的禁忌；他的诗人本性让他成为一个玩火者，让他服膺一种自焚的命运，因而将两种救赎方式都置于死地。

齐泽克（Slavoj Zizek）认为："成功艺术家的'诀窍'在于他能把匮乏转化为自己的优势，以高超的技巧操纵、控制存在于核心的空白及其在四周引发的效应。"[①]就像对待残缺而匮乏的维纳斯雕像，任何一种弥补和填充都是失败而可笑的。在昌耀的爱情话语中，尽管两种匮乏类型不尽相同，然而不论昌耀需要的是对哪一种匮乏的表达，他的诗歌始终持守在匮乏的一边，成为一种珍贵的匮乏之美。在这种美的光晕中，诗人用文字为我们雕凿了一个属于他自己的维纳斯，他深深拥抱了她，让她与诗人的匮乏呈永恒的对称之势：

> 这是唯一的，最后的，抒情。
> 这是唯一的，最后的，草原。

> （海子《日记》）[②]

昌耀爱情话语中的双重匮乏，燃起了他命运中的一团双重火焰，它以一个诗意的原点为焰心组成同心圆。伦理式匮乏可视作外焰，它高温炙热，与日常生活的氧气接触；审美式匮乏可看成内焰，它明亮炫目，包裹着诗意的中心。外焰发生氧化作用，它隔绝了诗意的浸润，让诗人成为"天地间再现的一滴锈迹"；内焰表

得那么好，以及曾经送给您的礼物：一把檀香扇、几块雨花石和一只音乐杯，它们被收藏在一只多年前我给您寄月饼用的邮政防水纸盒里……我带回了您留给我的礼物：一把石斧，一柄石铲，一只纺轮……您执意送给我一尊距今逾五千年的青海大通县出土的彩陶罐，并嘱修篁为我细心包扎好。"参阅卢文丽：《怀念昌耀老师》，《绿风》2003年第2期。

[①] ［斯洛文尼亚］齐泽克：《幻想的瘟疫》，胡雨谭、叶肖译，江苏人民出版社，2006年版，第23页。

[②] 海子：《海子的诗》，人民文学出版社，1995年版，第206页。

达还原作用，它毗邻诗意的源头，让诗人从此化作"一部行动的情书"。双重火焰以相反相成的形式共存着，这也让昌耀的双重匮乏找到了一种消除芥蒂的可能。就像双重火焰一道促成了诗人生命的燃烧，双重匮乏也在昌耀身上描绘了一种充满吊诡、紧张和斗争的命运图式，它们常驻在诗人体内，成为烘烤主义机器的图腾，联步呈现、整理和调解日常生活与诗意之间的关系。既然双重匮乏在昌耀的爱情话语里展开，那么它们就要随时服从爱情的测不准原理，希望会随时随地萌发，绝望也会霎时间降临，"不管恋人是要证明自己的爱情，还是竭尽全力要弄清对方是否爱他，反正他没有任何可靠的符号的体系可以指望。"①面对由爱情燃起的这团双重火焰，昌耀说："都已苍老。当一对情侣站立人海执迷如树。"（昌耀《涉江》）爱情之火照亮了人性，也焚烧了生命，匮乏中的他者形象如同"沙滩上的人脸"（福柯语）一样模糊难辨，这也让以爱情为灵魂的他者救赎像火焰一般虚无飘渺、居无定形。

　　双重火焰不仅勾勒出昌耀创作心态上的匮乏结构，而且也导致了他作品中英雄情结的变形和分裂。随着昌耀"斯人后"时期在现实境遇上的一系列悖谬体验不断升级，日常生活的外焰大有吞噬诗意内焰的趋势，企图让诗人单纯的内心世界全部氧化、变色、生锈，将审美空间焚毁成灰。在这团狰狞之火的威胁面前，昌耀体会到了自身的真实处境：

> 面对一种冷场，朝觐生命寒射的光照，
> 如在烧红的铁板感应蹦起的鱼。
>
> （昌耀《场》）

　　"烧红的铁板"远远要比"寒射的光照"来得更为紧迫和猛烈，热感型的火焰以绝对的优势要挟、遮盖住了光感型火焰，这也

<hr>

① ［法］罗兰·巴特：《恋人絮语——一个解构主义的文本》，前揭，第262页。

预示了日常生活有足够的力量击败诗意的存在。这种外焰的最大化趋势，让一贯秉承古典主义英雄观的昌耀，开始对他笔下的英雄形象做出一定的调适，以此为他难以为继的神话书写铺就道路。在火的现实主义外焰的连年烘烤下，在"烧红的铁板"上"蹦起的鱼"，成为昌耀塑造出的一个另类的英雄形象，即使刀俎俱足，也不忘做一次绝望的反抗。"我们知其不可而为之，累累若丧家之狗。/ 悲壮啊，竟没有一个落荒者。/ 悲壮啊，实不能有一个落荒者。"（昌耀《堂·吉诃德军团还在前进》）不论是"蹦起的鱼"，还是"丧家之狗"，昌耀将这类形象都注入一种**反英雄**的元素，日常生活以烘烤的方式邀请它们在昌耀创作的"斯人后"时期现身。反英雄形象的出现，促使它们与以往昌耀笔下的英雄形象分庭抗礼，成为对古典英雄形象的戏仿："堂·吉诃德军团的阅兵式。/ 予人笑柄的族类，生生不息的种姓。/ 架子鼓、筚篥和军号齐奏。/ 瘦马、矮驴同骆驼排在一个队列齐头并进。"（昌耀《堂·吉诃德军团还在前进》）塞万提斯（Cervantes）创造的堂·吉诃德这一文学形象本身就具有反英雄的色彩，他是一个迷恋骑士小说的伪骑士，终于在与现实之墙无数次喜剧性碰撞之后，承认了一种悲剧性的命运。昌耀如堂·吉诃德一般，同样付出了以头撞墙的惨痛代价，他终于承认：

> 没有硬汉子。
>
> 只有羊肠小道。
>
> 命运跳板的尖端
>
> 容不下第二种机缘。
>
> （昌耀《嚎啕：后英雄行状》）

嚎啕是诗人内心情感淤积的强烈爆发，也是对他长期赏识的抒情系统的一次大清洗，是被放大的、高音模式的月经期声调。尽管这里喷发出的消极见解，仅仅是诗人情绪波动时的过激之词，但经过此番格式化处理之后，昌耀开始认真反思自己在认知模式和情感结构中根深蒂固的英雄情结。在昌耀众多的诗篇中，英雄一直是一个或一群"硬汉子"，是日夜奔腾、摧枯拉朽的一百头雄牛，是青藏高原上恣意挥鞭的牧人，是滚滚黄河里搏击湍流的水手，是开国元勋，是草莽豪侠，是水坝工地上牺牲的浇筑工人……英雄张扬的是一种顽强的生命力，是自然的原欲，是绵延不竭的血气。

然而，在诗人的嚎啕声中，不断失衡又持续升温的双重火焰显出了狰狞的面孔，仿佛施了某种巫术，硬汉子式的英雄们瞬间化为乌有："大男子的嚎啕使世界崩溃瘫软为泥。/……硬汉子从此消失，/而嚎啕长远震撼时空。"（昌耀《嚎啕：后英雄行状》）如果把昌耀诗歌中遍布着"硬汉子"的创作阶段想象为一个"英雄时代"，那么如今这种嚎啕之声便意味着英雄时代已然"崩溃瘫软为泥"，而宣告另一种昌耀所谓的"后英雄时代"的粉墨登场。昌耀进入"斯人后"创作初期经历的那段淡季时间正是为这两个写作时代的接洽提供调适的时机。与"英雄时代"造就英雄形象的指令不同，"后英雄时代"创造的正是反英雄的形象，在这类形象身上，我们找不到丝毫整体感的光晕，找不到对正面宏观价值的讴歌，找不到乐观积极的抒情元素，它们被燃烧在"后英雄时代"里的火焰统统消解、焚化，变成了对没有英雄出现的平凡人间的片段式记录，变成了一种灰烬中的叙述，变成充斥牢骚和匮乏的月经期声调，变成诗人与生存本身的赤裸相见。

"有一天你发现自己不复分辨梦与非梦的界限。/有一天你发现生死与否自己同样活着"（昌耀《意义空白》）；"如果必要的死亡是一种壮美，/那么苟活已使徒劳的拼搏失去英雄本色"（昌耀《一天》）；"大巫师诅咒了：那是致命的一击。他将死。/不错，从伤口钳出的骨刺确属蛇的毒牙。/血流汹涌。但人还活着。说也惭愧竟还活着。"（昌耀《一滴英雄泪》）"后英雄时代"同样也是一种魔鬼化过程的产物，确切地说，是诗人假借魔鬼化之舟楫，行"祛魅"之事功的结果，正是魔鬼的力量驱散了诗人以往施加于"英雄时代"的种种梦幻，消解了昌耀创作心理中的英雄情结，将他带进了世俗、琐碎的现实世界，并径直把诗人推至生与死的临界线上。"后英雄时代"让昌耀的世界观变得简单，因而更接近命运的本色。

　　长期以来，支撑昌耀英雄情结的一条美学信条可以理解为：像英雄一样生活（思考、说话、写作、恋爱……），这让他终生热爱歌德、尼采、惠特曼、勃洛克和陀思妥耶夫斯基。这种美学标准也一直干预着昌耀的道德标准，让他很早就树立了乌托邦理想，怀有"政治情结"，在人们都趋于做一个经济人的年代里，他仍乐道于"卡斯特罗气节""以色列公社""镰刀斧头的古典图式"等等左派精神符号，甚至昌耀把"像英雄一样去死"这样的美学信条奉为他在"英雄时代"的最高理想。然而，这些道德和审美价值在"后英雄时代"里统统不再奏效，即使像堂·吉诃德那样随时准备行使一个骑士的光荣职责从容赴死，也不免会沦为"予人笑柄的族类"。在"后英雄时代"里，如果一个人不能像英雄一样去死，那么就注定成为了一名苟活者。昌耀说："日子是人人遵行的义务"（昌耀《圣咏》），"后英雄时代"正是由无数个普普通通的日子构成，这里"没有硬汉子，只有羊肠小道"，烘烤主义机器代替共产主义高炉，月经期声调代替恋父期声调，它唯一的意义就是让人们直面眼前这个并不完美的生活世界，让不能做英雄的人们成为苟活者，让耽于梦幻的人们嗅出人间的烟火气息。

　　昌耀就是这样一个怀有英雄情结的苟活者。在他"斯人后"的作品中，我们发现了从"英雄时代"向"后英雄时代"的转轨过程，这种转轨也折射出时代基本命题的转换，即从前者的"像英雄一样生活（思考、说话、写作、恋爱……）"转变为后者的"像人一样生活（思考、说话、写作、恋爱……）"。这种命题转换，也是昌耀创作史上最大规模的一次换血，它彻底消除了昌耀以及他的同代人对英雄的崇高幻想，将自己还原为一个普通人的身份去感知世界、感知他人，这也让他此间的作品中充满了叹嘘、疲惫和累累伤痕。现实主义外焰拼力扑灭诗意内焰，将后者逼入中心的孤岛，如同锁入一间世外的牢笼，那里是昌耀内心里冥顽不化的诗意中心，是最初的和最后的元音，它为诗人保存着对英雄的梦想。即便昌耀的英雄情结内核萎缩得多么微小，他始终不肯接受苟活者的名号。然而英雄的时代早已成为过去，昌耀不得不在"后英雄时代"的基本命题下成为一名苟活者。观念与境遇的厮磨也正是双重火焰之间的抗衡，这让诗人的内心徒生出旷日持久的烘烤感和离奇的悖谬体验：

> 忍受着自己思想之挤压、煎逼的精神果实，终于如沸煮后的鸡卵冷却剥离物化。是对于生存的憎恨？是对于所爱之反哺？但那一自我完成的毁灭也属于热情之火，而火又如何衰老？毁灭其于青春的寓意又是如何地让人深感愕然啊。
>
> （昌耀《处子》）

值得庆幸的是，正如纯净、娇嫩、鲜美的鸡卵成为火的果实，生活对诗意的压抑反而促成诗意的再生。于是，昌耀创作的"斯人后"时期呈现出了**火的衰变**历程，让我们从中也梳理出一条诗人英雄情结的衰变轨迹，一部血的耗散史。这个过程面目狰狞，充满心灵的历险和意志的修炼。然而昌耀的诗歌在抵挡消极命运的同时，为我们保留了一个诗意的内核，一条物化的生命，一颗如鸡卵般圣洁、高贵、绝美的艺术之心，借助它，我们能够穿透生活的迷雾，洞悉灵魂的底色。火燃烧了诗人的信念，燃烧后的灰烬继续维系着他作品的主题和形式，让他从生活的地平线上来打量这个世界，让他的眼光返回到人的自身。昌耀将他"斯人后"的创作纳入到对火的物质想象中，由于英雄情结的衰变，诗人以一个在生活中苟活的挫败者的态度，将火的焦灼传递进他的文字中间，主导着他作品的精神气质。由于"后英雄时代"的基本命题变本加厉地在我们自己的生活空间发号施令，昌耀诗歌中透出的那些火一样的焦灼，也传递到我们每一个人身上。鉴于"日子是人人遵行的义务"，我们有理由相信，在这个没有英雄的时代里，昌耀诗歌中那些坦陈的生命体验，也构成了一卷我们用于揣测生活的不老神话。

第四章 游吟之气：词的跃迁史

(1994—2000)

读我就是杀我。

——张枣

散文时代，晚期风格

某年除夕，昌耀在百无聊赖中度过了这个新年里最特别的"一天"。在他逐渐衰老的身体里，同时容纳着两种时间体验：一边是年轻时代无限向往的慢，一边是现实经历中飓风般袭来的快，它们如同血管和神经在诗人体内广泛分布、相互纠缠，帮助诗人推演出一套关于时间的辩证法："一天长及一生，千年不过一瞬"（昌耀《一天》）。由于人类知觉范围的有限性，不同的时间单位（如年、月、日等）会激起我们不同的内心感念。作为最长的一条时间生产线，"年"似乎被认定为一种神奇的力量，它无疑大大超出凡夫俗子们正常的感知界限，秘密进驻我们的体内，并悄悄安放了一种时间的缓释炸药，让我们逐渐在它的怀抱里眩晕、麻醉，最终沉睡在一架隐而不显却不断悠荡的年代学摇篮里。

相传，在中国的远古时代，是一个名为"年"的孩子想出了制服怪兽"夕"的办法，实现了百姓的安居乐业，因而后人才流传下了"过年""除夕"的古老风俗。如同一个孩子的珍贵童真那样，在辞旧迎新的爆竹和焰火中，"年"近似为一种时间的诗意单位，它驱赶了外来的怪兽，承诺了来日的幸福。"冰河与红灯谨守着北方庭除"（昌耀《极地居民》），这是一种经典意义上的诗意，与人类的想象力密不可分，它让我们在"每逢佳节倍思亲"的忧愁中陡然体味到一种缺位般的诗意充盈，在大年夜的饭桌前惊悸于阔别多年的父母额前难掩的几缕白发。

"年"突破了我们身体知觉的防守，在某一个召唤诗意的时刻亮出真身。一方面，这个隐匿的诗意符号将自身的色彩让渡给一年中的"四季"，让这四种异趣的格调来代理展示"年"的珍稀和神秘，"季节"由此成为一种显性的诗学资源，成为"年"在场的化身和变体；另一方面，"年"的诗意从一开始就被自然界里恒久的物象所共同分担，因为悠远辽阔的山河湖海，天然成为"年"的漫长诗意的空间投射，成为弱小的我们眼中强大的父亲，它们为人类恒久的情感提供固定而不变的形式，守护着我们古老的欲望。人们对"年"的想象是阐释性的，就像我们在一切宏大事物身上寄寓了太多的意义那样，这种**阐释性语气**伴随了昌耀写作的大半个征程，成就了诗人纵横捭阖的想象力和沉郁雄浑的本文气质，也构成他创作中最显著的特色之一。作为一种最高限度的诗歌上层建筑，阐释性语气所依托的物质基础，必定是长期涌动、绵延在诗人身上的血气。它潜藏于水的启示，激越于土的法则，衰竭于火的意志，在物质想象的更迭和演进中书写了一出血气与诗歌的罗曼史。

在人类的时间感知谱系中，"月"是在长度上逊色于"年"的时间单位，它力促对后者的换血，以及对血气的分配和再造，以期实现"年"和"季节"的器官化。鉴于"二十四节气"对国人农事经验的影响，"月"的概念渐渐在人们的知觉体系中趋于明朗而固定。中国文人对于"月"的诗意表达，在"阴晴圆缺"的周期规律中找到各自的情感形态，它继承和发扬了"年"的阐释性语气，成为对"春夏秋冬"的另一种演绎。"月"属于一种节律性的时间单位，占星学上迷人的"十二星座"诠释了一种"月"的运行机制。这种依重规矩的机构化气质，也暗合了人类社会现代组织的基本原则，因此体制内的经济人几乎都是按月领取薪水。"月"的概念泡制在"金钱"的木桶中，成为了世俗的现代经验可资占有的一片疆域。然而，夜晚凄清皎洁的月光和令女人疼痛焦躁的月经，依然统治着人类亘古不变的内心世界，隐秘地调控着诗人的声调。就像月亮盈亏交替的曼妙身姿所暗示的那样，"月"的概念是诗意单位与世俗单位的接洽和混融，既为人提供飘渺的想象，又把人的命运钉在时间的十字架上。

在"月"治下的"周"（或"星期"）的概念，在一定程度上回应了人类的神性起源。据《旧约·创世纪》记载，起初，神在创世的前六天造出了天地日月、山川河流、草木植被、鸟兽鱼虫以及人类自身。到了第七日，造物的工作完毕，神就安息去了，把其余的事情留给了人。遵照神的安排，一个"周"（或"星期"）被工作和闲暇的主题所分享，血气进一步得到分配和再造，这也关涉到诗人写作体系中生产和耗费的问题，只是两者的比例发生了微妙的倾斜。我们同样可以把昌耀作品中所描述的对象想象为一种造物的结果。那些曾经被赞美过的劳动者形象，分布在昌耀写作生命的前六天，成为血气的主人翁。他们分担着诗人的阐释性语气，将灵魂朝向上帝的方向。与劳动者形象不同的是，在昌耀写作生命的第七日，他的诗歌大街上充斥着各类游手好闲者，他们在淡季的时间里行走、逃亡、颤抖，无端地消耗着血气和精力，把灵魂袒露给撒旦。在他们中间，我们也找到了诗人自己的身影，他接替了神的工作，与他创造出的那些不幸的人们"在一个平面演示一台共时的戏／剧"（昌耀《意义空白》）。

昌耀给阐释性语气放了假，代之以一种**描述性语气**，这是一种最低限度的诗歌上层建筑，是朴实而谦卑的口吻和气质。它不再教谕我们那么多的意义和价值，不再号召我们站在黎明的高崖向东方顶礼，它只负责呈现这个世界的眼袋、老茧和皱纹，告诉我们城市里的黄昏和日出，记录我们在一个下午的全部细节。描述性语气善于报道一种反诗意的诗意，在这种讲述中，我们"只剩下了活着的感觉"（昌耀《答深圳友人 HAO KING》）。

破除了"月"和"周"（或"星期"）的过渡性幻想，"一天"或"日子"的概念在市井的烟尘中无声落地，成为时间体系中地地道道的世俗单位。"一天"中充斥着愉快、兴奋、忙碌、疲劳、焦急、沮丧、愤懑、矛盾等细微琐碎的生活体验，也包含了工作和闲暇，它们随时出现，又迅速消失，为我们的知觉系统所完整地占有。无论是莫尔索式的荒诞（加缪《局外人》），还是小林式的清汤白水（刘震云《一地鸡毛》），如同房屋划出了我们生活的边界一样，在起床与入睡之间，"一天"规定了每一个弱小的生命所挣扎的尺度，还原了我们需要面对的最真实的物质世界，因为"日子是人人遵行的义务"。宙斯将最初的人类切成两半后，让身体的长度等同于伤口的长度，而上帝把"周"进一步碎化成"日"后，也让"一天"或"日子"的长度紧密地缝合了人类经验的感知长度，此举也刚好因地制宜地啮合了描述性语气。因此，就像房屋是属人的空间单位一样，"一天"也被命名为一种属人的时间单位，尽管人们在"一天"中需要面对柴米油盐的机会要胜过风花雪月，但我们还是无比真切地栖居在"一天"的房屋里，感受着它与生命的对等，亲身经历着它带来的工作和闲暇，以及描述性语气所提供的、多如牛毛的生活细节。因为在这里，有一个清醒的声音告诉我们："我必须胜任情感的多重体验"（昌耀《20世纪行将结束》）。

自称具有"下午性格"的诗人柏桦，颇为赞同"一天"赐予给我们的此番"多重体验"，他说："下午（不像上午）是一天中最烦乱、最敏感同时也是最富于诗意的一段时间，它自身就孕育着对即将来临的黄昏的神经质的绝望、罗罗嗦嗦的不安、尖锐刺耳的抗议、不顾一切的毁灭冲动，以及下午无事生非的表达欲、怀疑论、恐惧感，这一切都增加了下午性格复杂而神秘的色彩。"①柏桦通过对"下午"的"多重体验"，揭示了"一天"中的诗意成分，依靠描述性语气的传达，我们得以获知，这是一种来自日常生活的诗意，一种物质世界的诗意。"一天"不及"年"所具备的那种对时间充足的、长线的、抽象的想象力，相反，它的诗意是微观的、即兴的、随身的甚至是脱口而出的，它的"多重体验"是描述性的，而非阐释性的。不同于"年"所战胜的外在怪兽，"一天"要对付的是从无数个细琐的毛孔中钻出的内在怪兽，这几乎是无处不在而难以消除的，构成了人类日复一日的生活图案。在最逼仄的日常生活缝隙和地道中，带着对内在怪兽的"多重体验"，"一天"力图击溃血气的总体性，让它不再有凝聚和振作的机会，让它必须接受破碎和断裂的命运，承担一种诗意的现实感。

昌耀的时间辩证法就在"一生"与"一天"、"千年"与"一瞬"之间痛苦地徘徊着。从诗人近半个世纪的诗歌创作生涯来看，我们隐约地发现了一条将"一生"看作"一天"，由"千年"走向"一瞬"的时间压缩之路。一路走来的昌耀越来越明显地生出"一辈子仅是一天"（昌耀《眩惑》）的斯芬克斯体验。昌耀在水边迎来了他生命中一个诗歌的清晨，自然风物开启了他原始的欲望和想象，也为他的写作输入大地之血，浸润了诗人的骨肉。对大自然和生命力的自发咏赞和对理想生活的天真憧憬，赋予了诗人对时间的一个原始的体验尺度，它几乎与宇宙等同："海头戈壁／古事千年如水。／驼峰，／马背，／尽付与了黄沙。"（昌耀《海头》）命运中的飞来横祸和时代的疯狂失序，书写了这个年轻诗人创作上的空白，也让诗人的欲望遭受长久的压抑。他错过了整个上午的美丽风景，不得不在宏大空间里迷路，不得不在午间热风中呼喊："总是拓殖的土地。总是以阅兵式横队前进的拓殖者的波浪／线。"（昌耀《午间热风》）昌耀力图在对宏大事物的讴歌中挽回一度被熄灭的、波

---

① 柏桦：《左边——毛泽东时代的抒情诗人》，前揭，第3页。

浪式的长线想象力，弥补曾被打碎的宇宙时间，修复不幸断裂的恒久诗意，为骨肉之血的奔涌、为与大地之血的汇合寻找机遇，并且命中注定地与"高炉美学"擦出了火花。这一点星火得以在一个沉闷而乏味的下午安静地燃烧、蔓延。以一种解构和耗费的态度，火的意志焚烧了历史空间里的宏大形象和寄寓其中的亘古梦想，也让诗人的激情从此在缓慢的失血中走向消歇和沉寂。在昌耀对"一天"的"多重体验"中，烘烤主义机器从内部被开动，他借此机会瞥见了"瞬间"的诗意："贸易风从东南带来骚扰的鳗鱼"（昌耀《刹那》）。诗人不再向伟岸的父性空间寻求保护，而是在琐屑的日常生活中独饮诗歌月经期的阵阵烘烤，他慢慢抛却了对宇宙和历史想象的虚妄怀念，熟悉了他生命中必然来临的每一天和每一个瞬间。

昌耀诗歌经历了从"英雄时代"向"后英雄时代"的转轨，其实就是从对"千年"的神往转向对"一天"的描述。按照黑格尔（Hegel）的说法，是从史诗时代进入到散文时代。昌耀对"一天"的细心体会带领他的创作静悄悄地开赴到一个**散文时代**。①此时，市场经济的旋风已经在中国登陆，迅速改变着中国社会的面貌和中国人的生活方式，它强烈地冲击着昌耀既有的思想观念和美学立场。在这样的现实生存环境下，尽管昌耀越来越成为了一个格格不入的人、一个零余者、一个苟活者，但他依然希望通过自己的创作，来寻求与散文时代的接洽方式。于是，他把在作品中塑造的反英雄形象置于"一天"的背景下，没有高调的赞美，也没有动情的回忆，只有平淡而冷静的陈述，这让一度在昌耀身体内部横冲直撞的血气纷纷偃旗息鼓，把一切都交付给与叙述平行的时间。一旦他采取了这样的尝试，那些城市街头渺小的反英雄形象神奇地让诗人

---

① 这里所谓的"散文时代"有两重含义：一是指昌耀的写作情怀和格调从史诗式的转变为散文式的，即从阐释性的转变为描述性的，从宏观抒情的转变为微观叙事的；二是指昌耀在二十世纪九十年代以来的写作中，开始自觉放弃了分行的诗歌体裁，转而逐渐采用了不分行的散文（诗）体裁。

眼前一亮，仿佛重临了一种英雄式的光晕，昌耀在这种隐形的光亮中也似乎瞥见了自己找寻多年的面孔。在散文时代的"一天"中，昌耀偶然与自己的灵魂——一个与蟒蛇对吻的小男孩——在某个平凡的街巷中相遇了，这个街头的卖艺少年出人意料制造的狰狞画面——一个内在怪兽——或许就是诗人走失多年的自我形象，是焚烧之后气化的生命形态：

> 那时，我视这位与蟒蛇对吻的小男孩是立于街头的少年萨克斯管演奏家了。从这种方式，我感到圆转的天空因这种呼吸而有了萨克斯管超低音的奏鸣，充溢着生命活力，是人神之谐和、物我之化一、天地之共振，带着思维的美丽印痕扩散开去。

> (昌耀《与蟒蛇对吻的小男孩》)

就这样，昌耀带着"一天"赐予他的现实感，带着与灵魂对视那一刻最后的惊喜，奔向了他创作的晚期，奔向一个从"一生"到"一天"的滑翔跑道上。"此刻，我同意把速度加大到无限。"(西渡《一个钟表匠人的记忆》)凭借着火的意志最后一次努力焚烧，昌耀加足马力闯进了他的散文时代。在风中的余烬之上，只剩下残喘在"一天"中的**呼吸**，像那个"少年萨克斯管演奏家"，他奏响了现实中的音乐，我们感受到的是人的呼吸，是羔羊般的气息，是灵魂的吐纳。这种呼吸酝酿了诗人对气的物质想象，也即是一种关于**气的游吟**。依靠这种游吟，昌耀在写作中希望重新把"生命活力"召唤出来，实现"人神之谐和、物我之化一、天地之共振"。

以呼吸为主要表征形式的气的游吟，锤炼了昌耀作品的**晚期风格**，这一风格首先体现在他写作中血与气的分离上。长期以来，血与气本系一体，从诗人写作的造血期开始，血和气就混合在一起，滋养着诗人律动的生命。这种血与气的合唱，标志着诗人迎来了他写作上的黄金时代，同时也启用了一套以血为显性，以气为隐形的搭配方案。昌耀的创作个性得益于这种方案在文字中的运作，它一度塑造了诗人的英雄情结和雄浑、苍凉、遒劲的文风，也训练了他的恋父期声调和阐释性语气。在分别经历了对水和土的物质想象之后，昌耀在火的意志新开启的半衰期中，经历了他的认识论断裂，现实生活的焦虑开动了他体内的烘烤主义机器，后者以耗费的精神消解着诗人的血气。尤其是在他的诗歌月经期内，昌耀的写作直接表达为一种失血和匮乏，这一阶段的爱情话语无可救药地展示着一种绝望的苟活。血的耗散和丧失标志着个体生命晚期的消极命运，它让气独立于血开始了自足的呼吸，在月经期声调的尾音和余响中，描述性语气召唤出诗人晚期风格的诞生，血与气的合唱转而变为了气的独自游吟。

昌耀晚期风格的另一个标志是对个性的消灭，这在一定程度上也回应了 T.S. 艾略特对"传统与个人才能"的看法。[①] 处于晚期风格中的诗人持有的法宝很可能并不是个性，而是一种特殊的诗学工具，一个艾略特意义上的"白金丝"："诗人是时代能动的感受器，其感受本身，就是直接作为目的的作品。是以我至今仍保留着对于'文以载道、诗以言志'古训的敬重，主张每一位诗人在其生活的年代，都应是一部独一无二的对于特定历史时空做能动式反应的'音乐机器'，其艺术境界可成为同代人的精神需求与生命的驱动力。"（昌耀《诗人写诗》）散文时代的诗人由此变成了一个"没有个性的人"（穆齐尔语），这种状态在形式上对称于他写作初期那个尚未形成个性的阶段，但却在境界上发生了本质的提升和跃迁。

本书在阅读昌耀的早期作品时曾援引过德勒兹的观点，他倾向于把水视为一部欲望机器；而在昌耀的晚期作品中，我们有必要再次提及这位概念大师，他认为："当人们写作之时，唯一的问题正

---

① ［英］T.S. 艾略特：《传统与个人才能》，卞之琳译，《艾略特诗学文集》，前揭，第 4—6 页。

是要了解，为了使这部文学机器得以运转，能够、或必须将它与哪种其他的机器相连接。Kleist 与一部疯狂的战争机器，卡夫卡与一部闻所未闻的官僚机器……（如果一个人通过文学而生成为动物或植物，那会怎样——当然并不是在文学的意义上来说？难道不首先通过语音，人们才能生成为动物？）文学就是一种配制，它与意识形态无关。没有、也从未有过意识形态。"① 晚期的昌耀积极地消灭了自己的写作个性，以及关于个性的一切意识形态：水的、土的或火的。按照德勒兹的指引，我们发现，晚期的昌耀只向往把自己的文学机器与一部**音乐机器**相连接（就像他在焦虑年代里接通体内的烘烤主义机器一样），只依靠气的游吟，依靠呼吸，来深化他在散文时代的写作：

诗，不是可厌可鄙的说教，而是催人泪下的音乐，让人在这种乐音的浸润中悄然感化，悄然超脱、再超脱。

（昌耀《与梅卓小姐一同释读〈幸运神远离〉》）

由此看来，昌耀的晚期作品径直可以读解成一种音乐。如果说血是词，那么气便是曲，伴随着诗人晚期风格的生成，他的音乐机器将乐曲从词中剥离出来，成为独立的、纯化的音乐，成为气的游吟。在昌耀的晚期作品《20 世纪行将结束》中，他援引了海涅（Heinrich Heine）的一句诗，作为该作品最后一个"残编"的题记（该残编只包括这句题记），也作为整个作品的尾声："文词结束之处，音乐即告开始。"从血与气的分离中，我们能够倾听到这种音乐在体内缓缓升起，轻而易举地沟通着人与神、物与我、灵魂与世界。昌耀正是在这种蜕变中完成了血与气的剥离，完成人的超脱以及对个性的消灭。从总体上看，他的整个创作可以被视为一部音乐

---

① ［法］德勒兹、加塔利：《资本主义与精神分裂（卷 2）：千高原》，姜宇辉译，上海书店出版社，2010 年版，第 3—4 页。

机器，通过它，我们能够较为清晰地分辨出昌耀作品中的调性和语气，以便更加深入地理解"文学是一种配制"的观念。

作为一种血与气的配制方案，昌耀的整个创作体系也是调性和语气两种元素或单独或组合的呈现过程，两者也在另一种意义上凸显了诗人的个性和气质。具体来讲，昌耀作品中血的成分主导着他的写作调性，在他诗歌生命的充血期（它包括整个土地法则时期和部分水的方法论时期），大量的诗篇沾染着恋父期声调；相反，在高潮之后的失血期创作中（它包括整个火的意志时期和部分气的游吟时期），则表现为月经期声调。由于血的显性地位，不论它是否与气相结合，这两种写作调性都能够顺利成全昌耀写作的个性，这种个性在他的文字中被赋予了或激扬或倾颓的思想内容，构成他各个创作时期显著的观念学和认识论特征。

另一方面，昌耀作品中气的成分烘托着他的写作语气，它是一种处于隐性地位的诗学元素，像每一个生命体天然具有的呼吸本能一样，几乎令我们浑然不察。诗人文本中的语气贯穿着他创作的始终。在与血结合的漫长时段里，它体现为极具粘合性和想象力的阐释性语气，这是一种外焦点语气，如同"年"所带来的诗意，是一种超越时间之上的语气；在尚未与血结合或与血分离的时段里，气的成分又体现为平滑而松散的描述性语气，与阐释性语气不同，这是一种内焦点语气，它谨守日子里的反诗意的诗意，是回归时间内部的语气。诗人按比例对这两种语气的适时运用（包括与两种声调的结合），形成了他特定创作时期的文本气质。

按照本书的构想，昌耀作品的文本气质在不同时期分别表征为对水、土、火、气四种元素的物质想象。展开来说，在水的方法论时期和气的游吟时期，也即是昌耀创作的初期和晚期，他都自觉地选择了描述性的语气，来处理自然和人间的万千物象。它们也是诗人的无个性时期，但前后两个阶段的情形却完全不同，就像一个儿童的简单与一个老人的简单具有天壤之别一样，前者等待着个性的莅临和凸显，而后者是对个性的涂抹和罢黜；在土地法则和火的意志统摄时期，正值昌耀写作生命的壮年，他则相应采用了阐释性语气来应对他的创伤记忆和焦虑体验，并且让这一语气与在他壮年盛行的两种声调牢固地结合在一起。

音乐机器的这种多重配制即生成了复调，它是血与气的合唱，是调性和语气的混搭。这种从音乐中获得灵感的配置方案，在一定程度上成为诗歌价值规律的升级版和增强版，后者的主要表现方式是平面起伏的波浪线，而前者已发明了立体式的复调和更加高级的综合，因而可以代替后者成为我们解读昌耀诗歌更加有效的工具。在诗人创作最为密集的那些年月，这种对复调的配制和演奏，也在反复强化着他的写作个性和文本气质，让人们更多地记住了那个情感浓烈的、善于制造强音的史诗时代的昌耀，而渐渐遗忘了这个气若游魂的、淹没在纯粹音乐中的散文时代的诗人。

以上关于昌耀音乐机器配制方案的分析可参阅下表：

昌耀的音乐机器配制方案

物质想象	水	土	火	气	元素
个性 ／ 调性		恋父期声调 （充血）		月经期声调 （失血）	血
气质 ／ 语气	描述性语气 （内焦点）	阐释性语气 （外焦点）		描述性语气 （内焦点）	气

晚期风格，千座高原

昌耀的晚期风格为我们提供了如下的论断：全面开启的散文时代（表现为分行文字篇幅的锐减和不分行文字的密集涌现），成分倾斜消长的复调（表现为月经期声调的式微和描述性语气的回归），不断丧失的个性（表现为血的耗散和气的弥漫）以及音乐机器终结乐章的莅临（表现为乐曲击败文词而获得胜利）。一切看上去似乎都在遵循一个既定的法度，朝着一个可以预测的目标前进——由于身体机能的衰竭和疾病的入侵，诗人昌耀将服膺于老年的安闲生活，接受一个成熟、饱满、圆润、和谐的晚期风格，他将深深受惠于他的年龄、经验和智慧，重新让作品变得平易、自如和通俗，满足于精神上的淡泊、安宁和超然，最终找到一条与现实和解的途径，平静地等待着死亡——这些猜想固然都饱含道理，并且也会在昌耀的晚期作品中偶尔找到各自相应的体现。但是，我们要问，果真会是这样吗？这种顺理成章的、人们依照常识对于晚年的推断，是否的确能够在昌耀身上奏效？

以上我们对于晚期的描述是合情合理的，也是大多数人愿意接受的，尤其对于中国人来说，这种对于晚景的温情想象，更加有力地佐证了孔老夫子的教谕："吾十有五而志于学，三十而立，四十而不惑，五十而知天命，六十而耳顺，七十而从心所欲，不逾矩。"（《论语·为政》）也就是说，在多数人眼中，年龄与身体经验应当是彼此呼应的，不应存在停滞或越位的事情发生，否则便违背了天人合一的内在要求。这种常识观念，更倾向于将人的一生比作一组完整的乐谱，我们都期待人生即将谢幕时所达到的圆满。

在爱德华·萨义德看来，这种被大多数人认可的晚年想象，只是一种普遍持久的"适时"观念，[1]儒家的身体年代学是它最恰切的体现。"适时"是晚期的第一种类型，也是通常的类型，它并不构成一个问题，而是早就存在于那里，等着我们走过去照亮它。这种对于"适时"的盖棺定论，无法取代我们对晚期风格的探讨。萨义德提醒我们，晚期的第二种类型更加值得认真对待。并非任何一

----

① 参阅［美］爱德华·萨义德:《论晚期风格——反本质的音乐与文学》，前揭，第3—5页。

位进入晚期的艺术家都是"适时"的，真实的情况是，我们发现相当一部分大师级的人物，在投入晚期创作时都选择了一条充满费解、古怪和晦涩的幽冥小路，形成了他们并非"适时"的晚期风格："啊，苦行中永在的播种者，／你能预期怎样的果实！"（昌耀《播种者》）走在幽冥小路上的人们将去向何方？或者依然是"啊，漂流，漂流，永在地漂流"（昌耀《涉江》）？

晚期风格是阿多诺在从事对贝多芬音乐的研究时首先提出的概念。在前者看来，正当人们期盼平静和成熟的时候，我们却在贝多芬的晚期作品里碰到了耸立着的、艰难的和固执的野蛮挑战。晚期作品的成熟，并不像人们在果实中发现的那种成熟，它们并非是丰满的，而是起皱的，甚至似乎是被蹂躏过的。它们没有甜味或苦味，也没有棘刺，从不让自身屈从于单纯的享乐。[①]比起更多赢得了晚年美学光泽的艺术家们，在二十世纪九十年代步入晚期的昌耀何尝不是一粒起皱的、干瘪的枣子？这位饱经沧桑、恶疾缠身的诗人，并没有按我们臆测的那样，去适时地实践他的晚期风格，从而完成人们想象中、果实般的成熟，而是像那些顽固的、一反常态的贝多芬们，继续与生活厮磨着，制造出更多的"不妥协、不情愿和尚未解决的矛盾"[②]：

> 一个人这样走向成熟。
> 当其缓缓转过身去陌生的眼瞳
> 看山不是山，看水不是水。
> 成熟是生命隆重的秋景。
> 古瓷不会成熟。古瓷却会老化。
> 磨合的痛苦使一组机轮配搭有序运作完美。

---

① 参阅［美］爱德华·萨义德：《论晚期风格——反本质的音乐与文学》，前揭，第10—11页。

② ［美］爱德华·萨义德：《论晚期风格——反本质的音乐与文学》，前揭，第5页。

但仅仅是完美。而挫折、痛苦与素养

让生命最终显示游刃有余的魅力。

（昌耀《罹忧的日子》）

　　火的意志完整地诠释了昌耀与这个世界"磨合的痛苦"，这似乎是诗人生命里必经的阶段，它能够让昌耀的音乐机器"配搭有序运作完美"，用最后的能量谱写出他老年的、成熟的乐章。然而，这种理念的创制也"仅仅是完美"，它并没有让诗人欣然接受音乐机器对自己的裁决，从而用一句成熟的判词来消解生存的痛苦。昌耀选择了第二种类型的晚期风格，这使他在自己的写作中辨认出了古瓷的性征：不会成熟，却会老化。我们可以认为，过早坠入人生厄运的诗人也让自己的写作过早地达到**成熟**，他在诗歌中无限地向往着慢，却遭遇着世界施予他的无情的快。经历了一场冰河期的炼狱，昌耀从共产主义高炉中取出了没有成熟的铁，却在生命的火窑里烧制出了成熟的瓷——一只过早催熟的伦理学泥团——诗人在他写作的后冰河期里就已经步入了成熟期，反复在作品中进行着死亡的训练："是的，在善恶的角力中／爱的繁衍与生殖／比死亡的戕残更古老、／更勇武百倍！"（昌耀《慈航》）尽管处于写作后冰河期的昌耀依然牢固地携带着恋父期声调，但阐释性语气的随之诞生，标志着他在气质上的成熟。过早成熟的诗人也自然在写作上超前于他的同代人，他诗歌中的慢反而成就了他在写作上的领先地位。因而，随着昌耀逐渐迎来创作上的晚期时，他也遇到了比同代人更高级、更复杂，更难于处理的问题。

　　当恋父期声调被月经期声调代替的那一刻，也就宣告诗人在个性和气质上达到了双重成熟，这也同时宣告昌耀作品抵达了成熟的完成时。昌耀的月经期声调没能成功填充进他的晚期风格，前者本来打算一蹴而就地把诗人最终推向人们期待着的成熟，但它却在昌耀进入创作晚期后没多久，便改弦易辙，选择了隐身、逃逸和不知所终的退路。在生活的马拉松赛场上，月经期声调——这个疲倦的堂·吉诃德——没能坚持笑到最后，伴随着血气和个性的丧失，它最终将衣钵交付给了自己的僮仆——不声不响的描述性语气——这个被委以重任的桑丘·潘沙，他将负责陪伴诗人完成最后的历险，帮助他实现生命和写作的老化，用游吟之气续写出堂·吉诃德故事的后传。至此，在昌耀的晚期风格中，成熟的问题已然终结，而**老化**的问题迎来了它的伊始。

描述性语气撑起了昌耀晚期风格的大旗，在这面大旗之下，我们可以例举卡夫卡讲过的一个关于桑丘·潘沙的、超级袖珍的故事：

> 桑丘·潘沙——顺便提一句，他从不夸耀自己的成就——几年来利用黄昏和夜晚时分，讲述了大量有关骑士和强盗的故事，成功地使他的魔鬼——他后来给它取名为"堂·吉诃德"——心猿意马，以致这个魔鬼后来无端地做出了许多非常荒诞的行为，但是这些行为由于缺乏预定的目标——要说目标，本应当就是桑丘·潘沙——所以并没有伤害任何人。桑丘·潘沙，一个自由自在的人，沉着地跟着这个堂·吉诃德——也许是出于某种责任感吧——四处漫游，而且自始至终从中得到了巨大而有益的乐趣。①

在这则小故事中，卡夫卡重新发明了塞万提斯的堂·吉诃德，并将格局倒转：原著里的二把手桑丘·潘沙如今反而当家做主，变成了一个讲故事的人（莫非与塞万提斯重合？）；堂·吉诃德成为这些故事的僮仆，也变成了桑丘·潘沙在他的故事里释放的一只心猿意马的幽灵（莫非是又一次魔鬼化？）："永远的不成熟。永远的灵魂受难。/永远的背负历史的包袱。"（昌耀《堂·吉诃德军团还在

---

① ［奥］卡夫卡：《桑丘·潘沙真传》，洪天富译，《卡夫卡全集》（第1卷），叶廷芳主编，河北教育出版社，2000年版，第513页。

208

前进》）随着血的丧失、个性的泯灭和英雄主义的衰落，在昌耀的堂·吉诃德神话中，我们同样看到了这种倒转，这是一种内部结构的调整，一种新的平衡和诗性正义，对于古瓷来说，这个过程就是老化：一种诉诸自然的过程，它准确诠释了昌耀的晚期风格。在卡夫卡的故事中，堂·吉诃德的归宿是成熟（尽管他终其一生也尚未达到），而桑丘·潘沙的归宿则是老化（这需要借助语言的神奇魔力）。晚期的昌耀就是这样一个桑丘·潘沙，一个"利用黄昏和夜晚时分"来讲故事的人，一个现代社会的游吟诗人；而他作品里的"我"——诗人昌耀的一个似是而非的投影——则是一个充满行动力的堂·吉诃德：

> 我直觉他的饥渴也是我的饥渴。我直觉组成他的肉体的一部分也曾是组成我的肉体的一部分。使他苦闷的原因也是使我同样苦闷的原因，而我感受到的欢乐却未必是他的欢乐。

> （昌耀《内陆高迥》）

在青壮年时代，昌耀已在写作上较之同代人提前成熟，却依然追随着不成熟的堂·吉诃德，"出于某种责任感"，娴熟地运用着恋父期声调和阐释性语气，为他的美学理想与现实展开旷日持久的肉搏战，他自己也因此而落得遍体鳞伤。经历过认识论断裂的失败之痛后，恋父期声调黯然失色，随之，充满牢骚和匮乏的月经期声调，在昌耀中后期的写作中甚嚣尘上，并与长期盘踞的阐释性语气开展合作。这种联袂"由于缺乏预定的目标"，并且它随时有可能把矛头指向诗人本人，在经过了无数次关于自戕的臆想之后，桑丘·潘沙式的诗人最终唤回了走失已久的描述性语气——后者曾在昌耀学诗初期被自然而然地采用——它取代了阐释性语气中沾染的浓烈的血气和个性，并且圆满地使月经期声调——它心猿意马的幽灵，或舍斯托夫的狗鱼——安静下来。堂·吉诃德化为了幽灵，被桑丘·潘沙完整地控制着。昌耀作品中那些辉煌而焦躁的调性（恋父期声调和月经期声调）也统统被研磨、溶化、蒸馏，像古瓷一样从容地走向老化，它们被汇入唯一的、最后的抒情，汇入描述性语气，汇入气的游吟之中。唯有如此，诗人才能"让生命最终显示游刃有余的魅力"。

昌耀在他的音乐机器面前，最终选择依靠气质实现老化和飞跃。他的晚期风格旨在讲述一个幽灵的故事，讲述它在当代中国的历险，在心灵世界的历险。如同贝多芬在晚期所呈现的惊愕之作，"这构成了现代文化史上的一个事件：在那个时刻，这位仍然完全受到其媒介控制的艺术家，放弃了与那种已经确立的社会秩序进行交流，他作为那种秩序的一部分，与它达成了一种矛盾的、异化了的关系。他的晚期作品构成了一种放逐的形式。"[①]放逐——柏拉图对诗人的审判——是萨义德对第二类晚期风格的主要概括。对于昌耀的晚期作品来说，它是气对血的放逐，是语气对调性的放逐，是气质对个性的放逐，也是桑丘·潘沙对堂·吉诃德的放逐。在这层层放逐中间，诗人笔下的"我"也似乎被命运放逐到了一个庄周梦蝶式的迷津当中：

> 突然，我被一种特定的感觉劫持：我已进入与两岸隔绝的境况。我只听到水天隆隆的音响，并被这层隆隆厚厚包裹。陆地上的影子别有一种虚幻。远在河之干，那爱我的人挥动凉帽朝我大声吆喝，但我只感觉到那夸张的口形，什么也无从听清。我以自己的行为成了一个被无形的巨无霸所罩定的"罩中人"。
>
> （昌耀《戏水顽童》）

---

① ［美］爱德华·萨义德：《论晚期风格——反本质的音乐与文学》，前揭，第6页。

讲故事的人昌耀制造了一个极富象征意味的场景："我"被戏剧般地挪移进了一处"隔绝的境况"，被放逐进了描述性语气的氤氲水汽之中，成了一个无辜的、茫然的"罩中人"。这种境遇也成为昌耀在散文时代的文本里惯于制造的氛围：故事的主人公皆"被一种特定的感觉劫持"，感觉到"别有一种虚幻"和"夸张的口形"。带着这种异样的直觉，仰仗愈益浓厚的描述性语气的陈述，诗人在故事中驱使着他的主人公"我"，像桑丘·潘沙驱使着堂·吉诃德那样，在现实与梦幻里四处漫游。

　　与早年的流放经历类似，昌耀在他的晚期风格里仿佛重新被发配、放逐到了非现实的高原上。一边是真实的荒原，一边是命运的迷津；一边是从事体力劳动的囚徒，一边是忍受精神历险的浪人；一边是在山地中的跋涉，一边是在文本中的兜转。昌耀创作轨迹的中间位置仿佛摆放了一面镜子（《斯人》?），让他的经验与写作之间呈现出镜面对称，让我们重新破译时空的哑语："密西西比河此刻风雨，在那边攀缘而走。/地球这壁，一人无语独坐。"浩瀚无垠的青藏高原曾经是昌耀诗歌写作的起点和摇篮，诗人在这块苍凉、贫瘠的土地上度过了最宝贵的青春时代；如今，在他晚期风格的作品里，在走向老化的艺术进程中，拨开同样空阔的描述性语气的雾霭，我们惊异地发现了昌耀散文时代里的**千座高原**。作为一个步入晚年却无意于妥协的诗人，他将自由归还给了笔下的"我"——一个独立思想的旁观者。这个旁观者就这样带着他尚未混沌的视听，跋涉在他生活世界里连绵起伏的高原屋脊之上：

　　　　人所敬畏的无常本是人所敬畏的宿命，

　　　　惟九死九生者可得而轻言贫富贵贱悲喜祸福。

　　　　趋奉死而平等是古往今来不刊之论，

　　　　喜马拉雅一个背尸的仵工穿透静物背景。

　　　　　　　　　　　　　　　（昌耀《主角引去的舞台》）

211

昌耀的晚期作品中崛起了宿命里的千座高原，这是一座座"主角引去的舞台"，上演着罢黜了欲望、个性和冲突的生命戏剧，这里只有无穷的背景，和向死而生的意志。任何主角都成为背景的一部分，成为被描述的对象。喜马拉雅一个背尸的仵工，成为昌耀晚期作品里的叙述者形象的浓缩。这是一个将死亡贴在背上行走的旁观者，他距离死亡是那样近，他知道人的"死是很容易的事"（昌耀《这夜，额头锯痛》），但他依然背着尸体一步一步艰难地跋涉，最终将其安放在高高的天葬台上，如同一个高原上推石上山的西绪弗斯。他用严肃的生对待严肃的死，这似乎是他的使命，就像我们每一个人都注定要化作这背景的一部分——变成风景中黑暗的部分——这也同样是我们每个人的使命。"正如阿多诺就贝多芬所说的那样，晚期风格并不承认死亡的最终步调；相反，死亡以一种折射的方式显现出来，像是反讽。"①对于我们这些幸存着的人们，死亡并非一个静止的终点，等待我们向它投以一道长度未知的射线；与之相反，我们每一条挣扎在这世间的生命，都在默默承接着由死亡投来的射线，死亡的面孔在我们身上被折射出来，落在他人身上（比如那个在喜马拉雅背尸的仵工），落在艺术作品中间（比如贝多芬和昌耀的晚期作品）。

　　昌耀晚期作品里的千座高原，回荡着这股被折射出的死亡气息，但却绝少流露出肃杀、胆怯和无望，更多的则是冷静、沉着的描述：从近在天堂入口处濒临的灾难，到凭吊旷地中央一座弃屋；从享受鹰翔时的快感，到开启火柴的多米诺骨牌游戏；从在落日余晖中遇挽车马队，到觐见地底如歌如哦三圣者；从与梅卓小姐一同释读《幸运神远离》，到赞美史前期一对娇小的彩陶罐……在一座座主角引去的舞台上，死亡如同老化，是一件稀松平常的事情。衰朽与希望就在一念之间，生存的意志正是死亡永恒的折射：

---

① ［美］爱德华·萨义德：《论晚期风格——反本质的音乐与文学》，前揭，第22页。

一个蓬头的旅行者背负行囊穿行在高迥内陆。

不见村庄。不见田垄。不见井垣。

远山粗陋如同防水布绷紧在巨型动物骨架。

沼泽散布如同鲜绿的蛙皮。

一个挑战的旅行者步行在上帝的沙盘。

（昌耀《内陆高迥》）

一个幽灵，游走于生死之间的幽灵，在昌耀的千座高原上徘徊。这个挑战的旅行者——桑丘·潘沙的堂·吉诃德——在上帝的沙盘上留下了一串串曲折、凌乱、沉重的脚印。它们正是老化的古瓷所绽出的纹理，是时间在生命里镌刻下的图案。犹如透过死亡来反观生存，我们透过昌耀流传下来的、毕生的作品来观察他本人，那些脚印、纹理和图案也随之化为了他身体的一部分，化为上帝之手留在他肌肤上的**刺青**，它既代表那些无法褪去的创伤记忆和肉身疼痛（如中国古代犯人的黥刑或墨刑），又暗示了一种神奇而超验的信仰力量（如一些土著民族的面部彩绘）。刺青就是每一个人背负的一具平面的死尸，是供奉在肌肤上随身的鬼神，是从死亡的方向射来的一道光亮。昌耀的作品正是这些刺青的折射，是幽灵的足迹，是魔鬼化日志，因而呈现出杂乱、古怪、狰狞的纹理，成为噩的结构："唢呐终于吹得天花乱坠，陪送灵车赶往西天。／安寝的婴儿躺卧在摇篮回味前世的欢乐。／只有半失眠者最为不幸，他的噩梦／通通是其永劫回归的人生。"（昌耀《大街看守》）刺青不但游走于生死两界，而且也穿行于现实和梦境之间，一边是昌耀的"噩梦"，一边是"永劫回归的人生"，两者之间无穷的引力和斥力，帮助命运的针脚勾画出诗人行走尘世所留下的巨大刺青，勾画出昌耀一生中的千座高原。

少年时代的诗人把自己天真的梦想从桃源祖宅指向了国境之

外的朝鲜，在河北荣军学校毕业后又把命运的指针指向了遥远的青海，在高原腹地周转了大半生之后又老夫聊发少年狂，在人生最困顿的时刻将自己指向上海或杭州（却未能成行）……但昌耀终究孤老于青海——他人生的牢狱和锚地，他的失败与重生之地。因而，与本雅明自谓在他每个句子后面都有转折类似，如果细读昌耀的诗文，我们方才拨云见日，他作品里的每一个句子都指向他宿命的西北角，接受源自那里的神秘召唤。正是这个拥有千座高原的西北角，隆重地献给了昌耀最宝贵的礼物——由他一生的苦难、血气和才情所纹写的一部刺青简史——它将供我们每一个向死而生的普通读者花足够的时间去阅读：

> 将会有愉悦的鲜血从对方的大伤口淌出。将会有鲜血蹦跳着，好似一群自长久羞闭中一旦逃逸而出的幼兽，初始喜悦，继而惊讶，而后是对于失去了屏蔽保护的悔恨：血的死亡。

> （昌耀《梦非梦》）

刺青的过程是暴虐和隐忍的漫长苦旅，是与死神结伴的屏息夜游，它见证着气从血中的分离，瞥见了囚禁在肉体中的幽灵在蠢蠢欲动："的确，我感到自己像是意外地游历了一次但丁的地府，目睹披枷戴镣而行的幽灵承受酷刑，蓬头垢面，灰色的形体结满血的痂瓣。听到他们内心渴求拯救，——一种在我听来不仅只在生理层面，且是直达于渴求涅槃之境的为人类灵魂的拯救。"（昌耀《风雨交加的晴天及瞬刻诗意》）年轻时代的诗人像一头单纯、莽撞的幼兽，带着一腔血气，在青海这片土地上找到了放养它的家园，经历了长久的灾变，耗尽了许多光阴，岁月在它身上留下了累累伤口，这些横七竖八的创伤记忆共同围起了一道道困兽的血腥栅栏，它们冰河般监禁了诗人身体里的小生灵。在昌耀晚期作品中崛起的千座高原上，曾经鼓荡、喷薄的热血渐渐消歇、变凉，伤口也慢慢结痂，覆盖住重生的肌肤。刺青时用力屏住的一口长气，如今得以缓缓地吐出，它霎时间冲决了肉体的藩篱，褪掉那些陈年的血痂，重新袒露出留在皮肤上狰狞诡异的图案，形成了峥嵘岁月留在诗人身上的刺青。这口长气，唤醒了"一群自长久羞闭中一旦逃逸而出的幼兽"，像"一百头雄牛扬起一百九十九种威猛"（昌耀《一百头雄牛》），它们最为振奋的面孔和姿态，也在突出重围的一刹那永久地保留在重新敞开的门庭前，化为刺青里的众神和英雄，沐浴着美和自由的光辉。

这些狂欢的众神和英雄们，从囚禁它们的肉体牢笼逃进了昌耀的晚期作品，成为了千座高原上来去无踪的幽灵，形成了与死亡对称的图案。在主角引去的舞台上，这口长气也渲染着古瓷般老化的纹理，那个洗去铅华的讲故事的人，驱使着他的主人公，在灵魂的高原上与那些转世的众神们相遇了，就像他多年以前，在广袤的青藏高原和雄壮的黄河岸边，遇到了众神一般的牧人、水手和雄鹰一样。

在昌耀写作的壮年时期，在恋父期声调与阐释性语气迎来合作上的高潮前后，英雄般的形象和天地之间的宏大事物成为诗人热情吟咏的对象，昌耀对这类形象引起了强烈的自我认同，利用他擅长的波浪式抒情，诗人向全世界宣布："他们说我是巨人般躺倒的河床。/他们说我是巨人般屹立的河床。"（昌耀《河床》）这里的"我"成为一个巨人，一个开天辟地的英雄，是血气最完美的凝聚者和体现者。相比之下，在昌耀的晚期作品中，这类形象早已荡然无存，诗人转而使用单纯的描述性语气，来刻画千座高原上的幽灵群体和反英雄。他们游牧在人生的茫茫戈壁上，看不到起点和终点，只有漫无边际的行走和跋涉，成为一团游吟之气。晚年的昌耀深刻地认同于这类形象，成为城市幽灵中的一员，成为大街看守。

按照齐泽克的建议，我们把前一种情形称为想象性认同，即一种**理想自我**；把后一种情形称为符号性认同，即一种**自我理想**。①

---

① ［斯洛文尼亚］齐泽克：《意识形态的崇高客体》，季广茂译，中央编译出版社，2001年版，第145页。

具体来讲，"想像性认同是对这样一种意象的认同，在那里，我们自讨欢心：是对表现'我们想成为什么'这样一种意象的认同。符号性认同则是对某一位置的认同，从那里我们被人观察，从那里我们注视自己，以便令我们更可爱一些，更值得去爱。"① 如此说来，昌耀作品里被赞美和讴歌的英雄和宏大事物，是昌耀的理想自我，他渴望超越现实原则，在语言中实现这种想象中的自我形象。而那些逡巡在千座高原上的幽灵和反英雄，成为昌耀的自我理想，在他们身上，诗人最终看到了自己的形象，通过他（它）们，昌耀在世界上找到了自己的位置，一个结构性的网络结点。在这个位置上，他和别人都可以观察到他自己，那里有一道光照在诗人身上，照亮了他身上的刺青和纹理，照亮了他真实的面孔和境遇。这些一旦被照亮，诗人便不再挣扎，也不再反抗，因为他仿佛得知了以下问题的答案：自己是谁？自己从哪里来？又要到哪里去？

千座高原，呼吸之间

在昌耀晚期风格里崛起的千座高原上，埋藏了一部刺青简史，这部简史的作者因为洞悉了命运而决定置身局外，变身为一个讲故事的人，依靠着随身携带的描述性语气，他走进了那些高原幽灵中间，走进昼与夜的旋转门，将自己也扮成幽灵，分享着它们共同的气息。本雅明在阅读列斯科夫的作品时，区分了讲故事的人的两种类型：水手和农夫。前者在海上冒险，从远方归来时也带回了异乡的珍闻轶事，因此受人拥戴；然而他们同样喜欢听安安分分守在家里的后者讲出的，那些不为人知的本地掌故和传说。② 对于昌耀来说，他早年的大半个光阴都是在颠沛流离中度过的，这些漫长的流

①　［斯洛文尼亚］齐泽克：《意识形态的崇高客体》，前揭，第145页。
②　［德］瓦尔特·本雅明：《歌德的〈亲和力〉》，《本雅明文选》，前揭，第292页。

放岁月使他的故事洋溢着**水手口吻**：向往崇高，渴慕远方，赞美英雄，充满血气、活力和胆识，它与波浪式的想象力、高炉美学和恋父期声调不谋而合。诗人操持着水手口吻，为我们绘声绘色地讲述着《慈航》《山旅》《划呀，划呀，父亲们！》《旷原之野》《青藏高原的形体》（组诗）等耳熟能详的神奇故事。高分贝的音量，健阔的肺活量，强劲的阐释冲动，逡巡在自然和历史间的宏大视野，共同协助水手口吻问鼎它的黄金时代，由此奠定了昌耀作品的主要风格特征。

伴随着诗人踏进"后英雄时代"愈来愈近的脚步声，水手口吻反而日渐稀薄。开始城市定居生活多年的昌耀，在无奈中摆渡着自己孤独的晚景，这迫使他成为一名土地测量员，一个大街看守，一个城市高原的游荡者和街景的职业观察家。因而，诗人在散文时代讲出的故事，几乎成为他晚年生活的副产品和兼职作业。这份略带恍惚和疲倦的工作，让这些故事沾染了一份**农夫口音**：质朴、细腻、忧郁。像一个兢兢业业的老农民终生呵护、伺弄着他的土地那样，晚年昌耀用他慢慢学会的农夫口音，来讲述"我"本人或发生在"我"身边的微型见闻：以《火柴的多米诺骨牌游戏》《街头流浪汉在落日余晖中遇挽车马队》《地底如歌如哦三圣者》《与蟒蛇对吻的小男孩》和《冷风中的街晨空荡荡》等作品为代表，农夫口音为昌耀的散文时代制造了视角独特的本地传奇。福克纳（William Faulkner）在他邮票般大小的故乡，花了毕生的笔墨构建了一个"约克纳帕塔法世系"，它正坐落于昌耀无语独坐处的"地球那壁"——密西西比——它与在西宁城里徘徊的诗人共享着这份农夫口音。与向往崇高和远方的水手口吻大不相同，农夫口音以超近距离的视野，关心在这个城市屋檐下生长的一切卑微、低矮的人与事。与诗歌月经期的垂怜姿态相似，诗人同样用琐屑的目光，专注人在失血和老化时所显出的微妙的心理匮乏，关怀在与"我"擦肩而过的人物身上体现出的人类普遍的生存境况。这种静观视野也在一定程度上符合了描述性语气的内在要求。

不难理解，水手口吻根植于雄牛情结，把讲故事的人的目光引向远方和高处，引向历史、记忆和想象的海洋和深景里，叙述和抒情的对象大都绽放着英雄式的光芒和阳刚之美，它们的形象要绝对地大于"我"的形象，而"我"对它们始终报以敬仰、赞叹和怀念的姿态，将它们定义为理想自我。诗人的水手口吻是阐释性语气同父异母的胞弟，它寄托着人们对自身之外的所有宏大事物的热爱，满足着人们对完整性的幻想和好奇心，弥补着自我有限的生存世界里的缺憾。倘若水手口吻犹如对"千年"的勾画和问询，那么农夫口音就是对"一天"的描摹和见证。羔羊情结扶住了农夫口音臂膀，帮助它收纳那些来自街头巷尾、犄角旮旯的微弱声音，潜心轻叩那些低矮、贫困而坚韧的事物，像一个拾荒者全神贯注地搜寻着废墟里的宝藏。诗人用他的农夫口音切入了生活的褶皱、死角和洞穴，发现了讲述对象身上散发的阴性光泽，就像看到了金黄、饱满、低下头去的麦穗闪烁着太阳的光亮。它们的形象几乎是小于或等于"我"的形象，因为它们才是"我"的自我理想。作为一个城市的土地测量员，"我"与他（它）们沐浴着相同的色彩，交换着内心的言辞，呼吸着同一片空气："他微微闭合了眼睛。那一刻，天空有大悲悯关注，而我相信自己正临近于开启人性之铁幕。"（昌耀《梦非梦》）

喜爱在晚年讲故事的昌耀体验到上天降临的悲悯力量，在众多的幽灵中间，这种力量指引着他的故事从水手口吻向农夫口音的转换。诗人像一个在海上搏击惊涛骇浪的水手，渴望解甲归田，决心登上陆地，回到家乡（省城西宁），从此做一个地道的农夫。然而他在返乡途中却迷失在了漫无边际的千座高原上，他发现了高原上的众神，领略到了一种似曾相识的、静止的、出神的意境："那时我恰从三者之间穿行而过，感觉到了高山、流水与风。感受到一种超拔之美，一种无以名之的忧怀。"（昌耀《地底如歌如哦三圣者》）与在广袤的西北荒甸上伸开双腿、等待大熊星座的年轻诗人一样，晚年的昌耀也驻足在城市的千座高原上，"感觉到了高山、流水和风"，他几乎不想往前走了，不想找到千座高原的边界和出口，他渴望停留在这里，仿佛找到了写作发轫时的零点，发觉了一线追寻已久的、自我理想的亮光。

如同逐渐空疏的血的世界不断被游吟之气灌满、充盈，随着水手口吻不断地替换为农夫口音，昌耀在作品中冥想的自我形象也在不断缩小，从渴望与高大事物对齐，还原为与"泥土的动物"等高，将自己伤口的尺度从"千年"压缩为"一天"或"一瞬"："我们虽然也力求超然独举，在高远、虚幻、淡泊、自视的无功利中玩赏物事，而更多的时候，我们仍要羁縻内中，感受物事的繁富无常与欲念之魅力。"（昌耀《我们仍是泥土的动物》）千座高原看上去是诗人跋涉不尽的瀚海，是长及千年的哀愁，然而行至此地的昌耀，却比任何人更加清醒而强烈地体会到，那个近在咫尺的零点向他发来的召唤，宛若置身"近在天堂的入口处"，他深感时间在那一瞬刻里向他传递的永恒含义：

> 人啊，人是一种什么样的动物呢？在异类的眼里，人也未始不被当作一头怪物。走在熙来攘往的大街，盯视前方行人背影，有时会令我尴尬地想：看啊，两肩胛之间端立的那一棱状突起物与乌龟头何异？不也同样形秽而可憎？请看"首级"一词的创制与运用岂止于血淋淋，不亦透露了人对自身形体（器物的一段）的轻贱与嫌恶？——耻为人种，苦为生灵。那时，犹如梦中惊醒的悉达多王子，因见周围流涎酣卧的舞女丑态而有了赴"永生之河"寻求解脱之志，我恍若也在一刻获致了什么"顿悟"……然而，又莫不是陷入了另一种迷惘？
>
> （昌耀《顾八荒》）

静观，悲悯，迷惘，构成了昌耀晚年在城市的千座高原上——也是人生的千座高原上——辗转苦行的内心律法，它们融合进诗人晚期风格的描述性语气和农夫口音，融合进音乐机器的配制方案，融合进他接受老化和刺青的身心历程，融合进浩然之气的迂回游吟。诗人的这种佛禅境界，在日常生活的千座高原上得以修炼而成，几乎是无师自通、自我完成的。千座高原教会了诗人转化苦难的道理，这让昌耀在时间面前获得了更高的智慧。

曾几何时，创伤记忆一直是诗人在作品中与之博弈的凶险对手：在土地法则时期，他希望在空间建筑物的宏大抒情中悄悄将之掩埋、遗忘，以期等待时间去兑现曾经许给他的、除旧布新的承诺："想到在常新的风景线／永远有什么东西正被创造。／永远有什么东西正被毁灭。"（昌耀《赞美：在新的风景线》）在火的意志时期，遭遇认识论断裂的诗人，放弃了此前对总体性的幻想，代之以对创伤记忆和焦虑体验的消极展示、解析和耗费，这种与时间达成的崭新的合作方式，却以从肉体到精神的彻底失血和淘空为代价，诗人被迫以头撞墙，沦为在风暴中扭打的"空心人"："它宁可被撕裂四散，也不要完整地受辱。"（昌耀《我见一空心人在风暴中扭打》）由此可见，不论是寄情于空间救赎（生产），还是投身于孤注一掷（耗费），都未能与时间达成共识，反而引得身心俱损。于是，昌耀在他的创作晚期，在气的游吟阶段，找到了对弈时间的第三条道路。作为一种更高的智慧，诗人直接把世界理解为千座高原，而人在世界上最本质的生存形式，就是游牧——纯粹的、在精神高原上的游牧——没有来由，也没有目的；没有起点，也没有终点；没有过去，也没有未来。只有不停地出走，和不停地归来——"是啊，我又来了。永远都说不完的再见。"（让·科克托语）

千座高原决定了诗人一生的游牧命运，他从降生就开始了一场没有终点的旅行，这也让经历过"逃亡"和"无可逃亡"之后的昌耀，经常慨叹他的"无家可归"。在《百年焦虑》一文中，他以寓言的形式道出了"我"和邻里老D对待"进城"问题的不同态度："不能确定的意愿，如同目标未明的操作，虽进城又何益。而你背负着自家的门板上路，路虽远，你仍在自家门前操心着呢。而我，是一个无家可归者，只是无谓地挥霍着自己的焦虑，当作精神的口粮。我又如何不聪明，我又如何不犯傻呢。"在《我的怀旧是伤口》中，静卧在公共浴室中的"我"满腹惆怅，袒露了他内心的伦理式匮乏，在水汽朦胧之中，仿佛再次被抛入"与两岸隔绝的境况"，一边听着旁人的谈话，一边喟叹着："如能像一位诗人所云：'让世上最美的妇人／再怀孕自己一次'，——我实在宁肯再做一次孩子，使有机会弥补前生憾事。或者，永远回到无忧宫——人生所自由来处，而这，是一个更为复杂深邃的有关'回家'的主题。但目前，我仅是浴室中一个心事浩茫的天涯游子，尚不知乡关何处、前景几许，而听着老人们的絮叨。"一个天涯游子，一个无家可归者，一个游牧在千座高原上的幽灵，吐出了农夫口音中最低沉、暗哑的和弦：**叹息**，老年的叹息，它将诗人一生羁旅都在这瞬间松绑、释然，投入天地之间的浩然之气：

　　静极——谁的叹嘘？

（昌耀《斯人》）

　　一声叹息取消了我们对千年的幻想，同时让我们感受到刹那间人类真实的存在。这是千座高原上的游牧者发出的唯一的、最后的声音。在恋父期语调和水手口吻一统江湖的年代，叹息常被诗人写作它的先祖形式，即"太息"："去。马驹尚在阳关蹀躞。／没有功夫为敝屣喟叹了。"（昌耀《太息》）随着骨肉之血的不断耗散，月经期声调的消沉和农夫口音行情的看涨，这腔迅疾、绵长的气流，即刻从饱满的丹田启程，裹挟着失血后的体温一路上升，最后从我们的口鼻轻轻地解脱，像一个跳水运动员，瞬间带给我们一种重新跌入世俗尘埃里的快感，完成了一次气的游吟。至此，这股丹田之气得以穿越我们一生的风景："使红叶兴奋，／使绿叶感受威胁，／使黄叶猛悟老之将至，／灰叶安然坦然。"（昌耀《稚嫩之为声息》）叹息，是被放逐的诗人在进入气的游吟历程中，哼唱出的最美丽、最动情的一段旋律，它唤起了人类身上柔软部分的震颤，像高山、流水和风，霎时间汇聚在我们微小的肉体内部，为我们施展出灵魂的按摩术，让紧绷的神经松弛下来，感应着高山、流水和风的召唤和轻抚；叹息，这股轻缓的气流，在没有终点的旅途中，赐给高原上的游牧者一道终点式的光线，在任何一块他乡的土地上带领我们回到原点。

我们这些在人间逗留的、平凡的人们，正充满性感地活在每一个生活的瞬间和细节里，活在每一次**呼吸之间**，活在每一声叹息里。一次深长的叹息，就是身体的一次呼气运动，这股通向外部的气流，也为灵魂做了一次临时解压。由此，我们似乎可以这样理解，叹息构成了一次精神上的呼气事件，是讲故事的"我"情不自禁的心绪流露。叹息是一个含义丰富的意指，因此不同于呼喊、嚎啕、咒骂、吐血或以头撞墙等其他情绪表现方式。或者说，叹息是以上情感动作的一个剩余姿态。它正面回应了摆在我们面前的一出无可奈何、悲喜交加的人生戏剧：压抑后的轻松？愤懑后的解脱？毁灭后的怜惜？挫败后的自嘲？意义像气体一样游离四散，没有最终的答案。我们都是生存于世界上的渺小个体，叹息恢复了我们每个人身上的羔羊本色，让我们收起虚伪的强大，退回到被保护的树荫下，呈现出灵魂的阴性质地。面对生活给予的、苦辣酸甜的馈赠，叹息替我们为生活奉上了异常珍贵的气体酬谢，它被一天中众多琐碎、难缠、匪夷所思的问题不怀好意地召集而出，却在完成一次叹息之后拍拍尘土，全身而退。

作为一种举重若轻的游吟之气，叹息将过去和将来锁定在某一个意味无限的禅机，将千年之梦压缩进某一瞬间，如同"把最后的甘甜酿入浓酒"（里尔克《秋日》）。昌耀的晚期作品被这种叹息贯穿始终，伸入"我"的每一次游历和沉思，让"我"在这远离诗意的年代和城市里，陡然被一支隐形的钢针无端地刺痛：

在暑热难耐的七月，我立刻感觉到这种意蕴方式让一切嘈杂退向遥远，而为生命的镇定自若感受到一份振作。

（昌耀《街头流浪汉在落日余晖中遇挽车马队》）

他微微启开圆唇让对方头颈逐渐进入自己身体。人们看到是一种深刻而惊世骇俗的灵与肉的体验方式。片刻，那男孩因爱恋而光彩夺人的黑眸有了一种超然自足，并以睥睨一切俗物的姿容背转身去。

（昌耀《与蟒蛇对吻的小男孩》）

正是如此，一个个婴儿就这样抵达了迈入真正的小伙子行列的最后一刻钟。在这个夏天的溽暑期，我看到你们身着短袖衫抱膝踞坐阶沿，一种心猿意马，一种对未知的远方的窥视，一种复杂的心绪：蜕变，可喜可哀，而又可怖。

（昌耀《钟声啊，前进！》）

但那时，我本欲与宿命一决雌雄的壮志、一释郁积的大愿、爱情表白、直面精神围剿的那种堂·吉诃德的顽劣傻劲儿……等等，瞬刻间只剩下了顽童戏水的感觉。

（昌耀《戏水顽童》）

幸好，当此之时，我已从痛楚之中猛然醒觉，蒸汽弥漫的店堂、人众以及悬挂在梁柱吊钩的鲜牛肉也即全部消失。时间何异？机会何异？过客何异？客店何异？沉沦与得救又何异？从一扇门走进另一扇门，忽忽然而已。

（昌耀《时间客店》）

甚巧，在他俩偶尔回头的一瞬，我们目光相交：轻轻一笑，点点头。惬意莫过于心领神会，窾隙之间刀之所至游刃有余，不然，纵然是万语千言，如风过耳。

（昌耀《紫红丝绒帘幕背景里的头像》）

昌耀在"后英雄时代"讲述的大多数故事里，叙述者"我"经常会被这种"立刻""片刻""瞬刻""瞬间"等词语蜇痛，猛然间被带进一种清醒的反思性语境。"我"开始突然将话头转向了更开阔处，转向全世界，转向人的灵魂，进而郑重地袒露出"我"的**顿悟**。当顿悟来临的时刻，伴随它产生的是身体的一个定神和寒噤，是浑身毛孔的收缩，是迅速聚焦的眼神，是"我"倒吸的一口冷气……这几乎成为昌耀晚期叙述风格里一种无意识行为。在迷失了线性时间意识的千座高原上，这种顿悟的无意识像是从贫瘠、荒凉的土地上钻出的、充满灵性的香草，"正如幽室兰花不经意间蓦然开放"（昌耀《雁忧的日子》）。顿悟是惊诧后的自觉，是颓丧后的重新振作，在诗人对气的游吟和呼吸之中，这种频繁发生的顿悟，刚好构成了叹息的倒影和逆过程。如果我们把叹息想象成灵魂的呼气，那么，顿悟则成为一种精神上的吸气行为，一次即兴的自我教育。与倾心于世俗的叹息不同，顿悟表达了力图引导我们重返神圣世界的决心。仿佛高原上的牧羊人，刹那间看见了神向他显现的光芒和异象，全然进入一个茅塞顿开的澄明境界，他在这里找到了自我理想，进而从头到脚更新了身上所有的尘世细胞：

危机与肉欲四伏的天底，行者众中
智勇无双一只白色羊沉思着匆行在萧萧路途。

而我同时听到灵魂的乐音涌流滔滔无止。

当惊叫孤独的白色羊我正体悟一场既定的历险。

（昌耀《感受白色羊时的一刻》）

在尘世的千座高原上，无词的音乐悠然升起，作为存在的牧羊人，我们在生活中驱赶着自己的羊群，同时也被神的皮鞭驱赶着。我们并没有一个起跑线和一个非要到达的目的地，没有最初的伊甸园和最终的乐园，只有高原，只有戈壁，只有灵魂的一呼一吸，刹那间呈现对生命的完整演绎。千座高原修改了我们对时间惯常的体验，或者说，它还原了我们对时间的原始体验，收起了起点和终点、过去和未来，将血的书写转换为气的书写，将历史观和生命观中的线性观念（以土地法则为代表）转换为交替体验（以气的游吟为代表），后者告诉我们，生活就是一架钟摆所划过的轨迹："夏天去了，夏天还会回来。秋天去了，秋天还会回来。现在是冬天，那么春天还会回来吧。既然春天仍再，那么夏天还会远吗？"（昌耀《戏剧场效应》）

线性观念的内核是一种西方式的、现代的进步观，它在 1949 年之后的中国诗歌界取得了全面、辉煌的胜利，强制性地改变了诗歌自身的使命。昌耀的作品曾深深受惠于这种线性观念，它激荡起诗人的血气，借此奠定了他作品中长期坚持的思想基调和艺术风格。同时，线性观念作为一种人生观，也给诗人的精神生活带来了巨大的痛苦，比如他的认识论断裂和情急之下的以头撞墙，彻底粉碎了他前半生对总体性的信仰。

交替体验的发掘为昌耀走出困局提供了一份越狱指南，尽管他已近风烛残年，但这一体验却刷新和洗涤了线性观念的意识痕迹，像海浪抹平了我们在沙滩上留下的足迹。比起舶来的线性观念，交替体验更加接近中国的传统智慧，接近一个汉语写作者的思维原点。正如赵汀阳指出的那样："在中国的知识里我们几乎没有想到进步、目的地和历史终点这样的问题，历史根本没有使命和义务。中国思维的核心问题是'生命'以及生命的各种隐喻，不管是个人的生命还是国家的生命甚至文化的生命，总之，一个历程的意义落实在这个生命自身中，并且必须在这个历程自身中实现，生命永远为了生命的存在，而不是服务于生命之外的什么东西。因此，生命本身就是目的和意义。"[①]在昌耀的作品中，交替体验是一种生命哲学，气成为生命的重要隐喻。在以气代血的创作时期，它支配了讲故事的人的创作意识，让找到自我理想的昌耀在作品的各个层面上都能够张开鼻翼、畅快呼吸。

呼吸运动是生命体最熟悉的交替体验，这种体验也深刻地关怀着诗人的描述性语气和农夫口音，关怀着我们在生活面前的叹息和顿悟。作为呼吸运动的精神对应物，叹息和顿悟，成为发生在昌耀晚期风格里的深层呼吸事件，是游吟之气的诗学标志。从呼吸运动的运行规律来看，两者同样形成了钟摆式的交替运动，建立了一个完整的循环：诗人的写作中往复进行着从叹息到顿悟，再从顿悟到叹息的过程，这也是气体从呼出到吸入，再从吸入到呼出的过程，是肺从收缩到舒张，再从舒张到收缩的过程——肺的呼吸运动成为破解昌耀晚期作品的一把钥匙。"连环套式折叠一片金箔感受物事起灭轮回，/ 花之梦，梦之花如此地异质同构映衬圆满。"（昌耀《折叠金箔》）参悟生命就像折叠金箔，在纵横交错的痕迹和褶皱中，我们察看到了命运的脉络。在肺的一呼一吸之间，如同金箔折叠之后又展开，我们逐渐辨清了生命逐渐老化的纹理，辨清了幽灵的面孔和神秘刺青的图案。随着线性观念在千座高原上的废黜，由呼吸运动带来的交替体验，成为散文时代里昌耀写作的自然律法：

夜与昼自当引动着。设想的破晓仍晦暗莫辨（或许更

---

① 赵汀阳：《历史知识是否能够从地方的变成普遍的？》，《没有世界观的世界——政治哲学和文化哲学文集》（第二版），中国人民大学出版社，2010年版，第133页。

幽深了）。听见人海里那个磨刀匠人唱偈似的吆喝声忽隐忽没在市嚣仍十分真切。院子内钝器的撞击仍响动如初。心想：我还是继续躺下去或是出外投入夜里的"白昼"运作？我记不清自己的前生，亦把握不准是继续和衣而卧还是即刻起床梳洗盥沐。因之未来也暂处于停滞。人，而一旦失去前生怕也未必只是一件憾事，当别有一种诗意的沉重。当然，只有"醒着"时才能作如是之想，可一旦醒来，我复归茫然。

（昌耀《醒来》）

与其清醒地承受痛苦，我实在情愿重新进入到昏睡状态，即便是一种偷安、一种藏匿、一种真正的死亡。死，也是一种自我保护。不然，我以何种方式强迫将痛苦的时空压缩为我所称之的失去厚度的"薄片"，以达自我之消泯，归于虚无。

（昌耀《我的死亡》）

交替体验让诗人重新修葺了他心目中的自然现象和生命现象，它揭示了生命的一种原型状态——夜与昼，梦与醒，死与生——这类题材在昌耀的晚期作品里层出不穷，记录着他晚年的孤独、迷惘和虚无："套不尽的无穷套。扣不尽的连环扣。/遗忘在遗忘里。追忆在追忆中。"（昌耀《百年焦虑》）交替体验最终呈现给我们的是两面相对摆放的镜子，我们在镜子中间观察到自己的形象（群），就是这个世界把我们塑造成的形象（群）。伴随着极端丰富的生命体验，昌耀在他的晚期作品中试图回答着这些古老的问题，但终究没有答案，也不必有答案。诗人的阐释性语气早已被描述性语气替换，在气的游吟阶段，展示问题比解决问题更加重要。昌耀作品中的呼吸运动帮助我们实现了对问题的展示，带领我们重返中国人思维的零点。

　　二十世纪末的人生问题，和两千余年前的人生问题，是同一个问题。在庄子的时代，它就已经被完美地提出来。然而，在若干代里出生和死去的人们，必须经过若干次的叹息和顿悟，经过若干次的出走和归来，在形形色色的声调、语气、口吻或口音的密集丛林中，在一望无际的千座高原上，在羊群般的幽灵中间，在夜与昼、梦与醒、死与生的极限体验里，方才能认领到自己的命运，辨认出自己老化的纹理和切肤的刺青，找到自我理想，才能理解"爱的繁衍与生殖／比死亡的戕残更古老、／更勇武百倍"，品尝到痛苦和麻木中的毒药和解药，才能勾销掉庄周与蝴蝶、卡夫卡与甲虫、昌耀与气之间的界线，达到物我两忘，以及身心、群己和天人之间的和谐——尽管这种和谐在昌耀的生活里几乎不存在，但他和我们同样献出了焦灼的期待。叹息仿佛是酒带来的麻醉、致幻和快慰，顿悟是猛然钻出的、"今宵酒醒何处"式的扪心自问。于是，在诗人交替往复的蝴蝶梦中，他如是说道："死亡倒可能是一种解脱或净化。我的终点早已确定，处之坦然。但是有一种征象却是同样真切：幼婴在，人世将无穷尽，即便仍不免于痛苦；燧石存，火种也不会死灭，——而这一定理现今似乎成了一个只可意会而耻于言传的秘密。"（昌耀《秋之季，因亡蝶而萌生慨叹》）

　　在昌耀的晚期作品中，再没有对"明天会更好"的激情阐释，诗人也对他早已告别的、充满苦楚的黄金时代大为疑惑。他将目光折回到现在，专注于当下，深入到复杂的现实生活的内部和深处，甚至潜入梦境，那里或许蕴藏着等待他开采的秘密："所谓未来，不过是往昔／所谓希望，不过是命运。"[1]（西川《杜甫》）伊格尔顿（Terry Eagleton）对马克思的著名辩护，似乎也同样可以帮助我们，像昌耀那样从叹息走向顿悟。这位英国批评家认为，一种真正艰难的未来局面，不是对现在的单纯延续，也不是与现在的彻底

———————————
① 西川：《西川的诗》，人民文学出版社，1999年版，第108页。

决裂。如果未来与现在彻底决裂，我们又怎能分清它到底是不是未来呢？然而，如果我们可以简单地用现在的语言描述未来，那未来与现在又有什么区别呢？从可能发生的变化的角度看待现实，就是实事求是地面对现实。否则你就无法正确地看待现实，就像除非你认识到婴儿终将长大成人，否则你根本无法真正明白作为一个婴儿究竟意味着什么。[①]与深不可测的过去一样，遥不可及的未来依旧是一个乌托邦，我们对两者存在着太多的错觉，但它们又无时无刻不在影响、再造着当下的我们——这些此时此刻的、"无辜的使者"（柏桦语），让我们对汇聚在自己身上的两道光线徒生幻想——文学的幻想。昌耀的整个创作为我们展示了这种幻想的足迹，一部刺青简史。诚如年轻时代的别林斯基（Belinsky）宣告的那样：

> 整个无限的美好的大千世界，不过是统一的、永恒的理念（统一的、永恒的上帝的意思）的呼吸而已，这理念表现在数计不清的形式中，正象绝对统一的奇景表现在无边的多样性中一样。只有凡人的火热的心，在其明彻的瞬间，才能够懂得，以庞大的太阳为心、银河为脉、纯粹的以太为血的那个宇宙的灵魂的胴体有多么伟大。这个理念不知道安息，它不断地生活着，就是说，它不断地创造，然后破坏；破坏，然后再创造。它寓形于光亮的太阳，瑰丽的行星，飘忽的彗星；它生活并呼吸在大海的澎湃汹涌的潮汐中，荒野的猛烈的飓风中，树叶的簌簌声中，小溪的淙淙声中，猛狮的怒吼中，婴儿的眼泪中，美人的微笑中，人的意志中，天才的严整的创作中……[②]

---

① 参阅［英］特里·伊格尔顿：《马克思为什么是对的？》，李杨等译，新星出版社，2011 年版，第 80—81 页。

② ［俄］别林斯基：《文学的幻想》，《别林斯基选集》（第一卷），满涛译，上海文艺出版社，1963 年版，第 18—19 页。

呼吸之间，双轴范式

以呼吸运动为杰出代表的交替体验，启示了昌耀对吐故纳新的实践。吐故纳新不同于除旧布新，后者显然在线性观念中起到了模范带头作用，而前者似乎是智慧和理性的近邻。这种吐故纳新的智慧也存在于人们对水、土、火、气这四种物质想象之间，它把诗歌中的个性、气质、声调、语气、现实、梦境、生存和死亡等问题都游刃有余地转化为呼吸问题。这种转化的思维也常常被诗人带进他对诗歌形式的思考当中。

昌耀在结束漫长的流放生涯、回归常态生活之后，开始以一种审慎的态度对待自己的作品。在经历了他人生中最重要的苦难岁月之后，一股强大的干预力逐渐在诗人心中丰满成型。在这种破坏力的鼓励下，昌耀大规模地修整了他的诗歌鬓发，将他此前和此后的作品都统合进一种再生产的观念里，让创作史渐渐成为形式史，让诗歌自身做深呼吸，希望以此符合吐故纳新的规律。这股强劲的改革热情，支配诗人对自己的作品进行大面积地修缮、改写或重写，[①] 在这种二度创作的焦虑中，我们可以约略观察出昌耀潜意识结构中对待写作和生存问题的两种极限向度。同时，我们也注意到，在昌耀作品漫长的创作和修改历程中，这两种极限向度之间发生了颇具意味的倾斜。

《昌耀诗文总集》收录的第一首作品为《船，或工程脚手架》，尽管诗的末尾标明的写作时间是"1955年9月"，然而这却是一首

---

① 据燎原考证，除了1957年的《林中试笛》（二首）外，收录在《昌耀诗文总集》中1979年之前的所有作品，包括1979年之后的诸多诗作中，其末尾注明是"改旧作"的一类作品，多存在这种改写或重写的现象。而那些末尾没有做出这种标注说明的，也仅仅能表明修改时保留了原作的基本框架，而绝不意味着没有进行过修改，乃至重写。参阅燎原：《昌耀评传》，前揭，第259—264页。

昌耀 1979 年复出后根据另一个母本删改而成的作品。① 相对于母本来说，《船，或工程脚手架》具有一副更加简练的外观形式：

高原之秋

船房

与

桅

云集

濛濛雨雾

淹留不发。

水手的身条

悠远

如在

邃古

兀自摇动

长峡隘路

湿了

空空

青山。

　　这是一种在昌耀作品中罕见的诗歌造型，每行多则五字，少则一字，极为精简洗练。②昌耀将该诗置于《昌耀诗文总集》的卷首，犹如化石一般令人为之一振，又在情感上高度节制。从整体上看，

---

① 　根据燎原查证，该母本是昌耀的组诗《高原散诗》中的一首，发表在沈阳作协主办的《文学月刊》1956 年 4 月号上。原诗全文可参阅燎原：《昌耀评传》，前揭，第 260—261 页。

② 　《昌耀诗文总集》中还有另外一首名为《一代》（1986 年）的作品，与该诗的造型特点类似，此处不予以讨论。

因为抽象的笔触实现了每一诗行字数的最小化，视觉上就造成一种将文字纵向排列的趋势，让整首诗接近于一条竖直的轴线。这类造型在昌耀作品中尽管少见，但却揭示了诗人通过文字形式而表达的一种潜在的生存焦虑。《船，或工程脚手架》奠定了昌耀创作的一种**纵轴范式**，这种创作范式力图用最简练的文字占满一个诗行，就像释放少数几个原子就占满了一条原子轨道一样。这种布局让闲置下来的大量空白，来开门迎接人类情感中含义无穷的诗意内容，因此以每一个诗行为单位，诗行彼此之间就保持着一种宁静的平行关系。在我们阅读纵轴范式的作品时，每一诗行中的诗学原子都与临近诗行中的原子维持着等距的直线式下落运动。这种诗学运动建立了一个共时性的诗歌场，它最显著的特征就是超越了时间的线性观念，彼此平行的诗行维持一种纵向的空间排列，像一棵笔直挺立的树，沿着一个纵向的主轴生长。

共时性诗歌场的建立与古希腊的城邦格局极为相似，每一个从容不迫的诗行都是一座人口稀少且制度完善的袖珍城邦，而纵轴范式的使命就是建立这样一个诗歌的理想国，它要求诗歌写作者通过不断的写作实践，努力实现一种完美的诗歌结构，即一种善的结构。这种结构如音乐般肃穆而安详，几乎抵达了一种神圣的静止，践行一种空间原则。以此为目标，对诗行间关系的考量又可以诞生出一门诗行的政治学，纵轴范式正是以诗行的政治学为圭臬来操持着它们的善治。

我们不妨将《船，或工程脚手架》作为昌耀作品视觉形态的一极，而以这种极限的思想来观察昌耀作品的流变历程，往往令我们深受启发。当我们以这样的态度阅读昌耀晚年的作品时，一种文字形式的激变正在回应着我们的假设。一个有目共睹的事实是，昌耀进入二十世纪九十年代以来开始自觉地放弃分行诗歌的创作，代之以

不分行的短文体裁。或许是受到鲁迅的散文诗《野草》的影响，^①
昌耀在散文时代开启的这类创作，在 1993 之后开始成为一种占主
流地位的写作样式。这种从分行到不分行的文体革命，无疑是昌耀
诗歌造型史上的一次飞跃，既然分行的文字利用诗行间的平行排列
关系，创造了共时性的诗歌场，那么不分行的文字因为取消了诗行
的独立性而趋于一体化，这样就形成了一种线性结构，一种历时性
的文字流。在这种意义上，作为诗歌体裁的变更形式，不分行的文
字已经获得了一副散文的面孔。它遵循时间的逻辑，具有了阅读上
水平的方向感和内驱力，因此，与纵轴范式相反，昌耀在散文时代
的不分行的文字造就了一个**横轴范式**，它要求诗人的创作欲念中像
原子般散乱的文字，都在它的规定下排列在同一条叙述轨道上，这
也形成了一条模拟时间特征的文字流体，它具有一个开端和一个结
尾，叙述活动就在这两者之间开展。于是，在纵轴范式下并行不悖
的诗学原子开始发生偏移，偏移必然导致原子间的撞击，撞击的结
果就是聚集成一个新的共同体。

　　昌耀谈到："诗，自然也可看作是一种'空间结构'，但我更愿
将诗视作气质、意绪、灵气的流动，乃至一种单纯的节律。"^②横轴
范式打破了诗歌的分行原则，诗行不再成为文字共同体的单位。这
一范式号召诗歌结构中每一个独立的诗行与它们邻近的诗行首尾相
连，并被时间流一以贯之地串制成文字流，文字流中的语词成为了

---

① 这里不仅指昌耀在进入散文时代的创作与鲁迅的《野草》在体裁和思想旨趣上极
　　为类似，此外，在一些具体的语句和运思逻辑上，两者也十分相像。如鲁迅在
　　《野草·题辞》（1927.4.26）中开篇即写道："当我沉默着的时候，我觉得充实；我
　　将开口，同时感到空虚。"参阅鲁迅：《野草·题辞》，《鲁迅全集》（第二卷），人
　　民文学出版社，2005 年版，第 163 页。而昌耀在《苏动的大地诗意》（1997.4.19）
　　一文的开头是这样的："当大地沉睡着的时候，我们感觉到大地倒像是苏醒着。而
　　当大地苏醒的时候，我们自己倒是睡着的。不常常是如此吗？"参阅昌耀：《昌耀
　　诗文总集》，前揭，第 699 页。由此可见，相差七十年光景，两位作者在写作时都
　　面临着相似的精神境遇。

② 昌耀：《我的诗学观》，《昌耀诗文总集》，前揭，第 323 页。

横轴范式里新的单位。这种历时性的叙述形态酷似古罗马的帝国制度，它力图在写作中实现一种大一统的集权梦想。在这里，诗行的城邦消失了，善的结构被打破、碾碎、挤压，被安排进新生的文字流里，善治的梦想和重任落在了词语的肩上，犹如帝国治下的家族或家庭的角色。由此，在昌耀的文字帝国体系内部，调解词与词之间关系的问题成为一门显学，我们不妨称它为词语的家政学。

对于转向这种不分行文字创作的文体革命，昌耀提供了自己的逻辑："我是一个'大诗歌观'的主张者与实行者。我曾写道：'我并不强调诗的分行……也不认为诗定要分行，没有诗性的文字即便分行也终难称作诗。相反，某些有意味的文字即便不分行也未尝不配称作诗。诗之与否，我以心性去体味而不以貌取。'……我将自己一些不分行的文字收入这本诗集正是基于上述郑重理解。我曾说过：我并不贬斥分行，只是想留予分行以更多珍惜与真实感。就是说，务使压缩的文字更具情韵与诗的张力。随着岁月的递增，对世事的洞明、了悟，激情每会呈沉潜趋势，写作也会变得理由不足——固然内质涵容并不一定变得更单薄。在这种情况下，写作'不分行'的文字会是诗人更为方便、乐意的选择。"[1]经过这一通大段辩白，我们得知，昌耀作品分行与否的判断标准是"诗性"的有无，而昌耀声称是在用"心性"体味"诗性"。昌耀"想留予分行以更多珍惜与真实感"，实际上也就承认了分行文字终归是寄托"诗性"的王道面孔。分行文字的写作必然要强调诗行间的共时性，强调诗行间组建的诗歌场，也就必然要强调纵轴范式。

作为一门诗行的政治学，纵轴范式是诗人写作分行文字的无意识，也即一般意义上的诗歌写作的无意识，它在写作中的秘密运作促成了"诗性"的生成。于是，昌耀正是在用"心性"来匡定他写作意识中的纵轴范式，并完善诗行的政治学。"心性"是一种无形的力量，是勘测灵魂的工具，就像蝙蝠发出超声波来探明去路一

---

① 昌耀：《昌耀的诗·后记》，前揭，第 423 页。

样，"心性"在纵轴范式形成的共时性诗歌场中得以传递和强化，希望用一种善的诗歌结构来照亮一种理想的生存形式。

从《斯人》之后的作品风格来看，日常生活作为一种解构的力量在逐步蚕食昌耀一度高调的写作气势。现实世界这头凶猛的怪兽令诗人陷入焦躁、苦闷和虚无的生存状态。在公共生活和私人生活中的许多期待和梦想纷纷落马之后，昌耀试图用文字作为自卫的短刃组织一场江湖救急。他的写作策略也随之改变，试图将以往安放在不同诗行中的文字资源，统一调集进同一个总诗行，以组建一条庞大的文字阵线，借此作为抗御日常生活劲敌的主力武装。"你想从危机逃亡。／你挣扎。你强化呼吸。／你已如涸泽之鱼误食阳光如同吞没空气。"（昌耀《僧人》）仰仗自己对文字的调遣权，昌耀在日常生活面前成为了一个被动的防御者。他的"战时政策"破坏了纵轴范式的理想模式和善的结构，打破了诗行间完美的布局。对于一首诗的读者来说（包括昌耀本人在内），它也同时打破了理想诗歌模式中的呼吸节律：让吐故纳新变成了除旧布新，让改革升级为革命。

诗人在现实中的挣扎，让诗歌中的呼吸节奏失去平衡，进而发生了倾斜；他在文字上的调兵遣将让原来分为几次的呼吸运动，强行合并成一次，无异于一次"强化呼吸"，像一条缺氧的鱼在窒闷中用力地翻腾跳跃。"强化呼吸"的策略是昌耀作品形式革命的巨大动力，诗人开始全面倡导普及并加快推进词语的家政学，重新安排词与词，词与文字流，词与时间的关系。"强化呼吸"也重新定义了词与呼吸之间的关系，它势必增加肺的负荷，而这种负荷量往往随现实生活的恶劣程度的升级而呈正比例增长。于是，**肺**成为了量度横轴范式的诗学器官，日常生活的焦虑体验向横轴范式求救，横轴范式越发强化，敏感柔弱的肺叶就越发紧迫地进行舒张和收缩。同"心性"代表诗歌的理想原则一样，肺宣告了诗歌的现实原则，它象征了诗歌在日常生活中的呼吸和节律，在严酷的命运流徙中，它甚至指代着生命本身：

> 我奇怪的肺朝向您的手，
> 像孔雀开屏，乞求着赞美。
> 您的影在钢琴架上颤抖。
> 朝向您的夜，我奇怪的肺。

（张枣《卡夫卡致菲丽丝》）[①]

　　肺的病变几乎成为现代知识分子的共同厄运。昌耀的晚年写作呈现了横轴范式的垄断局面，这或许正意味着他正用肺与现实世界开展着胶着而惨烈的斗争。他在拼命强化呼吸，让柔弱的肺叶独自抵抗现实生活更加恶劣的空气，在战斗中千疮百孔，他的晚期写作正如同在病态地展示着他孔雀开屏般的肺。诗人将自己降低到一个最低层次的生活体验者，用他日渐残损的肺苟延残喘地呼吸着自己剩余的生命，展开灰烬中的独白。昌耀写作的横轴范式充满了一种求生的渴望，这让以这种范式指导下的写作，也倾向于捕捉相同类型的题材：火柴的多米诺骨牌游戏、街头流浪汉在落日余晖中遇挽车马队、地底如歌如哦三圣者、与蟒蛇对吻的小男孩、一个青年朝觐鹰巢、冷风中的街晨空荡荡、载运罐装液体化工原料的卡车司机、紫红丝绒帘幕背景里的头像、挽一个树懒似的小人物并自挽、从酷热之昨日进入到这个凉晨……这些日常生活中的平凡物象在昌耀的横轴范式作用下都带上了些许魔幻色彩，描述性的生活场景成为了昌耀此时创作的源泉。这种生活的描述性质或许正来自昌耀敏感的"孔雀肺"，它以一种得意忘形的姿态宣扬着诗人的躁动和颓废，经营着一种反诗意的诗意。在不断加强的呼吸运动中，昌耀的"孔雀肺"敏感得近乎病态，好像一张飘扬在猎猎西风中的残破战旗，始终不肯向现实困境屈服，这也成为昌耀晚期风格的器质

[①]　张枣：《春秋来信》，前揭，第97页。

根源。

　　纵轴范式和横轴范式共存于昌耀的创作历程当中，并展开相互间的拉锯和角力。前者寄寓了昌耀对"千年"的梦幻，倾向于一种长线的诗意；后者常常瞥见"瞬间"的光环，缀满了即兴的真实。诗人从"千年"汇成"一瞬"的创作嬗变，也在推动着纵轴范式和横轴范式之间的抵牾生出端倪。我们从昌耀创作于1980年的长诗《山旅》中，可以搜罗到这种端倪有力的佐证。《山旅》在历次收进昌耀陆续出版的几部诗集时均遭到不同程度的修改，[①]从总体趋势上看，几番颇费心思的修改过程已经充分暗示了，诗人潜意识中对写作形式的自主选择。除了大段的删减诗行，昌耀主要采取一种诗行合并的策略，将原诗中大量较短的邻近诗行相互合并，组成一个新的诗行。略去中间形式，以下罗列《山旅》中一处修改前的初始形态和修改后的最终形态，以资对照：

　　A. 修改前：

　　　　哪怕是——

---

①　据燎原考证，该诗首刊于《青海湖》1980年第11期，共十四节近四百行。在收入昌耀1986年出版的第一部诗集《昌耀抒情诗集》时，仅做了个别的词句改动，基本上保持原貌。到了昌耀的第三部诗集、1994年出版的《命运之书》时，这首长诗没有了，却出现了一题题名为《马的沉默》的短诗。而这首短诗，正是从《山旅》中节选出来的一个片段，它在《山旅》中分成三段，共二十五行。至此一字未改，却折并成了不分段的十三行。在昌耀的第四部诗集、1996年出版的《一个挑战的旅行者步行在上帝的沙盘》中，这首《山旅》再次出现，但其局部的诗行排列形式却颇为奇特，为了节省篇幅，原诗中许多较短的自然诗行，都由两至三行折并成一行，但彼此间却以斜杠——"/"分隔开来……于是，这首长诗就通过这样的诗行折并，更加上诸多部分的诗句删除，被压缩成了七节共二百一十行左右的篇幅。到了昌耀的第五部诗集、1998年出版的《昌耀的诗》中，这个版本被原封不动地移植了过来。而在他的最后一部诗集、2000年出版的《昌耀诗文总集》中，这首诗仍保留着前一个版本的形态，但所有并行中的斜杠——"/"，却被全部剔除。参阅燎原：《昌耀评传》，前揭，第268—269页。

　　　　　　我感知世事前
　　　　　　　　　　初尝的苦果；
　　　　　哪怕是——
　　　　　　　我披览人生后
　　　　　　　　乍来的失恋
　　　　　　……

B. 修改后：

　　　　哪怕是我感知世事前初恋的苦果，
　　　　哪怕是我披览人生后乍来的失恋，
　　　　……

　　通过诗行的几经修改，我们可以明显地发现昌耀诗歌在结构上的演变趋势，即由纵轴范式逐渐向横轴范式递变。作为一种自主选择，这种变化趋势贯穿于昌耀创作的整个历程，它决定了昌耀诗歌独特的风貌：在由诗行的政治学向词语的家政学改组的愿望之下，诗歌的纵轴不断地向横轴输送文字，语词像着魔的原子一般从纵轴不断跃迁到横轴。这种跃迁运动将共时性的诗行强行捆绑成一体，摇身变为历时性的叙述文字，让诗歌场改组为文字流，这种近乎生硬的语词嫁接，造就了昌耀诗歌的涩滞美学。这种涩滞来自个体与世界的摩擦，来自命运中冥顽不化的体验，来自生存和言说的艰难。与纵轴范式创制出善的结构相反，这种由纵轴向横轴的聚集和错动最终催生出了一种结果，即噩的结构："噩的结构正是如此先验地存在，/以狰狞之美隐喻人性对自身时时的拯救，/而成为时时可被欣赏的是非善恶。"昌耀诗歌中意味深长的涩滞即是一种狰狞之美，是语词跃迁过程中产生的奇特的诗学效果，它准确地描述了诗人的"孔雀肺"，道出了诗人呼吸和生命中的涩滞体验。

昌耀对诗歌形式的修改习惯，暴露出了他诗歌语言中一个长期、普遍的特征。每一个读过昌耀诗歌的读者，几乎都会在唇舌上体会到一种难以忍受的艰涩、拗口、障碍甚至间断。这是一种阅读上的断裂，是气的打断。如果谁试图勉强一口气读完整个诗句，除非他具有超强的肺活量，否则正常的读者都很难做到。比如下面这个例子：

　　A.
　　太阳沉落时我永在向往的海就已在西天短暂地显现那一时的荣华。荣华。荣华。
　　我遥望红色海流不断升起来的暗影依时序幻化流变渐远如我们无闻的岛屿，如村烟纷扬零落。如靛蓝染布一匹匹摊晒海涂。如锻锤下一串串铁屑飞迸冷却变色。

　　　　　　　　　　　　　（昌耀《听候召唤：赶路·水月》）

　　类似这样如经文般冗长、紧凑的诗句，在昌耀很多的作品中都能看到。根据上文对昌耀诗歌形式修缮史的简略考察，我们是否可以做出如下的猜测：除了学诗早期的习作，和晚期的不分行文字，居于其间的昌耀作品的主干部分，或许都是从纵轴范式向横轴方式的过渡形式。也就是说，对于上面作品中的那种超级长句，在昌耀的腹稿中，它可能是由若干分行的短句组成的，并且极有可能写成一种原始的纵轴模式：

　　B.
　　太阳沉落时
　　我永在向往的海
　　就已在西天
　　短暂地显现

那一时的荣华。

荣华。

荣华。

我遥望红色海流

不断升起来的暗影

依时序幻化

流变渐远

如我们无闻的岛屿，

如村烟纷扬零落。

如靛蓝染布

一匹匹摊晒海涂。

如锻锤下一串串铁屑

飞迸

冷却

变色。

　　面对像《听候召唤：赶路·水月》这样的作品中的复杂长句，以上便是本书为昌耀猜测的一种极有可能的纵轴范式，其中个别字词位置的调整，还会衍变出其他若干种形式，此处就不一一讨论了。在这里，我们代替诗人对原作中的复杂长句做了向纵轴范式的还原，可以看出，从 B 到 A 的形式演变，或许正是昌耀从腹稿到下笔，或从初稿到定稿，或从定稿到发表，或从发表到结集出版等任何一个过程中，对诗歌形式的修缮、转换过程。这一过程体现了昌耀诗歌从纵轴范式向横轴范式投射、过渡和跃迁的总体趋势。它的最初形态和最终形态已被我们把握，而其中经历的漫长的过渡形态，便体现在昌耀大部分作品中出现的那种复杂长句上。

　　对这种复杂长句的写作和阅读，需要的是充沛强劲的肺活量，需要一口长足的气息，才能适合与这种形式相匹配。对于每一个正常的读者来说，这种过渡形态也暗自对我们的肺提出了高级的要求，布置了高难度的任务，要求我们强化呼吸，以期尽量多地争取到氧气——尽管这是一种令人难以理解的方式。对于昌耀来说，这种氧气就是他渴望用"心性"体味到的"诗性"，是他窘迫人生在纸张上投下的阴影（比如为出版时节省纸张而对诗歌形式做出煞费苦心的改动）。为了追求"诗性"，他不惜苦吟推敲，经营复杂的长句和结构，制造精致磅礴的物象和场景，构思意味深长的典故，宁为雅言而阳春白雪，不为流俗而下里巴人。他宁愿滥用自己的肺，也不滥用汉语之美。越是那些生僻、古奥、匪夷所思的作品，就越凝聚了诗人的良苦用心。

昌耀的这种诗学志趣，总体上被他表达为狰狞之美。这种美是诗人与时代、政治、体制和日常生活凌厉交锋后的奇怪产物。对于这部被上帝之手镌刻在祖国西北角的命运之书，昌耀运足毕生的气力渴望制造几许偏移，渴望实现朝向他的零点做永劫的回归，因而，他的作品都统统带上了偏移的痕迹和跃迁的夙愿，形成一种**西北偏北之诗**。这部独一无二的杰作，是昌耀在身上早已发现的、关于命运的刺青，是人逐渐走向老化时留下的纹理。这种狰狞之美并非只存在于纵轴范式向横轴范式投射的完成时里，而是以一种折射的方式弥漫在昌耀的整个作品系统中，是他在写作中绽放的、珍贵而罕见的光泽，昌耀渴望在这道蜿蜒、倾斜、布满杂质的光线里找到并实现他的自我理想。

昌耀作品中的这种怪异风格，经常被解释为偏僻的、异域的、洋溢着猎奇感的作品，是非主流的艺术，是填补差异的诗歌，是边陲小镇上的一坛怪味酒，是野蛮人部落里的一杯兰姆酒……持这种观点的人读昌耀，或许是因为对其他诗人的作品读得太多，而这些人彼此又写得太相似了。他们把昌耀的诗想象成街边摊贩端出来的一盘开胃小菜，尝上几口后再继续着每天不变的一日三餐。读者只注意到他偏离主流的迥异风格，而忽略这种风格内部的复杂性；只注意到了词的征象，而无意于物的机理。许多人不知道，昌耀虽身在外省，但他的诗歌创作和理念却并不生涩、偏僻。如同上帝是一个理念的圆球，它的圆心无处不在，而圆周却不在任何地方，对待昌耀也是一样，这个跋涉于千座高原上的诗人，他牢牢地抓住了他诗歌的圆心，他就居住在诗歌的中心地带，而他的多数读者却无法把握这颗诗性之心的边界：以为他身在西北，便只做地域之诗，着实狭隘而可笑。昌耀的诗歌圆球或许也相当于一种罡的结构，出神时是"蓝烟"一缕，倍感骇异，定睛时无色无相，天下太平：

> 赶路的人永是天地间再现的一滴锈迹
> 慨叹无可自拔的臃滞。

（昌耀《听候召唤：赶路·水月》）

昌耀是在文字中永远赶路的人。从《船，或工程脚手架》中表现出的纵轴特征，中经《山旅》的跃迁枢纽，最后形成晚期不分行文字中成熟的横轴范式，昌耀的创作历程可以形象地视为语词由纵轴范式向横轴范式的**跃迁史**。在结构语言学背景下，如果我们进一步把主张共时性的纵轴定义为联想轴（选择关系），把承认历时性的横轴定义为组合轴（句段关系），那么按照结构主义千里马雅各布森（Roman Jakobson）的说法，昌耀创作中体现的这种整体趋势，实际上实现了一个最大的诗学功能，即存在一种把联想轴投射到组合轴的语言事件。[①]这种投射的后果会将隐喻导向转喻，也就同时将分行的诗歌导向不分行的散文，把诗行的政治学改组为词语的家政学，这正是一种最广义的诗意生产机制。

在精神分析的语境中，由于昌耀作品中的纵轴范式倾向于兴建

---

① 参阅［俄］罗曼·雅各布森：《语言学与诗学》，《符号学文学论文集》，赵毅衡编选，百花文艺出版社，2004年版，第182页。

一种诗歌的善的结构，像浮士德喊出的那句"真美啊，停一停吧"一样，它召唤完美的瞬间莅临，因此象征了"死的本能"①；而横轴范式则向一种噩的结构敞开，它揭示了人性的涩滞、缺憾甚至狰狞，所以体现为"生的本能"。而语词由纵轴向横轴的跃迁运动，也暗示了诗人潜意识里存在着从"死的本能"向"生的本能"的投射，正如萨义德所言，死亡以一种折射的方式在晚期风格里体现出来。这种投射和折射炮制了诗人的"孔雀肺"，以及他诗歌中的狰狞之美。肺滥用了诗人的呼吸，也加剧了他的咳喘，让他的生活笼罩上死神的阴霾，预示了诗人必将在噩的结构中读懂命运，从诗歌到生命，从精神到肉体，逐一接受死亡之光的折射：

> 清醒的多重人生体验，
>
> 无疑是一种折寿的行为。
>
> （昌耀《20世纪行将结束》）

昌耀以一个不合时宜者的身份出现在当代中国，极"左"年代的右派身份，市场经济时期的保守性格让他的一生饱受摧残。他在中国西部找到了写作的家园，却最终落得无家可归。他的生命体验造就了他的创作风格，让他生前艰难出版的几部诗集成了他生命的另册。他的诗就如同他的"孔雀肺"，唯美、敏感、涩滞，读上一句，如同召唤那团不曾远离的气状游魂。昌耀晚年罹患肺癌，尚不等癌细胞吞噬他苍老的肌体，这个站在三楼的痛苦生命，用尽生平最后一丝气力完成了从生到死的跨越。就像他毕生都在推动词的跃迁一样，昌耀的整个生命也在经历着艰涩的跃迁，不论对于生命还是语言，是千年还是一瞬，这种跃迁的速度在最后的一刻加大到了无限。在这相同的动作中间，诗人只留下了他的故事和文字，我们

---

① 参阅［奥］弗洛伊德：《超越唯乐原则》，《弗洛伊德后期著作选》，林尘等译，上海译文出版社，1986年版，第36—70页。

却迷失于昌耀的迷宫和千座高原，分不清究竟是语言救赎了生命，还是生命救赎了语言？时至今日，这依然是一个问题。

双轴范式，目光之城

昌耀写作中的双轴范式有助于我们理解和阐释他作品中的诸多问题。除了诗歌形式上的投射和跃迁外，运用一种长时段的观察方法，我们还将发现，在昌耀的诗学情结上，它体现为从羔羊情结向雄牛情结的投射；在讲述方式上，体现为从逻各斯向神话的投射；在诗意构造上，体现为从"心性"向"诗性"的投射；在伦理取向上，体现为从恶向善的投射；在先验直观上，体现为从时间向空间的投射；在时间意识上，体现为从"千年"向"一瞬"的投射；在空间语法上，体现为从回忆模式向建筑模式的投射；在语言哲学上，体现为从事境向语境的投射；在诗学性别上，体现为从阴性气质到阳性气质的投射；在血的转换上，体现为从大地之血向骨肉之血的投射；在诗性微积分上，体现为从诗性微分向诗性积分的投射；在审美模型上，体现为从共产主义高炉向烘烤主义机器的投射；在英雄形象上，体现为从英雄向反英雄的投射；在她恋结构上，体现为从审美式匮乏向伦理式匮乏的投射；在双重火焰中，体现为从光感型火焰向热感型火焰的投射；在晚期风格上，体现为从死向生的投射……

在诗歌经济学上，体现为从生产到耗费的跃迁；在诗歌地理学上，体现为从现实的青藏高原向非现实的千座高原的跃迁；在诗歌几何学上，体现为从创作的零点向命运的零点的跃迁；从抒情客体上，体现为从物的人化建筑向人的物化建筑的跃迁；在心理势差上，体现为从心理顺差向心理逆差的跃迁；在个性气质上，体现为从血向气的跃迁；在作品调性上，体现为从恋父期声调向月经期声调的跃迁；在作品语气上，体现为从描述性语气向阐释性语气，再向描述性语气的两次跃迁；在叙事音色上，体现为从水手口吻向农夫口音的跃迁；在艺术境界上，体现为从成熟向老化的跃迁；在呼吸隐喻上，体现为从叹息向顿悟的跃迁；在身份认同上，体现了从理想自我向自我理想的跃迁；在物质想象上，体现为从水到土，从土到火，从火到气的逐层跃迁……

无论是何种形式的投射和跃迁，都体现了昌耀作品在不同层面和角度上发生的复杂转换。双轴范式均可以在以上各个方面给予读者较为形象、合理的解释。这些转换的内在创生动力是他日复一日的呼吸，是诗人对气的吐纳和游吟。尤其对于昌耀晚期风格的奠定，这一机制的形成几乎成为一个决定性的因素，既表达了他渴望回归和超越的心愿，从而抵达一种万事皆空的心境；又进一步让他认清凡尘物事的变化和纹理，认清人的终极命运，因此将自己引向更深的迷惘和最终的风暴。

作为一个城市高原的游荡者和观察家，昌耀说："我已看惯许多的人生。我已看惯许多的人死。我已经饱经沧桑。"（昌耀《与梅卓小姐一同释读〈幸运神远离〉》看，是一个令诗人饱经沧桑的重要理由。在诗人颠簸的一生中间，他看到了许多幅只属于他所生活的时代里的图景：从年幼时看到祖宅里城堡般的空荡，到多年后再度探访时惟见的一片煤场；从火树交织背景下的朝鲜农家菜园里的绿色豆荚，到广袤无边的高原上悄然轧过的青海高车；从哈拉库图高炉前的矿石、焦炭、汗水和笑脸，到小城淡季里的灯光、店铺、烘烤和苍凉；从天地河汉间的水手、牧人和父亲们，到流落街巷的乞讨者、拾荒者和无家可归的人们……诗人看到的不只是这些逼真的具象，他同时看到的是与每个时代一同变化的面孔和表情，看到了时代的呼吸中起伏的胸膛和翕张的鼻翼。"谁看见了现在，谁就看见了一切。"（奥勒留语）看，成为一个诗人的必修课，它将时代的色彩和线条铸就为作品的骨骼和肌肉，把眼前这个世界的脾性和风貌化为作品中的血和气。在昌耀所观看的事物里，精确地传达了一个特定的时代生活里人们心照不宣、独一无二的感觉和体验。这独有的感觉和体验将留存在他的文字中间，化为若干年后人们重返那个时代的月亮宝石，它将比历史更加长久。

随着昌耀晚期风格的奠定，除了看的对象在与时俱变之外，看的方式也随之得到调整。在普遍的描述性语气中，昌耀作为讲故事的人，把水手口吻逐渐改换为农夫口音，这也同时更换了"我"的观看视角：将目光从自然和历史中的宏大事物身上收回，落放在城市屋檐下那些"泥土的动物"身上，停留在柔弱、卑微的生命之上。换句话说，"我"的目光从理想自我身上移开，最终停留在了自我理想上。从过去的向上看，到如今的向下看或平视。昌耀在散文时代里的写作，为这种视角转变腾出了足够的地盘，从诗歌时代那种远景的蒙太奇（如《河床》中的波浪式修辞），转变为散文时代的长镜头特写或白描（如《与蟒蛇对吻的小男孩》中的细致刻画），描述性语气为这种转变提供了全天候的保障。

无论是观看宏大事物，还是端详卑微事物，无论是仰视、俯视，还是平视，它们都体现为**昌耀的目光**，即昌耀的观看方式。正如一时代有一时代之文学，每个不同的时代也具有各自不同的**时代的目光**，即时代的观看方式。昌耀的视角转换背后，必然隐藏着整个时代对事物的观看方式。昌耀的目光中根深蒂固地带有英雄情结，在高炉美学大行其道的年代，他的观看方式与他当时所处的时代的观看方式是一致的，后者培训了诗人的波浪式修辞、恋父期声调和水手口吻。在这种与时代吻合的目光中，洋溢着对"瞬刻可被动员起来的强大而健美的社会力量的运作"的肯定、赞叹和歌颂，洋溢着乐观的、受控的自我说服和积极诠释，以及对未来的满腔憧憬（尽管诗人深受右派之冤苦）。这种与时代同步的观看方式，大大影响了1949年以后的几代中国人，包括昌耀在内，他们与自己的时代都一同练就了一种**未来主义的目光**，这种未来主义的观看方式的内在逻辑是：有人承诺我们的未来注定是幸福美好的，而我们所处的现实中正包孕着通往这种未来的因子，所以我们要绝对赞美、拥护甚至容忍这个现实中给人以信心和希望的一切形式、口号和事物，哪怕它们只是表面上的。[①]

　　未来主义的目光时刻需要阐释性语气的亲密陪伴和铺路搭桥，并常常要从后者那里获取自信、理由和正当性。在土地法则时期，这种未来主义的目光深深地教导并感化了昌耀，并擢升他为"义子"和"赘婿"。诗人也不负重恩，识实务地把时代的问题转化为时代的风格，果断提取了在未来主义健康体检中达标的一类美学标签，如豪迈、宏大、激情、粗犷、雄浑、苍劲、血性、磅礴、乐观等风格特征，昌耀将它们植入自己一系列特色鲜明的诗作中。这种风格的形成，首先是诗人的目光对时代目光的积极响应——这也是对知遇之恩的率性报偿。其次才是诗人的审美旨趣与地理环境、历史意识和乡野民风的精神契合。昌耀的观看方式在未来主义身上看到了重放的曙光，这个从荒原流放归来、深感错过日出的血性青年，在修完了波浪式修辞、恋父期声调和水手口吻等几门功课之后，又快马加鞭地自修了深得未来主义器重和宠爱的阐释性语气，并且与这位绍兴师爷保持着长期的、良好的、亦师亦友的关系。

　　作为一种时代的观看方式，未来主义的目光广泛影响着当代中国人的心态史。根据时代剧情的需要，它可以进一步划分为**生产主义的目光**和**消费主义的目光**，前者成为未来主义的一种积累和支付

---

① 与这种未来主义论调持相反态度的是一种"历史的怀疑论原理"，它被赵汀阳表述为：任何一个事件 e，不管是过去的或现在的，都不可能给自身定位，不能确定自身的历史意义，e 只是具有某种历史意义的"势"，而这个"势"是否能够实现为意义，要取决于未来的后继事件 f 是否表现了 e 的"势"，而 f 的意义又取决于未来后继事件 g 的表现，如此等等。赵先生还例举了不同时期对"文化大革命"这一事件的态度变化，来佐证这一原理，意在说明，任何一个历史事实的意义是由未来的某些实践来定义的，因此它的意义也就永远开放着。参阅赵汀阳：《历史知识是否能够从地方的变成普遍的？》,《没有世界观的世界——政治哲学和文化哲学文集》（第二版），中国人民大学出版社，2010 年版，第 146—147 页。

形式，怀有英雄情结的昌耀长期陶醉于它的美感之中；后者成为未来主义在想象中的达成和阶段性的实现，但却与诗人的观看习性大相异趣。生产主义的目光与诗人的波浪式修辞、恋父期声调以及水手口吻同气连枝，在阐释性语气的出谋划策下，这一观看方式赞赏无穷的创造力和生产的美学（比如高炉美学），歌颂英雄般的劳动者，并以诗性微积分的方式，组建了昌耀土地法则时期的建筑模式和回忆模式，来负责解释、处理历史遗留下来的创伤记忆。

诗人本人一度就是头戴"荆冠"的囚徒，是一类特殊身份的劳动者。戴上这顶特殊的帽子，成为他在决定性的年龄里遇到的决定性事件。直到他流放归来，重返正常公民的生活队伍中间，出于对信仰和恩主的忠贞，生产主义的目光一直被昌耀完整地保存着。作为对这种忠贞的赏酬，生产主义的目光在阐释性语气的参谋下，也适时为摘掉"荆冠"的昌耀施加了"无产者诗人"的光环，这也让他终生在创作中顶着这只暧昧的桂冠："真的，有一段时间我以为自己对过去的种种——包括工厂及那一同犯的微笑是淡忘了，其实不，既已残存下来的印象每每是以一种更顽强，更带自觉的精神重被记起。是一种痛苦。是一种信仰。是一种梦觉。是一种执著。是一种更带自觉的精神。"（昌耀《工厂：梦眼与现实》）当逐渐进入晚年的昌耀渴望再度亮出他"无产者诗人"的身份时，他觉得头顶还得戴点什么，他需要一个不言自明的符号，于是，他选择了"铲形便帽"：

> 这个世界再没有向导能够为我指明这块门牌了。
>
> 他们不喜欢我的便帽。这里不记得便帽。
>
> 然而那头戴便帽的一代已去往何处？
>
> 感觉眼中升起一种憔悴。
>
> 我的便帽也蓦然衰老了。
>
> （昌耀《头戴便帽从城市到城市的造访》）

从最初刺入皮肉的"荆冠"，到挥之不去的"无产者诗人"的桂冠，再到遭人冷落的"铲形便帽"，组成了一部中国当代诗人的精神冠冕史，其中镌刻着诸多创伤记忆。在冠冕符号的整个变形历程中，我们看到，时代的观看方式已经发生了变异，生产主义的目光似乎面临着穷途末路的危机，当初的波浪式修辞、恋父期声调和水手口吻都纷纷折戟沉沙、不知所终，最惨烈的要数阐释性语气，它在选择旧东家和新朋友之间举棋不定，最终在两者激烈的争抢中不幸被撕成两半，一半被时代掳走，继续陪伴未来主义的目光摸石头过河，另一半则跟随昌耀踏上了精神流亡之旅。"这个世界再没有向导能够为我指明这块门牌了"，时代轮换如同军阀易帜，令世人应接不暇。"这里不记得便帽"，那后一半阐释性语气，在跟随诗人上路不久便因伤势过重而命丧黄泉。丧失了公共阐释资源的诗人，不得不在阐释性语气残存的教谕中，练就一套私人的自我阐释术，它重新向昌耀的头顶赋予意义，为他灌输继续前行的理由，负责报道、解释他的新境遇，并且让这种被时代抛弃并视为异端的自我阐释性语气，与诗人在不久的将来习得的新式声调击掌会盟，让"高贵的后鼻音随草庐归隐"（昌耀《洞》）。

以"铲形便帽"为代表的这种顽强但被世人遗忘的信仰符号，如同堂·吉诃德陈年的甲胄，一直被昌耀携带进中国社会下一个崭新阶段。经过一番疾风骤雨般的过渡，时代的目光已从生产主义变为消费主义，人们物质生活的极大满足和共同体的虚假繁荣，貌似让曾经抛出的未来主义承诺部分地得到了兑现，时代的目光唆使琳琅满目的物质，以堂而皇之的名义，将人类膨胀的欲望无道德地刺激出来，让这个摩登时代的人们裹足于消费主义的泥潭不可自拔："这个时代，无一不可成为商品，从性、灵魂、海洛因、机密文件、明星私语、人体器官、月球主权……直到炒作新闻。"（昌耀《一个中国诗人在俄罗斯》）这也是一个十足的"后英雄时代"。生存在这个时代里的人们，也渐渐被身边涌现出的全新的、充满魅惑的事物所吸引，从而彻底修改和规训了他们的观看方式，使之与时代目光相重合。昌耀描写的一个"过客"的经历，似乎也是生活在这个时代里的每一个人的经历："这些商店都娇小而别致，分属两种行业：风味小吃和泳装服饰。他仅对后者持有兴趣。他喜欢那些满天星斗似的镶嵌在店堂内壁的女人胴体模型，由于穿着各式各色的紧身泳装而格外鲜活、逼真。不过，有时也使他产生如同突然面对满墙京剧脸谱那样的错觉。他迷惑不解：这里既不濒临内湖亦不靠近江海河塘，泳装业何以会如此发达？暗暗有些激动。"（昌耀《过客》）如同人人都打心眼里不喜欢劳动和受苦，但都无条件地热爱声光食色和好吃懒做一样，消费主义的目光为人性的表达铺就了一条毫不费力的下坡路，我们在这条不能自已的路上经常被弄得肥肠满脑、头晕目眩。

在这里，时代的目光耍了一个障眼法的鬼把戏。在饱食终日的小康生活里逐渐恢复元气的阐释性语气，将继续效忠未来主义，重拾它一贯的使命。它将目前消费主义时代里物质生活的丰富和繁荣，故意阐释为前期生产主义的结果，让未来主义的目光有效地、顺理成章地承担了实现这一历史任务的责任，以此证明时代决策的无比正确和英明，证明未来主义的目光既合逻辑又合目的，维持着一个关于资本原始积累的、虚伪的道德神话。然而，昌耀的目光并没有因时代目光的变化而做出同步的调整，他依旧忠实于他自己的观看方式，因而使两者出现了间隙，拉开了距离，也造就了诗人在特定年代创作中的慢。昌耀的观看方式并非全然听凭时代的风向标。在生产主义的旗帜下，诗人的目光的确在一段时间内与它相重合，但昌耀坚持和践行的观看方式，则一直端赖于他自修的道德原则和美学立场——它们始终是与时代保持距离的，是慢于时代的。

作为一个坚定的"无产者诗人"，在消费主义滥觞的时代里，他的目光与时代的目光发生了激烈的抵牾和撞击，终于酿成一场目

光的交通事故。在两者迅猛的撞击过程中，昌耀突然瞥见了更加惊魂的一幕：在阐释性语气的神奇斗篷之下，时代的目光无意间撞破了自己的未来主义外衣，露出了它重重包裹中的真实肉身——现实主义。诗人意外地发现了这个秘密，所谓的未来主义目光的内核，其实是一种不折不扣的**现实主义的目光**，这一发现才是用于拆穿时代迷局最有效的阐释性武器。几乎就在秘密被发现的瞬间，这场力量悬殊的撞击如同鸡蛋碰石头，率先导致了昌耀在精神上的昏迷、伤残和漫无边际的痛苦，以及自我身份的混沌和错乱：

> 我回味自己的一生，短短的一瞬，竟也沧海桑田。我亲眼目睹仆人变作主人，主人变作公仆，公仆变作老爷，老爷复又变作仆人的主人。我思考自己的一生，一个随遇而安的人，智力不足穿透"宇宙边缘"，惟执信私有制是罪恶的渊薮，在叫作"左"倾的年代，周体披覆以"右派"兽皮，在精神贬值的今日，自许为一个"坚守者"，有什么光环值得觊觎者忌刻？是被丧失的机遇？是不改的天真？或者，是额际岁月的丘壑？脱落的牙齿？走近的墓穴？……啊，是所谓迟到的"美誉"？那又怎样？当我表明所谓的"结束"业已结束，就不必再烦我证实所谓的"完毕"已经完毕。一切流动不居，惟有永在的变，没有"不散的筵席"。当喧嚣一旦沉寂，泰然处之仅有作人的本分。
>
> （昌耀《一个早晨》）

诗人这段真挚、理性的内心剖白，详细地诠释了发生在他个人观念史上的认识论断裂。这一断裂让他迅速与自己一直奔驰其上的跑道发生脱轨，体验到强烈的精神失重。昌耀仿佛是连遭时代开除的倒霉蛋，成为又一个高歌猛进、寸阴寸金的时代里的游手好闲者。在这个新时代面前，诗人明确表示痛恨私有制，认清了二十世纪末在中国成长起来的消费主义——这个最本色的现实主义——乃是他一生信奉的生产主义信仰在混乱的时局里不幸抱错的婴儿，后者迅速成长为一个调皮任性、贪得无厌、面目可憎的恶童，严重搅扰着他（她）无辜、愤懑、颓丧的保姆，却深受更多纵情在现实主义下坡路上的人们的欢迎和喜爱。出于对生产主义目光的忠诚，命运坎坷的"无产者诗人"不得不面对这个早逝的恩主馈赠给他的、令他尴尬无比的"礼物"。

就像降生在中国当代的消费主义恶童错认了它的父亲一样，经历了认识论断裂的昌耀，也把信仰体系的家破人亡归咎于这个不祥的"礼物"。这是时代与个体的相互错认和误读，这直接酿成了两者目光的交通事故，制造了昌耀一生的厄运和不合时宜的身份。消费主义恶童逼迫诗人成为一个歇斯底里的"怨妇"，消极地调动了他诗歌中雌性荷尔蒙的分泌，当诗人甫一开口，竟吐出了抓心挠肝的月经期声调——一种在时代的现实主义面前严重跑调的不谐之音。学会了自我阐释的诗人依旧与时代格格不入，黯然修建自己的诗歌独木桥，将自产自销的阐释性语气直接调进这种充满焦躁、任性的声调里，与自己的新拍档一同表达了火的意志，并在诗人体内的烘烤主义机器中实现了再就业。

在昌耀与时代制造的这场目光的交通事故中，时代的和谐号列车毫发无损地在重伤的诗人身旁呼啸驶过，将他遗留在荒芜、空旷、凌乱的铁道旁，无人前来搭救。昌耀无数次面临这种"前不遇古人，后无继来者""与两岸隔绝的境况"，体味这种绝望、荒诞的现实主义。他终其一生都在反复体验着这种被时代遗弃的孤独——一种真实的、旷代的、诗人的孤独。这种孤独在诗人本有的目光搜寻之下，寻觅到了他晚期风格里情有独钟的形象：

> 这个流落到城市的农民对着一只冰冻的麦饼反复揣摩、探研。我想起不久前在圣彼得堡俄罗斯国家博物馆见

到的一幅极尽诗意构想的油画，描绘的是一对身着民族艳丽服装的农家姐妹勾肩搭背品擦手中握着的刀镰：在那刀镰如两轮弯月交映的辉光中有一双花蝴蝶翩翩翔舞。这个手捧麦饼的拾荒者在其灵视中或也见到了那一双麦地上久别的花蝴蝶？而我觉得那麦饼就是无垠的麦地，但我感觉到了一种荒寂。

（昌耀《想见蝴蝶》）

这种孤独由来已久，尤其是在诗人的晚年，他充满悲悯地认同那些城市的乞儿、流浪汉和游手好闲者，发现他们身上被尘世的污秽掩盖住的高洁之美，这也是昌耀本人审美旨趣的体现。这种被诗人用一生的时光倍加呵护和欣赏的美，经过了风霜岁月的洗礼，经过与时代目光的相撞，居然愈发澄明锃亮，像一盏远古时代铸造的青铜器，像史前期一对娇小的彩陶罐，予人以幽深的意境和健朗的生命力："我不学而能的人性醒觉是紫金冠。／我无虑被人劫掠的秘藏只有紫金冠。／不可穷尽的高峻或冷寂唯有紫金冠。"（昌耀《紫金冠》）"紫金冠"是昌耀毕生羁旅中头顶的无形冠冕，它在特定的时代、特定的语境中分别变形为囚徒享有的"荆冠""无产者诗人"的桂冠以及无人问津的"铲形便帽"。"紫金冠"成为一种不能描摹的无上荣誉。质言之，昌耀一贯秉承的是一种**古典主义的目光**，他的身上流淌着的是古典主义的血液。古典主义才是他遥远、健康的父亲，但却无缘认领这个汉语世界的不幸儿子。让不断成长的诗人把太多的信任和热情都献给了他的时代，将何其嘹亮的恋父期声调献给了那些他生不逢辰的年月。

波兰大诗人米沃什（Czesiaw Miiosz）在他的一次诺顿讲座中这样描述古典主义：

对我们来说，古典主义是一个失乐园，因为它暗示一个由信仰和情感构成的社区，这个社区把诗人与公众联成一体……如果古典主义只是一种过去的东西，则这一切都不值一哂。但事实上，古典主义不断以一种诱惑的方式回来，诱惑人们屈服于仅仅是优雅的写作。这是因为，我们毕竟可以作如下推论：所有想用文字把世界围住的企图，都是徒劳的，并将继续是徒劳的；语言与现实之间有一种基本的不可兼容性，如同这样一些人的绝望追求所表明的——他们都想捕捉现实，甚至不惜通过"使所有感觉失去秩序"或者说通过使用毒品来达到目的。如果是这样，那么我们倒不如遵守共识所采用并且适合于某个特定历史时期的游戏规则，该走车就走车，该走马就走马，而不是把车当成马来走。换句话说，让我们利用传统手法，意识到它们是传统手法，仅此而已。[1]

在二十世纪的中国诗坛上，昌耀的古典主义目光显现出了它在时代面前的独异、罕见和执着。在一定时期内，它吊诡般地披上了现代的外衣，与更多的同胞一道信仰寄托大同理想的未来主义，拥护时代的观看方式，成为当时权倾朝野的生产主义目光的幕僚、义子或赘婿，由衷地歌颂着一种不断向前和除旧布新的创造力和生命力。随着认识论断裂的发生，以及时代的生产主义目光迅速改旗易帜，这个古典主义的遗腹子，带着他纯正而高贵的血统，仓皇逃亡，并与急速奔驰的未来主义目光迎面相撞。这起目光的交通事故是本质的、必然的矛盾爆发，直接揭示了诗人痛苦生活的谜底，并且在月经期声调和阐释性语气中不断强化。失血不止的诗人最终选择用呼吸运动，来成全他的观看方式，把自己放逐在精神的千座高原上，与时代更新的观看方式——被泄露的现实主义目光——不

---

[1] ［波兰］切斯瓦夫·米沃什：《诗的见证》，黄灿然译，广西师范大学出版社，2011年版，第89—90页。

断摩擦、碰撞。面对时代长期租借来的未来主义皮囊，昌耀洞穿了它的现实主义真身，它已与自己的目光水火难容，两者恰成犄角之势："一对暴躁的青羊在互相格杀／谁知它们角斗了多少个回合／犄角相抵，快要触出火花"（昌耀《林中试笛·野羊》）在渲染着腾腾杀气的狰狞之境中，古典主义与现实主义是两种截然对立的美学立场，前者的现代历险在昌耀的文字中得到完备的保存，而后者的真实声音逐渐融化进中国人每天日新月异的生活内容里。

如同《旧约·创世纪》所记载的那样，挪亚的小儿子倒退着走向他的父亲。在当代中国，昌耀也是一个倒退着走路的人。[①]他降生到了一个多灾多难的世纪和国度里，把胸口永远地朝向一个古典主义的梦乡，一个悠久、辉煌的过去，一个失乐园，一个由信仰和情感构成的幸福社区，诗人充满惰性的灵魂一直居住在那里。这也注定让诗人与绝大多数的同代人格格不入，后者正紧密追随着时代的目光，朝着一个美好的未来加速前进。而诗人目光所及的事物都是不断远离、不断消逝的风景：从水的方法论启迪欲望的诗歌清晨，到土地法则催唤出宏大空间的诗歌正午，从展演吊诡、焦躁、颓丧和匮乏的火的意志，到充满老化、刺青、叹息和顿悟的气的游吟，诗人在踉跄倒退的行走中完整地看到了自己的一生，看到了他命运的曲线和足迹。他在留给世间的作品中，像感受四季轮换一样，体验着水、土、火、气四种物质想象的美妙运转。古典主义就是对千年的长线想象力，是人类酣睡的摇篮，诗人面向它走得越久越远，就能看到更多的事物，经历更多的悲喜，参悟更多的道理，这些都共存在他的视野里，一同酝酿着更加芳醇的漫长诗意。唯有如此，他在作品中攒制的伦理学泥团才会愈发浑圆、饱满，他才会愈发在对美的凝视中接近终极之善。

然而，无论昌耀对他面前的风景和事物做如何深情的凝视，对古典主义有多么真挚的眷恋，他不得不做出的行动是——必须与他

---

① 参阅《旧约·创世纪》9：20—23。

的同代人朝一个方向走去，哪怕是背对着它。他必须参与进时代生活，必须解决自己的吃饭问题，必须成家立业……换言之，诗人必须如此真实地去面对他的每一天，去打发每一个窒闷的下午。这里没有经典意义上的诗意，没有令人陶醉的想象，只有被现实切碎的自我，一日三餐，洗洗涮涮，锅碗瓢盆，喜怒哀乐——而每一次试图超离时代、体制或现实生活的努力，都无异于引来一场灾难。古典主义无法养活昌耀，这是昌耀身上地地道道的现实主义问题。它根源于自己无法超脱和遗弃的身体，他必须作为一个世俗的人与其他人站在一起，呼吸同一片空气。必要的时候，他也须懂得这个时代里的恶，试着去理解他勉强收养却毫不喜欢的恶童："只有这一次我听到晨报登载一条惊人消息，/ 说是昨夜人们看到诗人只身翱翔在南疆天宇。/ 我怀着一个坏孩子的快乐佯装什么也不曾得知。"（昌耀《享受鹰翔时的快感》）也就是说，在昌耀以大无畏的英雄气概亮出他至善至美的古典主义目光的同时，一道同时射来的现实主义目光也牢牢地落在了他的身上。这是一个倒退着行走的人身上必然体现的矛盾，是无法消除的灵肉冲突，是一场自我目光的交通事故：

　　这是在一个暖人的正午，我走在融雪的街头，当行至婚纱影楼一间春色满目的橱窗，见他手捂前裆一副凝神专注的样子，望着陈列其间的一帧红粉佳人的玉照。这使我大感意外，他还保留着对于美的感受能力。他从玻璃的反照中注意到了我的存在，蓦然回头朝我一瞥。我怔住了：见他烧得火红的白眼仁里心灵的炭火竟喷发出轻蔑与愤怒。的确是轻蔑与愤怒——理性无可置疑的觉醒。一颗被社会折磨得太长久了的心灵已经忍无可忍。

　　　　　　　　　　　　　　　（昌耀《灵魂无蔽》）

在昌耀晚年讲述的这个故事中，一个落魄的街头流浪汉被"一帧红粉佳人的玉照"深深吸引，他以古典主义的目光，代替"我"显现出了"对美的感受能力"——诗人在若干年前的西宁大街上看见橱窗里的"木制女郎"时的情形想必也是如此吧。"我"与他的目光是同一的。在这里，除了对古典主义目光和永恒之美的赞赏之外，作为旁观者的"我"，突然感觉到了"蓦然回头"的他向我投来了完全异样的目光，令"我"出奇震怖。那是一种"轻蔑与愤怒"的目光，里面包含了非常复杂的含义。是对自身悲惨处境的抗议？是对我善意关注的误解？是为心中美神免遭亵渎而激起的斗志？还是对缺乏审美素质的路人表达的嘲讽？无论是哪种含义，这道目光在最初发出时，似乎都先行穿过了一只现实主义的透镜，因而使它增加或删除了一些成分，因而显得愈加扑朔迷离。在流浪汉眼中，"我"或许并不是"我"原本自己想象的样子，因为他所捕捉到的"我"的目光并非"我"出于善意而献给他的那道目光。在这道目光投出之际，它已经发生了变化。也就是说，"我"的目光必须要接受时代的调整和修正，带上一副时代为"我"配制的眼镜。而他向我投来的那种"轻蔑和愤怒"的目光，正是对"我"被处理过的那道目光的回应，也同样是被现实主义调整和修正后的产物。

正像"我"此刻在凝视他一样，他现在也在转过头来凝视"我"，两种目光交汇在一起。目光的交通事故又发生了，秘密也随之被发现："我"在他向我投来的目光中刹那间发现了一个事实——"我"意识到"我"在凝视。作为在昌耀作品中时隐时现的观察者或抒情者，"我"究竟在凝视什么？在一段时间里，"我"在凝视自然，凝视历史，在另一段时间里，"我"在凝视自我，过去的或现在的。而此刻，在昌耀的晚期风格里，作为一个千座高原上的游牧者，"我"看到了完全不同的东西，"我"开始凝视别人的凝视，"我"在他者的目光里辨别出了"我"自己的目光，那感觉就像"我"在凝视自己的梦，凝视梦中的自己，那是如此的古怪、荒诞、狰狞。当这个熟视无睹的目光在流浪汉的目光里重新被"我"发现时，"我"才恍然大悟，它竟然那样陌生。"我"长期对自己向世界亮出的目光毫不怀疑，认为那完全是出于"我"个人的信仰、立场和志趣，完全受"我"理性的支配，具有绝对的自主性，就像我凝视自然、历史和自我时一样。然而，在流浪汉与"我"对视的目光中，"我"终于明白了，自己的目光也同样是被时代目光调整和修正的产物，是被现实主义透镜处理和加工过的二手货，它也被时代增加或删除了一些成分，从而变得扑朔迷离，而"我"之前对这些竟然毫无察觉：

> 一种话语被另一种话语进入体内
> 类似灯头双影叠生而无计剥离或逃脱，
> 可比之与最无耻的性骚扰。
> 那时我承重了迷乱——内省，
> 而在病态中感受失却平衡的孤独。
>
> （昌耀《话语状态》）

这是一场自我目光的交通事故。一边是"我"未经时代处理的、原生态的目光，另一边是被时代处理过的、从他者眼中返回的目光，两者就在不经意的一刹那相撞了，让"我""无计剥离或逃脱"。犹如在双重火焰的结构中，现实的外焰妄图猛烈地吞噬掉诗意的内焰，在时代的、现实主义的观看方式面前，由于昌耀的目光是古典主义的，所以被时代诊断为异己分子，是一个时代病历上的眼病患者，因而必须佩戴一副由时代为昌耀特制的眼镜，接受这副眼镜对他目光的矫正。透过它，诗人才能在必不可少的现实主义介质中顺利而合理地向世界亮出自己的目光，给予对世界的凝视，也同时接受世界对他的凝视。但此刻这种目光和凝视，已变得暧昧而混沌。昌耀投出的目光也不再意味着是他个人在看，不再是纯一的、单数的看，而是在时代的目光参与下的双重的、复数的看。

时代似乎是一个大型的眼科诊所，在它预设的逻辑里，每一个人的目光都千差万别，它们与时代的目光也存在各种各样的差异。所以，在时代的诊断下，每一个人都患有眼病，每一个人都需要治疗。于是，时代便以一种人道主义的名义，为生活在这个时代里的每一个人都佩戴上一副眼镜，从而试图矫正在这个时代里出现的每一道目光，让它们趋向于同一种目光——现实主义的目光——只有与时代的目光相吻合，我们才被时代诊断为健康、达标、合格的人，我们才能正当地投出我们的目光，开展我们的生活。其间，时代的目光却时刻参与进每个人的每一种凝视之中，令我们猝不及防，也令我们习以为常。

我们的世界因此成为一座庞大的**目光之城**。放眼望去，我们的周围充盈交织着甲乙丙丁、林林总总的各式目光，也存在着不同等级的目光的交通事故。对于昌耀本人来说，他天生秉有一道古典主义目光，但却被周身世界投来的现实主义目光包裹着。两者汇聚在了昌耀一个人身上，成为他灵魂中一对相向而视的目光。它们也在昌耀体内发生着永无宁日的争吵，就像夜与昼、梦与醒、死与生之间的争吵一样，这种争吵也是不可调和的。"一天长及一生，千年不过一瞬。"（昌耀《一天》）晚期的昌耀游荡在他的千座高原上，也周转在这座目光之城里，向天地间的万事万物投去自己的目光，也接受形形色色的他者目光的打量。漫长的古典主义目光会瞬刻间被铜豌豆大小的现实主义目光击溃，而一厘米的现实主义视野或许有机会目睹到永恒之物灵光乍泄的腰身。在这种看与被看、千年一瞬的情境当中，作为一个诗人，昌耀是不幸的，也是幸运的；他是困窘的，也是自由的。他的厄运早已形成，易于认识，却难以改造。在这座目光之城中，诗人只能用他优雅的写作来描绘一种噩的结构，"感受失却平衡的孤独"。

对于每一个阅读过昌耀的人来说，他们与昌耀的目光在文本中汇合，也同时建起一座诗歌中的目光之城。面对着作品中昌耀的影子，我们向它投去敬仰、赞叹、同情和悲悯的目光，我们甚至把它想象为生活中的父亲，一位中国父亲；相反，昌耀的目光也心有灵犀地穿过他的诗歌，穿过时间和空间，停留在他的读者身上。那会是一种什么样的目光呢？面对着我们这些平庸、卑微、不幸的儿子们，面对这个灾变频发的世界，面对这个继续着未来主义梦幻的国家，面对如今这个像爱情一样测不准的时代，我们在这位倒退着行走的诗人投来的目光中，究竟可以看到什么？这个艰巨的问题恐怕是本书难以回答的，但至少，昌耀的读者们会清楚，在这种目光中，我们会重新认识我们自己。

结语 汉语好人

　　　　　我只是在吹西北风时发疯……

　　　　　　　　　　　　　　——《哈姆雷特》

　　我们似乎可以停在这里了。一个关于诗歌和诗人的故事也即将
接近尾声。站在这卷命运之书的最后一个词上，我们沿着昌耀的古
典主义目光一路回望，那些不断远逝的、有意或无意被遗忘的风景
和故事，都在这停下的片刻重新回到我们面前。昌耀的一生，走完
了中国二十世纪里大半个时代征程，在赞美了那么多的"父亲们"
之后，他自己也终于成为了我们的父亲。那些短暂的欢乐和悠长的
痛苦，依然被他身后众多的同胞和儿子们所分享和承担，谁也不知
道明天的生活会更加美好，还是更加糟糕。只有那些"没有人读的
诗"（茨维塔耶娃语）会留下来，留在中国人的语言中，变成这种
语言的一部分。它让我们的生命愈益丰富，让我们的灵魂在语言中
接受沐浴、建构、焚烧和吐纳的多重体验。语言会像蜡块一样，为
我们保存下活着的痕迹。

　　这种痕迹在昌耀的作品里体现为一种复杂的狰狞之美。在幽
独的大西北，在万马齐喑的写作年代里，他重新唤回了汉语身上厚
重的历史感和无常的神秘性，发现了它们镌刻在人类身体上的刺
青。像一座覆满积雪的铜钟，在诗人孤独的敲打中，不断抖落身上
的积雪，让走调的钟声恢复如初。他混合并调匀了汉语中的灵气和

血气，鬼神性和肉身性，地缘感和血缘感，让他的整个作品体系犹如生命体一般，有了它自己的血液、呼吸、信仰和梦想，即使在时代的沧海桑田面前也矢志不渝。昌耀深受中国传统文化的洗染，在对现代汉语虔敬而熟练的操作和调遣中，依然保存着对古汉语的热忱，这种混搭的心态造就了诗句中的冗长、拗口和涩滞，让读者踟蹰于古今两重语境之中而不知归路，制造了怪诞、陌生、峻峭的文风，如同化石般坚硬、粗粝、体态苍凉。这种文风引起了气息的间断和停顿，强迫着呼吸运动，模拟了诗人在时代生活中的言说之难和呼吸之难，以及奋力向诗意的富氧层突围的决心。

在雄浑、孤绝、纵横恣肆的诗句中，诗人将人类本能的欲望，攥制成他作品中的伦理学泥团，并且目睹着它的旋转、熔铸和变形。昌耀在毕生的创作实践中，力图用一种罡的结构，成全一种善的诗歌。不论他处于人生的高潮还是低谷，幸福的幻景还是痛苦的现实，也不论他生逢的时代给予他何种馈赠和惩罚，他都在坚持做一个好人，为世界讲述一个好的故事。这故事的情节尽管狰狞、跌宕、充满褶皱，但它始终拥有一个沟通真与善的梦想，这个关于诗歌的故事以自身的扭曲为代价，试图旋开整个世界的结。诗人酝酿着一种关于美德的知识，他那只饱经忧患的伦理学泥团，同时也是一只美学泥团。它在一些时候分解为若干条诗意波浪线，而在另一些时候，又搭配、组装成一架奏响复调的音乐机器。这只美学泥团包含了一个好人对世间一切美好事物坦荡、直白、热情的称颂，也蕴藏着他在一个坏的世界面前流露出的焦虑、忧郁、匮乏和无奈，以及从文字中分泌出的诗人之血和羔羊之泪。

昌耀的写作在"物质性航程"中几经转换，在不同的创作阶段，他的作品分别成为水的方法论、土地法则、火的意志以及气的游吟四种物性法则的生动演绎。这一航程也风格鲜明地标的出诗人生命叙事中的起承转合，诠释了他文本中的个性和气质，用诗人写作中适时更换的声调和语气，表达了一道命运的四元一次方程的求解过程。为了将这道方程的四重根献给诗人亲手制造的物神——他所热爱的汉语，昌耀被物神放逐在了这条漫长、曲折、迂回的航线上，他倒退着前行，把目光投向遥远的起点，将一路的风景和足迹尽收眼底。作为一种在无间断的历史中绵延不绝的文字，汉语创造了中国人的宗教，也成为诗人发明的物神。昌耀犹如一个高原上的牧羊人，一边用皮鞭驱策着自己的诗歌，一边又接受物神的驱策：他降生在汉语中，也生下了汉语。

哲学家夏可君为我们贡献了他对汉语的卓越观察："在诗学的意义上，汉语，无论是古代汉语还是现代汉语，都是作为神奇的礼物被给予我们的，给予那些以汉语来书写的人们。如果你出生在汉语之中，你得到的将是双重的礼物：你的生命作为中国人（汉语人）而出生，你的身体作为礼物给予的姿势而出生。"①昌耀的生命和身体就出生在这架汉语的摇篮里，是汉语送给我们礼物。在汉语中，他的生命被四种物性法则所书写，他的身体向世界展示出凝视的姿态。不论是朝上的凝视，还是朝下的凝视，也不论是向外的凝视，还是向内的凝视，具有千年生命力的汉语，为中国人的梦想营造了一个基本而珍贵的情境，一个最终的摇篮：

> 寺，非关建筑。非关公署。超乎物质材料。
>
> 甚至与独身者的修行无关。也不涉及守灵。
>
> 甚至超乎语言。
>
> 寺在彼岸为一只丰腴的素手托承于彤色天底。
>
> 甚至超乎动与静，无关功利。
>
> 我以全部身心这样凝视并感受着一种原始本义。
>
> 这一境界我勉为称作——"典"。

（昌耀《寺》）

---

① 夏可君：《身体姿势与汉诗写作》，《姿势的诗学》，中国社会出版社，2012年版，第3页。

在一系列否定性的判断中，昌耀描绘了一种非现实的境界："寺"。这是一个无法用其他知识来理解的词，我们只能用汉语切中它。它不是物质世界里一个具体可触的事物，它只存在于"彼岸"，存在于一道目光里——"我以全部身心这样凝视并感受着一种原始本义"——它是诗人凝视的结果，是汉语送给诗人、诗人又送给我们的礼物："典"。同样，正如这个词所标明的，"典"也成为昌耀一贯秉有的古典主义目光的产物，它道出了汉语高贵的血统和文雅的气质，揭示了方块字的内涵和美感，呈现了文字里充盈的天人合一和浩然正气，也保存了传统中国人"不以物喜，不以己悲"的世界观和历史观。昌耀发明了"寺"的崭新含义，他在汉语中缔造了自己的宗教，却与历史上的各类宗教都无关。这是一种中国人对汉语的信仰、守望和敬重，前者从后者那里源源不断地汲取着生命的意志、生活的智慧以及对命运的阐释。在这个没有拜物教的物神面前，诗人勘探、拓展和修缮着汉语，也在汉语中修炼自己的人格，认识自己的人性，锻造自己的灵魂。

在这种意义上，昌耀可以被视为一个**汉语好人**。他在现实生活中经受了难以言表的苦难和摧残，付出了超乎寻常的毅力和艰辛，他在自己信奉的宗教里找到了失落已久的家园。昌耀，这个汉语好人，就栖居在他用语言缔造的"寺"里，那是昌耀寄寓诗意的大地。"寺"乃无言之"诗"，它有两层含义：作为一个诗人，昌耀无法与此岸的现实世界押韵，因而苦于言说，甚至无法言说，他具有一切好人身上的憨厚、木讷和寡言，他的生命被如潮的痛苦覆盖、拍打和侵蚀，被他的时代遗弃在退潮后的沙滩上，只留下古瓷般的纹理；彼岸的诗意大地承接了昌耀遥远的凝视，他心爱的汉语是他唯一涉渡的皮筏，诗人乘坐这一叶扁舟，向着他永恒的栖息地开始了觉海慈航，他不再深受言说之难，而是主动选择了沉默，大地般的沉默，一种语言的高级状态。"寺"的境界，就是用沉默的凝视取代难言的挣扎，用语言的方式（诗）来取消、超乎语言（寺）。

一个好人与这个世界是什么关系？是人改变了世界？还是世界改变了人？在两者之间，汉语究竟能够做什么？在乌托邦救赎、自我救赎、空间救赎和他者救赎等方式纷纷失效之后，在苦海中迷途的昌耀最终获得了汉语的救赎。汉语诗歌树立了诗人的信仰，赋予他生存和写作的尊严，此外，这种古老的语言还赐给他的好人一股巨大的内心能量，让身在祖国西北腹地的昌耀，顽强地扳动命运的指针，让它努力向世界永恒的本源靠近："在善恶的角力中／爱的繁衍与生殖／比死亡的戕残更古老、／更勇武百倍。"（昌耀《慈航》）昌耀在他的诗歌中艰难地进行着这种推动，他想借此告诉全世界：一个坏的世界消灭不了好人，因为坏人也喜欢好人；一个好人的潜力是不可限量的，给他一个支点，他可以撬动全世界。

> 2010年5月，北京魏公村，初稿；
> 2012年4月，北京法华寺，改定。

昌耀简明年谱^①

昌耀，本名王昌耀，祖籍湖南省常德市桃源县三阳港镇王家坪村（今红岩垱村）。

1936 年　出生

6 月 27 日　昌耀出生于湖南省常德城关大西门内育婴街 17 号。

父亲：王其桂，先后就读于北京弘达中学和延安抗日军政大学。据《桃源县志·党派群团·共产党》记载，1939 年"3 月，在延安抗日军政大学第四期学习的桃源籍学员王其桂、姚中雄等共产党员回县，建立中共桃源特别支部，王其桂任书记，有党员 11 名"。约 1940 年之后，参加抗日的国民党整编师，从事文书工作。1941 年，回桃源乡下修建"金城湾别宅"。1947 年初，入豫皖苏边区的"豫东军分区"任作战参谋。同年夏天，因赌气独自跑回桃源老家，被认为是"叛变革命"。1949 年在桃源县城家中开设图书阅览室。1950 年，在"土改运动"中接受批斗。1951 年初，到北京的五弟王其榘处避难，在后者的规劝下，前往北京市公安局自首，被判两年徒刑，送往天津芦台清河农场进行劳动改造。1953 年刑满后，以就业人员身份被安排进清河农场，同时获得公民权。1955 年调往黑龙

① 该简明年谱主要依据燎原出版于 2008 年的著作《昌耀评传》而编订，旨在为读者勾勒出一个昌耀生平和创作的基本梗概，在此特向燎原先生表示感谢。作品部分基本参考了《昌耀诗文总集》中提供的篇目和相关写作信息。

江省密山县兴凯湖农场垦荒，负责测量和统计等工作。1967年，在兴凯湖坠船身亡。

母亲：吴先誉，毕业于湖南常德女子职业学校。王其桂在外的时日，昌耀及其弟妹在母亲身边度过童年生活。王其桂逃往北京后，她代替丈夫接受抄家、批斗，后被"农会"关押在板仓。绝望之时，她将昌耀最小的妹妹托付给故乡一农妇。关押期间的折磨导致其精神崩溃，1951年，她从家中二楼跳下，致残，后去世，享年四十岁。2000年3月，遵照昌耀生前立下的遗嘱，将他的骨灰运回桃源故里与母亲合葬一处。

1941年　五岁

昌耀入王家宗祠（后更名为尚忠小学）读初小。

1946年　十岁

昌耀入常德县隽新小学读高小。

1948年　十二岁

昌耀从隽新小学毕业。因湖南临近"和平解放"，校舍暂作军营，无处升学。

1949年　十三岁

秋　昌耀考入桃源县立中学。后又报考湘西军政干校，被录取。因夜里怕鬼不敢起夜而尿床，校方将其遣送回桃源县立中学。

1950年　十四岁

4月　昌耀瞒着家人报考中国人民解放军第38军114师政治部，被录取，入该师文工队。在部队准备开赴辽东边防的前几日，两个多月未见儿子的母亲，打听到昌耀所在部队驻扎的一处临街店铺的小阁楼，前去探望。昌耀来不及逃脱，只好躺在床铺上佯睡，任凭母亲呼唤却紧闭双眼装着"醒不来"。母亲为其摇蒲扇，不愿让儿子难堪而无声地离去，把蒲扇留在床头。这是昌耀与母亲最后一次见面。

春夏之际　昌耀随 38 军 114 师在湘西地区剿匪，随即北上。

7 月底　昌耀在辽宁省铁岭第 38 军留守处政文大队学习。

1951 年　十五岁

昌耀随军赴朝作战。先后操演过军鼓、曼陀铃和二胡等乐器。其间两度回国参加文化培训。

1953 年　十七岁

6 月初　昌耀在朝鲜元山前线遭轰炸机空袭，负伤。后被送回国内，入长春第 18 陆军医院治疗。诊断为"脑颅颞骨凹陷骨折"，《革命残废人员证》中的残废等级为"三等乙级"。

秋　昌耀进入河北保定的荣军学校学习。

该年发表的主要作品有：

《人桥》(写作日期不详)。

1954 年　十八岁

该年发表的主要作品有：

《你为什么这般倔强——献给朝鲜人民访华代表团》(写作日期不详)。

《我不回来了》(写作日期不详)。

《放出的尖刀》(写作日期不详)。

1955 年　十九岁

初夏　昌耀在河北荣军学校毕业。

6 月　昌耀响应国家号召，赴青海西宁参加大西北开发建设，被分配到青海省贸易公司担任秘书。

该年创作的主要作品有：

《船，或工程脚手架》（1955 年 9 月）。

《高原散诗》（1955 年 9 月，青海）。

1956 年　二十岁

4 月　昌耀加入中国作家协会西安分会。

6 月　昌耀调入青海省文联任编辑，同时在《青海文艺》（后更名为《青海湖》）兼任创作员。

该年创作的主要作品有：

《鲁沙尔灯节速写》（1956 年 2 月—3 月，西宁）。

《山村夜话》（1956 年 5 月 27 日）。

《鹰·雪·牧人》（1956 年 11 月 23 日，兴海县阿曲乎草原）。

《弯弯山道》（1956 年）。

1957 年　二十一岁

8 月　《青海湖》第 8 期刊登了昌耀的诗歌《林中试笛》（二首），遂被打成右派。该诗编者按称："这两首诗，反映出作者的恶毒性阴险情绪，编辑部的绝大多数同志，认为它是毒草。鉴于在反右斗争中，毒草亦可起肥田的作用；因而把它发表出来，以便展开争鸣。"

8 月 16 日　昌耀向单位递交辞职报告，后被以大字报的形式公布。

9 月　《青海湖》1957 年第 9 期上刊登署名秀山的批评文章《斥反动诗——"林中试笛"》。该文作者称："昌耀是恶霸地主家庭出身，他父亲已被劳改，他母亲在土改中畏罪自杀，残废后病死，昌耀对家庭被斗母亲死去，一直心怀不满，继续对党对人民怀恨在心。"

10 月　《青海湖》1957 年第 10 期上刊登署名裴然的批评文章

《折断这只毒箭——批判"林中试笛"》，以及署名杨生俊的批评文章《"林中试笛"试的是反社会主义的"笛"》。

11月20日　青海省文联整风领导小组就昌耀的右派定性问题，做出《结论材料》。在该结论中，昌耀被定为"一般右派分子，混入革命队伍的阶级异己分子"，并做出"送农业生产合作社监督劳动，以观后效"的决定。

该年创作的主要作品有：

《林中试笛（二首）》（1957年夏）。

《边城》（1957年7月25日）。

《月亮与少女》（1957年7月27日）。

《高车》（1957年7月30日初稿）。

《海翅》（1957年7月31日）。

《水鸟》（1957年8月20日—21日）。

《水色朦胧的黄河晨渡》（1957年）。

《寄语三章》（1957年10月28日—11月26日）。

《激流》（1957年11月19日）。

《群山》（1957年12月7日）。

《风景》（1957年12月21日）。

1958年　二十二岁

3月　昌耀由青海省文联办公室的专门人员陪送，下放到青海省湟源县日月乡下若约村劳动，劳动期限为三个月。昌耀被安排住在乡政府武装干事杨公保在下若约村的家中，参加当地生产劳动。

5月1日　昌耀因一时难以承担艰苦的劳动，屡次遭到下若约村村支书的嘲讽，二人矛盾逐渐尖锐。昌耀听从杨公保的建议，装病不出工，还在住处摆弄乐器，被村支书发现，并发生摩擦，后者即向有关上级做了汇报。当晚，湟源县公安局一辆吉普车将昌耀押解到县看守所，从此沦为囚徒，开始了艰苦的劳役生涯。

据昌耀回忆："1958 年 5 月，我们一群囚徒从湟源看守所里拉出来驱往北山崖头开凿一座土方工程。"（昌耀《艰难之思》）这是湟源县一项重点水利工程，在枪支的监押下，昌耀与其他各类囚犯一起从事重体力劳动。

随后，昌耀作为看守所中"有文化的犯人"被选拔出来，送往西宁南滩的青海省第一劳教所的新生铸件厂学习钢铁冶炼技术。后被羁押到日月乡距下若约村以南不到八公里的哈拉库图村，作为"戴罪"的技术人员进行钢铁冶炼工作。

10 月 4 日　湟源县人民法院对昌耀下达了《刑事判决书》。

判决书中称："查被告王昌耀，原在青海省文学艺术工作者联合会工作，该犯在解放后，思想一贯反动，仇视我党和社会主义制度，抗拒党对知识分子的改造，1957 年整风运动中该犯又公开写反动文章（事实在卷），向党向社会主义进攻，不满党的反右斗争，1958 年 3 月间将其送来本县下匿要（编者注：为"下若约"之笔误）农业合作社监督生产，该犯在此期间不但不悔改自新，反而说：'右派这个帽子对我太大了'，装病不参加劳动，并在群众中冒充其是下放干部。"

湟源县人民法院认为昌耀已构成犯罪，根据中华人民共和国管制反革命分子暂行办法，第三条，第六项，原第六条规定，判决昌耀"管制三年，送去劳教（自 1958 年 5 月 1 日起，至 1961 年 4 月 29 日止）。"

判决做出后，昌耀即被送往西宁市南滩，关押在寄设于新生木材厂内的青海省第一劳教所，同时从事劳动改造。

11 月　昌耀被分到青海祁连山腹地的八宝农场夏塘台队。

1959 年　二十三岁

我国遭遇所谓的"三年自然灾害"。

春　昌耀被调遣到牛心山后约三十公里的铅锌矿为冶炼厂搬

运矿石。

夏 因八宝农场冶炼计划失败，昌耀一行人从冶炼厂撤出，返回夏塘台农业队。

该年创作的主要作品有：

《哈拉库图人与钢铁》（1959 年 3 月）。

1961 年 二十五岁

年底 昌耀从八宝农场最西端的夏塘台队，转到位于农场场部附近的拉洞台一队。

该年创作的主要作品有：

《鼓与鼓手》（1961 年）。

《踏着蚀洞斑驳的岩原》（1961 年）。

《这是赭黄色的土地》（1961 年初稿）。

《荒甸》（1961 年）。

《筏子客》（1961 年夏初写；1981 年 9 月 2 日重写）。

《夜行在西部高原》（1961 年初稿）。

《凶年逸稿（在饥馑的年代）》（1961 年—1962 年，祁连山）。

1962 年 二十六岁

湟源县人民法院意识到对昌耀的判决不当。在对该判决进行复审后又专门做了一个改正文书，称"原判不当，故予撤销"。

下半年起，昌耀开始针对自己的右派问题进行持续的申诉。在昌耀"管制三年、送去劳教"的期限已经到期，且湟源县法院又撤销了他们的错误判决后，青海省文联似乎对此毫不知情，竟然一直把昌耀当成一个"劳教分子"。直到 1979 年，全国所有右派的遗留问题都在彻底解决时，当时的"青海省革委会劳动教育工作委员会"，才收到省文联上报的"关于撤销王昌耀劳动教养的报告"，并做出"同意"的批复。

7—8 月　昌耀写出了一份两万多字的《甄别材料》。在这份材料中，他将自己的家庭背景、社会关系、个人经历、反右运动前后的细枝末节，以及运动中给他罗织的问题，这些问题的真假虚实、来龙去脉，逐一做出了说明。

9 月 23 日晚　昌耀在西宁南大街旅邸创作《夜谭》。该诗记录了诗人赶赴西宁递交《甄别材料》过程中的感念。

该年创作的主要作品有：

《我躺着。开拓我吧》（1962 年 2 月）。

《晨兴：走向土地与牛》（1962 年 3 月初稿）。

《水手长—渡船—我们》（1962 年 3 月 4 日初稿）。

《猎户》（1962 年 3 月 5 日—4 月 21 日）。

《影子与我》（1962 年 5 月 15 日）。

《八月，是一株金梧桐》（1962 年 8 月 1 日）。

《峨日朵雪峰之侧》（1962 年 8 月 2 日）。

《天空》（1962 年 8 月 6 日初稿）。

《古老的要塞炮》（1962 年 8 月 6 日）。

《良宵》（1962 年 9 月 14 日，祁连山）。

《夜谭》（1962 年 9 月 23 日夜 12 时，西宁南大街旅邸）。

《这虔诚的红衣僧人》（1962 年 10 月 13 日—15 日）。

《给我如水的丝竹》（1962 年秋天）。

《断章》（1962 年）。

《家族》（1962 年 10 月 19 日初稿）。

《黑河》（1962 年 11 月 19 日）。

《酿造麦酒的黄昏》（1962 年 11 月 26 日）。

1963 年　二十七岁

该年创作的主要作品有：

《柴达木》（1963 年 3 月 7 日初稿）。

《草原初章》（1963 年 3 月 10 日夜）。

《高原人的篝火》（1963 年 7 月 5 日）。

《水手》（1963 年 7 月 13 日）。

《红叶》（1963 年 11 月 6 日）。

《栈道抒情——拟"阿哥与阿妹"》（1963 年 11 月 11 日）。

1964 年　二十八岁

该年创作的主要作品有：

《听涛》（1964 年 5 月 6 日）。

《行旅图》（1964 年 5 月 14 日）。

《碧玉》（1964 年 6 月 12 日）。

《祁连雪》（1964 年 11 月 11 日）。

1965 年　二十九岁

昌耀前往湟源县日月乡下若约村杨公保家探望。在杨公保的促成下，与日月乡政府所在地的兔儿干村一女子定亲。翌年，对方提出悔婚。

该年创作的主要作品有：

《秋辞》（1965 年 9 月 14 日）。

1966 年　三十岁

"文革"开始。

1967 年　三十一岁

元旦　八宝农场解散，昌耀迁往新哲农场。

8 月 15 日　昌耀的大伯王其梅在"文革"中被摧残致死。

该年杨公保收昌耀为义子。

该年创作的主要作品有：

《明月情绪》（1967 年 12 月 14 日）。

《海头》（1967 年 12 月 19 日）。

1969 年　三十三岁

杨公保病逝。

昌耀调往直属于场部的"试验队"，每月比原先多供应一斤大米。

1973 年　三十七岁

1 月 26 日　昌耀与杨公保的三女儿杨尕三结婚。

年底，昌耀长子王木萧出生。

1975 年　三十九岁

昌耀长女王路漫出生。

1977 年　四十一岁

昌耀次子王俏也出生。

杨尕三携三个子女回下若约村生活。

1978 年　四十二岁

2 月 18 日　《人民日报》发表了"为王先梅同志及其子女落实政策"的消息，以及《王先梅同志写给中央领导同志的信（摘要）》（注：王先梅系王其梅遗孀、昌耀的大伯母）。

该年创作的主要作品有：

《海的诗情及其它》（1978 年 5 月）。

《致友人——写在一九七八年的秋叶上》（1978 年 8 月 4 日，西宁）。

《秋之声（其一）》（1978 年 8 月 12 日，青海切吉草原）。

《秋之声（其二）》（1978 年 8 月 6 日，西宁中南关旅邸）。

《秋木》（1978 年 11 月 5 日）。

1979 年　四十三岁

1 月 6 日　青海省文联筹备领导小组向青海省委宣传部上报了《关于王昌耀问题的复查意见》。

该《意见》对昌耀的相关问题做出如下甄别："一、原省文联并未开除王昌耀公职。一九六二年湟源县撤销错误判决后，原省文联未及时收回该同志安排工作也是不当的。二、王昌耀所写《林中试笛》两首诗，不属于攻击党和社会主义的坏作品。三、原材料所列王昌耀的错误言论，多系本人在批判会上主动检讨出来的，本人既未扩散，也不是别人检举的。"最后做出如下意见："对王昌耀同志应恢复政治名誉，收回我会分配适当工作；同时恢复原来工资级别。"

2 月 24 日　"青海省革委会劳动教育工作委员会"下发了《关于撤销王昌耀、剧谱劳动教养的批复》。

3 月　昌耀带着妻子、儿女离开新哲农场返回西宁，昌耀重新回到青海省文联工作。

4 月　昌耀赴北京探望大伯母王先梅。后赴湖南探访阔别多年的桃源故里，"感到自己仿佛是一个不该介入其间的外乡客了。"（昌耀《艰难之思》）

10 月　《诗刊》社邀请昌耀前往北京改稿，并旁听中国文联第四届文代会。

该年创作的主要作品有：

《冰河期》（1979 年 1 月 7 日）。

《高原风》（1979 年 7 月 5 日初稿；1980 年 1 月 13 日改订）。

《啼血的"春歌"——答战友》（1979 年 3 月 10 日—4 月 1 日，青海西宁）。

《无题》（1979 年 7 月 7 日—9 日）。

《大山的囚徒》（1979年8月9日—10月14日，西宁；1979年11月23日，北京，改定）。

《郊原上》（1979年9月21日初稿）。

《美人》（1979年9月23日）。

《我留连……》（1979年9月30日夜）。

《乡愁》（1979年10月5日—6日）。

《一九七九年岁杪途次北京吟作》（1979年11月22日，虎坊路）。

《京华诗稿》（含《在地铁》《廊下——在帝王居》《霓虹之章——在王府井大街》《在故宫》和《广场上的悼者》五首，1979年11月—12月，北京—西宁）。

《归客》（1979年10月26日）。

《冬日：登龙羊峡石壁鸟瞰黄河寄兴》（1979年12月29日龙羊峡初稿；1980年11月9日完稿于西宁；1981年11月8日于古城台删修之）。

《落叶集》（写作日期不详）。

《黑河柳烟》（写作日期不详）。

《高原风采》（写作日期不详）。

1980年　四十四岁

《诗刊》1980年第1期发表昌耀长达五百多行的纪传体长诗《大山的囚徒》。

燎原的评论文章《严峻人生的深沉讴歌》发表于《青海湖》1980年第8期，这是第一篇正面评论昌耀诗歌的评论文章。

《青海湖》1980年第8期上还发表了另一篇政治性诗歌评论，题为《一曲颂歌——评〈大山的囚徒〉》，署名王华（程秀山），该文对《大山的囚徒》的政治正确性提出质疑。

该年创作的主要作品有：

《楼梯》（1980年2月16日）。

《题古陶》（1980 年 1 月 19 日）。

《车轮》（1980 年 1 月 25 日）。

《雕塑》（1980 年 1 月 28 日）。

《卖冰糖葫芦者》（1980 年 1 月 29 日）。

《慈航》（1980 年 2 月 9 日—1981 年 6 月 25 日）。

《春雪》（1980 年 2 月 17 日）。

《伞之忆》（1980 年 5 月 23 日）。

《山旅》（1980 年 5 月 11 日—8 月 15 日）。

《南曲》（1980 年 7 月 13 日）。

《寓言》（1980 年 10 月 17 日正午）。

《我的街》（1980 年 10 月 24 日夜）。

《怀春者的信柬》（1980 年 10 月 25 日夜半）。

1981年　四十五岁

昌耀在西宁市交通巷附近分得一套三居室楼房，清苦度日，精打细算。

3—4 月　昌耀与邵燕祥、梁南等诗人，先后在南京、杭州、长沙等地采风。

燎原的评论文章《大山的儿子——昌耀诗歌评介》发表于西宁市文联主办的《雪莲》1981 年第 4 期。

罗洛的评论文章《险拔峻峭，质而无华——谈昌耀的诗》发表于《诗刊》1981 年第 10 期。

该年创作的主要作品有：

《早春与节奏》（1981 年 1 月—6 月）。

《随笔（审美）》（1981 年 2 月 17 日夜半）。

《江南》（含《江南》《西子湖》《南风》和《栖霞山》四首，1981 年 3 月 20 日—24 日，杭州）。

《生之旅》（1981 年 3 月 25 日—8 月 24 日初稿）。

《长沙》（1981年4月5日，长沙；1982年2月22日改于西宁）。

《莽原》（1981年4月16日改旧作）。

《湖畔》（1981年4月18日改旧作）。

《烟囱》（1981年4月19日重写）。

《节奏：1 2 3……——答问》（1981年6月8日）。

《对诗的追求》（1981年8月29日）。

《驻马于赤岭之敖包》（1981年9月13日）。

《风景：湖》（1981年9月16日深夜）。

《丹噶尔》（1981年9月21日晨）。

《关于云雀》（1981年10月3日）。

《划呀，划呀，父亲们！——献给新时期的船夫》（1981年10月6日—29日）。

《建筑》（1981年11月1日—1982年5月13日）。

《轨道》（1981年11月7日—15日）。

《城市》（1981年11月27日—12月23日初稿）。

《乱弹琴——也算"通信"》（写作日期不详）。

1982年　四十六岁

5月　昌耀随青海省美术家协会的几位画家乘吉普车去兰州、张掖和祁连山区采风旅行，创作大量西部题材的作品。

9月　随团走访了甘肃河西走廊的玉门油田以及敦煌一带。

该年创作的主要作品有：

《生命》（1982年2月4日立春写毕，3月6日删定）。

《木轮车队行进着》（1982年2月21日）。

《鹿的角枝》（1982年3月2日）。

《日出》（1982年3月29日）。

《风景：涉水者》（1982年4月12日）。

《太息（拟古人）》（1982年5月11日—10月10日）。

《子夜车》（1982年6月11日）。

《月下》（1982年6月20日）。

《所思：在西部高原》（1982年7月）。

《在山谷：乡途》（1982年8月14日）。

《纪历》（1982年8月17日）。

《河西走廊古意》（1982年9月3日晨，玉门市）。

《在玉门：一个意念》（1982年9月4日，玉门市）。

《花海》（1982年9月7日，玉门）。

《在敦煌名胜地听驼铃寻唐梦》（1982年9月10日初稿，敦煌）。

《戈壁纪事》（1982年9月11日，玉门市）。

《青峰》（1982年10月17日）。

《雪。土伯特女人和她的男人及三个孩子之歌》（1982年11月2日—18日初稿）。

《城——悼水坝工地上的五个浇筑工》（1982年12月22日初稿）。

《野桥》（1982年12月25日初稿；1983年4月5日改定）。

1983年 四十七岁

5—6月 昌耀被批准获得青海省文联新设立的专业作家编制，可以不用坐班，回家办公。

9月，昌耀出席新疆石河子《绿风》诗会，这是一次有近百位中国诗人参加的诗界盛会。

该年创作的主要作品有：

《母亲的鹰——悼六个清除废墟的工人》（1983年1月14日初稿）。

《听曾侯乙编钟奏〈楚殇〉》（1983年1月16日—2月16日）。

《春天即兴曲》（1983年2月25日草就；12月8日删增）。

《浇花女孩》（1983年3月5日）。

《驿途：落日在望》（1983年3月17日初稿）。

《赞美：在新的风景线》（1983年3月26日—4月8日）。

《腾格里沙漠的树》（1983 年 4 月 11 日—16 日）。

《草原》（1983 年 5 月 9 日—11 月 19 日）。

《垦区》（1983 年 5 月 13 日删定）。

《印象：龙羊峡水电站工程》（1983 年 3 月 12 日植树节写毕）。

《背水女》（1983 年 5 月 12 日—11 月 25 日）。

《天籁》（1983 年 5 月 28 日—10 月 6 日）。

《放牧的多罗姆女神》（1983 年 6 月 10 日）。

《雪乡》（1983 年 6 月 28 日—10 月 8 日）。

《排练厅》（1983 年 6 月）。

《晚会》（1983 年 9 月 2 日—9 日，新疆石河子）。

《边关：24 部灯》（1983 年 8 月—10 月）。

《旷原之野——西疆描述》（1983 年 9 月 21 日，新疆）。

《荒漠与晨光》（1983 年 11 月 29 日改旧作）。

《山雨》（1981 年 9 月 7 夜草；1983 年 12 月 22 日删定）。

《高大坂》（1983 年 12 月 23 日改旧作）。

1984 年　四十八岁

6 月　随中国作协的诗人代表团，到山东日照的石臼港采访，并到达青岛。

该年创作的主要作品有：

《人物习作》（1984 年春）。

《黎明的高崖，有一驭夫朝向东方顶礼》（1984 年 3 月 12 日，西宁古城台小屋。"此文原系为其诗歌《情感历程》所作序言，该书后因故未出版"——昌耀注）。

《河床》（1984 年 3 月 22 日—4 月 20 日）。

《圣迹》（1984 年 3 月 22 日—4 月 20 日）。

《她站在剧院临街的前庭》（1984 年 3 月 22 日—4 月 20 日）。

《阳光下的路》（1984 年 3 月 22 日—4 月 20 日）。

《古本尖乔——鲁沙尔镇的民间节日》（1984 年 4 月 25 日—5 月 9 日）。

《寻找黄河正源卡日曲：铜色河》（1984 年 5 月 30 日—7 月 4 日）。

《去格尔木之路》（1984 年 5 月 11 日—25 日）。

《海的小品》（1984 年 6 月 24 日—8 月 21 日，石臼港—青岛—西宁）。

《致石臼港海岸的丛林带》（1984 年 8 月 23 日—25 日，黄海之旅归来后，在西宁）。

《巨灵》（1984 年 9 月 9 日）。

《时装的节奏》（1984 年 11 月 27 日—12 月 12 日）。

《思（古意）》（1984 年 12 月 4 日—7 日）。

《西行吊古》（1984 年 12 月 6 日）。

《大潮流》（1984 年 12 月 13 日—16 日）。

《即景：五路口》（1984 年 12 月 18 日—20 日）。

《〈昌耀抒情诗集〉初版后记》（1984 年 12 月 24 日）。

《邂逅——赠南海 G 君》（1984 年 12 月 28 日）。

1985 年　四十九岁

1 月 19 日　接受《当代文艺思潮》编辑部访谈。

5 月　参加在西安举办的"大西北文学与科学笔会"。

刘湛秋的评论文章《他在荒原上默默闪光——〈昌耀抒情诗集〉序》发表于《文学评论》1985 年第 6 期。

10 月　昌耀加入中国作家协会。

该年创作的主要作品有：

《芳草天涯》（1985 年 1 月 4 日—8 日）。

《答〈当代文艺思潮〉编辑部》（1985 年 1 月 19 日）。

《四月》（1985 年 1 月 22 日—23 日初稿；2 月 3 日改定）。

《雄辩》（1985 年 3 月 6 日，元宵节）。

《牛王（西部诗记。乙丑正月）》（1985年3月13日）。

《夷（东方人）》（1985年4月5日）。

《人·花与黑陶砂罐》（1985年4月24日）。

《〈巨灵〉的创作》（1985年4月28日零点十一分，青海高原）。

《色的爆破》（1985年5月9日，西安）。

《秦陵兵马俑古原野》（1985年5月21日）。

《某夜唐城》（1985年5月27日）。

《忘形之美：霍去病墓西汉古石刻》（1985年5月29日初稿）。

《斯人》（1985年5月31日）。

《意绪》（1985年6月8日）。

《招魂之鼓（唐小禾　程犁〈跳丧〉壁画图卷读后》（1985年6月13日初稿）。

《和鸣之象》（1985年7月3日—4日）。

《午间热风》（1985年7月26日）。

《高原夏天的对比色》（1985年7月30日）。

《人群站立》（1985年8月1日）。

《花公鸡》（1985年8月5日）。

《钢琴与乐队》（1985年8月28日）。

《悬棺与随想》（1985年10月11日）。

《东方之门》（1985年10月15日）。

《我的诗学观》（1985年11月5日）。

《谐谑曲：雪景下的变形》（1985年11月11日）。

《晚钟》（1985年11月18日）。

《我们无可回归》（1985年11月20日）。

《空城堡》（1985年12月11日）。

《头像》（1985年12月17日）。

《巴比伦空中花园遗事》（1985年秋）。

1986年　五十岁

3月　《昌耀抒情诗集》出版。青海省文联文艺理论研究室联合甘肃《当代文艺思潮》杂志社，为《昌耀抒情诗集》召开了作品研讨会。

10月　前往甘肃兰州参加由《诗刊》社和甘肃《当代文艺思潮》杂志社联合举办的当代诗歌研讨会。

沈健、伊甸的文章《嗥叫的水手——昌耀印象》发表于1986年11月6日的《诗歌报》。

该年创作的主要作品有：

《内心激情：光与影子的剪辑》（1986年1月26日）。

《田园》（1986年2月4日）。

《距离》（1986年2月19日—22日）。

《晴日》（1986年2月23日—3月14日）。

《一代》（1986年2月28日）。

《云境·心境》（1986年3月2日）。

《翙翙鸟翼》（1986年3月12日）。

《一百头雄牛》（1986年3月27日）。

《穿牛仔裤的男子》（1986年4月3日）。

《人间》（1986年4月9日—13日）。

《幻》（1986年4月23日）。

《黑色灯盏》（1986年5月2日）。

《小人国里的大故事》（1986年5月12日）。

《美目》（1986年5月13日—6月9日）。

《嚎》（1986年6月6日—8日）。

《在雨季：从黄昏到黎明》（1986年6月15日初稿）。

《两个雪山人》（1986年6月15日）。

《司命》（1986年6月19日—20日）。

《太阳人的寻找》（1986年6月19日—25日）。

《稚嫩之为声息》（1986 年 7 月 5 日晨）。

《刹那》（1986 年 7 月 8 日）。

《嚎啕：后英雄行状——为 S 君述》（1986 年 7 月 18 日）。

《回忆》（1986 年 7 月 25 日）。

《幽界》（1986 年 7 月 26 日—9 月 2 日）。

《金色发动机》（1986 年 8 月 2 日）。

《白昼的结构》（1986 年 8 月 3 日）。

《灵宵》（1986 年 8 月 9 日）。

《躯体与沉默》（1986 年 8 月 12 日）。

《冷色调的有小酒店的风景》（1986 年 8 月 15 日）。

《舞台深境塑造》（1986 年 9 月 6 日）。

《长篇小说》（1986 年 9 月 10 日—12 日）。

《周末嚣闹的都市与波斯菊与女孩》（1986 年 9 月 17 日）。

《造就的时代》（1986 年 9 月 24 日）。

《猿啼》（1986 年 9 月 27 日）。

《广板：暮》（1986 年 9 月 29 日）。

《冷太阳》（1986 年 10 月 11 日，兰州旅邸）。

《达坂雪霁远眺》（1986 年 10 月 24 日，自祁连归）。

《眩惑》（1986 年 10 月 26 日—11 月 2 日）。

《锚地》（1986 年 10 月 28 日）。

《生命体验》（1986 年 11 月 17 日—12 月 16 日）。

《诗的礼赞（三则）》（1986 年 8 月—12 月）。

1987 年 五十一岁

1 月 昌耀当选为青海省文联委员。

春节前 昌耀搬进位于西宁小桥地区一幢濒临大通河的楼房。

周涛的评论文章《前方灶头 有我的黄铜茶炊》发表于《解放军文艺》1987 年第 4 期。

该年创作的主要作品有：

《洞》（1987 年 1 月 5 日）。

《淡淡的河》（1987 年 1 月 25 日晨）。

《艰难之思》（1987 年 3 月 27 日）。

《庄语》（1987 年 6 月 17 日）。

《立在河流》（1987 年 6 月 24 日）。

《日落》（1987 年 6 月 30 日）。

《诗章》（1987 年 6 月—7 月 12 日）。

《玛哈噶拉的面具》（1987 年 7 月 5 日）。

《〈昌耀抒情诗集〉再版后记》（1987 年 9 月 7 日，桥头堡书室）。

《听候召唤：赶路》（1987 年 10 月 16 日）。

1988 年　五十二岁

1 月　昌耀出任青海省第六届政协委员。

3 月　昌耀与海外诗人非马通信。

5 月　昌耀加入青海省九三学社。

6 月　《昌耀抒情诗集·增订本》出版，该诗集追加了 1985 年
到 1986 年以来发表的二十六首新作，并附刘湛秋序言《他在荒原上
默默闪光》。

　　　赴北京拜会骆一禾、雪汉青。

8 月　昌耀参加《西藏文学》编辑部在拉萨举办的"太阳城诗
会"。

12 月　昌耀当选为青海省作协副主席。

骆一禾、张玞的评论文章《太阳说：来，朝前走——评〈一首
长诗和三首短诗〉》发表于《西藏文学》1988 年第 5 期，后收入《命
运之书·附录》。

叶橹的评论文章《杜鹃啼血与精卫填海——论昌耀的诗》发表
于《诗刊》1988 年第 7 期，后收入《命运之书·附录》。

该年创作的主要作品有：

《以适度的沉默，以更大的耐心》（1988 年 1 月 26 日）。

《酒杯——赠卢文丽女士》（1988 年 2 月 1 日写毕；4 月 20 删定）。

《热苞谷》（1988 年 7 月 27 日）。

《纪伯伦的小鸟——为〈散文诗报〉创刊两周年而作》（1988 年 11 月 2 日，西宁）。

《悲怆》（1988 年 11 月 15 日）。

《盘陀：未闻的故事》（1988 年 11 月 27 日）。

《燔祭》（1988 年 11 月 30 日）。

《内陆高迥》（1988 年 12 月 12 日）。

《受孕的鸟卵》（1988 年 12 月 19 日）。

《恓惶》（1988 年 12 月 21 日）。

1989 年　五十三岁

2 月　昌耀当选为青海省九三学社文化委员会副主任。

3 月　昌耀与香港诗人蓝海文通信。成为"世界华文诗人协会"创会理事。

5 月　昌耀诗集《噩的结构》被纳入某出版社策划的"诗人丛书"，后无果而终。

下半年　昌耀与杨尕三分居。

该年创作的主要作品有：

《元宵》（1989 年 2 月 21 日）。

《听到响板》（1989 年 3 月 2 日）。

《骷髅头串珠项链》（1989 年 3 月 15 日）。

《眉毛湿了的时候》（1989 年 3 月 16 日）。

《干戚舞》（1989 年 4 月 15 日）。

《窗外有雨》（1989 年 5 月 10 日）。

《小城淡季》（1989 年 5 月 12 日）。

《消夏》（1989 年 5 月 25 日）。

《一只鸽子》（1989 年 6 月 17 日）。

《记诗人骆一禾》（1989 年 7 月 12 日匆草；1991 年 1 月 14 日删定）。

《浮云何曾苍老》（1989 年夏）。

《哈拉库图》（1989 年 10 月 9 日—24 日于日月山牧地来归）。

《幸福——为香港诗人蓝海文博士选编〈留在世上的一句话〉撰稿》（1989 年 11 月 15 日。注：昌耀将该诗收入《命运之书》时重写，并易名为《仁者——为蓝海文博士〈留在世上的一句话〉撰稿》）。

《唯谁孤寂》（1989 年 12 月 21 日）。

《两幅油画：〈风〉与〈吉祥蒙古〉》（1989 年 12 月 29 日）。

《远离都市》（1989 年 12 月 30 日）。

1990 年　五十四岁

4 月底　昌耀应浙江省《江南》杂志邀请，任该刊举办的诗歌大赛评委。

6 月　应杭州市文联《西湖》杂志邀请，任"西湖诗船大奖赛"评委。

6 月 16 日　抵达北京，拜会友人朱乃正、张玞。

该年创作的主要作品有：

《卜者》（1990 年 1 月 7 日）。

《故居》（1990 年 1 月 9 日）。

《紫金冠》（1990 年 1 月 12 日）。

《象界（之一）》（1990 年 1 月 14 日）。

《鹜》（1990 年 1 月 16 日）。

《苹果树》（1990 年 1 月 20 日）。

《极地居民》（1990 年 1 月 22 日）。

《在古原骑车旅行》（1990 年 1 月 24 日）。

《陈述》（1990 年 2 月 3 日）。

《一片芳草》（1990 年 2 月 7 日）。

《僧人》（1990 年 2 月 11 日—20 日）。

《江湖远人》（1990 年 4 月 2 日凌晨雨韵中）。

《雪》（1990 年 4 月 11 日晨记）。

《空间》（1990 年 4 月 24 日）。

《严肃文学的境况怎样，回答说：还行！——在〈青海日报〉社一次讨论会上的发言》（1990 年 5 月 4 日）。

《齿贝》（1990 年 7 月 19 日）。

《头戴便帽从城市到城市的造访》（1990 年 7 月 22 日）。

《给约伯》（1990 年 8 月 21 日）。

《先贤》（1990 年 8 月 24 日）。

《黎明中的书案》（1990 年 8 月 27 日）。

《她》（1990 年 9 月 10 日）。

《西部诗的热门话》（1990 年 9 月 17 日讫于灯下，9 月 25 日誊正）。

《谣辞（那刻月光凄清迷离）》（1990 年 9 月 25 日）。

《作家劳伦斯》（1990 年 9 月）。

《西乡》（1990 年 10 月 19 日）。

1991 年　五十五岁

李万庆的评论文章《"内陆高迥"——论昌耀诗歌的悲剧精神》发表于《当代作家评论》1991 年第 1 期，后收入《命运之书·附录》。

叶橹的评论文章《〈慈航〉解读》发表于《名作欣赏》1991 年第 3 期，后收入《命运之书·附录》。

5 月　赴桂林参加"全国诗歌创作座谈会"。

该年创作的主要作品有：

《处子》（1991 年 1 月 2 日—3 日）。

《跋〈淘的流年〉》（1991 年 1 月 11 日。注：《淘的流年》后因故未出版）。

《图像仪式》（1991 年 1 月 25 日）。

《暖冬》（1991 年 2 月 4 日立春日）。

《北冥有鱼，其名为鲲——彦涵木刻作品观后》（1991 年 3 月 1 日）。

《圣咏》（1991 年 3 月 3 日）。

《冰湖坼裂·圣山·圣火——给 S·Y》（1991 年 3 月 14 日初稿；1991 年 3 月 24 日改定）。

《涉江——别 S》（1991 年 6 月 10 日）。

《非我》（1991 年 6 月 12 日）。

《91 年残稿》（1991 年 6 月 28 日）。

《呼喊的河流》（1991 年 7 月 11 日）。

《盘庚》（1991 年 7 月 20 日）。

《露天水果市场》（1991 年 7 月 22 日）。

《偶像的黄昏》（1991 年 8 月 3 日）。

《苍白》（1991 年 8 月 23 日）。

《秋客》（1991 年 8 月 27 日）。

《这夜，额头锯痛》（1991 年 9 月 7 日—11 日）。

《一幢公寓楼》（1991 年 9 月 13 日）。

《工厂：梦眼与现实》（1991 年 9 月 20 日）。

《自我访谈录》（1991 年 9 月 20 日—25 日）。

《俯首苍茫》（1991 年 10 月 6 日）。

《拿撒勒人》（1991 年 11 月 26 日）。

《红尘寄序》（1991 年 12 月 19 日，青海巴州驿）。

1992 年　五十六岁

9 月 7 日　邵燕祥为昌耀诗集《命运之书》撰写序言《有个诗人叫昌耀》。

11 月　昌耀与杨尕三离婚，独自搬到作协办公室居住，后迁至青海省文联摄影家协会，直至去世。

该年创作的主要作品有：

《痛·怵惕》（1992 年 2 月 27 日）。

《怵惕·痛》（1992 年 3 月 2 日）。

《圣桑〈天鹅〉》（1992 年 3 月 9 日）。

《莞尔——呈献东阳生氏》（1992 年 4 月 8 日）。

《现在是夏天——兼答"渎灵者"》（1992 年 6 月 6 日）。

《〈命运之书〉自序》（1992 年 6 月 11 日）。

《一滴英雄泪》（1992 年 6 月 30 日）。

《面谱》（1992 年 6 月 30 日）。

《烈性冲刺》（1992 年 7 月 12 日）。

《致修篁》（1992 年 7 月 27 日初稿；9 月 21 日改定）。

《傍晚。篁与我》（1992 年 9 月 2 日）。

《烘烤》（1992 年 9 月 25 日晨 5 时）。

《花朵受难——生者对生存的思考》（1992 年 10 月 10 日）。

《螺髻》（1992 年 12 月 6 日）。

《场（精神的。辐射能的。历史感的。……）》（1992 年 12 月 16
日晨）。

《晚云的血》（1992 年 12 月 20 日）。

《报诗人叶延滨书》（写作日期不详）。

1993 年　五十七岁

7 月　《命运之书》出版受阻。昌耀撰写了一则题为《诗人只有
自己起来救自己》的征订广告，决定以"编号本"的形式，自费出
版该诗集。该文发表于《诗刊》1993 年第 10 期。

该年创作的主要作品有：

《降雪·孕雪》（1993 年 1 月 1 日晨光之中）。

《有感而发》（1993 年 1 月 22 日除夕）。

《一天》（1993 年 1 月 23 日—24 日；2 月 8 日修订）。

《我见一空心人在风暴中扭打》（1993 年 5 月 22 日）。

《自审》（1993 年 7 月 1 日）。

《诗人们只有自己起来救自己》（1993 年 7 月 13 日）。

《踏春去来》（1993 年 7 月 27 日）。

《在一条大河的支流入口处》（1993 年夏）。

《意义空白》（1993 年 8 月 4 日）。

《堂·吉诃德军团还在前进》（1993 年 8 月 5 日）。

《大街看守》（1993 年 8 月 18 日）。

《毛泽东》（1993 年 8 月 19 日）。

《薄曙：沉重之后的轻松》（1993 年 8 月 28 日）。

《诗人与作家》（1993 年 9 月 28 日）。

《一种嗥叫》（1993 年 9 月 28 日）。

《勿与诗人接触》（1993 年 10 月 20 日）。

《复仇》（1993 年 10 月 20 日）。

《生命的渴意》（1993 年 10 月 26 日）。

《宿命授予诗人荆冠（答星星诗刊社艾星并兼致叶存政、杨兴文）》（1993 年 12 月 13 日凌晨 5 点）。

1994 年　五十八岁

8 月　昌耀诗集《命运之书》由青海人民出版社出版。

该年创作的主要作品有：

《寺》（1994 年 1 月 25 日）。

《播种者》（1994 年 2 月 18 日）。

《罹忧的日子》（1994 年 2 月 22 日）。

《人：千篇一律》（1994 年 3 月 23 日）。

《享受鹰翔时的快感》（1994 年 3 月 29 日）。

《近在天堂的入口处》（1994 年 5 月 15 日）。

《小满夜夕》（1994 年 5 月 22 日）。

《凭吊：旷地中央一座弃屋》（1994 年 5 月 24 日）。

《灵语》（1994 年 6 月 3 日）。

《答诗人 M 五月惠书》（1994 年 6 月 10 日）。

《火柴的多米诺骨牌游戏》（1994 年 6 月 16 日）。

《街头流浪汉在落日余晖中遇挽车马队》（1994 年 7 月 10 日）。

《地底如歌如哦三圣者》（1994 年 7 月 30 日）。

《菊》（1994 年 8 月 15 日）。

《深巷·轩车宝马·伤逝》（1994 年 9 月 25 日—10 月 6 日）。

《混血之历史》（1994 年 9 月 26 日）。

《纯粹美之模拟》（1994 年 10 月 2 日）。

《迷津的意味》（1994 年 10 月 13 日）。

《与蟒蛇对吻的小男孩》（1994 年 10 月 14 日）。

《答深圳友人 HAO KING》（1994 年 10 月 23 日）。

《戏剧场效应》（1994 年 11 月 8 日）。

《读书，以安身立命》（1994 年 11 月 28 日）。

1995 年　五十九岁

该年创作的主要作品有：

《意义的求索》（1995 年 2 月 1 日雪朝于西宁）。

《任重道远——为〈绿风〉诗刊百期纪念而作》（3 月 13 日夜夕）。

《贺凤龙摄影创作的意义》（1995 年 4 月 4 日）。

《春光明媚》（1995 年 6 月 26 日）。

《百年焦虑》（1995 年 7 月 6 日）。

《划过欲海的夜鸟》（1995 年 7 月 30 日）。

《淘空》（1995 年 8 月 1 日）。

《钟声啊，前进！》（1995 年 8 月 13 日）。

《戏水顽童》（1995 年 8 月 28 日）。

《感受白色羊时的一刻》（1995 年 9 月 23 日）。

《荒江之听》（1995 年 9 月 27 日）。

《圯上》（1995 年 10 月 7 日）。

《一个青年朝觐鹰巢》（1995 年 10 月 7 日）。

《折叠金箔》（1995 年 11 月 8 日）。

《梦非梦》（1995 年 11 月 12 日）。

《悒郁的生命排练》（1995 年 12 月 4 日）。

《一份"业务自传"》（1995 年 12 月 29 日）。

1996 年　六十岁

昌耀诗集《一个挑战的旅行者步行在上帝的沙盘》由敦煌文艺出版社出版。

该年创作的主要作品有：

《冷风中的街晨空荡荡》（1996 年 1 月 14 日）。

《昌耀近作·前记》（1996 年 2 月 14 日）。

《沉重的命题——致 ×× 先生》（1996 年 2 月 22 日）。

《灵魂无蔽》（1996 年 3 月 14 日）。

《裸裎的桥》（1996 年 3 月 19 日）。

《从启开的窗口骋目雪原》（1996 年 3 月 23 日）。

《幽默大师死去（一次蓦然袭来的心潮）》（1996 年 3 月 25 日）。

《西域：断简残编之美》（1996 年 3 月 31 日）。

《过客》（1996 年 4 月 13 日）。

《与梅卓小姐一同释读〈幸运神远离〉》（1996 年 4 月 21 日）。

《话语状态（两种状态：怡然或苦闷）》（1996 年 4 月 23 日）。

《时间客店》（1996 年 5 月 18 日）。

《醒来》（1996 年 5 月 26 日）。

《载运罐装液体化工原料的卡车司机》（1996 年 5 月 27 日凌晨）。

《玉蜀黍：每日的迎神式》（1996 年 8 月 9 日）。

《S 山庄胜境登临记》（1996 年 8 月 9 日）。

《夜者》（1996 年 8 月 14 日）。

《我们仍是泥土的动物（诗辑《青海风》主持人语）》（1996 年 8 月 18 日）。

《紫红丝绒帘幕背景里的头像》（1996 年 8 月 21 日）。

《你啊，极为深邃的允诺》（1996 年 8 月 22 日）。

《夜眼无眠》（1996 年 9 月 4 日）。

《顾八荒》（写于 1988 年；1996 年 9 月改）。

《一座滨海城市。棕榈树。一位小姐——给 H》（1996 年 9 月 29 日）。

《风雨交加的晴天及瞬刻诗意》（1996 年 10 月 12 日）。

《诗人写诗》（1996 年 10 月 18 日）。

《给 H 君的碎纸片》（1996 年 10 月 20 日）。

《晴光白银一样耀目》（1996 年 11 月 23 日）。

《噩的结构》（1996 年 11 月 27 日）。

《今夜，思维的触角》（1996 年 11 月 28 日美俗感恩节）。

《再致 H》（1996 年 11 月）。

《我的死亡——〈伤情〉之一》（1996 年 12 月 29 日）。

《土伯特艺术家的歌舞》（1996 年 12 月 30 日）。

1997 年　六十一岁

10 月　昌耀随中国作家代表团出访俄罗斯。

该年创作的主要作品有：

《无以名之的忧怀——〈伤情〉之二》（1997 年 1 月 4 日凌晨 4 点）。

《寄情崇偶的天鹅之唱——〈伤情〉之三》（1997 年 1 月 23 日—25 日）。

《两只龟》（1997 年 1 月 29 日）。

《我的怀旧是伤口》（1997 年 2 月 1 日）。

《人境四种》（1997 年 3 月 14 日）。

《苏动的大地诗意》（1997 年 4 月 19 日）。

《兽与徒——有关生命情节》（1997 年 5 月 5 日）。

《告喻》（1997 年 6 月 19 日）。

《与马丁书》（1997 年 7 月 10 日）。

《挽一个树懒似的小人物并自挽》（1997 年 7 月 22 日）。

《序肖黛〈寂寞海〉》（1997 年 8 月 14 日）。

《从酷热之昨日进入到这个凉晨》（1997 年 8 月 30 日）。

《秋之季，因亡蝶而萌生慨叹》（1997 年 11 月 23 日）。

《相见蝴蝶》（1997 年 12 月 9 日）。

《语言》（1997 年 12 月 20 日）。

《权且作为悼辞的遗闻录》（1997 年 12 月 24 日）。

《一个早晨——遥致一位为我屡抱不平的朋友》（1997 年 12 月 26 日）。

1998 年　六十二岁

6 月 16 日　韩作荣为昌耀诗集《昌耀的诗》撰写序言《诗人中的诗人》。

12 月　昌耀诗集《昌耀的诗》由人民文学出版社出版。

　　　　昌耀被评为国家一级作家。

该年创作的主要作品有：

《海牛捕杀者》（1998 年 1 月 4 日）。

《主角引去的舞台——复许以祺先生，为其摄影创作〈天葬台〉题句》（1998 年 1 月 6 日）。

《相信生活》（1998 年 1 月 15 日）。

《面对"未可抵达的暖房"》（1998 年 1 月 21 日）。

《音乐路》（1998 年 1 月 22 日）。

《关于〈中国今日诗坛在行进中〉》（1998 年 1 月 31 日）。

《致史前期一对娇小的彩陶罐》（1998 年 3 月 26 日）。

《一个中国诗人在俄罗斯（灵魂与肉体的浸礼：与俄罗斯暨俄罗斯诗人们的对话）》（1998 年 2 月 17 日—20 日）。

《〈昌耀的诗〉后记》（1998 年 6 月 16 日）。

《"练字"与"懒得写诗"——兼说"音乐无内容可言"》（1998 年 9 月）。

《嚣声过去——"灵觉"之一》（1998 年 10 月 7 日）。

《滴漏之夜：似梦非梦时》（1998 年 10 月 16 日）。

《我这样扪摸辨识你慧思独运的诗章——代信函，致 M》（1998 年 10 月 20 日，西宁）。

《请将诗艺看作一种素质》（1998 年 11 月 9 日）。

《苏州歌舞团三人舞〈春之韵〉》（1998 年 11 月 22 日）。

《陌生的地方》（1998 年 12 月 13 日）。

《我早年记得的陕西乡党都远走他乡了》（1998 年底）。

1999 年 六十三岁

10 月 12 日，昌耀入青海省人民医院，确诊为腺性肺癌。

10 月 28 日，昌耀转往青海省第二人民医院肿瘤医院。

12 月 22 日，昌耀因难以承担医疗费用，被迫办理家庭病床，住进女友修篁家中。

唐晓渡的评论文章《行者昌耀》发表于《作家》1999 年第 1 期。

陈祖君的评论文章《昌耀论》发表于《青海湖》1999 年第 10 期。

该年创作的主要作品有：

《20 世纪行将结束——影物质。经验空间。潜思维。正在失去的喻义（一首未完成诗稿的断简残编）》（1988 年写作，1999 年 1 月 9 日整理毕）。

《直面假人的寒战》（1999 年 2 月 25 日）。

《瓦尔特再次保卫萨拉热窝——一个中国人对北约八国联军侵

略南联盟所持的民间立场》（1999 年 3 月 30 日）。

《沙漏之下留驻的乐章美甚》（1999 年 6 月 29 日初稿；7 月 9 日订正）。

《士兵。青铜雕像。鸟儿》（1999 年 7 月 26 日）。

《故人冰冰》（1999 年 8 月 4 日）。

《我是风雨雷电合乎逻辑的选择——昌耀自叙（未完成稿）》（1999 年）。

2000 年　六十四岁

1 月 16 日晚　昌耀病情恶化，送往青海省人民医院呼吸科。

1 月 20 日　因为病房里吵闹不宁，昌耀要求在走廊为自己增设一张病床。此事被媒体宣传，引起社会关注。

1 月 23 日　经有关领导过问，昌耀得以搬入高干病房。

2 月 8 日　韩作荣为昌耀在病床上颁发"中国诗人奖"。

3 月 23 日晨　昌耀在医院跳楼自杀。

4 月 1 日　韩作荣访谈录《诗魂永在》发表于 2000 年 4 月 1 日《文艺报》。

4 月 30 日　宋执群的文章《祁连山，你可记得他幼年的飘发》发表于《青海日报》"江河源"副刊。该文后被同年第 6 期《青海湖》转载。

5 月 21 日　燎原的评论文章《昌耀：高地上的奴隶与圣者》发表于《作家》2000 年第 9 期，后作为《昌耀诗文总集》的序言。

6 月　卢文丽的回忆文章《花在叫》发表于《人民文学》2000 年第 6 期。

7 月　昌耀诗集《昌耀诗文总集》由青海人民出版社出版。

该年创作的主要作品有：

《答记者张晓颖问》（2000 年 2 月。注：本文由记者根据录音整理，并经被访者本人订正）。

《一十一支红玫瑰》（2000 年 3 月 15 日于病榻）。

参考文献

一、昌耀作品

昌耀:《昌耀抒情诗集》[C],西宁:青海人民出版社,1986年版。

昌耀:《昌耀抒情诗集》(增订本)[C],西宁:青海人民出版社, 1988年版。

昌耀:《命运之书——昌耀四十年诗作精品》[C],西宁:青海人民 出版社,1994年版。

昌耀:《一个挑战的旅行者步行在上帝的沙盘》[C],兰州:敦煌文 艺出版社,1996年版。

昌耀:《昌耀的诗》[C],北京:人民文学出版社,1998年版。

昌耀:《昌耀诗文总集》[C],西宁:青海人民出版社,2000年版。

昌耀:《昌耀诗文总集》(增编版)[C],北京:作家出版社,2010 年版。

二、昌耀研究著作、论文(集)及回忆文章

燎原:《昌耀评传》[M],北京:人民文学出版社,2008年版。

燎原、章治萍等主编:《最初的传承——昌耀诞辰70周年祭》[C], 香港:香港天马图书有限公司,2006年版。

章治萍主编:《最轻之重——"昌耀论坛"五周年选集》[C],香港:

香港天马图书有限公司，2007 年版。

尔雅：《斯人昌耀》[J]，《敦煌》2002 年第 1 期。

风马：《漫话昌耀》[A]，昌耀：《一个挑战的旅行者步行在上帝的沙盘》[C]，兰州：敦煌文艺出版社，1996 年版。

耿占春：《作为自传的昌耀诗歌——抒情作品的社会学分析》[J]，《文学评论》2005 年第 3 期。

韩作荣：《诗人中的诗人》[A]，《昌耀的诗》[C]，北京：人民文学出版社，1998 年版。

何瀚：《昌耀：最后一个神话》[Z]，诗家园网，http：//sjycn.2008 red.com/sjycn/article_269_4711_1.shtml。

金元浦：《神的故乡鹰在言语》[J]，《诗探索》2003 年第 3—4 期。

敬文东：《昌耀的英雄观与在诗中的实现》[J]，《绿洲》1993 年第 2 期。

敬文东：《对一个口吃者的精神分析——诗人昌耀论》[J]，《南方文坛》2000 年第 4 期。

李万庆：《"内陆高迥"——论昌耀诗歌的悲剧精神》[J]，《当代作家评论》1991 年第 1 期。

燎原：《高地上的奴隶与圣者》[A]，《昌耀诗文总集》[C]，西宁：青海人民出版社，2000 年版。

燎原：《高原精神的还原》[J]，《诗探索》1997 年第 1 期。

燎原：《诗人昌耀最后的日子》[J]，《神剑》2007 年第 3 期。

燎原：《天路上的苦行僧与圣徒》[N]，《青海广播电视报》2000 年 1 月 28 日。

林贤治：《"溺水者"昌耀》[J]，《当代文坛》2007 年第 4 期。

卢文丽：《怀念昌耀老师》[J]，《绿风》2003 年第 2 期。

骆一禾、张玞：《太阳说：来，朝前走——评〈一首长诗和三首短诗〉》[A]，昌耀：《命运之书》[C]，西宁：青海人民出版社，1994 年版。

马丁:《昌耀的悲剧》[J],《青海湖》2001 年第 1 期。

马丁:《梳理之一:昌耀的生平》[J],《兰州教育学院学报》2001 年第 2 期。

马海音、马丁:《昌耀诗歌研究中值得注意的几个问题》[J],《兰州教育学院学报》2002 年第 1 期。

沈苇:《大荒中的苦吟与圣咏——纪念昌耀先生》[J],《诗歌月刊》2007 年第 9 期。

唐晓渡:《行者昌耀》[J],《作家》1999 年第 1 期。

西川:《昌耀诗的相反相成和两个偏移》[J],《青海湖》2010 年第 3 期。

肖黛:《诗人残泪如血》[J],《绿风》2005 年第 2 期。

叶橹:《〈慈航〉解读》[J],《名作欣赏》1991 年第 3 期。

叶橹:《杜鹃啼血与精卫填海》[J],《诗刊》1988 年第 7 期。

叶舟:《昌耀先生》[J],《诗探索》1997 年第 1 期。

易彬:《"城堡,宿命永恒不变的感伤主题"——长诗〈哈拉库图〉与诗人昌耀的精神历程》[J],《新诗评论》,北京:北京大学出版社,2006 年第 1 辑。

章治萍:《雨酣之夜话昌耀》[J],《中国诗人》(季刊)2007 年第 1 期。

朱增泉:《寻找昌耀》[J],《诗刊》2003 年 23 期。

三、其他参考文献

艾青:《归来的歌》[C],成都:四川人民出版社,1980 年版。

艾青:《中国当代名诗人选集·艾青》[C],北京:人民文学出版社,2006 年版。

柏桦:《往事》[C],石家庄:河北教育出版社,2002 年版。

柏桦:《左边——毛泽东时代的抒情诗人》[M],南京:江苏文艺出版社，2009年版。

北岛：《时间的玫瑰》[C]，北京：中国文史出版社，2005年版。

陈嘉映：《语言哲学》[M]，北京：北京大学出版社，2003年版。

耿占春：《隐喻》[M]，郑州：河南大学出版社，2007年版。

海子：《海子的诗》[C]，北京：人民文学出版社，1995年版。

敬文东：《牲人盈天下》[M]，桂林：广西师范大学出版社，2011
　　年版。

敬文东：《写在学术边上》[C]，昆明：云南人民出版社，2002年版。

敬文东：《中国当代诗歌的精神分析》[M]，北京：中国社会出版
　　社，2010年版。

李晓琪编：《红烬：疼痛与忧伤·最美的悼词》[C]，海口：海南出
　　版社，2001年版。

刘小枫：《诗化哲学——德国浪漫美学传统》[M]，济南：山东文艺
　　出版社，1986年版。

刘小枫：《拯救与逍遥》（修订本二版）[M]，上海：华东师范大学
　　出版社，2007年版。

鲁迅：《鲁迅全集》[C]，北京：人民文学出版社，2005年版。

骆一禾：《骆一禾的诗》[C]，北京：人民文学出版社，2011年版。

骆一禾：《骆一禾诗全编》[C]，张玞编，上海：上海三联书店，
　　1997年版。

欧阳江河：《事物的眼泪》[C]，北京：作家出版社，2008年版。

欧阳江河：《透过词语的玻璃——欧阳江河诗选》[C]，北京：改革
　　出版社，1997年版。

王家新：《未完成的诗》[C]，北京：作家出版社，2008年版。

闻一多：《闻一多全集》[C]，武汉：湖北人民出版社，1993年版。

西川：《西川的诗》[C]，北京：人民文学出版社，1999年版。

夏可君：《姿势的诗学》[C]，北京：中国社会出版社，2012年版。

翟永明：《女人》[C]，北京：作家出版社，2008年版。

翟永明：《翟永明诗集》[C]，成都：成都出版社，1994 年版。

张闳：《声音的诗学》[C]，北京：中国人民大学出版社，2003 年版。

张隆溪：《道与逻各斯——东西方文学阐释学》[M]，冯川译，南京；江苏教育出版社，2006 年版。

张柠：《土地的黄昏——乡村经验的微观权力分析》[M]，北京：东方出版社，2005 年版。

张枣：《春秋来信》[C]，北京：文化艺术出版社，1998 年版。

张枣：《张枣的诗》[C]，北京：人民文学出版社，2010 年版。

张志扬：《创伤记忆——中国现代哲学的门槛》[M]，上海：上海三联书店，1999 年版。

张志扬：《渎神的节日》[M]，上海：上海三联书店，1997 年版。

赵汀阳：《坏世界研究——作为第一哲学的政治哲学》[M]，北京：中国人民大学出版社，2009 年版。

赵汀阳：《没有世界观的世界——政治哲学和文化哲学文集》（第二版）[C]，北京：中国人民大学出版社，2010 年版。

臧棣：《记忆的诗歌叙事学——细读西渡的〈一个钟表匠的记忆〉》[J]，《诗探索》2002 年 Z1 期。

张枣：《朝向语言风景的危险旅行——当代中国诗歌的元诗结构和写者姿态》[J]，《上海文学》2001 年 1 月号。

阿格妮丝·赫勒：《日常生活》[M]，衣俊卿译，重庆：重庆出版社，1990 年版。

埃里希·弗洛姆：《爱的艺术》[M]，刘福堂译，合肥：安徽文艺出版社，1986 年版。

艾略特：《艾略特诗学文集》[C]，王恩衷编译，樊心民校，北京：国际文化出版公司，1989 年版。

艾略特：《艾略特文学论文集》[C]，李赋宁译，南昌：百花洲文艺出版社，1994 年版。

爱德华·萨义德：《格格不入——萨义德回忆录》[M]，彭淮栋译，
　　北京：三联书店，2004 年版。

爱德华·萨义德：《论晚期风格——反本质的音乐与文学》[C]，阎
　　嘉译，北京：三联书店，2009 年版。

爱伦·坡：《爱伦·坡作品精选》[C]，曹明伦译，武汉：长江文艺
　　出版社，2007 年版。

爱伦堡：《人·岁月·生活》[M]，冯南江等译，广州：花城出版社，
　　2004 年版。

爱因斯坦：《爱因斯坦文集》（第 3 卷）[C]，许良英等编译，北京：
　　商务印书馆，1979 年版。

奥克塔维奥·帕斯：《双重火焰——爱与欲》[M]，蒋显璟、真漫亚
　　译，北京：东方出版社，1998 年版。

柏拉图：《柏拉图的〈会饮〉》[M]，刘小枫译，北京：华夏出版
　　社，2003 年版。

柏拉图：《理想国》[M]，郭斌和、张竹明译，北京：商务印书馆，
　　1986 年版。

包亚明主编：《后现代性与地理学的政治》[C]，上海：上海教育出
　　版社，2001 年版。

包亚明主编：《现代性与空间的生产》[C]，上海：上海教育出版
　　社，2003 年版。

保罗·策兰：《保罗·策兰诗文选》[C]，王家新、芮虎译，石家庄：
　　河北教育出版社，2002 年版。

别林斯基：《别林斯基选集》[C]，满涛等译，上海：上海文艺出版
　　社，1963 年版。

波德莱尔：《1846 年的沙龙——波德莱尔美学论文选》[C]，郭宏安
　　译，桂林：广西师范大学出版社，2002 年版。

波德莱尔：《恶之花——波德莱尔诗歌精粹》，钱春绮译，北京：人
　　民文学出版社，2008 年版。

博尔赫斯：《博尔赫斯全集·诗歌卷（上册）》[C]，林之木、王永年译，杭州：浙江文艺出版社，1999年版。

博尔赫斯：《博尔赫斯谈艺录》[C]，王永年等译，杭州：浙江文艺出版社，2005年版。

博纳维尔：《原始声色：沐浴的历史》[M]，郭昌京译，天津：百花文艺出版社，2003年版。

布鲁斯·林肯：《死亡、战争与献祭》[M]，晏可佳译，龚方震校，上海：上海人民出版社，2002年版。

布罗茨基：《文明的孩子》[C]，刘文飞等译，北京：中央编译出版社，2007年版。

茨维塔耶娃：《茨维塔耶娃文集》（诗歌卷、书信卷）[C]，汪剑钊主编，北京：东方出版社，2003年版。

达高涅：《理性与激情——加斯东·巴什拉传》[M]，尚衡译，北京：北京大学出版社，1997年版。

但丁：《神曲》[A]，王维克译，《但丁精选集》[C]，吕同六编选，北京：北京燕山出版社，2004年版。

德勒兹、加塔利：《资本主义与精神分裂（卷2）：千高原》[M]，姜宇辉译，上海：上海书店出版社，2010年版。

弗洛伊德：《弗洛伊德后期著作选》[C]，林尘等译，上海：上海译文出版社，1986年版。

弗洛伊德：《论文学与艺术》[C]，常宏译，北京：国际文化出版公司，2007年版。

弗洛伊德：《梦的解析》[M]，丹宁译，北京：国际文化出版公司，1998年版。

伽达默尔：《真理与方法》[M]，洪汉鼎译，上海：上海译文出版社，2004年版。

顾彬：《20世纪中国文学史》[M]，范劲等译，上海：华东师范大学出版社，2008年版。

哈罗德·布鲁姆：《影响的焦虑——一种诗歌理论》（修订版）[M]，徐文博译，南京：江苏教育出版社，2006年版。

海德格尔：《存在与时间》（修订译本）[M]，陈嘉映、王庆节译，北京：三联书店，2006年版。

海德格尔：《荷尔德林诗的阐释》[M]，孙周兴译，北京：商务印书馆，2000年版。

海德格尔：《林中路》（修订本）[M]，孙周兴译，上海：上海世纪出版集团，2008年版。

海德格尔：《在通向语言的途中》[M]，孙周兴译，北京：商务印书馆，2004年版。

海德格尔：《演讲与论文集》[C]，孙周兴译，北京：三联书店，2005年版。

汉娜·阿伦特：《人的条件》[M]，竺乾威等译，上海：上海人民出版社，1999年版。

亨利·戴维·梭罗：《瓦尔登湖》[M]，徐迟译，上海：上海译文出版社，1982年版。

华莱士·史蒂文斯：《最高虚构笔记：史蒂文斯诗文集》[C]，陈东飚、张枣译，上海：华东师范大学出版社，2008年版。

加斯东·巴什拉：《火的精神分析》[M]，杜小真、顾嘉琛译，长沙：岳麓书社，2005年版。

加斯东·巴什拉：《空间的诗学》[M]，张逸婧译，上海：上海译文出版社，2009年版。

加斯东·巴什拉：《梦想的诗学》[M]，刘自强译，北京：三联书店，1996年版。

加斯东·巴什拉：《水与梦——论物质的想象》[M]，顾嘉琛译，长沙：岳麓书社，2005年版。

卡夫卡：《卡夫卡全集》[C]，叶廷芳主编，石家庄：河北教育出版社，2000年版。

克林斯·布鲁克斯：《精致的瓮——诗歌结构研究》[M]，郭乙瑶等译，上海：上海人民出版社，2008 年版。

里尔克：《给一个青年诗人的十封信》[C]，冯至译，北京：三联书店，1994 年版。

里尔克：《里尔克精选集》[C]，李永平编选，北京：北京燕山出版社，2005 年版。

里尔克：《里尔克散文》[C]，叶廷芳选编，北京：人民文学出版社，2008 年版。

里尔克：《马尔特手记》[M]，曹元勇译，上海：上海文艺出版社，2006 年版。

理查德·休斯：《牙买加飓风》[M]，姜薇译，重庆：重庆出版社，2006 年版。

列维－斯特劳斯：《神话学：生食和熟食》[M]，周昌忠译，北京：中国人民大学出版社，2007 年版。

列维－斯特劳斯：《忧郁的热带》[M]，王志明译，北京：三联书店，2000 年版。

刘小枫选编：《施米特与政治的现代性》[C]，上海：华东师范大学出版社，2007 年版。

路易·阿尔都塞：《保卫马克思》[C]，顾良译，北京：商务印书馆，2007 年版。

罗兰·巴特：《恋人絮语——一个解构主义的文本》[M]，汪耀进、武佩荣译，上海：上海人民出版社，2004 年版。

罗兰·巴特：《罗兰·巴特自述》[M]，怀宇译，天津：百花文艺出版社，2002 年版。

罗兰·巴特：《批评与真实》[M]，温晋仪，上海：上海人民出版社，1999 年版。

马尔库塞：《爱欲与文明》[M]，黄勇、薛民译，上海：上海译文出版社，1987 年版。

马克·里拉：《当知识分子遇到政治》[M]，邓晓菁、王笑红译，北京：新星出版社，2005年版。

马歇尔·伯曼：《一切坚固的东西都烟消云散了——现代性体验》[M]，徐大建、张辑译，北京：商务印书馆，2003年版。

曼德尔施塔姆：《曼德尔施塔姆随笔选》[C]，黄灿然等译，广州：花城出版社，2010年版。

曼德里施塔姆：《时代的喧嚣——曼德里施塔姆文集》[C]，刘文飞译，昆明：云南人民出版社，1998年版。

曼杰什坦姆：《曼杰什坦姆诗全集》[C]，汪剑钊译，北京：东方出版社，2008年版。

梅洛-庞蒂：《知觉现象学》[M]，姜志辉译，北京：商务印书馆，2001年版。

米哈伊尔·巴赫金：《巴赫金集》[C]，张杰编选，上海：上海远东出版社，1998年版。

米哈伊尔·巴赫金：《巴赫金全集》[C]，钱中文主编，石家庄：河北教育出版社，1998年版。

米兰·昆德拉：《慢》[M]，马振骋译，上海：上海译文出版社，2003年版。

米歇尔·福柯：《词与物——人文科学考古学》[M]，莫伟民译，上海：上海三联书店，2001年版。

米歇尔·福柯：《福柯集》[C]，杜小真编选，上海：上海远东出版社，1998年版。

米歇尔·福柯：《规训与惩罚》[M]，刘北城、杨远婴译，北京：三联书店，2003年版；。

米歇尔·福柯：《知识考古学》[M]，谢强、马月译，北京：三联书店，2007年版。

苗力田主编：《古希腊哲学》[C]，北京：中国人民大学出版社，1989年版。

诺思罗普·弗莱：《批评的解剖》[M]，陈慧等译，天津：百花文艺
　　出版社，2006 年版。

齐泽克：《幻想的瘟疫》[M]，胡雨谭、叶肖译，南京：江苏人民出
　　版社，2006 年版。

齐泽克：《意识形态的崇高客体》[M]，季广茂译，北京：中央编译
　　出版社，2001 年版。

乔治·巴塔耶：《色情、耗费与普遍经济：乔治·巴塔耶文选》[C]，
　　汪民安编，长春：吉林人民出版社，2003 年。

乔治·巴塔耶：《文学与恶》[C]，董澄波译，北京：北京燕山出版
　　社，2006 年版。

乔治·布莱：《批评意识》[M]，郭宏安译，桂林：广西师范大学出
　　版社，2002 年版。

切斯瓦夫·米沃什：《诗的见证》[C]，黄灿然译，桂林：广西师范
　　大学出版社，2011 年版。

萨特：《波德莱尔》[M]，施康强译，北京：北京燕山出版社，2006
　　年版。

萨特：《词语》[M]，潘培庆译，北京：三联书店，1989 年版。

萨特：《萨特文学论文集》[C]，施康强等译，合肥：安徽文艺出版
　　社，1998 年版。

舍斯托夫：《以头撞墙：舍斯托夫无根基生活集》[C]，方珊等译，
　　西安：陕西师范大学出版社，2003 年版。

斯蒂芬·茨威格：《与魔鬼作斗争》[M]，徐畅译，北京：西苑出版
　　社，1998 年版。

苏珊·桑塔格：《沉默的美学——苏珊·桑塔格论文选》[C]，黄梅
　　等译，海口：南海出版公司，2006 年版。

苏珊·桑塔格：《在土星的标志下》[C]，姚君伟译，上海：上海译
　　文出版社，2006 年版。

索绪尔：《普通语言学教程》[M]，高名凯译，北京：商务印书馆，

1980 年版。

特里·伊格尔顿:《马克思为什么是对的?》[M],李杨等译,北京:
新星出版社,2011 年版。

瓦尔特·本雅明:《巴黎,19 世纪的首都》[C],刘北成译,上海:
上海人民出版社,2006 年版。

瓦尔特·本雅明:《本雅明:作品与画像》[C],孙冰编,上海:文
汇出版社,1999 年版。

瓦尔特·本雅明:《本雅明文选》[C],陈永国等编,北京:中国社
会科学出版社,1999 年版。

瓦尔特·本雅明:《德国悲剧的起源》[M],陈永国译,北京:文化
艺术出版社,2001 年版。

瓦尔特·本雅明:《发达资本主义时代的抒情诗人》[C],张旭东、
魏文生译,北京:三联书店,2007 年版。

瓦莱里:《文艺杂谈》[C],段映虹译,天津:百花文艺出版社,
2002 年版。

汪民安等主编:《后现代性的哲学话语:从福柯到赛义德》[C],杭
州:浙江人民出版社,2000 年版。

威廉·狄尔泰:《体验与诗》[C],胡其鼎译,北京:三联书店,
2003 年版。

威廉·燕卜逊:《朦胧的七种类型》[M],周邦宪等译,北京:中国
美术学院出版社,1996 年版。

维特鲁威:《建筑十书》[M],高履泰译,北京:知识产权出版社,
2001 年版。

翁贝尔托·埃科:《符号学与语言哲学》[M],王天清译,天津:百
花文艺出版社,2006 年版。

希尼:《希尼诗文集》[C],吴德安等译,北京:作家出版社,2000
年版。

雅克·拉康:《拉康选集》[C],褚孝泉译,上海:上海三联书店,

2001 年版。

亚里士多德：《尼各马科伦理学》[M]，苗力田译，北京：中国人民
　　大学出版社，2003 年版。

亚里士多德：《诗学》[M]，陈中梅译注，北京：商务印书馆，1996
　　年版。

袁可嘉等选编：《外国现代派作品选》（第一册·上）[C]，上海：
　　上海文艺出版社，1980 年版。

约翰·伯格：《观看之道》[M]，戴行钺译，桂林：广西师范大学出
　　版社，2007 年版。

詹姆逊：《詹姆逊文集（1）：新马克思主义》[C]，王逢振主编，北
　　京：中国人民大学出版社，2004 年版。

赵毅衡编选：《符号学文学论文集》[C]，天津：百花文艺出版社，
　　2004 年版。

茱莉亚·克里斯蒂瓦：《汉娜·阿伦特》[M]，刘成富等译，南京：
　　江苏教育出版社，2006 年版。

Gerald L.Bruns，On the Anarchy of Poetry and Philosophy：A Guide
　　for the Unruly [M]，Fordham University Press，New York，
　　2006.

后 记

　　本书早在 2012 年就定稿了，当时我还不到三十岁，正在中央民族大学读博士。它的前身是我的硕士论文。2010 年 5 月，我拿它参加答辩时，已写出了十万字。记得当时的答辩委员会主席是贺桂梅先生，她在宣读评语时，让我印象最深的一句是：该论文为当下的昌耀研究又推进了一步。很感谢答辩委员们对我的肯定，这多少可以证明，一个混迹在管理学院的大学生转投文学专业的险路是正确的。但走上正途就没权利懈怠和撒娇了。昌耀研究是我的学术童子功，缘起于 2008 年的夏天。某个傍晚，我的导师敬文东先生照例约我在学校西门的李师傅拉面馆小酌，他依旧健饮亦健谈，督促我先下手为宜，埋头几年，做一部有质量的大论文，为自己将来的研究工作夯实基础。从各方面来讲，昌耀研究是个绝好的选题。在若干小瓶二锅头的催化和若干燕京啤酒的灌溉下，我的写作激情被母校的夜色煽点起来，焦急地等待着被纺成粗布或锦缎。敬先生对这篇尚在蓝图中的论文寄予厚望：它应当让人读出荡气回肠之感，因为昌耀是个大诗人。

　　写作终究是项诚实的体力活，对待搞学问这件事，我心里始终蹲着一个农人，除此之外，没有半点商人的头脑。怎样才能在写作时既不受人打扰又不打扰别人呢？为了实现这个愿望，我异想天开地向黑夜开辟出一块自留地——一间生态学实验室——一个好友把钥匙留给了我。我每晚在月下出工，备好茶叶和泡面，独自写作直到天亮。为了逃避保安查夜，我尽量不开房灯，揣摩昌耀的诗时，只能借助电脑屏幕微弱的光亮。当然也有头脑壅塞、颗粒无收的时候，我便整晚枯坐，渴望着清早宿舍楼一开门，就能扑回我的小床。如今，这篇论文扩充了一倍的篇幅，有了书的厚度和投向未来的虚影。它在时间里变成琥珀，封存了许多我学生时代的天真观点和转瞬即逝的才华。每当我翻开它，仍能触摸到一股初生牛犊的倔力，但生产的成就感敌不过持续而强烈的妊娠反应。活到今天，对我来说，生活本身比一首古怪的诗更难对付。艺术不再能提供纯净的庇护所，它本是一道投身生活骇浪的涉江之梯。问诗问学，皓首穷经，我们谁不是在这最高的虚构里学习最广阔的人生呢？

在定稿后的六年里，我的写作和研究经历了一些变异和彷徨，一部《昌耀诗文总集》却总在手边，差不多被我翻得稀烂。我近期对昌耀的作品有了些新认识，但那并非什么更高深的见解，而是更靠近了拙朴和平淡的地平线——这使我不得不对那些"为赋新词强说愁"的写法感到羞愧——尤其是前阵子，我反复细读了昌耀的部分书信（被他本人临终前收入《昌耀诗文总集》）。从那些秉笔直书和真情流露之处，我似乎一下子理解了他诗歌语言中的怪诞和狰狞，那的确是从现实生活的毛孔里一滴滴分泌出来的，而不是大而化之、随行就市地被冠以"西部""归来"或"现代"之名。我隐约觉得，越是艰深地揳入诗人创造活动之腠理，就越发洞明地收敛自己在残破世相中的孤心。诗歌绝不会成为手眼通天的恩主，它只是一位无用无言的透明囚伴。

感谢敬文东先生带领我登堂入室，并给予我严父般的关怀。感谢作家出版社对这本小书的垂青。感谢李宏伟先生的举荐和谢有顺先生的力邀，让本书有幸忝列一套灿若星河的丛书名单。感谢我的责编田小爽女士付出的辛勤劳动。感谢所有在我求学和研究道路上向我施以援手的老师、前辈和朋友们，在这里我无法一一提及他们的名字。感谢我的家人多年来的默默支持。本书中的部分章节曾被加工整合成单篇论文，发表在《中国现代文学研究丛刊》《新诗评论》《首都师范大学学报》《汉语言文学研究》《武陵学刊》《艺术时代》《传记文学》《西部》《飞地》《诗品》等刊物上，在此特向以上刊物和相关约稿人致谢。我的写作还将蹒跚前行，每当在途中遭遇困难，我都愿回到这里，重整河山再出发。因为，这是我亦弓亦琴的第一本书。

2018 年 5 月 4 日，北京像素

图书在版编目（CIP）数据

昌耀论/张光昕著. -- 北京：作家出版社，2018.6
（中国当代作家论）

ISBN 978-7-5063-9954-8

Ⅰ.①昌… Ⅱ.①张… Ⅲ.①昌耀（1936-2000）-作家评论 Ⅳ.①I206.7

中国版本图书馆 CIP 数据核字（2018）第 050346 号

昌耀论

总 策 划：吴义勤
主　 编：谢有顺
作　 者：张光昕
出版统筹：李宏伟
责任编辑：田小爽
装帧设计：合和工作室
出版发行：作家出版社
社　 址：北京农展馆南里 10 号　　邮　 编：100125
电话传真：86-10-65930756（出版发行部）
　　　　　86-10-65004079（总编室）
　　　　　86-10-65015116（邮购部）
E-mail: zuojia@zuojia.net.cn
http://www.haozuojia.com（作家在线）
印　 刷：中煤（北京）印务有限公司
成品尺寸：152×230
字　 数：260 千
印　 张：20.25
版　 次：2018 年 6 月第 1 版
印　 次：2018 年 6 月第 1 次印刷
ISBN 978-7-5063-9954-8
定　 价：46.00 元

中国当代作家论

第一辑

阿城论　　杨　肖　著　　定价：39.00 元

昌耀论　　张光昕　著　　定价：46.00 元

格非论　　陈斯拉　著　　定价：45.00 元

贾平凹论　苏沙丽　著　　定价：45.00 元

路遥论　　杨晓帆　著　　定价：45.00 元

王蒙论　　王春林　著　　定价：48.00 元

王小波论　房　伟　著　　定价：45.00 元

严歌苓论　刘　艳　著　　定价：45.00 元

余华论　　刘　旭　著　　定价：46.00 元